HEYNE BÜCHER

HAFFMANS KRIMINALROMANE
BEI HEYNE

LAWRENCE BLOCK

Der Teufel weiß alles

KRIMINALROMAN

AUS DEM AMERIKANISCHEN
VON
SEPP LEEB

WILHELM HEYNE VERLAG
MÜNCHEN

HAFFMANS KRIMINALROMANE BEI HEYNE
Herausgegeben von Gerd Haffmans und Bernhard Matt
Nr. 05/110. Im Juni 1995.

Die Originalausgabe »The Devil Knows You're Dead«
erschien 1993 bei William Morrow and Company Inc., New York.

Zum Gedenken an Sandra Kolb

Deutsche Erstausgabe

Printed in Germany 1995
Konzeption und Gestaltung: Urs Jakob
Umschlagillustration: Nikolaus Heidelbach
Umschlaggestaltung: Atelier Ingrid Schütz, München
Satz: Wolfgang Taschner, Wörthsee
Gesamtherstellung: Ebner Ulm

ISBN 3-453-08986-3

Danksagung

Es freut mich, auf die umfangreiche Unterstützung von seiten des Writers Room in Greenwich Village hinweisen zu können, wo die Vorarbeiten zu diesem Buch geleistet wurden, sowie von seiten Marta Curros, in deren Haus in Chelsea es geschrieben wurde.

Möge dir die Straße entgegensteigen.
Mögest du den Wind immer im Rücken haben.
Mögest du im Himmel sein, eine Stunde bevor
Der Teufel weiß, daß du tot bist.

Irischer Segen

I

Am letzten Donnerstag im September war Lisa Holtzmann in der Ninth Avenue einkaufen. Zwischen halb vier und vier kam sie in ihre Wohnung zurück und machte Kaffee. Während er durchlief, ersetzte sie eine ausgebrannte Birne durch eine, die sie gerade gekauft hatte, räumte die Einkäufe weg und las das Rezept auf der Rückseite der Packung Linsen. Sie saß mit einer Tasse Kaffee am Fenster, als das Telefon klingelte.

Es war Glenn, ihr Mann. Er rief an, um ihr zu sagen, daß er nicht vor halb sieben nach Hause käme. Es war nichts Ungewöhnliches, daß er länger im Büro blieb, und er war immer bemüht, ihr Bescheid zu geben, wann sie mit ihm rechnen konnte. In dieser Hinsicht war er immer sehr rücksichtsvoll gewesen, und das ganz besonders, seit sie vor ein paar Monaten einen Abgang gehabt hatte.

Es war fast sieben, als er zur Tür hereinkam, halb acht, als sie sich zum Abendessen setzten. Sie hatte die Linsen nach dem Rezept auf der Packung gemacht und sie mit etwas Knoblauch und frischem Koriander und einem kräftigen Schuß scharfer Yucateca-Soße aufgepeppt. Dazu gab es Reis und grünen Salat. Beim Essen sahen sie zu, wie die Sonne unterging und der Himmel dunkel wurde.

Ihr Apartment befand sich in einem neuen Hochhaus an der Südwestecke von Fifty-seventh Street und Tenth Avenue, schräg gegenüber von Jimmy Armstrongs Bar. Sie wohnten im achtundzwanzigsten Stock, mit Fenstern nach Süden und Westen, von denen man einen fantastischen Blick hatte. Man konnte die ganze West Side von der George Washington Bridge bis zur Battery sehen und über den Hudson und ein gutes Stück nach New Jersey hinein.

Sie waren ein attraktives Paar. Er war groß und schlank. Sein dunkelbraunes Haar, das an den Schläfen kaum merklich zu ergrauen begann, war von seinem spitzen Haaransatz nach hinten frisiert. Dunkle Augen, dunkler Teint. Ausgeprägte Gesichtszüge, ein bißchen beeinträchtigt durch einen leicht schlaffen Zug ums Kinn. Gute, gerade Zähne, selbstsicheres Lächeln.

Er hatte an, was er im Büro immer anhatte: einen gutgeschnittenen dunklen Anzug und eine gestreifte Krawatte. Hatte er die Anzugjacke abgelegt, bevor er sich an den Eßtisch setzte? Er könnte sie über eine Stuhllehne oder an einen Türknopf gehängt haben. Oder er könnte auch einen Kleiderbügel benutzt haben; er ging sorgsam mit seinen Sachen um. Ich stelle ihn mir vor, wie er in Hemdsärmeln am Tisch sitzt – ein blaugepunktetes Oxfordhemd mit angeknöpften Kragenenden – und die Krawatte über die Schulter geworfen hat, damit sie beim Essen keine Flecken bekommt. Ich habe ihn das einmal tun gesehen, in einem Coffee-Shop, der Morning Star heißt.

Sie war eins sechzig groß und schlank, mit glattem, dunklem Haar, das sie modisch kurz geschnitten trug, mit einer Haut wie Porzellan und auffallend blauen Augen. Sie war zweiunddreißig, sah aber jünger aus, während ihr Mann etwas älter wirkte als seine achtunddreißig.

Ich weiß nicht, was sie anhatte. Jeans vielleicht, mit hochgestülpten Hosenbeinen, an Knien und Hosenboden leicht abgewetzt. Ein Sweater, ein gelber Baumwollcrewneck, die Ärmel bis zu den Ellbogen hochgeschoben. An den Füßen braune Wildlederslipper.

Aber das sind nur Vermutungen, eine Übung des Vorstellungsvermögens. Ich weiß nicht, was sie trug.

Irgendwann zwischen halb neun und neun sagte er, er müsse noch mal weg. Falls er vorher seine Anzugjacke ausgezogen hatte, zog er sie wieder an und schlüpfte noch in einen Mantel. Er sagte ihr, er werde in einer Stunde wieder zurück sein. Nichts Wichtiges, sagte er. Nur etwas, das er noch erledigen müsse.

Ich nehme an, sie spülte das Geschirr. Schenkte sich noch eine Tasse Kaffee ein, stellte den Fernseher an.

Um zehn Uhr begann sie sich Sorgen zu machen. Sie redete sich ein, das sei doch Unsinn, und verbrachte die nächste halbe Stunde am Fenster mit der Traumaussicht und sah hinaus.

Gegen halb elf rief der Türsteher von unten an, um ihr zu sagen, ein Polizist sei auf dem Weg nach oben. Sie wartete im Flur, als er aus dem Lift stieg. Er war ein großer, glattrasierter junger Ire in blauer Uniform, und sie konnte sich später erinnern, daß sie dachte, er sah genauso aus, wie Polizisten aussehen sollten.

»Bitte«, sagte sie. »Was ist los? Was ist passiert?«

Er wollte nichts sagen, bis sie in der Wohnung waren, aber bis dahin wußte sie bereits Bescheid. Sein Gesicht sagte alles.

Ihr Mann war an der Ecke von Eleventh Avenue und West Fifty-fifth Street gewesen. Offensichtlich hatte er gerade von einem Münztelefon an dieser Ecke telefoniert, als jemand, vermutlich bei dem Versuch, ihn auszurauben, aus nächster Nähe vier Schüsse auf ihn abgegeben und dadurch seinen Tod verursacht hatte.

Es gab noch mehr, aber das war alles, was sie aufnehmen konnte. Glenn war tot. Mehr brauchte sie nicht zu hören.

2

Zum erstenmal traf ich Glenn Holtzmann an einem Dienstagabend im April, der angeblich der grausamste Monat ist. Das hat T. S. Eliot in »Das wüste Land« gesagt, und vielleicht wußte er, wovon er sprach. Ich bin mir da allerdings nicht so sicher. Ich finde sie alle ziemlich fies.

Wir trafen uns in der Sandor Kellstine Gallery, die sich mit einem Dutzend anderer Kunstgalerien in einem fünfstöckigen Bau in der Fifty-seventh zwischen Fifth und Sixth Avenue befindet. Es war bei der Vernissage der Frühjahrsgruppenausstellung für zeitgenössische Fotografie. In einem großen Raum im dritten Stock waren die Arbeiten von sieben Fotografen zu sehen. Zur Eröffnung hatten sich Freunde und Verwandte von allen sieben eingefunden, zusammen mit Leuten wie Lisa Holtzmann und Elaine Mardell, die donnerstags im Hunter College an einem Abendseminar über »Fotografie als abstrakte Kunstform« teilnahmen.

Es gab einen Tisch, auf dem Plastikstielgläser mit Rot- und Weißwein und Käsehäppchen mit bunten Zahnstochern bereitstanden. Sie hatten auch Club Soda, und ich schenkte mir ein Glas ein und suchte nach Elaine, die mich den Holtzmanns vorstellte.

Er war mir spontan unsympathisch.

Ich sagte mir, das ist doch lächerlich, und schüttelte ihm die Hand und erwiderte sein Lächeln. Eine Stunde später waren wir vier in der Eighth Avenue thailändisch essen. Wir hatten was mit Nudeln, und Holtzmann trank eine Flasche Bier zum Essen. Die beiden Frauen und ich hatten eisgekühlten thailändischen Kaffee.

Die Unterhaltung kam nicht so recht in Gang. Zuerst sprachen wir über die Ausstellung, die wir gerade gesehen hatten, dann unternahmen wir kurze Abstecher zu anderen Standardthemen – Lokalpolitik, Sport, das Wetter. Ich wußte bereits, daß er Anwalt war, und erfuhr nun noch, daß er für Waddell & Yount arbeitete, einen Verlag, der Großdruckausgaben von Büchern herausbrachte, die bereits in anderen Verlagen erschienen waren.

»Ziemlich langweilige Angelegenheit«, sagte er. »Hauptsächlich Verträge, und ab und zu muß ich jemandem einen geharnischten Brief schreiben. Und das ist eine Gabe, die ich unbedingt weitergeben möchte. Sobald der Junge groß genug ist, werde ich ihm beibringen, wie man geharnischte Briefe schreibt.«

»Oder ihr«, sagte Lisa.

Er oder sie war noch nicht auf der Welt und wurde irgendwann im Herbst erwartet. Das war der Grund, warum Lisa statt Bier kalten Kaffee trank. Elaine hat noch nie viel getrunken, und inzwischen trinkt sie überhaupt nichts mehr. Und – immer schön einen Tag nach dem anderen – ich tue das auch nicht.

»Oder ihr«, stimmte ihr Holtzmann zu. »Ob Junge oder Mädchen, der Nachwuchs kann getrost in Papas langweilige Fußstapfen treten. Matt, was Sie tun, muß doch ziemlich aufregend sein. Oder denke ich das bloß, weil ich zuviel fernsehe?«

»Hin und wieder ist es schon spannend«, sagte ich. »Aber die meiste Zeit ist es reine Routine. Wie in jedem anderen Job.«

»Sie waren bei der Polizei, bevor Sie sich selbständig gemacht haben?«

»Ja.«

»Und jetzt arbeiten Sie für ein Detektivbüro?«

»Wenn sie was für mich haben. Die Agentur heißt Reliable. Ich bin dort aber nicht angestellt, sondern übernehme lediglich einzelne Aufträge, die gerade anfallen.«

»Wahrscheinlich haben Sie ziemlich viel mit Industriespionage zu tun. Unzufriedene Angestellte, die mit Firmengeheimnissen hausieren gehen.«

»Ab und zu.«

»Nicht viele?«

»Ich habe keine Lizenz. Deshalb bekomme ich normalerweise keine Firmenaufträge, jedenfalls nicht allein. Davon kriegen sie bei Reliable zwar ziemlich viele rein, aber bei den Fällen, auf die sie mich in letzter Zeit angesetzt haben, ging es vorwiegend um Produktpiraterie.«

»Produktpiraterie?«

»Alles von falschen Rolex-Uhren bis zu nichtautorisierten Logos auf Sweatshirts und Baseballmützen.«

»Hört sich interessant an.«

»Ist es aber nicht. Das ist dasselbe wie geharnischte Briefe schreiben, bloß auf einem wesentlich niedrigeren Level.«

»Dann sollten Sie sich Kinder zulegen. Das ist bestimmt eine Gabe, die Sie unbedingt weitergeben wollen.«

Nach dem Essen gingen wir in ihre Wohnung und quittierten den Blick mit den erwarteten Ahs und Ohs. Von Elaines Apartment sieht man ein Stück vom East River und von meinem Hotelzimmer ein bißchen was vom World Trade Center, aber gegen den Blick der Holtzmanns kamen wir nicht an. Die Wohnung selbst war nicht gerade groß – das zweite Schlafzimmer hatte vielleicht zehn Quadratmeter –, und sie hatte außer den niedrigen Decken und architektonischen Patentlösungen, wie sie für die meisten Neubauwohnungen typisch sind, nicht viel zu bieten. Aber der Blick machte einiges wett.

Lisa machte eine Kanne koffeinfreien Kaffee und begann über Kontaktanzeigen zu sprechen und daß sie ganz normale, bürgerliche Leute kannte, die damit ihr Glück versuchten. »Wie sollen sich die Leute heutzutage schon kennenlernen?« meinte sie. »Glenn und ich hatten Glück. Als ich bei Waddell & Yount war, um dem Art Director mein Buch zu zeigen, sind wir uns im Flur zufällig über den Weg gelaufen.«

»Ich hab sie vom anderen Ende des Raums gesehen«, sagte Glenn, »und ich hab es schon so hingedreht, daß wir uns über den Weg gelaufen sind.«

»Aber wie oft kommt so was schon vor?« fuhr Lisa fort. »Wie haben Sie sich denn kennengelernt, wenn ich fragen darf?«

»Über eine Kontaktanzeige«, sagte Elaine.

»Im Ernst?«

»Nein. Ob Sie's glauben oder nicht: Wir hatten vor Jahren mal ein Verhältnis. Dann trennten wir uns und verloren uns aus den Augen. Und dann sind wir uns zufällig wieder begegnet und ...«

»Und es war noch immer der alte Zauber? Das ist ja eine richtig schöne Geschichte.«

»Kann schon sein, aber nur, wenn man nicht zu genau hinhörte. Richtig war, daß wir uns schon Jahre zuvor kennengelernt hatten, in einer Bar, die bis in die frühen Morgenstunden offenhatte. Elaine war damals ein reizendes junges Callgirl und ich Detektiv, mit einer festen Anstellung beim Sechsten Revier und einer nicht mehr ganz so festen Beziehung zu meiner Frau und meinen zwei Söhnen auf Long Island. Jahre danach tauchte aus unserer gemeinsamen Vergangenheit ein Psychopath auf, der sich in den Kopf gesetzt hatte, uns beide umzubringen. Das führte uns wieder zusammen, und ja, Lisa, es war noch immer derselbe alte Zauber. Wir blieben jeder am anderen hängen, und die Verbindung schien zu halten.«

Es war vielleicht tatsächlich eine schöne Geschichte, aber da das meiste davon unausgesprochen blieb, trug sie nicht viel dazu bei, das Gespräch in Gang zu bringen. Lisa erzählte von der Freundin einer Freundin, geschieden, die auf eine Kontaktanzeige in der Zeitschrift NEW YORK geantwortet hatte, sich zum verabredeten Zeitpunkt am vereinbarten Treffpunkt einfand und ihrem Ex-Mann gegenüberstand. Sie sahen darin einen Wink des Schicksals und rauften sich wieder zusammen. Glenn sagte, das glaube er nicht, es klinge zu unwahrscheinlich, er habe diese Geschichte schon in einem halben Dutzend Abwandlungen gehört und glaube keine einzige davon.

»Großstadtfolklore«, meinte er. »Solche Geschichten sind zu Dutzenden in Umlauf, und bezeichnenderweise sind sie immer einem Freund eines Freundes passiert, nie jemandem, den man selbst kennt, und wenn ihr's genau wissen wollt, sind sie überhaupt nicht passiert. Wissenschaftler sammeln diese Geschichten, ganze Bücher sind voll damit. Wie die mit dem Schäferhund im Koffer.«

Wir müssen ziemlich verdutzte Gesichter gemacht haben. »Ich bitte euch«, sagte er. »Die müßt ihr doch kennen. Einem Kerl stirbt der Hund, er ist tief zerknirscht, weiß nicht, was er machen soll, also packt er den Köter in einen großen Schrankkoffer und macht sich auf den Weg zu einem Tierarzt oder Hundefriedhof. Und als er den Koffer mal abstellt, um zu verschnaufen, schnappt ihn ihm jemand weg und haut ab damit. Und, ha-ha-ha, nun stellt euch mal das Gesicht von dem armen Teufel vor, wenn er den geklauten Koffer aufmacht und den toten Köter sieht. Jede Wette, ihr habt mindestens schon eine Variante dieser Geschichte gehört.«

»Ich kenne sie mit einem Dobermann«, sagte Lisa.

»Klar, ein Dobermann, ein Schäferhund. Irgendein großer Hund eben.«

»In der Variante, die ich gehört habe«, sagte Elaine, »ist es einer Frau passiert.«

»Na klar, und ein hilfsbereiter junger Mann trägt ihr den Koffer.«

»Und im Koffer«, fuhr sie fort, »ist ihr Ex-Mann.«

Soviel zu den Blüten, die die Großstadtfolklore so treibt. Lisa, unermüdlich, kam von Kontaktanzeigen auf Telefonsex. Sie sah darin ein perfektes Spiegelbild der neunziger Jahre, ausgelöst durch das Aufkommen von Aids, ermöglicht durch Kreditkarten und 900er-Nummern und hervorgerufen durch die wachsende Tendenz, vor der Realität in Traumwelten zu flüchten.

»Diese Mädchen verdienen einen Haufen Geld«, sagte sie. »Und das bloß mit Reden.«

»Mädchen? Die Hälfte von denen sind wahrscheinlich Großmütter.«

»Na und? Ältere Frauen sind sogar im Vorteil. Schließlich kommt es dabei nicht auf Jugend und gutes Aussehen an, sondern auf eine rege Fantasie.«

»Du meinst wohl eher eine schmutzige. Außerdem brauchst du eine geile Stimme.«

»Ist meine Stimme geil genug?«

»Ich finde schon«, sagte er. »Aber ich bin da etwas voreingenommen. Warum fragst du? Sag bloß, du willst das machen.«

»Na ja«, sagte sie, »zumindest habe ich es schon mal in Gedanken durchgespielt.«

»Das soll wohl ein Witz sein.«

»Ich weiß nicht. Wenn das Baby schläft und ich hier festsitze …«

»Setzt du dich ans Telefon und schweinigelst mit wildfremden Männern rum?«

»Na ja –«

»Weißt du noch, als du diese obszönen Anrufe bekommen hast, bevor wir geheiratet haben?«

»Das war was anderes.«

»Du bist ganz schön ausgeflippt.«

»Na ja, das war ja auch ein Perverser.«

»Was du nicht sagst? Und was, glaubst du, sind deine Kunden? Pfadfinder?«

»Es wäre was anderes, wenn ich Geld dafür bekäme«, sagte sie. »Dann hätte es nicht so was Aggressives. Glaube ich zumindest. Was meinen Sie, Elaine?«

»Ich stelle mir das eigentlich nicht so toll vor.«

»Natürlich nicht«, sagte Glenn. »Sie haben keine schmutzige Fantasie.«

Zurück in Elaines Wohnung, sagte ich: »Als reife Frau bist du eindeutig im Vorteil. Nur schade, daß deine Fantasie nicht schmutzig genug ist für Telefonsex.«

»War das nicht zum Schießen? Fast hätte ich was gesagt.«

»Damit habe ich eigentlich gerechnet.«

»Ich konnte mich gerade noch beherrschen.«

Als ich Elaine kennenlernte, arbeitete sie als Callgirl, und das machte sie auch noch, als wir uns wieder begegneten. Sie übte ihren Job weiter aus, als wir nach und nach eine Beziehung aufbauten, und ich tat so, als machte es mir nichts aus, und sie machte es genauso. Wir sprachen nicht darüber, und es wurde die Sache, über die wir nicht sprachen, der Elefant im Wohnzimmer, um den wir auf Zehenspitzen herumschlichen, ohne ihn je zu erwähnen.

Dann, eines Morgens, hatte jeder von uns seinen Augenblick der Wahrheit. Ich gab zu, daß es mir was ausmachte, und sie gab zu, daß sie insgeheim ein paar Monate zuvor aufgehört hatte. Das brachte einiges in Bewegung und hatte unter anderem zur Folge, daß wir uns auf Neuland vorwagen und auf gewisse Umstellungen gefaßt machen mußten.

Eine der Fragen, mit denen sie sich befassen mußte, war, was sie mit ihrer Zeit anfangen wollte. Sie hatte es nicht nötig zu arbeiten. Sie hatte noch nie zu denen gehört, die ihr Geld Zuhältern oder Koksdealern in den Rachen stopften, sondern hatte es gut angelegt, hauptsächlich in Mietwohnungen in Queens. Eine Hausverwaltung kümmerte sich um alles und schickte ihr jeden Monat einen Scheck, und das war mehr als genug, um ihren gewohnten Lebensstandard beibehalten zu können.

Sie ging ins Fitneßstudio, besuchte Konzerte und belegte am College Abendkurse, und sie hatte die Mittel, um sich in einer Stadt, in der man immer eine Beschäftigung finden konnte, ein schönes Leben zu machen.

Aber sie hatte nun mal ihr ganzes Leben lang gearbeitet und mußte sich erst ans Nichtstun gewöhnen. Ab und zu studierte sie stirnrunzelnd die Stellenangebote, und einmal mühte sie sich eine ganze Woche lang damit ab, einen Lebenslauf zu schreiben, um schließlich ihre Notizen seufzend zu zerreißen. »Völlig aussichtslos. Mir fallen nicht mal für die freien Stellen auf einem Formular ein paar interessante Lügen ein. Ich habe mich zwanzig Jahre lang für Dollars flachgelegt. Natürlich könnte ich sagen, ich war die ganze Zeit Hausfrau. Aber was nützt das schon. Deswegen wäre ich auch nicht besser vermittelbar.«

Eines Tages sagte sie: »Nur so eine Frage. Was hältst du von Telefonsex?«

»Na ja, als Notlösung vielleicht«, sagte ich. »Wenn wir uns mal aus irgendeinem Grund länger nicht sehen können. Aber ich glaube nicht, daß ich auf so was stehe.«

»Dummkopf«, sagte sie liebevoll. »Nicht für uns. Zum Geldverdienen. Eine Bekannte von mir meint, damit ließe sich eine Menge Geld machen. Du bist zusammen mit zehn oder zwölf anderen Mädchen in einem Raum, jede mit einem eigenen Abteil. Du sitzt an einem Schreibtisch und telefonierst. Kein Ärger, daß du dein Geld nicht kriegst. Keine Angst wegen Aids oder Herpes. Keine Gefahr oder Bedrohung, keine Form von körperlichem Kontakt, du bekommst die Kunden nie zu sehen und sie dich nicht. Sie wissen nicht mal, wie du heißt.«

»Wie sprechen sie dich dann an?«

»Du legst dir eben eine Art Künstlernamen zu – obwohl, das ist vielleicht ein bißchen übertrieben, weil du ja nun weiß Gott keine Künstlerin bist. Einen Telefonnamen eben. Übrigens, jede Wette, daß es dafür im Französischen ein Wort gibt.« Sie holte ein

Wörterbuch und blätterte darin. »*Nom de téléphone*. Da bleibe ich, glaube ich, doch lieber bei Telefonname.«

»Und wie würdest du dich nennen? Trixie? Vanessa?«

»Vielleicht Audrey.«

»Da mußtest du aber nicht lange überlegen.«

»Es ist erst ein paar Stunden her, daß ich mit Pauline gesprochen habe. Wie lange dauert es schon, sich einen Namen auszudenken?« Sie holte Luft. »Sie sagt, da, wo sie arbeitet, könnte ich jederzeit anfangen. Aber wie ginge es dir damit?«

»Keine Ahnung. Im voraus ist das schwer zu sagen. Vielleicht solltest du es einfach mal probieren, und dann werden wir schon sehen, wie es uns damit geht. Das möchtest du doch, oder?«

»Ich glaube schon.«

»Wie geht dieser Spruch übers Masturbieren gleich wieder? Tu es, bis du eine Brille brauchst.«

»Oder ein Hörgerät.«

Am nächsten Montag fing sie damit an und hielt genau vier Stunden einer Sechsstundenschicht durch. »Unmöglich«, stöhnte sie. »Kommt überhaupt nicht in Frage. Lieber ficke ich wildfremde Kerle, als anzügliche Gespräche mit ihnen zu führen. Kannst du mir das vielleicht erklären?«

»Was war?«

»Ich konnte es einfach nicht. Ich war eine einzige Katastrophe. Da war dieser Blödmann, der hören wollte, wie groß sein Schwanz ist. Darauf ich: ›Oh, ist der riesig. So einen großen habe ich noch nie gesehen. Gütiger Gott, ich weiß gar nicht, wie ich den in mich reinkriegen soll. Bist du auch sicher, es ist dein Pimmel und nicht dein Arm?‹ Da wurde er ziemlich sauer. ›Du machst das nicht richtig‹, sagte er. Und *das* hat mir bisher noch niemand gesagt. ›Du übertreibst. Du machst aus dem Ganzen eine Lachnummer.‹ Na ja, und da ist mir der Kragen geplatzt: ›Du hast vielleicht Nerven. Hockst bei dir zu Hause rum, in der einen Hand das Telefon, in der anderen deinen Schwanz, und bezahlst eine wildfremde Frau dafür, daß sie dir sagt, du hast ein Ding, daß sogar ein Elefant vor Neid erblaßt, und dann soll ich diejenige sein, die aus dem Ganzen eine Lachnummer macht?‹ Und ich hab ihm gesagt, daß er ein Arschloch ist, und dann hab ich aufgelegt, was man nun auf gar keinen Fall tun soll, weil sie dich über eine 900er-Nummer anwählen und der Zähler so lange läuft, wie sie dranbleiben. Man soll also unter keinen Umständen vor dem Anrufer aufhängen. Aber das war mir in dem Moment völlig egal.

So ein anderer Dödel wollte, daß ich ihm irgendwelche Geschichten erzähle. ›Erzähl mir, wie es war, als du mal mit einem Mann und einer Frau einen Dreier gemacht hast.‹ Na ja, es gibt schon ein paar wahre Geschichten, die ich ihm hätte erzählen können, aber soll ich diesem Wichser vielleicht was, das ich tatsächlich erlebt habe, unter die Nase reiben? Von wegen. Also habe ich was erfunden, und natürlich waren alle drei Beteiligten ganz toll und geil und sexuell total aufeinander abgestimmt, und gekommen sind sie wie ein Feuerwerk am vierten Juli. Ganz im Gegensatz zum richtigen Leben, wo die Leute Mundgeruch und Pickel haben und die Frauen nur so tun und die Männer keinen hochkriegen.« Angewidert schüttelte sie den Kopf. »Jedenfalls, das kann ich vergessen. Bloß gut, daß ich was auf der hohen Kante habe, weil ich nämlich tatsächlich nicht vermittelbar bin, wie sich herausgestellt hat. Ich bring's nicht mal als Telefonnutte.«

»Und?« fragte sie. »Wie fandest du sie?«

»Glenn und Lisa? Ganz nett.«

»Aber es würde dir nichts ausmachen, sie nie wiederzusehen.«

»Das ist vielleicht ein bißchen hart, aber zugegeben, ich kann mir nicht vorstellen, daß wir unsere ganze Freizeit mit ihnen verbringen. Irgendwie wollte heute abend der Funke nicht überspringen.«

»Warum wohl? Wegen des Altersunterschieds? Soviel älter sind wir doch gar nicht.«

»Sie ist noch ziemlich jung, aber ich glaube nicht, daß es daran lag. Eher glaube ich, daß wir einfach nicht viel gemeinsam haben. Du besuchst dasselbe Abendseminar wie sie, und ich wohne nur einen Block von ihnen entfernt, aber ansonsten …«

»Ich weiß. Nicht viele Gemeinsamkeiten. Vermutlich hätte ich mir das gleich denken können. Aber ich fand sie ganz sympathisch, deshalb dachte ich, laß es doch auf einen Versuch ankommen.«

»Finde ich auch völlig in Ordnung. Ich weiß sogar, warum du sie nett findest. Ich fand sie auch ganz nett.«

»Aber ihn nicht.«

»Nicht besonders. Nein.«

»Weißt du auch, warum?«

Ich dachte nach. »Nein. Nicht wirklich. Ich könnte jetzt natürlich ein paar Dinge anführen, die ich nicht an ihm mochte. Aber Tatsache ist, daß er mir spontan unsympathisch war.«

»Er sieht ziemlich gut aus.«

»Allerdings. Sehr gut sogar. Vielleicht war es das. Vielleicht habe ich gespürt, daß du ihn anziehend findest.«

»Ich fand ihn übrigens nicht besonders anziehend.«

»Nicht?«

»Ich fand, daß er gut aussieht – so, wie männliche Models gut aussehen, nur nicht mit so einem finsteren Gesicht, wie sie es heutzutage alle machen. Aber ich stehe nicht auf hübsche Bubis. Ich mag alte Brummbären.«

»Na, Gott sei Dank.«

»Vielleicht mochtest du ihn nicht, weil du scharf auf sie warst.«

»Ich wußte schon, daß ich ihn nicht mag, bevor ich sie überhaupt gesehen habe.«

»Ach.«

»Und wie kommst du darauf, daß ich scharf auf sie bin?«

»Sie ist hübsch.«

»Auf eine zerbrechliche Porzellanpuppenart. Eine schwangere Porzellanpuppenart.«

»Ich dachte immer, Männer wären verrückt nach schwangeren Frauen.«

»Dann hast du dich ausnahmsweise mal getäuscht.«

»Was hast du gemacht, als Anita schwanger war?«

»Viele Überstunden. Und eine Menge Ganoven hinter Gitter gebracht.«

»Also dasselbe wie immer.«

»So ziemlich, ja.«

»Vielleicht war es dein Polizisteninstinkt. Vielleicht mochtest du ihn deshalb nicht.«

»Weißt du was? Ich glaube, genau das war's. Obwohl es mir nicht recht einleuchtet.«

»Warum nicht?«

»Weil er ein erfolgreicher junger Anwalt mit einer schwangeren Frau und einer schicken Wohnung ist. Er hat einen festen Händedruck und ein einnehmendes Lächeln. Wie käme ich also darauf, daß was faul an ihm ist?«

»Das frage ich dich.«

»Keine Ahnung. Ich habe was gespürt, aber ich könnte dir nicht sagen, was es war. Außer, daß ich das Gefühl hatte, daß er sehr genau hinhört – als ob er mehr hören wollte, als ich ihm erzählen wollte. Der ganze Abend war eine ziemlich zähe Angelegenheit, aber es wäre sicher viel lockerer geworden, wenn ich ein paar Detektivgeschichten erzählt hätte.«

»Warum hast du's nicht?«

»Vielleicht, weil er so scharf drauf war, welche zu hören.«

»Wie Telefonsex. In der einen Hand hatte er das Telefon, in der anderen seinen Schwanz.«

»Etwas in der Art.«

»Kein Wunder, daß du aufhängen wolltest. Mein Gott, weißt du noch, was für ein Drama das war? Danach habe ich im Bett eine Woche lang kein Wort mehr gesagt.«

»Ich weiß. Nicht mal gestöhnt hast du.«

»Na ja, ich habe mir Mühe gegeben, es nicht zu tun. Aber manchmal konnte ich einfach nicht anders.«

In meinem zackigsten Nazi-Tonfall sagte ich: »Wir haben Möglichkeiten, Sie zum Kommen zu bringen.«

»Tatsächlich?«

»Das Fräulein verlangt wohl einen Beweis?«

»Ich glaube schon.«

Und eine Weile später sagte sie: »Ich könnte zwar nicht behaupten, es war der beste Abend, den wir miteinander hatten, aber er hatte mit Sicherheit eine besondere Note, oder nicht? Übrigens, wahrscheinlich hast du recht. Ich glaube, er hat was Schmieriges. Und wenn schon? Wir brauchen uns ja nicht noch mal mit ihnen zu treffen.«

Aber ich traf sie natürlich nochmals.

Eine Woche oder zehn Tage nach unserem ersten Treffen verließ ich eines Abends mein Hotel, als auf halbem Weg zur Ninth Avenue jemand meinen Namen rief. Ich schaute mich um und sah Glenn Holtzmann. Er war in Anzug und Krawatte und hatte einen Aktenkoffer in der Hand.

»Mußte mal wieder Überstunden machen«, sagte er. »Ich habe Lisa angerufen, daß sie nicht mit dem Essen auf mich wartet. Haben Sie schon was gegessen? Hätten Sie Lust, kurz wohin zu gehen?« Ich hatte schon gegessen und sagte ihm das. »Dann kommen Sie doch wenigstens auf eine Tasse Kaffee mit. Irgendwo hier in der Nähe, im Flame oder im Morning Star, nur auf eine Kleinigkeit. Haben Sie soviel Zeit?«

»Nein.« Ich deutete in Richtung Ninth Avenue. »Ich bin mit jemandem verabredet.«

»Was dagegen, wenn ich ein Stück mitkomme? Ich werde mich schön brav am Riemen reißen und im Flame einen Salat essen.« Er tätschelte seinen Bauch. »Bloß nicht zulegen«, fügte er hinzu, obwohl ich ihn absolut nicht dick fand. Wir gingen zur Fifty-eighth und überquerten gemeinsam die Ninth Avenue, und vor dem Flame sagte er: »Hier muß ich mich leider verabschieden. Dann noch alles Gute bei Ihrer Besprechung. Interessanter Fall?«

»In diesem Stadium läßt sich das noch nicht sagen.«

Natürlich war es gar kein Fall. Es war ein Treffen der Anonymen Alkoholiker im Souterrain von St. Paul. Ich saß eineinhalb Stunden lang auf einem Metallklappstuhl und trank aus einem Styroporbecher Kaffcc. Um zehn Uhr murmelten wir das Vaterunser und stellten die Stühle zusammen, und ein paar von uns gingen noch ins Flame, um was zu essen und ein bißchen unter Leute zu kommen. Ich dachte, Holtzmann würde dort vielleicht noch über den Resten seines griechischen Salats sitzen, aber er war bereits in sein luftiges Domizil heimgekehrt. Ich bestellte Kaffee und einen getoasteten English und dachte nicht mehr an ihn.

Irgendwann während der nächsten ein, zwei Wochen sah ich ihn in der Ninth Avenue auf einen Bus warten, aber er sah mich nicht. Ein andermal waren Elaine und ich noch ziemlich spät im Armstrong's was essen, und gerade als wir gingen, stiegen die Holtzmanns auf der anderen Seite der Kreuzung vor ihrem Haus aus einem Taxi. Und eines Nachmittags war ich an meinem Fenster, als ein Mann, der Glenn Holtzmann hätte sein können, aus dem Fotogeschäft gegenüber kam und sich nach Westen entfernte. Ich wohne ziemlich weit oben, so daß der Mann, den ich sah, auch jemand anderer hätte sein können, aber irgend etwas an seinem Gang und seiner Haltung erinnerte mich an Holtzmann.

Es wurde Mitte Juni, bis wir wieder miteinander sprachen. Es war an einem Werktagabend, ziemlich spät. Jedenfalls nach Mitternacht. Ich war bei einem Treffen gewesen und hatte anschließend noch einen Kaffee getrunken.

Zurück in meinem Zimmer, holte ich mir ein Buch, konnte es aber nicht lesen, stellte den Fernseher an, konnte aber nicht zusehen.

Das kommt manchmal vor. Eine Weile kämpfte ich gegen meine innere Unruhe an, bis ich mir gegen Mitternacht sagte, was soll's, meine Jacke vom Haken nahm und das Zimmer verließ. Ich ging Richtung Süden und dann nach Westen, und als ich das Grogan's erreichte, setzte ich mich an die Bar.

Grogan's Open House liegt in der Fiftieth, Ecke Tenth, eine altmodische irische Kneipe, wie es sie vor Jahren in der Hell's Kitchen in rauhen Mengen gab. Heutzutage sind sie allerdings seltener geworden, obwohl sich das Grogan's erst noch eine Bronzeplakette der Landmarks Commission oder einen Platz auf der Liste gefährdeter Spezies verdienen muß. Auf der linken Seite ist ein langer Tresen, auf der rechten Sitznischen mit Tischen, an der Rückwand ein Dartboard, dazu ein alter Fliesenboden, mit Sägemehl bestreut, und eine alte Walzblechdecke, die dringend ausgebessert werden müßte.

Im Grogan's ist nur selten was los, und dieser Abend war keine Ausnahme. Hinterm Tresen war Burke, der sich auf einem Kabelkanal einen alten Film ansah. Ich bestellte ein Coke, und er brachte es mir. Ich fragte, ob Mick dagewesen sei, und er schüttelte den Kopf. »Später«, sagte er.

Für ihn war das eine lange Rede. Die Zapfer im Grogan's sind ein ziemlich maulfauler Haufen. Das ist die Grundvoraussetzung für den Job.

Ich nippte an meinem Coke und sah mich um. Es waren ein paar bekannte Gesichter da, aber keines, das ich gut genug kannte, um hallo zu sagen, was mir nur recht war. Ich sah mir den Film an. Denselben Film hätte ich auch zu Hause ansehen können, aber dort wäre ich unfähig gewesen, irgendwas anzusehen oder auch nur stillzusitzen. Hier, eingehüllt von Tabakgeruch und verschüttetem Bier, fühlte ich mich seltsamerweise wohl.

Auf dem Bildschirm seufzte Bette Davis und warf den Kopf herum, so jung wie das blühende Leben.

Ich schaffte es, ganz in dem Film aufzugehen, und dann ging ich ganz in meinen Gedanken auf, gefangen von einer Art Tagtraum. Ich wurde aus ihm herausgerissen, als ich jemanden meinen Namen sagen hörte. Ich drehte mich um, und da stand Glenn Holtzmann. Er trug einen braunen Blouson und darunter ein kariertes Sporthemd. Es war das erste Mal, daß ich ihn in was anderem sah als im Anzug.

»Konnte nicht schlafen«, sagte er. »Erst bin ich ins Armstrong's, aber da war's mir zu voll. Also bin ich hierher. Was trinken Sie da, Guinness? Moment mal, Sie haben ja Eis in Ihrem Glas? Servieren sie das hier so?«

»Es ist Coca-Cola«, sagte ich, »aber sie haben Guinness vom Faß, und wahrscheinlich können Sie es auch mit Eis haben, wenn Sie das möchten.«

»Auf gar keinen Fall. Weder mit noch ohne Eis. Was will ich?« Burke stand direkt vor uns. Er hatte kein Wort gesagt und sagte auch jetzt nichts. »Was für Bier haben Sie? Nein, mir ist eigentlich nicht nach einem Bier. Wie wär's mit einem Johnny Walker Red? Eis, ein bißchen Wasser.«

Burke brachte den Whisky mit dem Wasser separat in einem kleinen Glaskrug. Holtzmann goß etwas Wasser in sein Glas, hielt es gegen das Licht und nahm einen Schluck. Ich hatte plötzlich so was wie einen geschmacklichen Erinnerungsschub. Das letzte, was ich wollte, war, was zu trinken, aber einen Augenblick lang konnte ich den Whisky ganz deutlich schmecken.

»Sympathischer Laden«, sagte Holtzmann. »Ich komme allerdings selten her. Und Sie?«

»Ich finde es hier auch ganz sympathisch.«

»Kommen Sie oft her?«

»Nicht besonders. Ich kenne den Besitzer.«

»Tatsächlich? Ist das nicht der Typ, den sie den ›Metzger‹ nennen?«

»Soviel ich weiß, nennt ihn niemand so. Das haben sich vermutlich irgendwelche Zeitungsfritzen ausgedacht, wahrscheinlich dieselben, die angefangen haben, die Gangster hier aus der Gegend die ›Westies‹ zu nennen.«

»Nennen die sich selbst gar nicht so?«

»Inzwischen schon«, sagte ich. »Aber vorher nicht. Was Mick Ballou angeht, kann ich Ihnen bloß soviel sagen: In seiner Kneipe sagt keiner ›Metzger‹ zu ihm.«

»Wenn ich was Falsches gesagt habe ...«

»Nur keine Aufregung.«

»Ich war vielleicht, keine Ahnung, vier-, fünfmal hier. Jedenfalls habe ich ihn bisher noch nicht hier gesehen. Wahrscheinlich würde ich ihn von den Fotos erkennen. Er ist doch ein ziemlicher Brocken, oder?«

»Ja.«

»Wie haben Sie ihn kennengelernt, wenn ich fragen darf?«

»Ach, das ist schon ein paar Jahre her«, sagte ich. »Wir kennen uns schon ziemlich lange.«

Er nahm einen Schluck von seinem Scotch. »Da könnten Sie sicher so ein paar Geschichten erzählen.«

»Ich bin kein großer Geschichtenerzähler.«

»Das glaube ich nicht.« Er nahm eine Visitenkarte aus seiner Brieftasche und gab sie mir. »Haben Sie Lust, mal mit mir Mittag essen zu gehen, Matt? Rufen Sie mich doch einfach an. Wollen Sie?«

»Mal sehen.«

»Würde mich jedenfalls freuen«, sagte er. »Ich würde mich nämlich gern mal in aller Ruhe mit Ihnen unterhalten. Und wer weiß, vielleicht kommt ja sogar was dabei heraus.«

»Hm?«

»Na ja, ein Buch zum Beispiel. Was Sie so alles erlebt haben; die Leute, die Sie kennen. Würde mich wundern, wenn das kein tolles Buch abgäbe.«

»Ich bin kein Schriftsteller.«

»Wenn der Stoff da ist, ist es kein Problem, Sie mit einem Schriftsteller zusammenzubringen. Und mein Gefühl sagt mir, der Stoff ist da. Aber darüber können wir uns ja beim Mittagessen unterhalten.«

Ein paar Minuten später ging er, und als der Film aus war, wollte ich mich auch auf die Socken machen; aber bevor ich dazu kam, tauchte Mick auf, und das Ganze endete damit, daß wir die Nacht durchmachten.

Ich hatte zwar zu Holtzmann gesagt, ich sei kein großer Geschichtenerzähler, aber in dieser Nacht erzählte ich ein paar und Mick auch. Er trank irischen Whiskey und ich Kaffee, und wir machten nicht Schluß, bevor Burke die Stühle auf die Tische stellte und den Laden dichtmachte.

Als wir gingen, wurde es draußen schon hell. »Jetzt sehen wir erst mal, daß wir was zu essen kriegen«, sagte Mick, »und dann ist es Zeit für die Metzgermesse in St. Bernard.«

»Ohne mich«, sagte ich. »Ich bin müde. Ich gehe heim.«

»Alter Spielverderber«, sagte er und fuhr mich nach Hause. »War wieder mal ein richtig schöner Abend«, sagte er, als wir vor dem Hotel ankamen, »auch wenn er zu früh zu Ende ging.«

»Das letzte, was ich möchte«, sagte ich zu Elaine, »ist ein Buch über meine faszinierenden Erlebnisse schreiben. Aber selbst wenn ich irgendwelche Ambitionen in dieser Richtung hätte, wäre er der letzte, der mich dazu bringen könnte. Er braucht mich bloß was zu fragen, und schon überlege ich ganz automatisch, wie ich mich um eine Antwort drücken kann.«

»Warum das wohl so ist?«

»Keine Ahnung. Wieso will der Kerl über ein Buch mit mir reden? Sein Verlag bringt Großdruckausgaben heraus, und außerdem ist er nicht Lektor, sondern Anwalt.«

»Vielleicht kennt er bei anderen Verlagen ein paar Leute. Oder er hat nebenbei einen Aktionsverkauf laufen.«

»Der führt irgendwas im Schilde.«

»Wie meinst du das?«

»Daß er insgeheim ganz was anderes mit der Sache verfolgt. Er will was von mir, aber er rückt nicht damit raus, was es ist. Ich will dir mal was sagen: Ich glaube nicht, daß er will, daß ich ein Buch schreibe. Wenn es ihm wirklich darum ginge, wäre er die Sache ganz anders angegangen.«

»Und was, glaubst du, will er wirklich?«

»Keine Ahnung.«

»Das läßt sich aber ganz leicht rausfinden. Du brauchst bloß mit ihm zu Mittag essen gehen.«

»Das könnte ich. Aber ich kann auch damit leben, es nicht rauszufinden.«

Ich traf ihn erst in der ersten Augustwoche wieder. Es war Nachmittag. Ich saß im Morning Star an einem Fenstertisch, aß ein Stück Kuchen, trank eine Tasse Kaffee und las eine NEWSDAY, die jemand am Nachbartisch liegengelassen hatte. Da fiel ein Schatten auf die Zeitung, und als ich aufsah, stand Holtzmann draußen vor dem Fenster. Er hatte den Krawattenknoten gelockert und den Hemdkragen offen und die Anzugjacke über dem Arm. Er lächelte und deutete erst auf sich, dann auf den Eingang. Das sollte vermutlich heißen, daß er mir Gesellschaft leisten wollte, und ich hatte recht.

Er sagte: »Schön, Sie zu sehen, Matt. Darf ich mich zu Ihnen setzen? Oder erwarten Sie jemanden?«

Ich deutete auf den Stuhl mir gegenüber, und er nahm darauf Platz. Die Bedienung kam mit einer Speisekarte an, aber er winkte ab und bestellte bloß eine Tasse Kaffee. Zu mir sagte er, er habe gehofft, ich würde anrufen, er habe sich auf unser gemeinsames Mittagessen gefreut. »Wahrscheinlich hatten Sie viel zu tun«, sagte er.

»Ziemlich viel.«

»Das kann ich mir denken.«

»Und außerdem bin ich ehrlich gesagt nicht daran interessiert, ein Buch zu schreiben. Selbst wenn ich das könnte, würde ich es lieber ungeschrieben lassen.«

»Sie brauchen sich nicht zu rechtfertigen, Matt. Ich kann das voll verstehen. Trotzdem, wer sagt denn, daß Sie gleich ein Buch schreiben müssen, bloß damit wir beide mal zusammen essen gehen können? Es gäbe doch sicher auch noch andere Themen, über die wir uns unterhalten könnten.«

»Na ja, wenn mein Terminkalender mal nicht so voll ist ...«

»Sicher.« Als der Kaffee kam, sah er ihn stirnrunzelnd an und wischte sich mit seiner Serviette die Stirn. »Wie komme ich überhaupt darauf, Kaffee zu bestellen. Bei der Hitze wäre Eistee wesentlich schlauer gewesen. Trotzdem, angenehm kühl hier drinnen. Gott sei Dank gibt es Klimaanlagen.«

»Darauf ein lautes Amen.«

»Wissen Sie eigentlich, daß es bei uns in Lokalen und an sonstigen öffentlichen Orten im Sommer kühler ist als im Winter? Wenn hier im Januar die gleiche Temperatur herrschen würde wie jetzt, würden wir uns beim Geschäftsführer beschweren. Und da wundern sich die Leute, daß wir eine Energiekrise haben.« Er grinste gewinnend. »Sehen Sie? Es gibt jede Menge Dinge, über die wir uns unterhalten könnten. Das Wetter. Die Energiekrise. Die speziellen Macken der Amerikaner. Wäre ein Klacks, uns damit die Mittagspause zu vertreiben.«

»Außer wir haben alle Themen schon vorher durchgehechelt.«

»Ach, da mache ich mir eigentlich keine Sorgen. Wie geht's übrigens Elaine? Lisa hat sie nicht mehr gesehen, seit der Kurs zu Ende ist.«

»Danke, gut.«

»Macht sie über den Sommer irgendwelche Kurse? Lisa wollte eigentlich, aber dann bekam sie doch Bedenken – wegen der Schwangerschaft.«

Ich sagte, daß sich Elaine wahrscheinlich im Herbst für irgendwas einschreiben würde, aber daß sie sich den Sommer freihalten wollte, damit wir ab und zu ein verlängertes Wochenende wegfahren könnten.

»Lisa wollte sie eigentlich mal anrufen, aber dann ist sie wohl doch nicht dazu gekommen.« Er rührte seinen Kaffee um. Dann sagte er abrupt: »Sie hatte einen Abgang. Das haben Sie wahrscheinlich nicht gewußt.«

»O Gott, nein. Das tut mir leid, Glenn.«

»Tja, war ziemlich hart für sie.«

»Wann ist es ...«

»Vor zehn Tagen, irgendwann um den Dreh rum. Sie war im siebten Monat. Andererseits war es auch Glück im Unglück. Die Ärzte haben gesagt, das Baby war mißgebildet, es hätte auf keinen Fall überlebt, und nun stellen Sie sich mal vor, sie hätte es behalten und auf die Welt gebracht. Wie ich die Sache sehe, wäre das noch viel schlimmer für sie gewesen.«

»Das kann ich mir gut vorstellen.«

»Es war vor allem sie, die ein Kind wollte. Ich bin bisher ganz gut ohne zurechtgekommen und würde das vermutlich auch weiterhin. Aber ihr war es ziemlich wichtig, und deshalb dachte ich, warum nicht. Der Arzt hat gesagt, wir können es noch mal probieren.«

»Und?«

»Ich weiß nicht, ob ich das will. Jedenfalls nicht gleich. Komisch, eigentlich wollte ich Ihnen das gar nicht erzählen. Das zeigt nur, was für ein guter Detektiv Sie sind; Sie bringen die Leute sogar dann zum Reden, wenn Sie's gar nicht wollen. Aber dann will ich Sie jetzt nicht mehr länger von Ihrer Zeitungslektüre abhalten.« Er stand auf und schob mir zwei Dollar zu. »Für den Kaffee.«

»Das ist aber zuviel.«

»Dann geben Sie eben ein gutes Trinkgeld. Und rufen Sie mich an, wenn Sie Zeit haben. Wir werden noch miteinander Mittag essen.«

Als ich Elaine von dem Gespräch erzählte, war ihre spontane Reaktion, Lisa anzurufen. Sie wählte die Nummer, bekam den Anrufbeantworter dran und legte auf, ohne etwas auf Band zu sprechen.

»Wenn ich mir's genauer überlege«, erklärte sie mir, »sehe ich eigentlich nicht ein, warum sie in ihrem Schmerz ausgerechnet auf mich angewiesen sein sollte. Alles, was wir gemeinsam hatten, war der Kurs, und der ist schon seit zwei Monaten zu Ende. Sie tut mir wirklich leid, aber was soll ich mich da einmischen?«

»Verlangt ja auch niemand von dir.«

»Genau das ist mir gerade klargeworden. Vielleicht bringen mir die Anonymen Alkoholiker ja tatsächlich was. Und noch mehr brächten sie mir vielleicht, wenn ich öfter als bloß alle drei, vier Wochen mal hinginge.«

»Wirklich schade, daß du die Treffen nicht magst.«

»Dieses ständige Gejammere. Einfach zum Kotzen. Aber sonst sind sie toll. Und du? Magst du Glenn jetzt lieber, weil er dir von seinem Kummer erzählt hat?«

»Eigentlich sollte ich das. Aber ich habe trotzdem noch keine Lust, mit ihm essen zu gehen.«

»Darum wirst du wohl kaum herumkommen. Er wird nicht eher Ruhe geben, als bis du eines Tages aufwachst und feststellst, daß er dein neuer bester Freund ist. Wart nur ab.«

Aber das war es nicht, was passierte. Statt dessen vergingen sechs oder sieben Wochen, ohne daß ich etwas von Glenn Holtzmann sah oder hörte oder auch nur flüchtig an ihn dachte. Und dann änderte dies jemand mit einer Pistole von Grund auf, und von diesem Punkt an beschäftigte mich Glenn Holtzmann mehr, als er das zu Lebzeiten je getan hatte.

3

Eine Stunde später wußte ich so viel wie Lisa Holtzmann.

Elaine und ich waren nach einem frühen Kinobesuch essen gegangen und kamen bis auf die ersten paar Minuten noch rechtzeitig zu *L. A. Law* nach Hause. »Ich sage so was ja nur sehr ungern«, sagte sie, als es vorbei war, »aber mir geht Benny auf die Nerven. Er ist so unerträglich bescheuert.«

»Was willst du von dem armen Kerl schon viel verlangen?« sagte ich. »Er ist geistig zurückgeblieben.«

»Das soll man nicht sagen. Man soll sagen, er hat eine Lernschwäche.«

»Meinetwegen.«

»Das ist mir völlig egal. Da hat ja alles, was in einer Petri-Schale wächst, einen höheren IQ. Er sollte entweder ein bißchen mehr Grips zeigen oder ganz von der Bildfläche verschwinden. Andererseits finde ich das von fast allen Leuten, mit denen ich zu tun habe. Was willst du jetzt tun? Kommt irgendwo Baseball?«

»Sehen wir uns die Nachrichten an.«

Und das taten wir, mit halbem Auge zusehend, mit halbem Ohr zuhörend. Etwas besser paßte ich auf, als die kesse Moderatorin von einer Schießerei in Midtown zu berichten begann. Auf lokale Verbrechensmeldungen reagiere ich nämlich immer noch wie ein alter Dalmatiner auf das Läuten einer Feuerglocke. Als sie erwähnte, wo es passiert war, sagte Elaine: »Das ist ja bei dir um die Ecke.« Und als nächstes las sie den Namen des Opfers vom Teleprompter. Glenn Holtzmann, achtunddreißig, wohnhaft in der West Fifty-seventh Street in Manhattan.

Sie brachten einen Werbespot, und ich drückte auf die Fernbedienung und schaltete den Fernseher aus. Elaine sagte: »Ich kann mir nicht vorstellen, daß es in der West Fifty-seventh Street noch einen Glenn Holtzmann gibt.«

»Kaum.«

»Die arme Lisa. Letztes Mal, als ich sie gesehen habe, hatte sie einen Mann und war schwanger, und was hat sie jetzt noch? Meinst du, ich soll sie anrufen? Nein, natürlich nicht. Ich habe sie nicht angerufen, als sie den Abgang hatte, warum sollte ich sie da jetzt anrufen? Oder vielleicht doch? Gibt es denn etwas, womit wir ihr helfen könnten?«

»Wir kennen sie doch gar nicht.«

»Nein, und wahrscheinlich ist sie längst umringt von Leuten. Polizei, Reporter, Fernsehleute. Glaubst du nicht?«

»Entweder das, oder sie weiß es noch nicht.«

»Wie denn das? Ich dachte, sie geben den Namen des Opfers erst bekannt, wenn die nächsten Angehörigen verständigt sind. Das hört man jedenfalls immer.«

»So sollte es an sich sein«, sagte ich, »aber manchmal macht jemand Murks. Es sollte nicht vorkommen, aber es passieren eine Menge Dinge, die eigentlich nicht passieren dürften.«

»Genau das ist der Punkt. Er hätte nicht erschossen werden dürfen.«

»Wie meinst du das?«

»Na, jetzt hör aber mal. Er war ein vielversprechender junger Mann mit einem guten Job, einer tollen Wohnung und einer Frau, die verrückt nach ihm war, und dann geht er kurz spazieren und … Hieß es nicht, er hat telefoniert?«

»Etwas in der Art.«

»Wahrscheinlich, um sich zu erkundigen, ob er ihr aus dem Deli an der Ecke noch was mitbringen sollte. Mein Gott, glaubst du, sie hat die Schüsse gehört?«

»Woher soll ich das wissen?«

Sie runzelte die Stirn. »Ich stelle nur fest, daß mir das ganz schön nahegeht. Es ist einfach was anderes, wenn man den Betreffenden kennt. Aber das allein ist es nicht. Es kommt mir einfach falsch vor.«

»Ein Mord ist immer falsch.«

»Ich meine nicht moralisch falsch. Ich meine, in dem Sinn wie ein Versehen, ein kosmischer Irrtum. Er gehörte nicht zu der Sorte Leute, die auf offener Straße erschossen werden. Weißt du, was das bedeutet? Es bedeutet, wir sind alle in Gefahr.«

»Wie kommst du denn darauf?«

»Wenn es ihm passieren konnte«, sagte sie, »kann es jedem passieren.«

So sah es die ganze Stadt.

Die Zeitungen waren voll davon. Die Boulevardblätter brachten Riesenaufmacher, und selbst in der TIMES stand es auf der ersten Seite. Auch die Lokalsender schlachteten es voll aus; einige hatten nur ein paar Straßen vom Tatort ihre Studios, was der Sache für ihre Mitarbeiter, von den Zuschauern gar nicht zu reden, noch zusätzliche Brisanz verlieh.

Es war zwar nicht so, daß ich nur noch vor dem Fernseher hing, aber trotzdem sah ich Interviews mit Lisa Holtzmann, mit Leuten aus der Nachbarschaft und mit verschiedenen Vertretern der Polizei, darunter ein Detektiv der Mordkommission Manhattan und der Revierleiter von Midtown North. Alle Polizisten sagten das gleiche – daß es ein schreckliches Verbrechen sei, daß solche Vergehen nicht ungestraft bleiben dürften und daß die Polizei mit allen verfügbaren Kräften rund um die Uhr an der Aufklärung des Falls arbeiten werde, bis der Mörder gefaßt sei.

Es dauerte nicht lange. Offiziellen Schätzungen zufolge war Holtzmanns Tod am Donnerstagabend um 21 Uhr 45 eingetreten, und vierundzwanzig Stunden später konnte die Polizei eine Festnahme vermelden. »Verdächtiger im Hell's-Kitchen-Mord festgenommen«, besagten die Nachrichteneinspielungen. »Ausführlicher Bericht um elf.«

Und um elf sahen wir uns den ausführlichen Bericht an. Wir sahen den Verdächtigen, die Hände auf dem Rücken in Handschellen, das Gesicht in die Kamera gewandt, die Augen starr und weit aufgerissen.

»Mein Gott, schau dir bloß den Kerl mal an«, sagte Elaine. »Ein wandelnder Alptraum. Matt, was hast du denn? Sag bloß, du kennst ihn.«

»Kennen wäre etwas übertrieben. Aber ich habe ihn schon öfter auf der Straße gesehen. Ich glaube, er heißt George.«

»Und, wer ist er?«

Das konnte ich nicht beantworten, aber im Fernsehen konnten und taten sie das. Er hieß George Sadecki und war vierundvierzig Jahre alt, ein arbeits- und obdachloser Vietnamveteran, der in den West Fifties zum festen Inventar gehörte. Er war in Zusammenhang mit dem Tod von Glenn Holtzmann wegen Mordes zweiten Grades angeklagt.

4

Am Samstag morgen besorgte ich uns einen Leihwagen, und wir fuhren aufs Land, hundert Meilen den Hudson hinauf. Wir blieben drei Tage in Columbia County, in einem renovierten Gasthof aus der Kolonialzeit. Wir schliefen in einem Himmelbett, und in unserem Zimmer gab es einen Waschtisch und einen Nachttopf aus Porzellan, aber keinen Fernseher. Wir sahen in den drei Tagen, die wir dort blieben, nicht fern und lasen keine Zeitung.

Es wurde Dienstagnachmittag, bis wir wieder nach New York zurückkamen. Ich brachte Elaine nach Hause und gab den Wagen zurück, und als ich in mein Hotel kam, waren zwei alte Männer im Foyer, die über den Holtzmann-Mord sprachen. »Der Mörder hat sich schon lange hier im Viertel rumgetrieben«, sagte der eine. »Hat Windschutzscheiben saubergemacht, die Leute um Geld angeschnorrt. Und ich hab schon die ganze Zeit gesagt, daß mit dem was nicht stimmt. Für so was kriegt man in dieser Stadt irgendwann einen Riecher.«

Das Gemetzel in der Eleventh Avenue, wie es eines der Revolverblätter nennen zu müssen glaubte, machte weiterhin Schlagzeilen, obwohl es keine neuen Entwicklungen gab. Daß der Fall die Öffentlichkeit so stark beschäftigte, lag am Zusammentreffen zweier Faktoren: Das Opfer war ein sogenannter Yuppie, also jemand, dem so etwas eigentlich nicht hätte passieren sollen, und der Mörder war ein besonders unattraktiver Soldat aus dem riesigen Heer von Obdachlosen.

Die Obdachlosen saßen uns schon ein bißchen zu lange auf der Pelle, und ihre Zahl war zu groß geworden. Das Phänomen, das Spendenorganisationen »Mitleidsmüdigkeit« nennen, hatte sich schon vor langem abzuzeichnen begonnen. Irgend etwas in uns sehnte sich förmlich danach, die Obdachlosen hassen zu dürfen, und jetzt hatten wir dafür einen Anlaß. Wir hatten sowieso schon immer geahnt, daß sie eine unterschwellige Bedrohung darstellten.

Sie stanken, sie hatten Krankheiten, sie waren verlaust. Ihr Anblick rief Schuldgefühle wach, begleitet von der beunruhigenden Einsicht, daß das ganze System am Zerfallen war und daß sie unter uns waren, weil unsere Zivilisation in die Brüche ging.

Aber wer hätte sich träumen lassen, daß sie bewaffnet waren und gefährlich, imstande zu schießen?

Treibt sie zusammen, verdammt noch mal. Schafft sie von der Straße. Zieht sie aus dem Verkehr.

Der Mordfall hielt sich die ganze Woche in den Nachrichten, geriet aber ins Hintertreffen, als der Selbstmord eines prominenten Immobilienmaklers Schlagzeilen machte. (Er lud seinen Anwalt und zwei gute Freunde in sein Penthouse ein, bot ihnen etwas zu trinken an und sagte: »Ich wollte euch als Zeugen hier haben, damit es nicht zu den üblichen Spekulationen kommt, es könnte was nicht mit rechten Dingen zugegangen sein.« Und dann, bevor sie Zeit hatten, sich einen Reim auf diese Ankündigung zu machen, ging er auf die Terrasse hinaus, schwang sich über das Geländer und stürzte in vollkommenem Schweigen zweiundsechzig Stockwerke in die Tiefe.)

Am Freitag abend landeten Elaine und ich bei ihr zu Hause. Sie machte Pasta und Salat, und wir aßen vor dem Fernseher. In den Spätnachrichten versuchte eine Moderatorin von einem Bericht zum nächsten überzuleiten, indem sie den Makler, der angeblich alles hatte, was das Leben lebenswert machte, und es sich trotzdem nahm, George Sadecki gegenüberstellte, der nichts hatte, was das Leben lebenswert machte, und einem anderen Menschen das Leben nahm. Ich sagte, ich könne da keinen rechten Zusammenhang sehen, und Elaine sagte, das sei die einzige Möglichkeit, die beiden Männer unter einen Hut zu bringen.

Dann brachten sie ein Interview mit einem Mann, für den als Name nur Barry angegeben wurde. Es war ein grobknochiger Schwarzer mit weißem Haar und Hornbrille, der als Freund des mutmaßlichen Mörders vorgestellt wurde.

George, sagte er, war ein absolut harmloser Typ. Saß auf Bänken rum, ging spazieren. Ließ die Leute in Ruhe und wollte selbst in Ruhe gelassen werden.

»Wer hätte das gedacht?« sagte Elaine.

George hat nicht gebettelt, fuhr Barry fort. Hat grundsätzlich niemanden um was gebeten. Wenn er Geld für Bier brauchte, sammelte er Blechdosen und hat das Pfand dafür kassiert. Den restlichen Müll tat er immer ordentlich zurück, damit sich niemand beschwerte.

»Ein Umweltschützer«, sagte sie.

Und er war immer friedlich, sagte Barry. Hatte George mal durchblicken lassen, daß er eine Knarre hatte? Schon möglich, meinte Barry, daß er mal etwas in der Richtung gesagt hatte. Aber andererseits erzählte George eine Menge Zeug. George war in Vietnam, wissen Sie, und manchmal brachte er damals und jetzt durcheinander. Zum Beispiel sagte er, er hätte was getan, und es hörte sich an, als würde er über was reden, was gestern passiert ist, und in Wirklichkeit war es etwas, das er vor zwanzig Jahren getan hat, wenn überhaupt. Was zum Beispiel? Na ja, daß er irgendwelche Hütten mit einem Flammenwerfer niedergebrannt hat. Oder Leute erschossen. Wenn Hütten oder Flammenwerfer vorkamen, wußte man gleich, daß es was von vor zwanzig Jahren war, wenn es überhaupt passiert war, weil es um die West Fifty-seventh Street nicht allzu viele Hütten und Flammenwerfer gibt. Aber Leute erschießen, na ja, das ist was anderes.

»Das war Amy Vassbinder aus der Hell's Kitchen«, sagte die Reporterin, »wo es keine Hütten und Flammenwerfer gibt und wo Leute erschießen was anderes ist.«

Elaine drückte auf die Mute-Taste. »Ich stelle fest, daß sie es wieder Hell's Kitchen nennen. Was ist aus Clinton geworden?«

»Wenn es eine Meldung über steigende Grundstückspreise ist«, sagte ich, »dann heißt das Viertel wieder Clinton. Überhaupt, wenn Sanieren und Bäumepflanzen angesagt ist. Wenn es um Schüsse und Crack geht, dann ist es Hell's Kitchen. Glenn Holtzmann hat in einem Luxusapartment in Clinton gelebt. Gestorben ist er ein paar Straßen weiter in Hell's Kitchen.«

»Etwas in der Art habe ich mir fast gedacht.«

»Ich habe Barry schon mal gesehen«, sagte ich. »Georges Freund.«

»Bei dir im Viertel?«

»Und bei Treffen.«

»Macht er einen Entzug?«

»Na ja, zumindest hat er's versucht. Ganz offensichtlich ist er aber nicht trocken. Man hat ihn gerade vor laufender Kamera ein Bier trinken sehen. Möglicherweise gehört er zu den Typen, die zwischen zwei Besäufnissen nüchtern bleiben, oder er kommt einfach nur wegen des Kaffees vorbei und um ein bißchen Gesellschaft zu haben.«

»Tun das viele?«

»Klar, und ein paar hören irgendwann tatsächlich mit dem Trinken auf. Manche sind auch gar keine Alkoholiker. Die sind nur auf der Suche nach einem warmen Plätzchen. Für manche AA-Gruppen ist das ein echtes Problem geworden, vor allem jetzt, wo so viele Leute auf der Straße leben. Sie haben aufgehört, bei bestimmten Treffen Kaffee und Kekse zu servieren, weil das zu viele Leute anzieht, die dort nichts zu suchen haben. Das ist ganz schön hart, weil eigentlich niemand ausgeschlossen werden soll, aber andererseits soll natürlich auch genügend Platz für die Alkoholiker da sein, die Hilfe suchen.«

»Ist Barry Alkoholiker?«

»Wahrscheinlich. Du hast doch gehört, wie er eben aller Welt erzählt hat, daß er sein Leben auf einer Parkbank mit einem Bier in der Hand verbringt. Letztlich ist aber der entscheidende Punkt, ob einem wegen des Alkohols die Kontrolle über sein Leben entgleitet, und das ist etwas, was nur Barry selbst entscheiden kann. Könnte sein, daß er findet, er kommt bestens zurecht, und vielleicht ist das ja auch tatsächlich der Fall. Ich kann das nicht beurteilen.«

»Und George?«

Ich zuckte mit den Achseln. »Ich glaube nicht, daß ich ihn mal bei einem Treffen gesehen habe. Aber ich tue ihm wohl kaum Unrecht, wenn ich mal annehme, daß er sein Leben nicht mehr unter Kontrolle hatte. Seine äußere Erscheinung mag ja noch als exzentrisch durchgehen, aber wenn du auf offener Straße wildfremde Menschen über den Haufen knallst, deutet das eigentlich darauf hin, daß irgend etwas nicht ganz stimmt. Ob das am vielen Bier lag? Keine Ahnung. Er könnte genug leere Dosen gesammelt haben, um sich bis zur Besinnungslosigkeit zu besaufen, aber genausogut könnte er stocknüchtern gewesen sein und Glenn Holtzmann für Ho Chi Minhs kleine Schwester gehalten haben. Der arme Teufel.«

»Barry hat gesagt, er war völlig harmlos.«

»Das kann durchaus sein«, sagte ich. »Bis letzte Woche, als ihm plötzlich eine Sicherung durchgeknallt ist.«

Ich blieb über Nacht und kam erst im Lauf des Nachmittags ins Hotel zurück. Ich holte an der Rezeption die Post und die telefonischen Nachrichten ab und ging auf mein Zimmer. Ein Mr. Thomas hatte zweimal angerufen, einmal am Abend zuvor und dann noch einmal vormittags um halb elf. Er hatte eine Nummer mit einer 718er-Vorwahl hinterlassen; demnach wohnte er in Brooklyn oder Queens. Die Nummer kam mir ebensowenig bekannt vor, wie mir der Name etwas sagte.

Die andere Nachricht, um elf Uhr abends eingegangen, war von Jan Keane, und die Nummer, die sie hinterlassen hatte, kannte ich. Ich sah ziemlich lange auf die acht Buchstaben ihres Namens und die sieben Ziffern ihrer Nummer. Ich hatte die Nummer schon einige Zeit nicht mehr angerufen, aber ich glaube nicht, daß ich sie hätte nachsehen müssen, wenn sie sie nicht hinterlassen hätte.

Ich fragte mich, was sie wollte.

Es konnte alles mögliche sein, sagte ich mir. Vermutlich hatte es was mit den Anonymen Alkoholikern zu tun. Vielleicht leitete sie in SoHo oder Tribeca ein Treffen und wollte mich als Sprecher anheuern. Vielleicht hatte sie einen Neuling kennengelernt, mit einer ähnlichen Geschichte wie der meinen, und dachte, ich könnte ihm helfen.

Oder vielleicht war es auch was Persönliches. Vielleicht heiratete sie und wollte es mir mitteilen.

Vielleicht hatte sie eine Beziehung beendet und wollte mir das aus irgendeinem Grund mitteilen.

Aber das war nicht schwer herauszufinden. Ich griff zum Telefon und wählte ihre Nummer. Beim vierten Läuten schaltete sich ihr Anrufbeantworter ein, und ihre auf Band gesprochene Stimme forderte mich auf, beim Pfeifton eine Nachricht zu hinterlassen. Damit hatte ich gerade begonnen, als sie sich meldete. Ich wartete, bis sie den Anrufbeantworter ausgeschaltet hatte, und dann war sie wieder da und fragte, wie es mir ging.

»Ich bin am Leben und nüchtern«, sagte ich.

»›Am Leben und nüchtern.‹ Ist das immer noch deine Standardantwort?«

»Nur bei dir.«

»Auf mich trifft übrigens auch beides zu, altes Haus. Im Mai habe ich wieder einen Jahrestag gefeiert.«

»Am siebenundzwanzigsten, stimmt's?«

»Daß du dich daran noch erinnern kannst.«

»Ich habe eben ein gutes Gedächtnis.«

»Deiner ist im Herbst, aber ich habe *kein* gutes Gedächtnis. Diesen Monat oder nächsten?«

»Nächsten. Am vierzehnten November.«

»Am Armistice Day. Nein, falsch. Der ist am elften.«

Keiner von uns war nüchtern gewesen, als wir uns kennengelernt hatten. Das lag nun schon einige Jahre zurück. Ich hatte Ermittlungen in einem Fall angestellt, bei dem in Boerum Hill in Brooklyn eine Frau mit einem Eiszerkleinerer erstochen worden war, wie es schien, von einem Serienmörder. Nachdem ich bei der Polizei aufgehört hatte, schnappten sie den Serienmörder endlich, und es stellte sich heraus, daß er diesen speziellen Mord nicht begangen haben konnte. Der Vater der Ermordeten engagierte mich, in der kalten Asche zu sieben und herauszufinden, wer es wirklich gewesen war. Zum Zeitpunkt der Tat war Jan Keane mit einem gewissen Corwin verheiratet gewesen und hatte in unmittelbarer Nachbarschaft der toten Frau aus Brooklyn gelebt. In der Zwischenzeit hatte sie sich jedoch scheiden lassen und war nach Manhattan umgezogen, und bei meinen Nachforschungen landete ich schließlich in ihrem Loft in der Lispenard Street, wo wir als erstes eine Flasche köpften und uns gemeinsam betranken. Als zweites gingen wir miteinander ins Bett.

Ich hatte den Eindruck, daß wir in beiden Sportarten ein prima Gespann abgaben, aber bevor wir dazu kamen, viel zu trainieren, teilte sie mir mit, sie könne mich nicht mehr sehen. Sie habe schon zuvor einen Anlauf bei den Anonymen Alkoholikern gemacht, sagte sie, und sie wolle es noch mal versuchen, aber man habe sie darauf aufmerksam gemacht, daß es nicht gut sei, engeren Kontakt mit einem Trinker zu pflegen, während man selbst mit dem Alkohol Schluß zu machen versuchte. Ich wünschte ihr alles Gute und überließ sie einer Welt von Pfarrsälen und einfältigen Sprüchen.

Ehe ich mich's versah, suchte ich selbst Zugang zu dieser Welt – ein Schritt, der mir alles andere als leicht fiel. Ich landete in einigen Notaufnahmen und Ausnüchterungsstationen. Ich stopselte immer wieder ein paar nüchterne Tage zusammen, um sie schließlich mit einem kräftigen Schluck zu begießen.

Eines Abends tauchte ich vor ihrer Tür auf. Mir war keine andere Möglichkeit eingefallen, nüchtern durch die Nacht zu kommen. Sie gab mir Kaffee und ließ mich auf der Couch schlafen. Ein paar Tage später schaute ich wieder bei ihr vorbei, und diesmal mußte ich nicht auf der Couch schlafen.

Sie raten einem davon ab, im Anfangsstadium des Entzugs eine engere Bindung einzugehen, und ich habe das Gefühl, daß sie damit recht haben. Irgendwie wurden wir trotzdem nicht rückfällig und blieben ein paar Jahre zusammen. Wir haben zwar nie zusammengelebt, aber wir kamen an einen Punkt, an dem ich mehr Nächte bei ihr schlief als bei mir.

Sie räumte in ihrer Kommode eine Schublade für mich aus und schaffte etwas Platz im Kleiderschrank, und immer mehr Leute merkten, daß sie mich bei Jan erreichen konnten, wenn ich nicht in meinem Hotel war.

So ging es eine ganze Weile, und eine Zeitlang war es gut und eine Zeitlang nicht so gut, und dann kam der Punkt, an dem es ins Spotzen und Stottern kam und schließlich ganz stehenblieb, wie ein Auto, dem der Sprit ausging. Es gab keine großen Auseinandersetzungen oder sonst irgendwelche dramatischen Szenen. Wir rannten nicht gegen irgendwelche unvereinbaren Gegensätze an. Uns ging bloß der Sprit aus.

»Ich muß mit dir reden«, sagte sie jetzt.

»Klar.«

»Ich muß dich um einen Gefallen bitten, aber es ist etwas, worüber ich am Telefon nicht sprechen möchte. Könntest du bei mir vorbeikommen?«

»Klar. Aber nicht heute abend, weil Elaine und ich schon was vorhaben.«

»Ich hab Elaine doch mal kennengelernt, oder?«

»Stimmt, das hast du.« Elaine und ich hatten mal einen Bummel durch die Galerien in SoHo gemacht, und in einer waren wir Jan begegnet. »Muß etwa ein halbes Jahr her sein.«

»Länger. Ich habe euch bei der Rudi-Scheel-Ausstellung in der Paula Canning Gallery gesehen, und die war Ende Februar.«

»Mein Gott, so lange ist das schon wieder her? Ich begreife nicht, wie schnell die Zeit vergeht.«

»Nein«, sagte sie. »Ich auch nicht.«

Die Worte blieben im Raum stehen.

»Wie gesagt, heute abend geht es nicht. Wie dringend ist es, Jan?«

»Wie dringend?«

»Sonst könnte ich gleich vorbeikommen, wenn es wirklich wichtig ist. Aber wenn morgen auch noch reicht …«

»Morgen reicht vollauf.«

»Gehst du immer noch zum Sonntagnachmittagtreffen in der Forsyth Street? Wir könnten uns dort treffen.«

»Herrje, ich war schon eine Ewigkeit nicht mehr in der Forsyth Street. Abgesehen davon, möchte ich mich lieber nicht bei den Anonymen Alkoholikern mit dir treffen. Es wäre mir lieber, wenn du hier vorbeikommen könntest, wenn es dir nichts ausmacht.«

»Klar. Wann?«

»Das überlasse ich dir. Ich bin den ganzen Tag zu Hause.«

»Um zwei?«

»Gut, um zwei.«

Nachdem ich aufgelegt hatte, saß ich auf der Bettkante und überlegte, was für ein Gefallen das wohl sein würde und warum sie mich nicht am Telefon darum hatte bitten wollen. Ich sagte mir, daß ich das noch früh genug herausfinden würde und daß es mich nicht besonders interessieren konnte, weil ich sonst gleich bei ihr vorbeigeschaut hätte. Ich hatte bis zu meiner Verabredung mit

Elaine am Abend nichts Wichtiges vor. Es gab einen Weltergewichtkampf in *Wide World of Sports*, den ich mir ansehen wollte, aber nichts deutete darauf hin, daß es der Fight des Jahrhunderts würde. Es hätte mir nicht das Herz gebrochen, wenn ich ihn versäumt hätte.

Ich griff wieder zum Telefon und wählte die 718er-Nummer, und als sich ein Mann meldete, fragte ich, ob ich Mr. Thomas sprechen könne. Er sagte: »Äh, haben Sie ›Mr. Thomas‹ gesagt? Oder möchten Sie Tom sprechen?«

Ich sah auf die Zettel mit den Nachrichten. »Hier steht ›Mr. Thomas‹, aber meine Nachrichten sind unterschiedlich genau, je nachdem, wer sie entgegennimmt. Ich bin Matthew Scudder, und jemand hat zwei Nachrichten für mich hinterlassen. Ich soll unter dieser Nummer einen Mr. Thomas anrufen.«

»Ach so«, sagte er. »Jetzt verstehe ich. Ich bin derjenige, der Sie angerufen hat, aber Sie haben den Namen falsch verstanden. Ich habe nicht ›Thomas‹ gesagt, ich habe ›Tom S.‹ gesagt.«

»Ich muß Sie wohl von den Anonymen Alkoholikern kennen.«

»Eigentlich«, sagte er, »glaube ich nicht, daß Sie mich überhaupt kennen. Ich bin nicht mal sicher, ob Sie der sind, den ich suche. Wenn Sie die Frage erlauben: Haben Sie mal bei einem Treffen von Hier und Jetzt gesprochen?«

»Hier und Jetzt?«

»Das ist eine Gruppe in Brooklyn. Wir treffen uns Dienstag und Freitag in der Lutherischen Kirche in der Gerritsen Avenue.«

»Jetzt weiß ich es wieder. Es war ein Drei-Sprecher-Treffen, und ein Typ, der Quincy hieß, hatte einen Wagen und ist gefahren. Und wir haben uns verfahren und wären fast zu spät gekommen. Das muß mindestens zwei Jahre her sein.«

»Eher drei. Ich kann Ihnen das Datum sogar ganz genau sagen, weil ich gerade meine neunzig Tage geschafft hatte. Das habe ich auch bei dem Treffen gesagt und dafür Beifall bekommen.«

Fast hätte ich ihm auch gratuliert.

»Bloß um sicherzugehen, daß Sie der richtige sind«, fuhr er fort. »Sie waren bei der New Yorker Polizei, Sie haben aufgehört und sind Privatdetektiv geworden.«

»Sie haben ein gutes Gedächtnis.«

»Tja, wenn heute jemand seine Qualifikation macht, habe ich zehn Minuten später schon alles wieder vergessen, aber die, die man in den ersten paar Monaten zu hören bekommt, hinterlassen einen tiefen Eindruck. Und an dem Abend, als Sie gesprochen haben, bin ich förmlich an Ihren Lippen gehangen. Wenn Sie die Frage erlauben: Machen Sie beruflich immer noch das gleiche? Arbeiten Sie noch als Privatdetektiv?«

»Ja.«

»Gott sei Dank. Hören Sie, Matt – Entschuldigung, es ist doch okay, wenn ich Sie Matt nenne?«

»Natürlich. Und ich nenne Sie Tom, da das bisher alles ist, was ich über Sie weiß.«

»Ach ja, richtig. Ich habe Ihnen meinen Nachnamen noch gar nicht gesagt. Ich weiß nicht, irgendwie packe ich das nicht besonders geschickt an, wie? Aber vielleicht ist es nicht mal das Schlechteste, damit anzufangen, mit meinem Namen. Das S steht für Sadecki.«

Es dauerte eine Weile, aber dann fiel der Groschen. »Oh«, sagte ich.

»George Sadecki ist mein Bruder. Ich wollte vorher meinen Namen nicht sagen, weil, na ja, ich wollte es einfach nicht. Nicht, daß ich mich meines Bruders schäme. Nein, das ist nicht der Fall. Er war immer ein Held für mich. In gewisser Weise ist er es immer noch.«

»Daraus schließe ich, er hat Schweres durchgemacht.«

»So kann man es wohl nennen. Er hat eigentlich die Kurve nicht mehr gekriegt, seit er aus Vietnam zurück ist. Ich meine, er hatte auch davor schon Probleme. Man kann zwar nicht kommen und alles auf den Krieg schieben, aber es läßt sich auch nicht leugnen, daß er ihn ganz schön verändert hat. Zuerst haben wir noch gehofft, daß er irgendwann schon wieder klarkommt, daß er die Sache wieder in den Griff kriegt. Aber das ist nun schon über zwanzig Jahre her, Herrgott noch mal, und eigentlich war schon eine ganze Weile abzusehen, daß sich nichts mehr ändern würde.

Anfangs hatte er noch alle möglichen Jobs, aber er hielt es in keinem länger aus. Er kam mit den Leuten nicht klar. Er hat keine

Schlägereien angefangen oder so, er kam einfach mit den Leuten nicht klar. Dann bekam er überhaupt keine Jobs mehr, weil er sich so komisch aufführte und immer so ein verrücktes Gesicht machte und immer weniger auf sein Äußeres achtete. Ich weiß, daß Ihre Stammgruppe in der Ninth Avenue ist und daß Sie in der Gegend leben. Es ist also durchaus möglich, daß Sie George kennen.«

»Vom Sehen.«

»Dann wissen Sie vermutlich, was ich meine. Er wusch sich nicht und hatte immer dieselben Sachen an und dann natürlich noch der Bart und die Haare. Ihm Kleider zu kaufen war reine Geldverschwendung, weil er eine Hose so lange trug, bis sie auseinanderfiel, auch wenn er sechs andere Hosen im Schrank hängen hatte.

Es war, als ob er einfach seine ganz eigene Art zu leben hatte und ihn nichts davon abbringen konnte. Er hatte sogar eine Bleibe. Man hört zwar ständig, daß er ein Obdachloser ist, aber in Wirklichkeit hatte er im Souterrain eines Hauses in der Fifty-sixth Street ein Zimmer. Er hat es selbst gefunden und die Miete dafür bezahlt.«

»Von den Blechdosen, die er zurückgebracht hat?«

»Er kriegt jeden Monat ein paar Schecks, von der V. A. und vom SSI, und davon hat er die Miete bezahlt, und ein bißchen blieb sogar noch über. Gleich nachdem er das Zimmer angemietet hat, haben meine Schwester und ich mit dem Hausbesitzer vereinbart, daß wir für die Miete aufkommen würden, wenn George sie mal nicht bezahlen könnte. Das war nie der Fall. Man sieht so einen Typen, einen heruntergekommenen Penner auf einer Parkbank, und gleich denkt man, der kriegt nichts auf die Reihe. Trotzdem hat er jeden Monat pünktlich seine Miete bezahlt. Unter dem Gesichtspunkt betrachtet, daß er das getan hat, was ihm wichtig war, könnte man durchaus sagen, daß er noch richtig getickt hat.«

»Wie kommt er jetzt klar?«

»Ganz gut, glaube ich. Ich habe ihn gestern nachmittag ganz kurz besucht. Er war in Rikers Island, und ich bin den weiten Weg da raus gefahren, bloß um mir sagen zu lassen, daß sie ihn zur psychiatrischen Untersuchung nach Bellevue verlegt haben. Er war in der Gefängnisstation im neunzehnten Stock. Ich durfte nur ein paar Minuten mit ihm sprechen. Ich habe mich eigentlich ungern von ihm verabschiedet, aber ich muß zugeben, daß ich auch froh war, da wieder rauszukommen.«

»Was hat er für einen Eindruck auf Sie gemacht?«

»Ach, ich weiß nicht. Wahrscheinlich würden die meisten Leute sagen, er sah ganz gut aus, weil sie ihn ein bißchen saubergemacht haben, aber alles, was mir aufgefallen ist, war der Ausdruck in seinen Augen. George hat so einen komisch stieren Blick – das ist eins der Dinge, das die Leute am meisten an ihm verunsichert –, aber jetzt hat er noch so was Gehetztes gekriegt, das einem das Herz brechen könnte.«

»Er hat doch hoffentlich einen Anwalt.«

»Aber sicher. Ich wollte ihm einen Anwalt besorgen, aber sie haben ihm bereits einen zugeteilt, und der Typ scheint ganz in Ordnung zu sein. Er wägt gerade ab, was er am besten tun soll. Er kann wegen Geisteskrankheit oder verminderter Zurechnungsfähigkeit auf ›nicht schuldig‹ plädieren, oder aber er läßt es erst gar nicht zu einem Prozeß kommen, indem er sich eines weniger schweren Vergehens schuldig bekennt, für das er dann zu einem längeren Aufenthalt in einer geschlossenen Anstalt verurteilt wird. So oder so, es läuft ziemlich auf das gleiche hinaus. Er wird zwar eingesperrt, aber nicht in einem Gefängnis, und es besteht sogar die Möglichkeit, daß er ärztliche Hilfe bekommt.«

»Was hält George davon?«

»Er kann damit leben. Er meint, wenn er schon denkt, daß er's war, kann er sich auch schuldig bekennen.«

»Demnach gibt er also zu, daß er Holtzmann umgebracht hat.«

»Nein, er *denkt*, er war's; er denkt, er muß es getan haben. Er kann sich nicht daran erinnern, aber er weiß über die Dinge Bescheid, die gegen ihn sprechen, und es ist ja nicht so, daß er blöd ist, er weiß ganz genau, wie schwer er dadurch belastet wird. Wie er die Sache sieht, kann er nicht beschwören, daß er's war, aber er kann auch nicht beschwören, daß er's nicht war. Also haben sie wahrscheinlich recht.«

»Hatte er einen Blackout?«

»Nein, aber auf sein Gedächtnis war noch nie so richtig Verlaß. Er erinnert sich an bestimmte Dinge, kriegt aber die Reihenfolge total durcheinander, oder seine Erinnerungen sind so verzerrt, daß er sich an irgendwelche Vorfälle oder Gespräche völlig anders erinnert, als sie tatsächlich waren.«

»Mhm.«

»Sie haben viel Geduld mit mir, Matt. Dafür bin ich Ihnen sehr dankbar. Ich weiß, daß ich eine Ewigkeit brauche, um endlich zur Sache zu kommen.«

»Das ist schon in Ordnung, Tom.«

»Die Sache ist die: Alle sind zufrieden, wissen Sie? Die Polizei hat den Fall gelöst und Ruhe vor der Presse. Der D. A. kann entweder mit einer außergerichtlichen Lösung rechnen oder mit einem Prozeß, den er nicht verlieren kann. George macht alles mit, was ihm sein Anwalt vorschlägt, und der Anwalt will den Fall mit einem Minimum an Aufwand vom Tisch haben – und weiß zugleich, daß das für alle Beteiligten die beste Lösung ist. Meine Schwester sagt, sobald er in einer Anstalt ist, braucht sie nachts nicht mehr wachzuliegen und sich Sorgen zu machen, daß er nicht genug zu essen kriegt oder daß ihm sonst irgendwas zustößt, was weiß ich, daß er an Entkräftung stirbt oder daß ihm jemand was antut. Meine Frau meint das gleiche, und sie meint auch, daß er schon die ganze Zeit in eine Anstalt gehört hätte, zu seinem Schutz und zu dem seiner Mitmenschen. Wir können wirklich von Glück reden, daß er kein unschuldiges Kind umgebracht hat, meint sie. Die eigentliche Tragödie ist, daß er nicht schon früher eingeliefert worden ist; dann wäre Glenn Holtzmann noch am Leben.

Und so reden alle immer nur davon, wie es für alle das beste ist, und ich hocke da und komme mir vor wie das einzige Haar in der Suppe. Ich bin derjenige, der allen auf die Nerven geht. Falls Sie auch glauben, mein Bruder sei verrückt. Ich bin der, der verrückt ist.«

»Wieso denn das, Tom?«

»Weil ich nicht glaube, daß er's war. Ich weiß, das hört sich lächerlich an. Aber ich kann einfach nicht anders. Ich glaube einfach nicht, daß er diesen Mann umgebracht hat.«

5

»Ich weiß das sehr zu schätzen«, sagte er. Er löffelte Zucker in seinen Kaffee, rührte um, goß Milch dazu, rührte noch einmal um. »Wissen Sie, fast hätte ich es bleiben lassen. Es hat nicht viel gefehlt, und ich hätte nicht angerufen. Ich habe im Branchenfernsprechbuch unter Privatdetektive nachgeschlagen. Ich meine, alles, was ich wußte, war Ihr Vorname, und dort stand niemand, der Matt hieß. Deshalb dachte ich schon, vielleicht soll ich es lieber bleiben lassen. Laß los und laß Gott ans Steuer, richtig?«

»Das steht auf diesen Autoaufklebern.«

»Aber dann dachte ich mir, Tommy, probier's wenigstens ein einziges Mal und schau, was dabei herauskommt. Du brauchst dir ja nicht gleich Arme und Beine ausreißen und einen anderen Detektiv anheuern, um diesen Detektiv aufzutreiben, aber setz dich wenigstens ans Telefon und schau, was dabei rauskommt. Du brauchst ja nicht gleich den ganzen Fluß zu schieben, aber mach dir wenigstens die Füße naß. Wer weiß? Vielleicht erwischst du ja eine Welle, vielleicht kannst du dich von der Strömung treiben lassen.«

Vorerst hatte ihn die Strömung ins Flame getrieben, wo wir an einem Tisch im Raucherteil saßen. Früher hatte ich mich mit angehenden Kunden immer in Bars getroffen. Jetzt treffe ich mich mit ihnen in Coffee-Shops. Auch ich habe mich von der Strömung treiben lassen, und sehen Sie selbst, wie weit sie mich getragen hat.

»Ich habe also bei Intergroup angerufen«, fuhr er fort, »und nach einer Kontaktperson bei ›Immer schön einfach‹ gefragt, weil ich wußte, daß das Ihre Stammgruppe ist. Außer Sie hätten in der Zwischenzeit die Stammgruppe gewechselt, oder Sie wären in einen anderen Stadtteil gezogen oder ganz weg aus der Stadt. Oder Sie hätten wieder mit dem Trinken angefangen, denn wer kann so was schon sagen.«

»Richtig.«

»Jedenfalls haben sie mir jemanden genannt, den ich anrufen soll, und das habe ich dann auch getan. Allerdings habe ich ihm was vorgeflunkert. Ich habe gesagt, ich hätte Sie bei einem Treffen kennengelernt und Sie hätten mir Ihre Telefonnummer gegeben und ich hätte sie verloren und ich wüßte auch Ihren Nachnamen nicht. Er hat zwar Ihren Nachnamen auch nicht gewußt, aber er hat sofort gewußt, wen ich meine, so daß schon mal feststand, daß Sie noch nüchtern sind und noch hier wohnen. Er gab mir dann eine andere Nummer, die ich anrufen sollte, von einem gewissen Rich; ich weiß auch nicht, wie er mit Nachnamen heißt, aber er wußte *Ihren* Nachnamen, und er hatte sogar Ihre Nummer. Also habe ich angerufen, gestern abend und dann noch mal heute vormittag, und Sie haben zurückgerufen, und da bin ich nun.« Er holte Luft. »Und jetzt können Sie mir gern sagen, daß ich komplett verrückt bin. Dann gehe ich einfach wieder nach Hause.«

»Sind Sie verrückt, Tom?«

»Keine Ahnung. Das würde ich gern von Ihnen hören.«

Er sah eigentlich ziemlich normal aus. Er war etwa eins siebzig, zweiundsiebzig, so groß wie die Weltergewichtler, die ich gerade auf *Wide World* versäumte, nur etwas breiter. Er hatte ein rundes Gesicht, dessen Jungenhaftigkeit durch die Sorgenfalten auf seiner Stirn und die Furchen um die Mundwinkel abgeschwächt wurde. Sein hellbraunes Haar war kurz geschnitten und lichtete sich auf dem Kopf. Er hatte eine Nickelbrille, und vermutlich hätte er eine Bifokalbrille gebraucht, weil er sie abnahm, um die Speisekarte zu studieren, bevor er einen Kaffee bestellte.

Er trug ein hellblaues Sporthemd, das in Chinos mit Bügelfalte steckte. Seine Schuhe waren braune Penny Loafer mit Kreppsohlen. Seine Jacke hatte er auf den Sitz neben sich gelegt. Sie war taubenblau mit marineblauen Besätzen und einem L. L.-Bean-Logo auf der Brusttasche. Er trug einen schlichten goldenen Ehering am richtigen Finger und eine Timex-Digitaluhr mit einem Band aus rostfreiem Stahl, und er hatte eine Packung Camel in seiner Hemdtasche und eine angezündete Zigarette im Aschenbecher. Er sah nicht gerade aus wie ein Trendsetter in Modefragen, aber auf jeden

Fall sah er aus wie aus einem Guß, ein typischer Brooklyner und hart arbeitender Familienvater. Er sah nicht verrückt aus.

Ich fragte: »Warum erzählen Sie mir nicht, wieso Sie glauben, daß George unschuldig ist?«

»Ich weiß ja nicht mal, ob ich eine Begründung dafür habe.« Er griff nach seiner Zigarette, schnippte die Asche ab, legte sie wieder zurück. »Er ist fünf Jahre älter als ich. Hab ich das schon erzählt? Erst kam er, dann meine Schwester, dann ich. Als ich noch ein Junge war, habe ich ihn natürlich sehr bewundert. Ich war vierzehn, als er zum Militär kam, und bis dahin wußte ich auch, daß irgendwas nicht ganz in Ordnung war mit George – so wie er immer in die Ferne starrte und manchmal nicht reagierte, wenn man ihn was fragte. Aber obwohl ich das wußte, habe ich immer noch zu ihm aufgeschaut.« Er runzelte die Stirn. »Was ich damit sagen will? Daß ich ihn kenne und daß er nie einen anderen Menschen töten könnte? Das kann jeder. Ich stand selbst schon ganz dicht davor.«

»Wie ist das passiert?«

»Das war vielleicht zwei Jahre, bevor ich zu trinken aufgehört habe. Ich stehe in irgendeiner Bar rum. Nichts weiter Ungewöhnliches, oder? Es kommt zu einem Streit, ein Typ stößt mich, ich stoße ihn, er schubst mich, ich schubse ihn, er holt aus, ich hole aus. Er geht zu Boden. Aber nicht, weil ich so kräftig zugeschlagen habe. Er ist mehr oder weniger über seine eigenen Füße gestolpert. Wumm, haut er sich den Schädel an, an der Fußstütze, am Fuß eines Barhockers, keine Ahnung, an was, und prompt liegt er drei Tage im Koma, und kein Mensch weiß, ob er überhaupt wieder zu sich kommt, und wenn er stirbt, bin ich wegen Totschlags dran. Was hätte ich da schon sagen sollen? Daß ich es nicht wollte? Das ist doch das, was Totschlag ausmacht – daß man es nicht wollte.« Er schüttelte den Kopf. »Um es kurz zu machen: Am dritten Tag kommt er wieder zu sich und weigert sich, Anzeige zu erstatten. Will nichts mehr von der ganzen Sache wissen. Und dann laufen wir uns irgendwann zufällig in einer Bar über den Weg. Ich gebe ihm einen aus, er gibt einen aus, und wir werden dicke Freunde.« Er griff nach seiner Zigarette, sah sie an, drückte sie aus. »Ein Jahr später wurde er umgebracht.«

»Wieder eine Kneipenschlägerei?«

»Ein Überfall. Er war stellvertretender Geschäftsführer einer Scheckeinlöseagentur in der Ralph Avenue. Es waren drei, die angeschossen wurden: er, ein Sicherheitsbeamter und ein Kunde. Er war der einzige, der gestorben ist. Na ja, so was kann passieren, und vielleicht war er einfach fällig, aber wenn er schon ein Jahr früher fällig gewesen wäre, wäre ich jemand, der im Gefängnis war, jemand, von dem es heißt, er hat eine gewalttätige Vergangenheit, und das alles nur, weil mich jemand geschubst hat und ich ihn geschubst habe.«

»Sie haben Glück gehabt.«

»Ich habe mein ganzes Leben lang Glück gehabt. Um so weniger Glück hat dafür mein Bruder gehabt. Er ist jemand, der jedem Streit aus dem Weg geht, und trotzdem könnte er, unter den entsprechenden Voraussetzungen, in eine Schlägerei verwickelt werden. Bei dem Leben, das er führt, lauert an jeder Ecke die nackte Gewalt.« Er richtete sich auf seinem Sitz auf. »Aber was letzte Woche passiert ist, will mir einfach nicht einleuchten. So was sieht George nicht ähnlich.«

»Wie meinen Sie das?«

»Also gut. Die Polizei rekonstruiert den Hergang folgendermaßen: Holtzmann telefoniert von einem Münztelefon an der Ecke. George nähert sich ihm, haut ihn um Geld an. Holtzmann schenkt ihm keine Beachtung, sagt nein, sagt ihm vielleicht, er soll sich verpissen. George zieht eine Knarre raus und ballert los.«

»Klingt doch ganz einleuchtend, oder?«

»Sie kennen doch George vom Sehen? Haben Sie ihn vielleicht mal jemanden um Geld anschnorren sehen?«

»Nicht daß ich wüßte.«

»Glauben Sie mir, das hat er auch nicht. George hat nicht gebettelt. Er hat niemanden um irgendwas gebeten. Wenn er wirklich pleite war und ein paar Dollars zusammenkratzen wollte und keine Flaschen und Dosen zurückbringen konnte, dann hat er vielleicht an einer Ampel ein paar Autofahrern die Scheiben saubergemacht. Aber selbst dann hätte er nicht lange auf eine Bezahlung gedrängt. Und schon gar nicht hätte er einen Mann im Anzug beim Telefonieren belästigt. Solche

Typen ließ George grundsätzlich in Ruhe.«

»Vielleicht hat George nach der Uhrzeit gefragt, und die Antwort, die er gekriegt hat, hat ihm nicht gepaßt.«

»Wenn ich es Ihnen doch sage: George hätte den Typen nicht mal angesprochen.«

»Vielleicht hatte er einen plötzlichen Erinnerungsschub und dachte, er wäre in ein Feuergefecht geraten.«

»Wodurch soll der ausgelöst worden sein? Durch den Anblick eines telefonierenden Manns?«

»Ich weiß, was Sie meinen. Trotzdem sind das reine Spekulationen. Wenn Sie sich allerdings die Beweislage ansehen –«

»Na gut.« Er beugte sich vor. »Dann sehen wir uns die Beweislage mal an. Das ist der Punkt, an dem in meinen Augen das ganze Kartenhaus zusammenfällt.«

»Tatsächlich? Ich dachte, die Beweislage wäre ziemlich unerschütterlich.«

»Auf den ersten Blick ist sie das, kein Zweifel. Es gibt Zeugen, die ihn am Tatort gesehen haben. Aber was besagt das schon? Er wohnt gleich um die Ecke von dem Münztelefon; er kommt praktisch jeden Tag daran vorbei. Angeblich gibt es auch noch einen anderen Zeugen, der behauptet, er hätte was von Waffen und Schießereien gefaselt. Bloß, wer sind diese Zeugen? Andere Penner? Die erzählen doch der Polizei alles, was die hören wollen.«

»Was ist mit den Indizien?«

»Sie meinen wahrscheinlich die Patronenhülsen.«

»Insgesamt vier«, sagte ich. »Passend zu den vier Neun-Millimeter-Geschoßen, die sie aus der Leiche geholt haben. Sie hätten von der Mordwaffe automatisch ausgeworfen werden müssen, als die Schüsse abgegeben wurden, aber sie waren nicht am Tatort, als die Polizei dort eintraf. Statt dessen tauchten sie in der Tasche der Army-Jacke Ihres Bruders auf, als ihn die Polizei festnahm.«

»Das hat natürlich eine gewisse Beweiskraft«, gab er zu.

»Eine Menge Leute würden das schon als ausreichend bezeichnen.«

»Für mich beweist es nur, was wir bereits wissen: daß er etwa zu dem Zeitpunkt, an dem die Schüsse fielen, am Tatort war. Vielleicht war er nur ein paar Schritte entfernt; vielleicht stand er ganz in der

Nähe in einem Eingang, wo ihn Holtzmann genausowenig gesehen hat wie der Mörder. Holtzmann telefoniert, der Mörder kommt an, vielleicht zu Fuß, vielleicht springt er auch aus einem Auto, das kann im Moment niemand sagen. Peng, peng, peng, peng, Holtzmann ist tot, und der Killer haut ab, rennt weg oder springt in seinen Wagen oder sonst was. Dann kommt George aus dem Eingang raus. Vielleicht hat er alles mitangesehen, vielleicht hat er auch geschlafen und ist von den Schüssen aufgewacht, jedenfalls liegt ein Mann auf dem Boden, und im Schein der Straßenbeleuchtung blitzen vier Metallhülsen auf dem Gehsteig.« Er hielt inne und senkte den Blick. »Ich glaube, ich lasse mich von meiner Fantasie forttragen. Ich höre lieber auf, bevor Sie denken, ich bin noch verrückter als mein Bruder.«

»Sprechen Sie ruhig weiter.«

»Ja? Na gut, er geht also auf das Opfer zu, um es sich näher anzusehen. Das sähe ihm ähnlich. Und er sieht die Hülsen, und er war beim Militär. Er weiß also, was das ist. Wissen Sie noch, was er zur Polizei gesagt hat? ›Ihr müßt das ganze Gebiet absuchen‹, hat er gesagt. ›Ihr müßt euer eigenes Blech finden.‹«

»Deutet das denn nicht darauf hin, daß er für ihre Existenz verantwortlich war? Daß sie aus seiner Waffe kamen?«

»In meinen Augen deutet es darauf hin, daß er ziemlich durcheinander war. Da war ein Toter auf dem Boden, und um ihn rum lagen ein paar Patronenhülsen, und der einzige Bezug, den er dazu herstellen konnte, war Vietnam. Nicht umsonst fiel ihm als erstes dazu ein, was sie ihm über das Einsammeln von Patronenhülsen auf Patrouille eingeschärft haben, und genau das hat er dann auch in dieser Situation getan.«

»Ist es nicht naheliegender, daß er einfach Hinweise auf seine Täterschaft verschwinden lassen wollte?«

»Was heißt hier verschwinden lassen? Er hat die blöden Dinger in seine Jackentasche gesteckt und ist einen ganzen Tag lang damit rumgelaufen, bis sie ihn festgenommen haben. Wenn er sie hätte loswerden wollen, hätte er dazu ausreichend Gelegenheit gehabt. Sie sagen, er wäre über den Fluß gegangen, um die Waffe loszuwerden; er hat sie von einem Pier ins Wasser geworfen. Er soll die

Waffe weggeworfen und die Hülsen behalten haben? Er hätte sie jederzeit loswerden können, in einem Abfallkorb, einer Mülltonne, einem Gully, aber statt dessen hat er sie den ganzen Tag in seiner Tasche mit sich herumgetragen. Das ergibt doch keinen Sinn.«

»Vielleicht hat er vergessen, daß er sie eingesteckt hatte.«

»Vier Messinghülsen? Die ständig in seiner Tasche rumklimperten? Nein, das ergibt keinen Sinn, Matt. Keinen Sinn.«

»Ich glaube nicht, daß dem Verhalten Ihres Bruders nur rein rationale Kriterien zugrunde zu legen sind.«

»Selbst dann, Matt. Selbst dann. Schauen Sie, weil wir gerade von der Waffe sprechen. Die Mordwaffe war eine Neun-Millimeter-Pistole, ja? Die Kugeln, die sie in Holtzmanns Leiche gefunden haben, waren neun Millimeter, und das waren auch die Hülsen in Georges Tasche.«

»Und?«

»George hatte eine Fünfundvierziger.«

»Woher wissen Sie das?«

»Weil ich sie gesehen habe.«

»Wann?«

»Etwa vor einem Jahr. Vielleicht ist es auch noch nicht so lange her. Ich suchte nach ihm, ich hatte was für ihn, und ich fuhr so lange in der Gegend herum, bis ich ihn fand. Er war an einem seiner Stammplätze, nicht weit vom Eingang des Roosevelt Hospital.« Er nahm einen Schluck Kaffee. »Wir brachten die Sachen, die ich für ihn dabeihatte, in sein Zimmer, hauptsächlich Kleider und ein paar Tüten Kekse. Er mochte diese Butterkekse mit der Erdnußbutterfüllung immer so gern. Das waren, schon als wir noch Kinder waren, seine Lieblingskekse. Ich habe ihm immer welche mitgebracht, wenn ich nach ihm gesehen habe.« Er schloß kurz die Augen, öffnete sie wieder und fuhr fort: »Wir kamen in sein Zimmer, und er sagte, er müßte mir was zeigen. Es sah schrecklich aus bei ihm, überall lag Zeug herum, aber er wußte genau, wo er suchen mußte, und er räumte einen Teil von dem Krempel beiseite und kam mit einer Knarre an. Er hatte sie in ein schmutziges Handtuch gewickelt, aber er packte sie aus und zeigte sie mir.«

»Und Sie sind sicher, es war eine Fünfundvierziger?«

Er zögerte. »Ich kenne mich nicht sehr gut aus mit Waffen. Ich habe im Laden einen Revolver, einen Achtunddreißiger; er liegt unter der Kasse, aber ich rühre ihn nie an. Wir sind am Kings Highway, westlich von der Ocean Avenue, Haushaltsgeräte, bei uns kriegen Sie alles vom Waring-Mixer bis zum Waschtrockenautomaten, und da wandert nicht allzu viel Bargeld über den Ladentisch. Nur Schecks oder Kreditkarten, aber inzwischen überfallen sie ja schon alles. Rauchen ein bißchen Crack, daß sie nicht mehr klar denken können, und wenn die Kasse leer ist, knallen sie dich über den Haufen, bloß um's einem zu zeigen. Deshalb habe ich die Kanone, aber ich hoffe weiß Gott, daß ich sie nie brauche.

Es ist ein Revolver – ich weiß nicht, ob ich das gesagt habe. Die Waffe, die mir George gezeigt hat, war keiner; sie hatte keine Trommel wie meine. Sie war L-förmig, kantig.«

Er zeichnete ihren Umriß auf die Tischplatte. Ich bestätigte ihm, daß das nach einer Pistole aussah; aber woher hatte er gewußt, daß es eine Fünfundvierziger war?

»Das hat George gesagt. Eine Pistole, Kaliber fünfundvierzig. Wie war dieser andere Begriff gleich wieder, den er gebraucht hat? Eine seitlich getragene Militärwaffe, das war's. Er hat gesagt, es ist ein offizielles Modell einer seitlich getragenen Militärwaffe.«

»Woher hatte er sie?«

»Keine Ahnung. Als ich ihn gefragt habe, hat er was gesagt, er hätte sie schon in Vietnam gehabt, aber ich glaube nicht, daß er sie von dort mitgebracht hat. Eher glaube ich, daß er dort genau so eine hatte. Ich würde sagen, er hat sie gefunden oder irgendwo gekauft. Ob sie geladen war oder ob er überhaupt Munition dafür hatte, weiß ich nicht. Die Polizei hat ein paar Leute aus dem Viertel aufgetrieben, die haben ausgesagt, er hätte eine Waffe gehabt und sie rausgeholt und rumgezeigt. Vielleicht hat er das. Bei dem Leben, das er geführt hat, kann ich mir durchaus vorstellen, daß er zu seinem Schutz eine Waffe eingesteckt hatte und notfalls sogar Gebrauch von ihr gemacht hätte, um sich zu verteidigen. Aber warum hätte er sich gegen einen Mann verteidigen sollen, der gerade telefoniert hat? Und außerdem, man kann mit einer Fünfundvierziger keine Neun-Millimeter-Kugeln abfeuern, oder?«

»Was wurde aus der Waffe?«

»Aus der, die er mir gezeigt hat? Da muß ich leider passen. Ich war nicht dabei, als sie ihn festgenommen haben. In seinem Zimmer haben sie sie nicht gefunden, als sie es durchsucht haben. Sie sagen, George hätte erzählt, daß er sie von einem Pier in den Hudson geworfen hat. Sie haben sie sogar von Tauchern suchen lassen, haben sie aber nicht gefunden, aber wer weiß, ob sie überhaupt am richtigen Pier gesucht haben. Wollen Sie wissen, was ich glaube?«

»Was?«

»George hat seine Pistole schon Monate vorher weggeworfen. Aus irgendeinem Grund findet er plötzlich, es sei zu riskant, das Ding mit sich rumzutragen, und schmeißt es einfach weg, und als sie ihn dann festnehmen und wissen wollen, was aus der Waffe geworden ist, sagt er, er habe sie weggeworfen. Wann, kann er ihnen nicht sagen, weil er sich so was schlecht merken kann. Oder da wäre noch eine andere Möglichkeit – er kriegt es nach dem Mord mit der Angst zu tun, nachdem er die Patronenhülsen eingesteckt hat, und er denkt, es ist besser, die Kanone loszuwerden, also geht er nach Hause, um sie zu holen, und schmeißt sie weg. Oder es gibt noch eine Möglichkeit, wie es passiert sein könnte –«

Er dachte sich weitere Szenarios aus, die sich nicht mit der bestehenden Beweislage überschnitten und seinen Bruder jeder Schuld enthoben. Schließlich fielen ihm keine Theorien mehr ein, und er sah mich an und fragte, was ich dächte.

»Was ich denke?« sagte ich. »Ich denke, die Polizei hat den richtigen Mann verhaftet. Ich denke, Ihr Bruder hat Ihnen damals eine Neun-Millimeter-Pistole gezeigt und gesagt, es sei eine Fünfundvierziger, weil sie sehr ähnlich aussehen und weil das der Typ von halbautomatischer Handfeuerwaffe ist, mit dem er vertraut war. Ich denke, er hat die Waffe wahrscheinlich im Müll gefunden, als er nach Pfandflaschen und Dosen gesucht hat. Ich denke, im Magazin waren noch Kugeln, als er sie fand. Ich denke, der vorherige Besitzer hat die Waffe bei einem Verbrechen benutzt und sie anschließend weggeworfen. So landen Schußwaffen jedenfalls normalerweise in Abfallkörben oder Mülltonnen oder im Fluß.«

»O je.«

»Ich glaube, Ihr Bruder hat in einem Eingang geschlafen, als Glenn Holtzmann telefoniert hat. Ich glaube, er hat gerade geträumt oder fantasiert, und wegen irgend etwas, das er in seinem Traum oder vielleicht auch auf der Straße gehört oder gesehen hat, dachte er, von Holtzmann würde ihm Gefahr drohen. Ich glaube, er hat rein instinktiv reagiert, er hat die Waffe gezogen und dreimal abgedrückt, bevor er überhaupt wußte, wo er war oder was er tat. Ich glaube, er hat Holtzmann mit der vierten und letzten Kugel einen Genickschuß verpaßt, weil so in Asien die Leute exekutiert wurden. Ich glaube, er hat die leeren Hülsen eingesteckt, weil er das beim Militär so gelernt hatte, und auch, weil er durch sie mit dem Mord in Verbindung gebracht werden konnte. Ich glaube, aus diesem Grund hat er die Waffe weggeworfen, und ich glaube, er hätte auch die Hülsen weggeworfen, wenn er sie nicht vergessen hätte. Ich glaube, er kann sich nicht mehr erinnern, Holtzmann erschossen zu haben, weil er sich zum Zeitpunkt der Tat nur verschwommen bewußt war, was er tat. Er war ganz in einem Traum oder einem plötzlichen Erinnerungsschub gefangen.«

Sadecki setzte sich zurück. Er sah aus, als hätte er gerade eine saftige Rechte in den Bauch gekriegt. »Pffff«, ließ er die Luft entweichen. »Ich dachte ... na ja, ist ja egal, was ich dachte.«

»Sagen Sie's ruhig, Tom.«

»Na ja, wissen Sie, ich hatte eigentlich damit gerechnet, daß ich ein paar tausend Dollar für einen Anwalt für George hinblättern müßte, und dann stellte sich raus, daß sie ihm bereits einen zugeteilt haben, und weil er völlig mittellos ist, kommt für das Anwaltshonorar die Staatskasse auf. Und der Anwalt ist auch nicht schlechter als jemand, den ich ihm beschaffen könnte, und außerdem hat er bereits mit George gesprochen und scheint einen ganz guten Draht zu ihm zu haben.« Er zuckte mit den Schultern. »Ich habe also das ganze Geld noch, das ich eigentlich für Georges Verteidigung ausgeben wollte, und ich dachte, na ja, vielleicht kann ich damit einen Detektiv anheuern, der herauszufinden versucht, ob George vielleicht doch unschuldig ist. Bei dem Wort ›Detektiv‹ habe ich sofort an Sie gedacht. Aber wenn Sie so sicher sind, daß er's war ...«

»Das habe ich nicht gesagt.«

»Nicht? So hat es sich aber angehört.«

Ich schüttelte den Kopf. »Ich habe gesagt, ich *glaube*, daß er schuldig ist. Beziehungsweise, daß er's war. Ein Wort wie ›schuldig‹ ist vielleicht nicht ganz angebracht für einen Täter, der in dem Glauben gehandelt hat, irgendwo in Vietnam einen Heckenschützen unschädlich zu machen. Aber das ist nur, was ich glaube, und meine Meinung stützt sich lediglich auf die bestehende Beweislage. Unter Berücksichtigung der vorliegenden Fakten kann ich mir kaum was anderes vorstellen. Es kann allerdings noch weitere Fakten geben, von denen niemand von uns etwas weiß und die mich, sollten sie an den Tag kommen, zwingen könnten, meine Meinung zu revidieren. Ich glaube zwar, er war's, aber ich glaube auch, daß ich mich möglicherweise täusche.«

»Angenommen, er war's nicht. Gibt es eine Möglichkeit, das zu beweisen?«

»Sie müßten es sogar beweisen«, sagte ich. »Ich glaube nämlich nicht, daß Sie ihn bloß dadurch freibekommen könnten, daß Sie die Beweisführung der Anklage anfechten. Selbst wenn Sie ein paar der Zeugenaussagen in Frage stellen können, sind da immer noch die Hülsen. Sie sind ein Indiz, das, was die Beweiskraft betrifft, kaum schlechter ist als eine rauchende Kanone. Da also die Anklage genügend Beweise für seine Schuld hat, müssen Sie zu seiner Verteidigung Beweise seiner Unschuld vorlegen, zum Beispiel, indem Sie nachweisen, daß es jemand anderer war. Denn Selbstmord hat Holtzmann mit Sicherheit nicht begangen, und wenn George ihn nicht umgebracht hat, muß es jemand anderer gewesen sein.«

»Ich müßte also den wahren Mörder finden.«

»Nicht ganz. Sie müßten ihn nicht überführen oder Beweise gegen ihn beschaffen.«

»Das müßte ich nicht?«

»Nicht wirklich. Sagen wir mal, eine fliegende Untertasse kommt aus heiterem Himmel angeflogen, ein Marsmensch springt heraus, feuert vier Schüsse auf Holtzmann ab, steigt wieder in seine Untertasse und verschwindet in Richtung All. Wenn Sie das glaubhaft machen können, wenn Sie beweisen können, daß es so war, dann brauchen Sie nicht die fliegende Untertasse zu beschaffen oder den Marsmenschen vor Gericht zu schleppen.«

»Ich verstehe.« Er holte eine Zigarette heraus, steckte sie mit einem Zippo an. Durch eine Rauchwolke hindurch sagte er: »Und? Was glauben Sie? Wollen Sie nach diesem Marsmenschen suchen?«

»Ich weiß nicht.«

»Das wissen Sie nicht?«

»Möglicherweise bin ich dafür nicht ganz der richtige Mann. Wissen Sie, ich kannte Glenn Holtzmann.«

»Sie haben ihn gekannt?«

»Nicht gut, aber besser, als ich Ihren Bruder kenne. Ich war einmal in seiner Wohnung. Ich habe seine Frau kennengelernt. Ich habe ein paarmal auf der Straße mit ihm gesprochen, und einmal habe ich einen Kaffee mit ihm getrunken.« Ich runzelte die Stirn. »Ich könnte nicht behaupten, daß wir Freunde waren. Genaugenommen, könnte ich nicht mal behaupten, daß ich ihn besonders mochte. Trotzdem wäre mir nicht ganz wohl bei dem Gedanken, seinen Mörder rauszuhauen.«

»Mir auch nicht.«

»Wie soll ich das verstehen?«

»Wenn es George wirklich war«, sagte er, »dann möchte ich auf keinen Fall, daß er ungeschoren davonkommt. Wenn er diese Schüsse tatsächlich abgefeuert hat, dann ist er eine Gefahr für sich und für andere und gehört in eine geschlossene Anstalt. Ich möchte nur, daß er entlastet wird, wenn er es wirklich nicht war. Und wenn das der Fall ist, verstehe ich nicht, wo für Sie das Problem liegt. Sie würden George nur helfen, wenn sich herausstellt, daß er unschuldig ist. Und wie Sie eben selbst gesagt haben: Wenn er es nicht getan hat, dann war es jemand anderer. Und wenn es trotzdem George angehängt wird, kommt der wahre Mörder ungeschoren davon.«

»Da haben Sie natürlich recht.«

»Die Tatsache, daß Sie den Ermordeten gekannt haben, macht Sie meiner Ansicht nach zum idealen Mann für den Job. Sie kannten Holtzmann, Sie kennen George, Sie kennen die Gegend hier. In meinen Augen ist das schon mal ein gewaltiges Plus. Wenn überhaupt jemand eine Chance hat, dann Sie, würde ich sagen.«

»Ich weiß nicht, ob das viel zu besagen hat«, sagte ich. »Die Chance, daß es nicht Ihr Bruder war, ist ziemlich gering, und die Wahrscheinlichkeit, es nachweisen zu können, noch geringer. Ich fürchte, Sie vertun nur Ihr Geld.«

»Es ist mein Geld, Matt.«

»Da haben Sie natürlich recht, und wenn Sie das unbedingt wollen, ist es Ihr gutes Recht, es zu vertun. Die Sache ist nur, es ist meine Zeit, und ich vertue sie nur sehr ungern, selbst wenn ich dafür bezahlt werde.«

»Wenn die Möglichkeit besteht, daß er unschuldig ...«

»Das ist ein weiterer Punkt. Sie glauben, er ist unschuldig, und zwar zum Teil, weil Sie es glauben möchten. Also gut, nehmen wir mal an, er ist es tatsächlich, und er wird, wenn Sie nichts unternehmen, für den Rest seines Lebens eingesperrt, wegen eines Verbrechens, das er nicht begangen hat.«

»Das ist es, was mich total verrückt macht.«

»Ich meine, wäre das denn wirklich so tragisch, Tom? Sie haben selbst gesagt, er käme nicht in ein normales Gefängnis, sondern in irgendeine Art von Anstalt, wo man auf seine Bedürfnisse eingeht und ihm zu helfen versucht. Selbst wenn er unschuldig ist, selbst wenn er aus dem falschen Grund dorthin kommt, wäre das wirklich so schlimm? Sie sorgen dafür, daß er was Anständiges zu essen kriegt, daß er sich wäscht und daß ihm nichts zustößt, daß er ärztlich behandelt wird ...«

»Mit Thorazin werden sie ihn vollpumpen. Einen Scheißzombie werden sie aus ihm machen.«

»Vielleicht.«

Er nahm seine Brille ab und kniff sich in den Nasenrücken. »Sie kennen meinen Bruder nicht. Sie haben ihn zwar gesehen, aber Sie kennen ihn nicht. Er ist nicht obdachlos, er hat ein Zimmer. Allerdings hält er sich so wenig dort auf, daß er genausogut obdachlos sein könnte. Er hält es nicht aus, eingesperrt zu sein. Er hat ein Bett, aber er schläft so gut wie nie darin. Er schläft nicht wie ein normaler Mensch, der sich nachts ins Bett legt und morgens aufsteht. Er schläft wie ein Tier, immer nur eine halbe oder eine Stunde am Stück, über den Tag und die Nacht verteilt. Er legt sich auf eine Bank oder hockt sich in einen Hauseingang und macht ein kurzes Nickerchen wie eine Katze.

Er ist gern im Freien. Selbst im Winter ist er so gut wie nie in seinem Zimmer. Dorthin zieht er sich nur in besonders kalten Nächten zurück. Wenn es auch noch so frostig wird, er zieht sich einfach immer mehr an, bis er alle Kleider, die er besitzt, unter seiner Armyjacke anhat. Und um sich warm zu halten, ist er ständig auf den Beinen. Er geht stundenlang herum, endlose Strecken.

Tagein, tagaus hat er diese Armyjacke an. Ich habe ihn nie ohne gesehen. Und jetzt haben sie sie ihm weggenommen und verbrannt. Sie haben ihm alles, was er anhatte, weggenommen und in den Verbrennungsofen geworfen. Was sollen sie sonst auch mit seinen Sachen gemacht haben? Als ich ihn gesehen habe, war er von Kopf bis Fuß frisch eingekleidet. Und gebadet und saubergemacht hatten sie ihn auch. Bloß rasiert haben sie ihn nicht oder ihm die Haare geschnitten, weil sie das nicht dürfen, jedenfalls nicht ohne seine Einwilligung, aber das gilt nur für Bellevue und Rikers. Wenn er endgültig in eine Anstalt eingeliefert wird, gelten wahrscheinlich andere Bestimmungen.

Sie haben seine Armyjacke verbrannt. Ich meine, was hätten sie auch sonst damit tun sollen? In dem Zustand, in dem sie war? Es ist nur schwer, sich George ohne sie vorzustellen.

Sie können natürlich sagen, mein Bruder ist verrückt, und vermutlich ist er das auch, aber so ist er schon sein ganzes Leben lang gewesen, und daran werden die jetzt auch nichts mehr ändern. Damit will ich nicht sagen, es bringt ihn um, wenn sie ihn einsperren, weil das nicht gesagt ist. Vielleicht wird er sich nur noch ein bißchen mehr aus der Realität zurückziehen und sich noch tiefer in sich verkriechen und sich dort seine eigene Welt zurechtspinnen.«

Er sah mich ganz direkt an. Ohne Brille sah er verletzlicher aus, aber auch härter.

Er sagte: »Ich möchte das Leben, das er führt, nicht verklären, ihn nicht als eine moderne Version des Edlen Wilden hinstellen. Es ist ein schreckliches Leben. Er lebt wie ein Tier, er lebt in Angst und Qual. Wenn er nicht mit einer Thorazin-Zwangsjacke in einer geschlossenen Anstalt landet, fällt er eines Tages vor eine U-Bahn oder stirbt an Auszehrung, außer er hat wirklich Glück und wird von ein paar halbwüchsigen Sadisten angezündet. Mein Gott, Matt, ich würde um keinen Preis der Welt so ein Leben führen wollen, aber es ist sein Leben, wenn Sie verstehen, was ich meine. Es ist sein Scheißleben, also lassen Sie es ihn auch verdammt noch mal leben.«

6

»Also habe ich gesagt, ich sehe mal, was sich machen läßt«, erzählte ich Elaine. »Er hat tausend Dollar auf den Tisch gelegt, und ich habe sie genommen. Frag mich nicht, warum.«

»Aus Mitleid«, sagte sie. »Oder aus sozialem Verantwortungsgefühl. Aus dem Bedürfnis heraus, der Gerechtigkeit zum Sieg zu verhelfen.«

»Was könnte es sonst noch gewesen sein?«

»Vielleicht wolltest du das Geld.«

»Ich hab zwar immer wieder eingeschärft gekriegt, alles mitzunehmen, was einem in die Quere kommt, aber das hier ist kein leicht verdientes Geld. Du machst Überstunden, damit dein Klient was für sein Geld zu sehen kriegt, und kommst dir am Ende doch mies vor, weil du nichts erreicht hast. Man möchte meinen, die Tatsache, daß es von vorneherein nichts zu erreichen gab, sollte dabei auch ins Gewicht fallen, aber aus irgendeinem Grund ist es nicht so.«

»Glaubst du, George war's?«

»Ja, das glaube ich. Aus all den Gründen, die ich Tom genannt habe.«

»Aber es ist noch Platz für Zweifel.«

»Nicht viel Platz. Und nicht für viele Zweifel.«

Wir waren im Village zum Abendessen, machten anschließend die Runde in ein paar Jazzclubs in der Bleecker Street und fuhren schließlich im Taxi zu ihr nach Hause. Am Morgen machte sie eine Kanne starken Kaffee, toastete ein paar Mohnbagels und schnitt eine Papaya auf. Durch das Wohnzimmerfenster schien die Sonne herein, aber Elaine, in die TIMES vertieft, die wir auf dem Heimweg mitgenommen hatten, teilte mir mit, das schöne Wetter würde nicht anhalten. Bis Mittag würde es sich bewölken, und für den späten Nachmittag und den Abend waren regenartige Schauer angesagt. »Morgen klart es wieder auf«, sagte sie. »Als ob mir das dann noch was nützen würde. Morgen ist Montag. Da ist das Museum geschlossen.«

Sie machte wieder ein Abendseminar über Fotografie. Dieses stand unter dem Thema »Stadtlandschaften durch die Kamera gesehen». Uptown, im Museum of the City of New York, gab es eine Ausstellung, die sie sich bis zum nächsten Kurs angesehen haben sollte.

»Ich schätze, ich komme in den Regen«, sagte sie. »Und du?«

»Ich glaube, ich mache einen kleinen Bummel durchs Viertel.«

»Hab ich mir fast gedacht. Hell's Kitchen oder Clinton?«

»Wahrscheinlich von beidem ein bißchen. Ich werde mir die Sohlen ablatschen und anfangen, mir die tausend Dollar zu verdienen, die ich von Tom Sadecki gekriegt habe. Und ich möchte zu einem Treffen gehen, und später habe ich meine übliche Sonntagabendverabredung zum Essen mit Jim Faber.«

»Ich gehe vielleicht ins Fitneßstudio, oder vielleicht lasse ich es auch bleiben und gehe gleich ins Museum. Dann komme ich nach Hause und mache es mir vor dem Kasten gemütlich. Wie kommt es eigentlich, daß so ein reiner Fernsehabend nicht annähernd so bescheuert ist, wenn es englische Programme sind?«

»Das liegt daran, wie sie sprechen.«

»Muß wohl so sein. *American Gladiators* bekäme vermutlich was richtig Erbauendes, wenn Alistair Cooke die einführenden Worte spräche. Ruf mich heute abend noch an, wenn du dazu kommst, sonst versuche ich es morgen früh. Und bestell Jim einen schönen Gruß von mir.«

Ich sagte, das würde ich tun. Irgendwie kam ich nicht dazu, ihr von der Verabredung zu erzählen, die ich um zwei mit einer alten Freundin hatte.

Vor langer, langer Zeit, als Telefongespräche noch einen Dime kosteten, führte man sie aus kleinen verglasten Zellen mit einer Tür, die einen gegen den Verkehrslärm und die Witterung abschirmten. Vielleicht ist es in anderen Teilen des Landes immer noch so, aber in New York haben die Telefonzellen einen Prozeß der schrittweisen Selbstauflösung durchlaufen, in dessen Verlauf sie von Modell zu Modell weniger Schutz bieten. Alles, was inzwischen noch von ihnen übriggeblieben ist, ist ein Münzapparat an einem Pfosten, und eines Tages werden sie auch noch den Pfosten abschaffen.

Das Telefon, das mich interessierte, war an der Südwestecke von Eleventh Avenue und West Fifty-fifth Street. Es war das, was Glenn Holtzmann am Abend seines Todes benutzt hatte. Bis ich es von Elaines Wohnung zu Fuß hierher geschafft hatte, war es halb elf geworden. Ich sah zu dem Telefon hinüber, während ich wartete, daß die Ampel auf Grün schaltete, dann überquerte ich die Straße und nahm den Hörer von der Gabel. Ich hörte mir das Freizeichen an und hängte wieder auf.

In all den Jahren, die ich im Northwestern gewohnt habe, habe ich herzlich wenig Zeit in der Eleventh Avenue verbracht. In diesem Abschnitt gab es vor allem Autohändler und Lagerhäuser, Baumärkte und Reparaturwerkstätten. Jetzt waren sie alle geschlossen, wie sie das auch an dem Abend gewesen sein dürften, an dem die tödlichen Schüsse fielen.

Ich ging ein bißchen herum und versuchte mir einen Eindruck vom Schauplatz des Verbrechens zu verschaffen. Es gab nichts, wodurch er sich als solcher hätte erkennen lassen. Keine mit Kreide auf das Pflaster gezeichnete Umrißlinie, die die Stelle kennzeichnete, wo der Tote gelegen hatte. Kein Absperrungsband aus gelbem Plastik. Keine Blutflecken.

Ich stellte mir vor, wie er dastand, den Hörer abnahm, seine Tasche nach einem Quarter durchwühlte, die Münze in den Schlitz steckte. Dann veranlaßt ihn etwas, sich umzudrehen – ein Geräusch vielleicht oder eine Bewegung, aus dem Augenwinkel erhascht. Er beginnt sich umzudrehen, und noch bevor er die Bewegung zu Ende geführt hat, kracht ein Schuß, und er wird von einer Kugel getroffen.

Das Geschoß dringt unterhalb des Brustkorbs in die rechte Seite ein. Es durchschlägt die Leber und durchtrennt die Pfortader, das große Blutgefäß, das dieses Organ mit Blut versorgt.

Aller Wahrscheinlichkeit nach eine tödliche Verletzung, aber er lebt nicht lange genug, um daran zu sterben. Er taumelt auf den Schützen zu, der aus nächster Nähe zwei weitere Schüsse abgibt. Ein

Geschoß prallt von einer Rippe ab und gräbt sich durchs Muskelgewebe, ohne ernsthaften Schaden anzurichten. Das andere trifft ins Herz und führt praktisch sofort zum Tod.

Er liegt jetzt in voller Länge auf dem Gehsteig, mit den Füßen am Fuß des Pfostens, an dem das Telefon angebracht ist. Es fällt ein vierter und letzter Schuß, sozusagen der Gnadenschuß, der ihn ins Genick trifft. Er ist so laut wie die anderen, aber Glenn Holtzmann hört ihn nicht mehr.

Schwer zu sagen, wie lange er am Boden lag oder wieviel Blut er verlor. In der Regel bluten Leichen nicht stark, und der Herzschuß dürfte rasch zum Tod geführt haben, aber ich konnte nicht abschätzen, wieviel Blut aus der Leberwunde ausgetreten war, bevor das Herz zu pumpen aufgehört hatte. Jedenfalls lag er da, erst blutend und dann nicht mehr blutend, bis jemand nach dem baumelnden Hörer griff und das Ganze meldete.

Tom Sadecki hatte mir die Hausnummer des Gebäudes gegeben, in dem sein Bruder ein Zimmer hatte. Es war in der Fifty-sixth, fast an der Avenue, eine alte Mietskaserne mit einer Backsteinfassade, zwischen einem identischen Bau auf der rechten Seite und einem schuttübersäten unbebauten Grundstück auf der linken. Eine Treppe führte zum Kellereingang hinunter. In der Tür am Ende der Treppe befand sich auf Augenhöhe ein Fenster, durch das ich jedoch nichts sehen konnte. Die Tür war abgesperrt. Sie machte nicht den Eindruck, als wäre sie furchtbar schwer aufzubrechen, aber ich ließ die Finger davon. Ich weiß nicht mal, ob ich da hätte reingehen wollen, selbst wenn sie nicht abgeschlossen gewesen wäre.

Ich ging zurück zur Ecke von Fifty-fifth und Eleventh, holte mein Notizbuch heraus und machte mir eine grobe Skizze vom Tatort. An der Ecke, an der Holtzmann erschossen worden war, waren die Verkaufsräume eines Honda-Händlers, direkt gegenüber eine Midas-Muffler-Vertretung. Ich rekapitulierte, wie Tom Sadekki den Tathergang rekonstruiert hatte, und versuchte mir vorzustellen, wo George im Schutz der Dunkelheit herumgelungert sein könnte, während jemand anderer die Schüsse auf Holtzmann abfeuerte. Ich sah keine Eingänge, die dafür in Frage kamen, aber neben dem Eingang zu den Verkaufsräumen der Honda-Vertretung gab es eine Stelle, wo ein Mensch gestanden oder gekauert sein könnte, ohne allzusehr aufzufallen. Keine zehn Meter von dem Telefon entfernt, stand ein Abfallcontainer an der Ecke. Ein paar weitere waren auf dem Gehsteig vor dem Auspuff-Shop auf der anderen Straßenseite aufgestellt.

Als ich von Elaine losgegangen war, hatte die Sonne geschienen. Bis ich den Schauplatz des Mordes erreichte, war sie hinter Wolken verschwunden, und der Himmel verdunkelte sich von Minute zu Minute mehr. Auch die Temperatur sank, und ich hatte den Eindruck, daß die Jacke, die ich anhatte, nicht warm genug sein würde. Ich ging in mein Hotel zurück, um mich umzuziehen und, nachdem ich schon mal dabei war, einen Regenschirm mitzunehmen.

Aber als ich zur Ninth Avenue kam, hielt ein Bus, und ich rannte los und erwischte ihn gerade noch. Vielleicht verzieht sich ja der Regen wieder, sagte ich mir. Vielleicht kommt die Sonne wieder raus, und es wird wieder wärmer.

Von wegen.

Es war fast halb eins, als ich einen Raum in der Houston Street betrat, mir Kaffee in einen Styroporbecher goß und ein paar Kekse von einem angeschlagenen Porzellanteller nahm. Ich suchte mir einen Stuhl, und jemand stand auf und verlas die AA-Präambel und stellte den Sprecher vor.

Die Gruppe bestand hauptsächlich aus Schwulen, und beim Erfahrungsaustausch ging es vor allem um Aids und HIV. Um halb zwei nahmen wir uns für einen Moment der Stille an den Händen, bevor wir den Gelassenheitsspruch sagten. Der junge Mann rechts von mir sagte: »Wissen Sie, wie die Treffen in der Agnostikergruppe zu Ende gehen? Sie reichen sich für einen Moment der Stille die Hände, und dann kommt ein *weiterer* Moment der Stille.«

Ich ging in Richtung Downtown, durch SoHo, und machte zwischendurch auf eine Schnitte Siciliana und ein Coke an einer Pizzabude halt. Die Lispenard Street liegt gleich hinter der Canal und erstreckt sich nur über zwei Blocks, und Jans Loft ist im fünften

Stock eines sechsstöckigen Gebäudes, das zwischen zwei größere und modernere Gebäude eingekeilt ist. Ich betrat den Vorraum und klingelte bei ihr, dann ging ich wieder auf den Gehsteig hinaus und wartete, daß sie das Fenster aufmachte und den Schlüssel herunterwarf.

Das hatte sie an dem Abend getan, an dem ich sie kennengelernt hatte, und danach noch bei einigen Gelegenheiten. Dann hatte ich eine Weile einen eigenen Schlüssel. Das letzte Mal benutzte ich ihn an dem Nachmittag, an dem ich meine Sachen bei ihr abholte. Ich stopfte meine Kleider in zwei Plastiktüten und legte den Schlüssel auf die Küchentheke, gleich neben die Mr.Coffee-Maschine.

Ich sah hoch. Das Fenster ging auf, und der Schlüssel segelte heraus, schlug auf das Pflaster, sprang hoch, schepperte, blieb still liegen. Ich hob ihn auf und schloß die Tür auf.

7

»Komm rein«, sagte sie. »Wirklich lieb von dir, daß du gekommen bist. Gut siehst du aus, Matt.«

»Du auch«, sagte ich. »Du hast abgenommen.«

»Hah. Endlich.« Sie legte den Kopf auf die Seite und sah mir in die Augen. »Was findest du? Sehe ich so besser aus?«

»Für mich hast du immer gut ausgesehen, Jan.«

Ihre Miene verdüsterte sich. Sie wandte sich ab und sagte, sie habe gerade Kaffee gemacht. Ob ich ihn immer noch schwarz tränke? Das bejahte ich. Keinen Zucker, richtig? Richtig, keinen Zucker.

Ich ging an die Frontseite des Loft, wo man durch deckenhohe Fenster auf die Lispenard Street hinaussah. Ihr Bronzekopf der Medusa, das Haar ein Knäuel sich windender Schlangen, stand auf einem Sockel rechts neben dem niedrigen Sofa. Es war eine frühe Arbeit; sie war mir an dem Abend, an dem wir uns kennengelernt hatten, aufgefallen, und ich hatte eine Bemerkung darüber gemacht. Schau ihr nicht in die Augen, hatte Jan gesagt, denn ihr Blick läßt Menschen zu Stein erstarren.

Als sie mir den Kaffee brachte, war ihr Blick, aus diesen großen, unerschrockenen grauen Augen, fast genauso bedrohlich. Sie hatte tatsächlich abgenommen, und ich war nicht sicher, ob sie dadurch besser aussah. Sie wirkte älter als das letzte Mal, als ich sie gesehen hatte.

Zum Teil lag das an ihrem Haar. Es war inzwischen ganz grau. Als ich sie kennengelernt hatte, war es bereits kräftig meliert gewesen, ohne jedoch stärker zu ergrauen. Jetzt waren keine dunklen Haare mehr zu sehen, und zusammen mit dem Gewichtsverlust ließ sie das älter erscheinen.

Sie fragte, ob der Kaffee so richtig sei.

»Ganz hervorragend«, sagte ich. »Willst du keinen?«

»Ich trinke in letzter Zeit kaum mehr Kaffee«, sagte sie. Und dann: »Ach, ich meine, was soll's. Wieso eigentlich nicht?« Sie verschwand in die Küche und kam mit einer Tasse für sich zurück. »Er ist tatsächlich gut. Fast habe ich vergessen, wie gut das Zeug schmeckt.«

»Was war denn? Hast du versucht, auf Koffeinfreien umzusteigen?«

»Ich bin mehr oder weniger ganz vom Kaffeetrinken abgekommen. Aber fangen wir jetzt bloß keine von diesen tödlichen AA-Gesprächen über all die Dinge an, die wir nicht mehr tun. Wie war doch diese Geschichte über diesen alten Knacker in der Blaskapelle der Heilsarmee? ›Ja, Brüder und Schwestern, ich hab getrunken, ich hab geraucht, ich hab mit verdammt heißen Frauen rumgemacht, und alles, was ich jetzt tue, ist, diese blöde Trommel schlagen.‹« Sie nahm noch einen Schluck Kaffee und stellte die Tasse ab. »Was gibt's bei dir Neues, Matt? Was hast du so alles getrieben?«

»Meine blöde Trommel geschlagen. Ein paar Aufträge für eine große Agentur gemacht. Gearbeitet, wenn ich einen Klienten hatte, in den Tag hinein gelebt, wenn nicht. Zu Treffen gegangen. Herumgehangen. Mit Elaine zusammengewesen.«

»Zwischen euch läuft es also ganz gut? Das freut mich. Sie macht einen sehr sympathischen Eindruck. Matthew, ich hab doch gesagt, daß ich dich um einen Gefallen bitten möchte.«

»Ja.«

»Dann rücke ich am besten gleich damit heraus. Könntest du mir vielleicht eine Schußwaffe besorgen?«

»Eine Schußwaffe?«

»Es passiert so viel in letzter Zeit«, sagte sie ganz ruhig. »Du brauchst nur die Zeitung aufzuschlagen, und auf jeder Seite steht irgend etwas Schreckliches. Früher war man ja wenigstens in bestimmten Vierteln noch sicher, aber inzwischen spielt es immer weniger eine Rolle, wo du bist oder zu welcher Tageszeit. Diese Sache letzte Woche, mit diesem jungen Verlagsmenschen. Das war doch gleich bei dir um die Ecke, oder?«

»Nur ein paar Straßen weiter.«

»Schrecklich.«

»Warum willst du eine Waffe, Jan?«

»Zu meinem Schutz natürlich.«

»Natürlich.«

»Ich kenne mich mit Waffen überhaupt nicht aus«, sagte sie nachdenklich. »Natürlich möchte ich eine Handfeuerwaffe, aber es gibt doch verschiedene Typen und Größen. Ich habe keine Ahnung, welche für mich in Frage kommt.«

»Wenn du in New York eine Waffe haben willst, brauchst du einen Waffenschein«, sagte ich.

»Ist der nicht ziemlich schwer zu kriegen?«

»Sehr schwer sogar. Die beste Möglichkeit ist, einem Waffenclub beizutreten und einen Kurs zu machen, und für eine ganz schön saftige Gebühr helfen sie dir dann, einen Antrag auszufüllen und den ganzen Behördenkram zu erledigen. So eine Ausbildung kann übrigens auf keinen Fall schaden, aber das Ganze dauert eine Weile und ist nicht billig.«

»Aha.«

»Wenn du diesen Weg beschreitest, könntest du wahrscheinlich eine Genehmigung bekommen, die dich ermächtigt, eine Handfeuerwaffe zu Hause zu haben und sie in einem abgeschlossenen Kasten zum Schießplatz mitzunehmen. Wenn du dich vor Einbrechern schützen willst, genügt das vollauf. Du dürftest die Waffe allerdings nicht in deiner Handtasche mitnehmen, wenn du außer Haus gehst. Dafür bräuchtest du noch mal eine spezielle Genehmigung, und die sind heutzutage sehr schwer zu bekommen. Wenn du einen Laden hättest und regelmäßig größere Geldbeträge zur Bank bringen müßtest, hättest du vielleicht Aussichten. Aber du bist Bildhauerin und arbeitest zu Hause. Vor Jahren kannte ich mal einen Goldschmied, der so eine Genehmigung bekam, weil er häufig größere Mengen Gold und Silber transportieren mußte. Aber wenn du das als Begründung anführen willst, brauchst du mehrere schriftliche Bestätigungen.«

»Mit Lehm und Bronze ist da wohl nichts zu machen, hm?«

»Ich glaube nicht.«

»Genaugenommen, bräuchte ich die Waffe auch nicht mit mir herumzutragen. Und die rechtlichen Fragen interessieren mich, ehrlich gesagt, auch nicht besonders.«

»Ah?«

»Ich habe keine Lust, wegen eines Waffenscheins von einem Amt zum andern zu laufen. Herrgott noch mal, bilde ich mir das eigentlich nur ein oder hat hier tatsächlich schon jeder zweite eine Kanone? In den Schulen haben sie jetzt schon Metalldetektoren, weil so viele Schüler Waffen in den Unterricht mitbringen. Sogar die Obdachlosen sind bewaffnet. Dieser Penner hat aus Mülltonnen gelebt, aber eine Kanone hatte er.«

»Und du willst auch eine.«

»Ja.«

Ich griff nach meiner Kaffeetasse und stellte fest, daß sie leer war. Ich konnte mich nicht erinnern, sie ausgetrunken zu haben. Ich stellte sie wieder ab und sagte: »Wen willst du denn umbringen, Jan?«

»Ach, Matthew«, sagte sie. »Sie steht vor dir.«

»Es fing im Frühling an«, sagte sie. »Ich merkte, daß ich ein paar Pfund abgenommen hatte, ohne daß ich mich besonders angestrengt hätte. Hey, super, dachte ich, kriege ich mein Gewicht also doch noch in den Griff.

Allerdings fühlte ich mich nicht so toll. Etwas schlapp, und mir war ziemlich häufig übel. Große Bedeutung habe ich dem Ganzen allerdings nicht beigemessen. So ähnlich hatte ich mich auch schon im Dezember gefühlt, aber zwischen den Jahren geht es mir sowieso nie so gut. Ich bin deprimiert und fühle mich mies. Aber das geht vielen so. Ich führte es auf irgendein jahreszeitlich bedingtes Zipperlein zurück und schenkte dem Ganzen keine weitere Beachtung, und als es ein paar Monate später wieder anfing, dachte ich mir noch immer nicht viel dabei.

Dann bekam ich Probleme mit dem Magen. Ich hatte hier immer leichte Schmerzen, und eines Tages wurde mir bewußt, daß ich sie mit Unterbrechungen schon seit Wochen hatte. Zum Arzt wollte ich nicht gehen, denn wenn es nichts war, wäre es nur Zeit- und Geldverschwendung gewesen, und wenn es ein Magengeschwür war, wollte ich lieber nichts wissen. Ich dachte, es würde vielleicht von selbst weggehen, wenn ich es ignorierte. Also tat ich das, aber es ging nicht weg. Schließlich wurde es so schlimm, daß ich halb im

Sitzen schlafen mußte, weil im Sitzen die Schmerzen nicht so schlimm waren. Na ja, es bringt einen bekanntlich nicht weiter, wenn man den Kopf in den Sand steckt, und deshalb raffte ich mich schließlich auf, zum Arzt zu gehen, und die gute Nachricht war, daß ich kein Magengeschwür hatte. Und jetzt müßtest du mich eigentlich fragen, was die schlechte war.«

Ich sagte nichts.

»Bauchspeicheldrüsenkrebs. Willst du noch ein paar gute und schlechte Nachrichten hören? Die gute ist, daß sie ihn heilen können, wenn er früh genug erkannt wird. Sie brauchen bloß die Bauchspeicheldrüse und den Zwölffingerdarm herauszunehmen und den Magen direkt an den Dünndarm anzuschließen. Man muß sich zwar für den Rest seines Lebens ein paarmal am Tag Insulin und Verdauungsenzyme spritzen und eine sehr strenge Diät halten, aber das ist die gute Nachricht. Die schlechte ist, er wird nie rechtzeitig erkannt.«

»Nie?«

»Fast nie. Bis sich die ersten Symptome bemerkbar machen, hat sich der Krebs bereits auf die umliegenden Organe ausgebreitet. Weißt du, ich habe mir erst fürchterliche Vorhaltungen gemacht, daß ich dem plötzlichen Gewichtsverlust und den anderen Symptomen keine Beachtung geschenkt habe, aber in diesem Punkt konnte mich der Arzt beruhigen. Er hat mir versichert, daß sich fraglos schon längst Metastasen gebildet hätten, bevor ich das erste Zwicken gespürt oder die ersten zehn Gramm abgenommen hätte.«

»Und die Prognose?«

»Könnte kaum schlimmer sein. Neunzig Prozent aller Leute mit Bauchspeicheldrüsenkrebs sind binnen einem Jahr, nachdem er diagnostiziert wurde, tot. Der Rest stirbt spätestens nach fünf Jahren. Niemand kommt lebend davon.«

»Gibt es denn überhaupt keine Therapiemöglichkeit?«

»Gibt es, aber sie hält einen nicht am Leben. Sie können bestimmte Dinge tun, damit es dir nicht ganz so schlecht geht. Letzten Monat haben sie mir einen Bypass für einen verstopften Gallengang eingesetzt. Sie haben – ich meine, wen interessiert schon, was sie gemacht haben, jedenfalls hatte ich danach nicht mehr solche Schmerzen, und die Gelbsucht ging weg. Allerdings habe ich mich danach auch gefühlt, wie man sich eben fühlt, wenn sie dich aufschneiden und dann wieder zusammenflicken. Aber ich glaube, es war die Sache wert. Als erstes fiel mir nach der Operation auf, daß meine Haare total grau geworden waren, aber das wäre vermutlich sowieso passiert. Und wenn es mich stört, kann ich sie ja färben, richtig?«

»Richtig.«

»Ausfallen werden sie mir nicht, weil es keinen Sinn hätte, es mit Bestrahlungen oder Chemotherapie zu versuchen. O mein Gott, es ist einfach so ... ich wollte sagen: unfair. Aber das Leben ist nun mal nicht fair, das weiß doch jeder. Aber es ist so gemein willkürlich, wenn du weißt, was ich meine. Gott nimmt deinen Namen aus einem Hut, und du bist dran.«

»Was ist schuld daran? Wissen sie das?«

»Nicht wirklich. Statistisch scheinen Alkohol und Nikotin eine Rolle zu spielen. Unter Trinkern und Rauchern ist die Verbreitung wesentlich höher. Seventh-Day-Adventisten und Mormonen kriegen es jedenfalls kaum, aber die kriegen ja kaum etwas. Eigentlich ein Wunder, daß die nicht alle ewig leben. Was sonst noch? Eine sehr fettreiche Ernährung kann eine Rolle spielen. Und sie glauben, daß ein Zusammenhang mit Kaffeekonsum besteht, obwohl sich das schwer feststellen läßt, da achtzig Prozent der Bevölkerung Kaffee trinkt. Außer Mormonen natürlich oder Seventh-Day-Adventisten, Gott steh ihnen bei. Die schlagen bloß ihre blöden Trommeln. Na ja, und das sind so ziemlich alle Laster, die ich habe. Ich trinke schon so lange, wie ich zurückdenken kann, und rauche seit Jahren wie ein Schlot. Und natürlich habe ich immer Unmengen Kaffee getrunken, und das ist ein Laster, das ich weiß Gott nicht abgelegt habe, als ich zu trinken aufgehört habe. Eher das Gegenteil.«

»Ist das der Grund, warum du in letzter Zeit keinen mehr angerührt hast?«

»Natürlich. Was kannst du denn sonst noch tun, wenn sie dir das Pferd bereits gestohlen haben? Du kaufst ein neues Schloß für die Stalltür.« Sie seufzte. »Allerdings bin ich ganz sicher, daß es nicht am

Kaffee lag. In Wirklichkeit habe ich, glaube ich, aufgehört, Kaffee zu trinken, weil das ganz normal ist für Leute, die Zwölf-Stufen-Programme machen. Was tun wir in Streßphasen? Wir geben etwas auf, was uns Spaß macht.« Sie stand auf. »Ich hole mir noch eine Tasse«, verkündete sie. »Soll ich dir auch noch eine bringen?«

»Bleib sitzen. Ich hole welchen.«

»Was soll der Blödsinn? Ich muß meine Kräfte nicht schonen. Ich bin nicht krank. Ich sterbe bloß.«

Etwas später sagte sie: »Ich möchte nicht den Eindruck erwecken, als wäre ich der Welt überdrüssig und könnte es gar nicht erwarten, mich aus ihr zu verabschieden. Mir ist jeder Tag kostbar. Ich will noch so viele erleben wie nur irgend möglich.«

»Was willst du dann mit einer Schußwaffe?«

»Das ist, wenn die guten Tage mal zu Ende sind. Neulich war ich in der Bibliothek und habe ein bißchen zu dem Thema gelesen, und wie es scheint, sind die schlimmen Tage ziemlich schlimm, wenn die guten mal zu Ende gehen. Du drehst dich nicht einfach mit dem Gesicht zur Wand und gibst den Geist auf. Es kann ganz schön schmerzhaft werden, und es kann sich eine ganze Weile hinziehen.«

»Können sie dir denn gegen die Schmerzen nichts geben?«

»Das möchte ich nicht. Ich habe ganze Abschnitte meines Lebens nicht mitgekriegt, weil ich so voll mit Smirnoff war, daß ich nicht mehr wußte, was um mich herum passierte. Ich möchte nicht mit einem morphiumvernebelten Kopf aus dieser Welt in die nächste springen. Nach der Operation haben sie mir Demerol gegeben, und ich fand es schrecklich, wie ich mich davon gefühlt habe. Ich habe ihnen gesagt, sie sollen es absetzen und mir statt dessen Tylenol geben. ›Aber bei Ihren Schmerzen‹, sagte der zuständige Arzt, ›nützt Tylenol nichts.‹ ›Dann werde ich es eben ohne aushalten müssen‹, sagte ich, und es war auch tatsächlich nicht so schlimm. Glaubst du, ich war eine Märtyrerin?«

»Keine Ahnung.«

»Also, ich glaube nicht. Herrgott noch mal, ich habe zu viel in ein nüchternes Leben investiert, um mich mit was Geringerem abzufinden als einem nüchternen Tod. Lieber habe ich die Schmerzen, als etwas, das sie überdeckt. Ich meine, das ist das Blatt, das ich ausgeteilt gekriegt habe. Und ich schätze, ich bleibe so lange im Spiel, wie ich kann. Und dann passe ich. Es sind meine Karten, ich kann passen, wann ich will.«

Ich sah aus dem Fenster. Es war noch dunkler geworden, als ob die Sonne unterginge. Aber bis dahin waren es noch Stunden.

»Ich betrachte es nicht als Selbstmord«, sagte sie. »Ein Teil von mir ist immer noch so katholisch, daß Selbstmord für mich nicht in Frage kommt. Gott hat dir dein Leben gegeben, und es ist eine Sünde, es zu nehmen. Aber ich sehe das nicht so, daß ich mir das Leben nehme. Ich würde mir bloß ein Geschenk machen.« Sie lächelte mild. »Das Geschenk aus Blei. Kennst du das Gedicht?«

»Welches Gedicht?«

»›Verletzte Falken‹ von Robinson Jeffers. Er findet nicht weit von seinem Haus einen verletzten Falken im Wald und läßt sich darüber aus, wie sehr er Falken bewundert und daß er eher einen Menschen töten würde als einen Falken, wenn auf beides dieselbe Strafe stünde. Er bringt dem Vogel was zu fressen und versucht ihm zu helfen, aber irgendwann kommt der Tag, an dem er ihn nur noch von seinem Leiden erlösen kann. ›Ich gab ihm ein Bleigeschenk im Zwielicht‹, lautet die Zeile, glaube ich. Gemeint ist eine Kugel. Er erschoß den Falken, und dann war er imstande davonzufliegen.«

Ich dachte darüber nach und sagte: »Vielleicht funktioniert das bei Falken besser.«

»Wie meinst du das?«

»Selbstmorde mit einer Schußwaffe sind eine ziemliche Sauerei. Und es haut nicht immer hin. Als ich gerade mit der Ausbildung fertig war, hörte ich von einem Mann, der sich eine Pistole an die Schläfe gehalten und abgedrückt hat. Die Kugel glitt am Knochen ab und grub eine tiefe Furche seinen Schädel hinauf, blieb dabei immer schön unter der Kopfhaut und trat auf der anderen Seite aus. Der arme Teufel hat geblutet wie eine gestochene Sau, er blieb auf einem Ohr permanent taub und hatte Kopfschmerzen, die sich gewaschen hatten.«

»Und hat überlebt.«

»Aber klar. Er hat nicht mal das Bewußtsein verloren. Ich weiß von anderen Fällen, in denen sich Leute eine Kugel in den Kopf geschossen und trotzdem überlebt haben, darunter ein Housing Authority Cop, der seit zehn oder zwölf Jahren ohne Bewußtsein vor sich hinvegetiert. Aber selbst mal angenommen, es klappt gleich beim ersten Mal. Ist es wirklich ein Geschenk, was du dir damit machst? Du tust damit deinem Körper ganz schön Gewalt an. Du pustest dir deine ganze obere Schädelhälfte weg, und dein Gehirn ist über die Wand verteilt. Entschuldige, wenn ich das so drastisch sage, aber …«

»Schon gut.«

»Gibt es keine sanfteren Methoden, Jan? Gibt es nicht irgendein Buch über das Thema?«

»Natürlich. Es liegt auf meinem Nachttisch. Ich mußte es mir sogar kaufen. Ich wollte es mir in der Bibliothek ausleihen, aber es standen bereits zwölf Leute auf der Warteliste. Ich konnte es kaum glauben, ich kam mir vor, als wäre ich bei Zabar und wollte ein halbes Pfund Lox kaufen. Wenn du dich in dieser Stadt umbringen willst, mußt du eine Nummer ziehen und warten.«

»Wie kriegen sie es wieder zurück?«

»Wie kriegt wer was zurück? Ich kann dir leider nicht folgen.«

»Das Buch«, sagte ich. »Wenn es seinen Zweck erfüllt hat – wer bringt es wieder in die Bibliothek zurück?«

»Oh, sehr schlau. Man muß vermutlich einen letzten Willen aufsetzen. ›Ich, Janice Elizabeth Keane, im Vollbesitz meiner geistigen Kräfte …‹«

»Es ist deine Story, also halte dich auch daran.«

»›– verfüge hiermit, daß meine Schulden und Begräbniskosten bezahlt werden und daß mein Exemplar von *Letzter Abgang* in die Hudson-Park-Zweigstelle der New York Public Library zurückgebracht wird – in der Hoffnung, daß andere genausoviel Gewinn daraus ziehen mögen wie ich.‹

Ist das nicht großartig? Und dann rufen sie die nächste Person auf der Liste an. ›Guten Tag, Mr. Nussbaum? Wir haben das für Sie vorgemerkte Buch. Bitte ordnen Sie Ihre Angelegenheiten.‹«

Und wie wir gelacht haben.

Der Haken an dem Buch war, sagte sie, daß man bei den meisten vorgeschlagenen Methoden irgendwelche Substanzen einnehmen mußte, die psychische Veränderungen hervorriefen. Ein typisches Beispiel: eine Handvoll Schlaftabletten, mit einem Glas Whiskey hinuntergespült. Da sie jedoch vor allem deshalb an Selbstmord dachte, weil sie nüchtern sterben wollte, kamen diese Methoden nicht für sie in Frage.

Und angenommen, es funktionierte nicht? Angenommen, sie kam zwölf Stunden später mit einem Mordskater wieder zu sich, und alles, was sie erreicht hatte, war, daß sie ihre Nüchternheit verloren hatte? *Ich heiße Jan, ich bin einen Tag nüchtern und habe noch zwei Wochen zu leben.* Nein, das kam überhaupt nicht in Frage.

»Auch Kohlenmonoxid wird in dem Buch empfohlen«, sagte sie. »Du befestigst einen Schlauch am Auspuff und steckst ihn durchs Fenster. Ohne Auto dürfte das allerdings nicht ganz einfach sein. Ich könnte mir natürlich einen Leihwagen nehmen, aber was soll ich dann weiter machen? Einfach irgendwo am Straßenrand parken? Und gerade wenn ich dann wegdämmere, bricht ein Junkie die Kiste auf und klaut das Radio.«

Deshalb hielt sie eine Schußwaffe für die beste Lösung. Sie würde sowieso eingeäschert werden. Was machte es da schon, wie sie aussah? Bloß für die Person, die ihre Leiche entdeckte, war es nicht so angenehm, was sicher bedauerlich war, aber im Leben passierten nun mal ständig unangenehme Dinge.

Sie hatte sich schon überlegt, ob sie in einen der Staaten im Süden fahren sollte, wo jeder eine Schußwaffe kaufen konnte, aber sie war nicht sicher, ob das auch auf Leute aus einem anderen Bundesstaat zutraf. Mußte man einen Ausweis vorlegen, der im entsprechenden Staat ausgestellt war? Aber vielleicht konnte man sich ja auch genauso einfach einen Wohnsitz zulegen, wie man sich in Nevada scheiden lassen konnte. Wie sollte sie es jedoch andererseits wieder anstellen, wenn sie die Waffe im Flugzeug mit zurücknehmen wollte? Sie hätte natürlich mit der Bahn zurückfahren können, aber sie hatte keine Lust, so lange im Zug zu sitzen. Im übrigen war sie auch nicht sonderlich scharf drauf, irgendwohin zu fliegen.

»Und dann dachte ich, Herrgott noch mal, in der Stadt gibt es doch Unmengen von nicht registrierten Schußwaffen. Da kann es doch nicht so schwer sein, sich eine zu beschaffen. Wenn Schulkinder welche haben, wenn Penner bewaffnet rumlaufen, dann kann das doch nicht so schwierig sein. Und dann fing ich an zu überlegen, ob ich einen Freund habe, der weiß, wie man sich eine Waffe beschafft, und der mich gern genug hat, um mir dabei zu helfen. Und der einzige Mensch, der mir eingefallen ist, warst du.«

»Da bin ich aber echt geschmeichelt.«

»Und hellauf begeistert von dem, was hinterherkommt, hm?«

Regnete es draußen? Es sah aus, als könnte es regnen.

»Du weißt, wie schlimm ich das alles finde. Ich finde es schlimm, daß du krank bist. Ich finde es schlimm, daß du sterben mußt.«

»Ich finde es auch nicht besonders toll.«

»Ich beschaffe dir die Waffe.«

»Wirklich?«

»Warum nicht? Wofür hat man schließlich Freunde?«

8

Draußen wehte ein kalter Wind. Man konnte das Unwetter aufziehen spüren. Ich ging zu der IND-Station an der Ecke Canal und Sixth. Ich mußte ganz knapp einen A-Train versäumt haben, weil ich eine Viertelstunde auf den nächsten warten mußte. Der Bahnsteig war leer, als ich ankam, und nicht viel voller, als der Zug endlich kam.

Am Columbus Circle stieg ich aus, und als ich auf die Straße hinaustrat, goß es in Strömen. Die wenigen Leute, die das Pech hatten, bei diesem Wetter unterwegs zu sein, suchten in Eingängen Schutz oder schlugen sich mit ihren Regenschirmen herum, die der Sturm umzustülpen versuchte. Auf der anderen Seite der Fifty-seventh Street sah ich einen Mann, der sich eine Zeitung über den Kopf hielt, und ein anderer Mann hastete mit hochgezogenen Schultern vorbei, als wollte er dem Regen möglichst wenig Angriffsfläche bieten. Ich machte mir erst gar nicht die Mühe, es mit einer dieser Strategien zu versuchen. Ich fand mich damit ab, kräftig durchweicht zu werden, und stapfte einfach mittendurch.

Als ich das Foyer betrat, sah mich Jacob hinter der Rezeption hervor an und stieß einen leisen Pfiff aus. »Da gehen Sie aber lieber mal schnell nach oben und nichts wie rein in die heiße Badewanne«, sagte er. »Können sich ja den Tod holen – so rumzulaufen!«

»Niemand lebt ewig«, sagte ich.

Er bedachte mich mit einem eigenartigen Blick und wandte sich wieder dem Kreuzworträtsel in der TIMES zu. Ich ging auf mein Zimmer, zog meine nassen Sachen aus und stellte mich unter die Dusche. Dort stand ich ziemlich lange und zwang mich, nichts zu spüren als das heiße Sprühen auf Nacken und Schultern. Bis ich das Wasser abgedreht hatte und aus der Wanne stieg, sah es in dem kleinen Raum aus wie in einem türkischen Bad.

Der Spiegel über dem Waschbecken war dampfbeschlagen. Ich ließ ihn so. Ich konnte mir auch so ganz gut vorstellen, wie alt und müde ich aussah, und ich hatte nicht das Bedürfnis, mich mit eigenen Augen davon zu überzeugen.

Ich zog mich an und suchte etwas, das ich mir im Fernsehen ansehen könnte. Ich blieb bei den Nachrichten auf CNN hängen, aber es war völlig egal, was ich mir ansah, weil ich mich nicht darauf konzentrieren konnte.

Nach einer Weile schaltete ich den Kasten aus. Ich hatte die Deckenlampe angehabt und schaltete sie auch aus und saß da und schaute aus dem Fenster in den Regen hinaus.

Ich traf mich mit Jim Faber im Hunan Lion in der Ninth Avenue. Ich war um halb sieben da, nachdem ich die paar Blocks, mit Regenschirm, zu Fuß gegangen war. Es regnete immer noch in Strömen, aber der Wind hatte erheblich nachgelassen.

Jim war bereits da, und als ich mich setzte, kam der Kellner mit den Speisekarten. Es standen bereits eine Kanne Tee und zwei Tassen auf dem Tisch.

Ich schlug die Speisekarte auf, aber nichts war besonders verlockend. »Möglicherweise mußt du heute abend für zwei essen«, sagte ich. »Ich habe keinen rechten Appetit.«

»Was hast du denn?«

»Ach, nichts.« Er sah mich an. Er ist mein AA-Sponsor und mein Freund, und wir gehen schon seit ein paar Jahren jeden Sonntagabend zusammen essen. Es ist also kein Wunder, daß er merkt, wenn ich ihm was verheimliche. »Mich hat gestern jemand angerufen«, sagte ich. »Jan.«

»Ach?«

»Sie wollte, daß ich bei ihr vorbeikomme.«

»Sieh mal einer an.«

»Nicht, was du denkst. Sie wollte mir was sagen. Ich war heute nachmittag bei ihr, und sie hat's mir gesagt.«

»Und?«

Um zu vermeiden, daß mir die Worte in der Kehle stecken blieben, sagte ich hastig: »Sie wird bald sterben. Sie hat Bauchspeicheldrüsenkrebs und höchstens noch ein Jahr zu leben.«

»Mein Gott.«

»Ich glaube, das ist mir ganz schön an die Nieren gegangen.«

»Das kann ich mir denken.«

In diesem Augenblick kam der Kellner. »Hör zu«, sagte Jim. »Laß doch einfach mich bestellen.« Er wandte sich dem Kellner zu. »Also, einmal kalte Nudeln, einmal scharfe Krabben mit Broccoli und einmal General Tzos berühmtes Hühnchen.« Er sah mit zusammengekniffenen Augen auf die Speisekarte. »In diesem Lokal scheint er allerdings als General Tsung bekannt zu sein. Andere Speisekarte, andere Schreibweise. Aber es ist vermutlich trotzdem derselbe General. Ist jedenfalls immer dasselbe Hühnchen.«

»Sein gutes Gericht«, sagte der Kellner.

»Da habe ich überhaupt keinen Zweifel. Und bitte mit braunem Reis, wenn Sie welchen haben.«

»Nu' weiße Reis.«

»Dann mit weißem Reis.« Jim gab die Speisekarten zurück und schenkte Tee nach. Er wandte sich wieder mir zu. »Wenn wir in China leben würden, glaubst du, wir würden jeden Sonntagabend ausgehen und Hühnchen à la General Schwarzkopf essen? Irgendwie kann ich mir das nicht so recht vorstellen. Matt, das ist ja schrecklich, einfach furchtbar. Ist es ganz sicher? Gibt es nichts, was man dagegen tun kann?«

»Offensichtlich nicht. Ihren Aussagen zufolge kommt die Diagnose einem sicheren Todesurteil gleich. Schlimmer sogar als ein Todesurteil, weil du die Vollstreckung nicht durch irgendwelche Gnadengesuche hinauszögern kannst. Das ist wie die Rechtsprechung im Wilden Westen. Am Nachmittag wird das Urteil gefällt, und bei Sonnenaufgang wirst du aufgehängt.«

»Einfach grauenhaft. Wie alt ist Jan? Weißt du das zufällig?«

»Dreiundvierzig, vierundvierzig. Irgendwas um den Dreh.«

»Das ist nicht sehr alt.«

Ein bißchen älter als Elaine, ein bißchen jünger als ich. »Und sie wird wahrscheinlich nicht mehr viel älter«, sagte ich.

»Einfach grauenhaft.«

»Danach bin ich heimgegangen und habe mich ans Fenster gesetzt und in den Regen hinausgesehen. Ich wollte was trinken.«

»Wirklich?«

»Ich habe nie mit dem Gedanken gespielt, was zu trinken. Mir war völlig klar, daß ich das nicht wollte. Aber das körperliche Verlangen war so stark wie früher. Jede Zelle meines Körpers schrie nach Alkohol.«

»Wer wollte unter solchen Umständen auch nichts trinken? Dafür ist das Zeug schließlich da. Darum füllen sie es doch in Flaschen ab, oder? Aber trinken *wollen* ist nicht das gleiche wie trinken. Und das ist gut so, weil es sonst in ganz New York bestenfalls ein AA-Treffen gäbe, und das könntest du in einer Telefonzelle abhalten.«

Wenn du eine Telefonzelle findest, in der du es halten kannst, dachte ich. Sie hatten die Dinger abgeschafft. Aber was machte ich mir Gedanken über Telefonzellen?

»Nichts einfacher, als nüchtern zu bleiben, wenn dir nicht nach Trinken ist«, fuhr Jim fort. »Aber mich erstaunt immer wieder, wie wir es schaffen, nüchtern zu bleiben, wenn uns nach Trinken ist. Aber das macht uns auch stärker. Daran wachsen wir.«

Ach ja. Ich hatte mir heute schon mal Gedanken über Telefonzellen gemacht, als ich an der Ecke von Fifty-fifth und Eleventh stand und mir das Telefon ansah, neben dem Holtzmann gestorben war. Wo sollte sich außerdem Superman jetzt umziehen, wenn es in der Stadt keine Telefonzellen mehr gab?

»Ich glaube, ich habe noch nie eine schwierige Phase durchgemacht, ohne was daraus zu lernen«, sagte Jim gerade. »›Ich muß weitermachen. Ich kann nicht weitermachen. Ich werde weitermachen.‹ Hab leider vergessen, wer das gesagt hat.«

»Samuel Beckett.«

»Tatsächlich? Das ist das ganze Programm in, wieviel?, zwölf Wörtern? ›Ich muß nüchtern bleiben, ich kann nicht nüchtern bleiben, ich werde nüchtern bleiben.‹«

»Es sind dreizehn Wörter.«

»Ja? ›Ich muß nüchtern bleiben, ich kann nicht nüchtern bleiben, ich werde nüchtern bleiben.‹ Also gut, es sind dreizehn Wörter. Ah, kalte Nudeln mit Sesamsoße, und keine Sekunde zu früh. Da, nimm dir ein bißchen was. Allein schaffe ich das sowieso nicht.«

»Sie liegen doch nur auf meinem Teller rum.«

»Na und? Alles muß irgendwo sein.«

Als der Kellner das schmutzige Geschirr abgeräumt hatte, sagte Jim, für jemanden, der keinen Appetit hatte, hätte ich mich wacker geschlagen. Das liegt an den Stäbchen, sagte ich. Man will den Eindruck erwecken, als hätte man alles im Griff.

Ich sagte: »Ich fühle mich immer noch leer. Daran hat sich auch nichts geändert, seit ich was gegessen habe.«

»Hast du um sie geweint?«

»Ich weine nie. Weißt du, wann ich das letzte Mal geweint habe? Das erste Mal, als ich mich bei einem Treffen zu Wort gemeldet und zugegeben habe, daß ich Alkoholiker bin.«

»Daran kann ich mich erinnern.«

»Es ist nicht so, daß ich irgendwie versuche, die Tränen zurückzuhalten. Ich würde liebend gern weinen. Aber so bin ich offensichtlich. Jedenfalls werde ich mir nicht das Hemd vom Leib reißen und mit Eisen-Mike und seinen Boys im Wald rumrennen und die Trommel schlagen.«

»Du meinst wahrscheinlich Eisenhans.«

»Ja?«

»Ich glaube schon. Eisen-Mike ist der Typ, der die Chicago Bears trainiert, und ich kann mir nicht vorstellen, daß der ein großer Trommler ist.«

»Eher ein Bassist, hm?«

»Das würde ich auch meinen.«

Ich nahm einen Schluck Tee. »Ich finde es schrecklich, sie zu verlieren.«

Er sagte nichts.

Ich sagte: »Als Jan und ich uns getrennt haben, als wir endgültig Schluß gemacht haben und ich meine Sachen aus ihrer Wohnung geholt und den Schlüssel zurückgegeben habe, kann ich mich noch genau erinnern, wie ich dir erzählt habe, wie traurig ich darüber war, daß unsere Beziehung zu Ende ging. Weißt du noch, was du damals zu mir gesagt hast?«

»Hoffentlich was Tiefschürfendes.«

»Du hast gesagt, Beziehungen gehen nicht zu Ende. Sie nehmen nur eine andere Form an.«

»Das habe ich gesagt?«

»Ja, und ich fand das sehr tröstlich. Noch Tage danach ist es mir wie ein Mantra durch den Kopf gegangen. ›Beziehungen gehen nicht zu Ende, sie nehmen nur eine andere Form an.‹ Dadurch hatte ich nicht so stark das Gefühl, daß ich was verloren hatte und daß mir was Wertvolles genommen worden war.«

»Komisch«, sagte Jim. »Ich kann mich nämlich nicht an dieses Gespräch erinnern, ich weiß nicht mal mehr, daß ich diesen Gedanken mal hatte. Aber es freut mich, daß er dir ein Trost war.«

»Und ob er das war. Aber nach ein paar Tagen ließ ich es mir noch mal genauer durch den Kopf gehen und kam zu dem Schluß, daß es ein schwacher Trost war. Na schön, diese spezielle Beziehung hatte also eine andere Form angenommen. Aus zwei Menschen, die jede zweite Nacht miteinander verbrachten und mindestens einmal am Tag miteinander sprachen, wurden zwei Menschen, die ganz besonderen Wert darauf legten, sich aus dem Weg zu gehen. Die neue Form, die unsere Beziehung angenommen hatte, war eine Nichtexistenz.«

»Vielleicht konnte ich mich deshalb nicht mehr an den Spruch erinnern. Vielleicht war mein Unterbewußtsein so schlau, ihn als den Blödsinn zu entlarven, der er ist.«

»Bloß ist es kein Blödsinn«, sagte ich. »Denn wenn alles gesagt und getan ist, entspricht es vollauf der Wahrheit. Als wir uns kennenlernten, waren Jan und ich nett zueinander, aber wie oft war das später noch der Fall? Ein-, zweimal im Jahr? Ich kann mich noch genau an die letzten beiden Male erinnern, die ich mit ihr telefoniert habe. Dieser Irre Motley war wieder auf freiem Fuß und hatte nichts Besseres zu tun, als jede Frau umzubringen, die mal was mit mir zu tun gehabt hatte, und ich rief meine Ex-Frau an, um ihr zu sagen, sie solle lieber in Deckung gehen, und ich rief auch Jan an. Und als alles vorbei war, rief ich sie wieder an, um ihr zu sagen, daß sie aufatmen könne.

Aber sie ist immer gegenwärtig, ob ich sie nun sehe oder nicht, ob ich mit ihr spreche oder nicht, ob ich bewußt an sie denke oder nicht. Beziehungen nehmen eine andere Form an, ja, aber etwas an ihnen ändert sich nie. Und ich sage dir, der Gedanke an eine Welt, in der es sie nicht mehr gibt, ist ganz schrecklich für mich. Es bedeutet einen Verlust für mich, wenn sie stirbt. Mein Leben wird ein bißchen ärmer sein.«

»Und dem Ende ein bißchen näher.«

»Kann schon sein.«

»Wie wir doch immer um uns selbst trauern.«

»Findest du? Na ja, schon möglich. Als Kind konnte ich nie verstehen, warum Leute sterben müssen. Soll ich dir was sagen? Ich verstehe es immer noch nicht.«

»Du warst noch ziemlich klein, als du deinen Vater verloren hast, oder?«

»Sehr klein. Ich hielt das Ganze für ein gigantisches Versehen von Gott. Nicht speziell der Tod meines Vaters, eher das ganze System. Ich verstehe es immer noch nicht.«

Das tat auch er nicht, und damit schlugen wir uns eine Weile herum. Dann sagte er: »Um auf meine schlauen Sprüche über das Fortbestehen von Beziehungen zurückzukommen: Vielleicht ändert auch der Tod nichts an der Sache.«

»Du meinst, weil der Geist weiterlebt? Ich weiß nicht, ob ich dir das abkaufe.«

»Da bin ich mir auch nicht so sicher, obwohl ich das ganz unvoreingenommen sehe. Aber darauf will ich nicht hinaus. Glaubst du allen Ernstes, Jan wird aufhören, ein Teil deines Lebens zu sein, wenn ihr Leben zu Ende ist?«

»Na ja, es wird zumindest etwas schwieriger werden, sie anzurufen.«

»Meine Mutter ist vor über sechs Jahren gestorben, und ich kann sie nicht anrufen, aber das ist auch gar nicht nötig. Ich kann ihre Stimme hören. Damit will ich nicht sagen, daß sie irgendwo da draußen ist, in einem Jenseits oder irgendeiner anderen Existenzform. Die Stimme, die ich höre, ist der Teil von ihr, der ein Teil von mir geworden ist und in meinen Gedanken weiterlebt.« Er verstummte eine Weile und fuhr dann fort: »Mein Vater ist schon über zwanzig Jahre tot, und trotzdem habe ich auch seine Stimme immer noch im Kopf. Dieser alte Drecksack. Mir einzureden, ich würde nichts taugen, ich würde es nie zu was bringen.«

»Ich saß am Fenster und sah in den Regen hinaus«, sagte ich, »und dachte an die Leute, die ich im Lauf der Jahre verloren habe. Das hat man davon, wenn man so lange lebt. Tolle Wahl, vor die einen das Leben stellt. Entweder stirbst du jung, oder du verlierst eine Menge Leute. Aber sie sind nicht weg, wenn ich noch an sie denke, oder?«

»Noch ein schwacher Trost, hm?«

»Jedenfalls besser als gar keiner.«

Er winkte nach der Rechnung. »Sonntags gibt es jetzt ein neues Blaues-Buch-Treffen in Holy Name«, sagte er. »Wenn wir gleich losgehen, schaffen wir es noch rechtzeitig. Hast du Lust mitzukommen?«

»Ich war heute morgen schon bei einem Treffen.«

»Na und?«

Es gibt verschiedene Arten von AA-Treffen. Da sind die Sprechertreffen und die Diskussionstreffen, und es gibt Mischformen zwischen den beiden. Dann gibt es Schrittetreffen, die sich jede Woche mit einem der zwölf Schritte des Programms befassen, und Traditionentreffen, in denen es um die zwölf AA-Traditionen geht. In den Versprechentreffen liegt das Hauptgewicht auf den positiven Auswirkungen des Entzugs, in deren Genuß vermutlich jeder kommt, der sich an die Richtlinien hält. (Es sind auch zwölf Versprechen. Wenn Moses Alkoholiker gewesen wäre, habe ich mal jemanden sagen gehört, säßen wir jetzt mit zwölf Geboten da statt mit zehn.)

Das Blaue Buch ist das älteste und wichtigste Werk der AA-Literatur. Es wurde vor mehr als fünfzig Jahren von den Gründungsmitgliedern der Organisation verfaßt. In den Anfangskapiteln werden die Grundprinzipien des Programms erklärt, und den Rest bilden die Lebensgeschichten der einzelnen Mitglieder, so ähnlich, wie wir sie auch jetzt noch erzählen, wenn wir bei einem Treffen ans Rednerpult treten und erzählen, wie unser Leben mal aussah, was dann passierte und wie es jetzt aussieht.

Als ich mit dem Entzug anfing, lag mir Jim ständig in den Ohren, ich solle das Blaue Buch lesen, und ich stieß darin ständig auf Dinge, die mir nicht gefielen. Der Stil war schwerfällig, der Ton todernst und das Niveau vergleichbar mit dem eines Rotary-Club-Frühschoppens in einer Kleinstadt in Iowa. Er meinte, ich solle es trotzdem lesen. Es ist so altmodisch geschrieben, sagte ich. Das ist Shakespeare auch, sagte er. Oder die King-James-Bibel. Also, was willst du eigentlich? Als ich über Schlafstörungen klagte, riet er mir, zum Einschlafen das Blaue Buch zu lesen. Ich versuchte es und mußte ihm anschließend bestätigen, daß es funktionierte. Natürlich funktioniert es, sagte er; ein paar Kapitel brächten sogar ein angreifendes Nashorn zum Stehen.

Bei einem Blauen-Buch-Treffen lesen die Teilnehmer abwechselnd ein paar Kapitel aus dem heiligen Text vor. Wenn sie mit dem Kapitel der Woche fertig sind, wird der Rest der Stunde darüber diskutiert, und die Teilnehmer stellen Bezüge zu ihrer Vergangenheit und ihrer gegenwärtigen Situation her.

Diese spezielle Gruppe, Blaues Buch Clinton, traf sich seit acht Sonntagen in einem Klassenzimmer im ersten Stock der Holy Name School in der Forty-eighth zwischen Ninth und Tenth. Wir waren vierzehn Teilnehmer, und es war ein langes Kapitel, so daß die meisten mehr als einmal zum Vorlesen drankamen. Ich hörte zwar nur mit halbem Ohr hin, aber das machte nichts. Das alles war nichts Neues für mich.

Es regnete immer noch, als das Treffen aus war. Ich begleitete Jim ein Stück, ohne daß wir viel sprachen. Als wir bei ihm an der Ecke ankamen, klopfte er mir auf die Schulter und sagte, wir würden wieder voneinander hören. »Und vergiß nicht. Es ist nicht deine Schuld. Ich weiß nicht, wodurch Jan Krebs gekriegt hat, ist auch ganz egal. Aber eines weiß ich hundertprozentig. Von dir hat sie ihn nicht.«

Das Grogan's war nur ein paar Straßen weiter, und um nicht daran vorbeizumüssen, ging ich zur Ninth Avenue hinüber. Das war keine Nacht, um mit einer Flasche gutem Whiskey an einem Tisch zu sitzen, selbst wenn das Trinken ein anderer übernahm. Ebensowenig war mir nach Reden zumute. Ich hatte für heute genug geredet – trotz allem, was unausgesprochen geblieben war.

Ich hatte die Schußwaffe mit keinem Wort erwähnt. Jim hatte mich nicht nach dem Grund von Jans Anruf gefragt, wohl in der Annahme, sie hätte bloß das Bedürfnis gehabt, sich mit einem alten Freund auszusprechen. Hätte er mich gefragt, hätte ich ihm vermutlich von dem Gefallen erzählt, um den sie mich gebeten hatte. Und daß ich mich dazu bereit erklärt hatte. Aber er hatte nicht gefragt, und ich hatte nichts gesagt.

Zurück in meinem Hotelzimmer, rief ich Elaine an, und auch ihr erzählte ich nichts davon. Ich erzählte ihr auch nicht viel über meinen Besuch am Tatort oder darüber, was sonst passiert war. Wir telefonierten nicht sehr lang und sprachen hauptsächlich über das, was sie gemacht hatte, die Ausstellung, die sie sich im Museum angesehen hatte. »Alte Fotos von New York«, sagte sie. »Wirklich eine tolle Ausstellung. Sie würde dir sicher auch gefallen. Sie läuft noch bis Mitte nächsten Monats, vielleicht schaffst du es bis dahin noch. Als ich aus dem Museum kam, dachte ich, ich kaufe mir eine Kamera. Ich gehe einfach jeden Tag durch die Stadt und mache von allem Fotos.«

»Das könntest du tun.«

»Sicher, aber warum? Weil ich mir gern Fotos ansehe? Weißt du, was W.C. Fields gesagt hat?«

»›Gib einem Arschloch nie eine faire Chance.‹«

»Er hat gesagt, Frauen sind wie Elefanten. ›Ich seh sie gern an, aber haben möchte ich keine.‹«

»Was hat das mit Fotos zu tun?«

»Na ja, ich sehe sie mir gern an, aber … was weiß ich? Vergiß es. Muß alles, was ich sage, einen Sinn haben?«

»Nein, und das ist auch gut so.«

»Ich liebe dich, du alter Brummbär. Du hörst dich müde an. Anstrengender Tag heute?«

»Anstrengender Tag, kalter Tag, nasser Tag.«

»Schlaf dich mal richtig aus. Ich ruf dich morgen wieder an.«

Aber ich konnte die meiste Zeit nicht schlafen. Ich schaltete den Fernseher an und aus, holte mir Bücher und Zeitschriften, las hier eine Seite, da eine Seite und legte sie wieder weg. Ich versuchte es sogar mit dem Großen Buch, diesem altbewährten Schlafmittel, aber es half alles nichts. Es gibt einfach Zeiten, in denen es nicht wirkt, Zeiten, in denen überhaupt nichts wirkt, und alles, was man dann tun kann, ist am Fenster sitzen und in den Regen hinausschauen.

9

»Ich sage es zwar nur ungern«, meinte Joe Durkin, »aber ich habe kein gutes Gefühl bei der Sache. Ich fänd's besser, du würdest diesem Typen sein Geld zurückgeben.«

»Hätte nie gedacht, daß ich das mal von dir zu hören bekäme.«

»Ich weiß. So was sieht mir eigentlich nicht ähnlich. Wenn jemand eine Chance kriegt, sich auf ehrliche Art und Weise ein paar Dollars zu verdienen, bin ich normalerweise der letzte, der ihm davon abraten würde.«

»Was ist das Problem?«

Er lehnte sich zurück und balancierte auf den Hinterbeinen seines Stuhls. »Was das Problem ist? Mein Freund, du bist das Problem.«

Wir waren im Bereitschaftsraum der Detektive im zweiten Stock der Polizeistation Midtown North in der Fifty-fourth Street. Ich war gleich nach dem Frühstück losgegangen und hatte unterwegs einen kleinen Umweg gemacht, um mir den Tatort in der Eleventh Avenue noch mal anzusehen. Montag morgens war dort wesentlich mehr los. Die meisten Läden und Verkaufsräume waren offen, und auf der Straße herrschte mehr Verkehr, aber das verhalf mir zu keinen neuen Einsichten über die letzten Augenblicke im Leben von Glenn Holtzmann.

Anschließend war ich nach Midtown North weitergegangen, wo ich Joe an seinem Schreibtisch antraf. Ich hatte ihm erzählt, daß mir Tom Sadecki einen Vorschuß gegeben hatte, und jetzt riet er mir, daß ich ihn zurückgeben sollte.

»Wenn du wie fast alle anderen wärst«, sagte er, »würdest du tun, was fast alle anderen täten: Du würdest ein paar Stunden runterreißen und dann deinem Klienten erzählen, was er wahrscheinlich sowieso schon weiß: daß es nämlich sein bescheuerter Bruder getan hat. So hätte dein Klient das Gefühl, alles versucht zu haben, und du könntest dir ein bißchen was verdienen, ohne dir ein Bein auszureißen.

Aber du blöder Hund mußt natürlich alles anders machen, und zu allem Überfluß bist du auch noch stur wie ein Esel. Anstatt herzugehen und diesem Typen ein bißchen was vorzuflunkern, was sowieso das einzige ist, was er überhaupt will, ob er das nun weiß oder nicht, mußt du natürlich zusehen, daß er auch wirklich was kriegt für sein Geld. Und wie ich dich kenne, wirst du auch was finden, um dir einreden zu können, daß es der Bruder möglicherweise doch nicht war. Dann kniest du dich voll in die Sache rein und gehst allen Beteiligten, mich eingeschlossen, fürchterlich auf die Nerven. Bis du dann endlich Ruhe gibst, hast du soviel Arbeit in den Fall investiert, daß du froh sein kannst, wenn du wenigstens annähernd auf deinen Schnitt kommst. Und alles, was dabei herauskommt, ist: Du mußt dir schließlich widerstrebend eingestehen, daß der arme, von aller Welt im Stich gelassene George in allen Punkten schuldig ist, was allen anderen schon lange klar war, und du hast wieder mal alles Menschenmögliche getan, um einen sonnenklaren Fall unnötig zu komplizieren. Was glotzt du mich so an?«

»Ich hätte nur zu gern eine Bandaufnahme von dieser Unterhaltung. Die könnte ich dann angehenden Klienten vorspielen.«

Er lachte. »Du meinst, ich übertreibe? Na schön, es ist Montagmorgen. Das erklärt einiges. Aber mal Spaß beiseite, Matt. Denk doch mal nach. Der Fall hat enormes Aufsehen erregt. Dank guter Polizeiarbeit haben wir ihn rasch gelöst, und trotzdem können die Medien nicht genug davon kriegen. Da wirst du ihnen doch keinen Vorwand liefern wollen, um ihn noch mal neu aufzurollen.«

»Was käme dabei heraus?«

»Nichts. An der Beweislage gibt es nichts zu rütteln. Es war ein klarer Fall.«

»Warst du mit dem Fall befaßt, Joe?«

»Das war das ganze Revier, zusammen mit der halben Mordkommission Manhattan. Ich hatte nur am Rande mit der Sache zu tun. Sobald sie ihn geschnappt hatten, war die Sache gegessen. Er hatte das Blech in den Taschen, Herrgott noch mal. Die Hülsen. Was willst du da noch mehr?«

»Wie seid ihr überhaupt darauf gekommen, ihn festzunehmen?«

»Aufgrund eines Tips.«

»Von wem?«

Er schüttelte den Kopf. »Ah-ah. Das kann ich dir nicht sagen.«

»Von einem Spitzel?«

»Nein, von einem Priester, der fand, es wäre langsam Zeit, mal gegen das Beichtgeheimnis zu verstoßen. Ja, natürlich von einem Spitzel. Aber nach dem Namen brauchst du erst gar nicht zu fragen.«

»Was hat der Spitzel gesagt?«

»Das kann ich dir nicht sagen.«

»Warum eigentlich nicht? War er dabei, als es passiert ist? Hat er was gesehen oder gehört? Oder hat ihm nur jemand ein Gerücht gesteckt, das euch zu George geführt hat?«

»Wir haben einen Augenzeugen. Was sagst du jetzt?«

»Einen Augenzeugen, der gesehen hat, wie die Schüsse gefallen sind?«

Joe runzelte die Stirn. »Jedesmal erzähle ich dir mehr, als ich wollte. Woran liegt das wohl?«

»Weil du weißt, daß das die beste Möglichkeit ist, mich loszuwerden. Was hat dein Augenzeuge gesehen?«

»Ich hab bereits zuviel gesagt, Matt. Es gibt einen Zeugen, und es gibt konkrete Beweise, und es gibt fast so was wie ein Geständnis. Sadecki sagt, er kann sich vorstellen, daß er's getan hat. Die Beweislage ist so eindeutig, daß sogar der Täter von seiner Schuld überzeugt ist.«

Sie hatte auch mich überzeugt, aber ich mußte mir ein Honorar verdienen. »Angenommen, es war nur das Nachspiel, was der Zeuge gesehen hat – wie sich George über den Toten beugt und die Hülsen aufhebt.«

»Nachdem ihn jemand anderer erschossen hat?«

»Das ist zumindest möglich.«

»Natürlich, Matt, klar. Jemand hat von dem rasenbewachsenen Hügel geschossen. Wenn du mich fragst, steckt der CIA dahinter.«

»Holtzmann könnte überfallen worden sein. Soll in dieser Gegend ja hin und wieder vorkommen. Er könnte erschossen worden sein, als er sich einem Raubversuch widersetzte.«

»Dafür gibt es nicht einen Hinweis. Er hatte eine Geldbörse mit über dreihundert Dollar bei sich.«

»Der Räuber hat Panik gekriegt, nachdem er geschossen hat.«

»Komische Art, Panik zu kriegen. Erst verpaßt er dem Opfer ganz gezielt einen Genickschuß, und dann kriegt er Panik.«

»Wer war sonst noch am Tatort? Wen hat der Zeuge sonst noch gesehen?«

»Er hat George gesehen. Das genügt.«

»Was hat Holtzmann dort gemacht? Hat das jemand überprüft?«

»Er hat einen Spaziergang gemacht. Das ist nicht wie in der zivilen Luftfahrt, wo du erst einen Flugplan einreichen mußt. Er war nervös und hat einen Spaziergang gemacht.«

»Und unterwegs hat er von einem Münztelefon einen Anruf gemacht? War irgendwas mit dem Telefon in seiner Wohnung nicht in Ordnung?«

»Vielleicht wollte er in seiner Wohnung anrufen – um seiner Frau zu sagen, wann er nach Hause kommt.«

»Wieso hat er sie dann nicht erreicht?«

»Vielleicht war besetzt. Vielleicht hatte er noch nicht zu Ende gewählt, als ihn Boy George umgenietet hat. Wer kann das schon sagen und vor allem: Was ändert das schon an der Sache? Herrgott noch mal, du machst wieder genau das, was ich schon geahnt habe. Du versuchst einen sonnenklaren Fall zu versauen.«

»Wenn er wirklich so sonnenklar ist, könnte ich das doch gar nicht, oder?«

»Nein, aber erst mal mußt du allen ganz gewaltig auf die Nerven gehen.«

Ich bin das einzige Haar in der Suppe, hatte Tom Sadecki gesagt. Ich gehe allen ganz fürchterlich auf die Nerven.

»Was weißt du über Holtzmann, Joe?«

»Über ihn brauche ich nichts zu wissen. Er ist das Opfer.«

»Damit fangen doch die Ermittlungen in einem Mordfall an. Beim Opfer.«

»Nicht, wenn du schon alles im Kasten hast. Wenn du bereits den Mörder hast, brauchst du das Opfer nicht mehr bis in die hintersten Winkel zu durchleuchten. Was schaust du so skeptisch?«

»Weißt du, was an dem Fall faul ist, Joe?«

»Das einzige, was daran faul ist, ist, daß du dich dafür interessierst. Abgesehen davon, ist alles perfekt.«

»Ihr habt ihn zu schnell gelöst – das ist faul daran. Da sind eine Menge Dinge, die ihr erfahren hättet – über Holtzmann, über andere Leute aus der Gegend –, aber das hat euch alles nicht mehr interessiert, weil ihr den Mörder ja schon hattet.«

»Glaubst du, wir haben den falschen Mann?«

»Nein«, sagte ich. »Ich glaube, ihr habt den richtigen Mann.«

»Glaubst du, wir haben schlampig gearbeitet? Glaubst du, wir haben was übersehen?«

»Nein, ich glaube, ihr habt hervorragende Arbeit geleistet. Aber ich glaube, es gibt ein paar Wege, die ihr nicht beschritten habt.«

»Damit du jetzt dort ein bißchen rumtrampeln kannst.«

»Schließlich hab ich Geld von dem Mann genommen«, sagte ich. »Da muß ich was tun.«

Die Donnell-Zweigstelle der Bibliothek ist in der Fifty-third, nicht weit von der Fifth. Im Lesesaal im zweiten Stock verbrachte ich ein paar Stunden damit, die Lokalzeitungen der letzten zehn Tage durchzugehen. Sobald ich mal die Fakten durchhatte, die ich größtenteils bereits kannte, entpuppte sich der Großteil der Berichte als Nicht-Berichte, nichts weiter als Kommentare über die Obdachlosigkeit, die Sanierungspolitik oder die steigende Kriminalitätsrate. Es gab Interviews mit Leuten, die schon jahrelang in der Gegend wohnten, und mit Leuten, die erst vor kurzem in das Hochhaus gezogen waren, in dem Holtzmann gewohnt hatte, und mit ein paar Leuten, die auf der Straße lebten. Jeder Kolumnist, der eine Lanze zu brechen hatte, fand hier ein reiches Betätigungsfeld. Ein paar Artikel waren ganz interessant, aber ich erfuhr in ihnen nichts, was ich nicht schon wußte.

Besonders gut gefiel mir in diesem Zusammenhang ein Artikel in der TIMES. Er war von einem Werbetexter, der keine zwei Blocks von

Holtzmann entfernt wohnte. Er war seit Ende Mai arbeitslos und beschrieb, wie seine neue wirtschaftliche Situation seine Sichtweise verändert hatte.

»Mit jedem neuen Tag«, schrieb er, »identifiziere ich mich ein bißchen weniger mit Glenn Holtzmann und ein bißchen mehr mit George Sadecki. Als ich zum erstenmal in den Nachrichten davon hörte, war ich entsetzt und schockiert. Genausogut hätte ich dort auf dem Gehsteig liegen können, sagte ich mir. Ein Mann in der Blüte seiner Jahre, mit einer glänzenden beruflichen Zukunft und mit einer Wohnung in Clinton, dem begehrtesten Viertel in der aufregendsten Stadt der Welt.

Doch nach und nach beginnt sich der Spiegel, in dem ich mich selbst betrachte, kaum merklich zu verändern. Ich ertappe mich bei dem Gedanken: Das könntest du sein in Rikers Island. Ein Mann mittleren Alters, ein arbeitsloser Nichtstuer inmitten eines schwindsüchtigen Arbeitsmarkts, ein Mann, der sich in der Hell's Kitchen durchs Leben schlägt, dem brodelndsten Viertel in der verzweifeltsten Stadt auf Gottes weiter Welt. Ich fühle immer noch mit dem Mann, der ermordet wurde, aber ich fühle auch mit dem Mann, der ihn ermordet hat. Ich könnte in beider Männer Schuhe stecken, in Glenn Holtzmanns blankgeputzten Wing Tips oder in George Sadeckis Billigturnschuhen.«

Ich ging in mein Hotel zurück und machte unterwegs auf einen Hot dog und einen Papayasaft Pause. An der Rezeption erkundigte ich mich, ob jemand angerufen hatte, was nicht der Fall war. Ich kaufte mir in dem Deli nebenan einen Container Kaffee und ging damit über die Straße in den kleinen Park, der an den Parc Vendôme angrenzt. Ich suchte mir einen Platz zum Sitzen und nahm den Deckel von meinem Kaffee, aber er war noch zu heiß zum Trinken. Ich stellte ihn neben mich auf die Bank und holte mein Notizbuch heraus.

Ich schrieb mir ein paar Dinge auf, dachte sozusagen auf Papier. Dabei ging ich von der Annahme aus, daß George Sadecki unschuldig war. Das zu beweisen zu versuchen, war reine Zeitverschwendung. Ich mußte jemand anderen finden, der es gewesen sein könnte. Jemand, der einen Grund hatte, Glenn Holtzmann umzubringen, oder jemand, der dafür auch nicht mehr Grund gehabt hatte als George Sadecki.

Glenn Holtzmann. Von meiner Bank konnte ich die obersten Etagen des Apartmenthauses sehen, in dem er gewohnt hatte. Wenn ich mich umdrehte, konnte ich den Tisch im Morning Star sehen, wo wir unser letztes Gespräch geführt hatten. Lisa hatte das Baby verloren, hatte er mir erzählt. Obwohl er mir an diesem Nachmittag leid getan hatte, hatte sich etwas in mir gesträubt, ihn näher an mich ranzulassen. Er war mir irgendwie fremd gewesen, und ich war ganz bewußt auf Distanz geblieben. Ich hatte keine Lust gehabt, ihn näher kennenzulernen.

Jetzt sah es ganz so aus, als müßte ich das. Wie ich vorhin zu Joe gesagt hatte, beginnen die Ermittlungen in einem Mordfall normalerweise beim Opfer. Um einen Mörder zu finden, sucht man jemanden, der einen Grund hatte, das Opfer zu töten. Und um den Grund herauszufinden, findet man zuerst heraus, wer das Opfer ist.

Falls jemand einen Grund hatte.

Vielleicht war er auch nur zur falschen Zeit am falschen Ort gewesen. Vielleicht war er das Opfer eines gescheiterten Überfalls. Joe hatte das als ziemlich unwahrscheinlich abgetan, hatte sich über die Vorstellung von einem Räuber lustig gemacht, der sich zwar die Zeit nimmt, dem Opfer den Gnadenschuß zu geben, dann aber die Flucht ergreift, ohne das Geld mitzunehmen. Dieses Argument entbehrte nicht einer gewissen Logik, was man freilich vom Verhalten der meisten Kriminellen nicht unbedingt behaupten könnte. Es ist chaotisch. Impulsiv, irrational und sprunghaft. Nur ein relativ kleiner Prozentsatz handelt rational und überlegt, während der weitaus größte Teil irgendeine Dummheit begeht, sobald er nur das Haus verläßt.

Damit möchte ich keineswegs sagen, daß nur ein verhinderter Straßenräuber Holtzmann ohne ersichtlichen Grund umgebracht haben könnte.

In einer Stadt wie New York, in der viel zu viele Leute bewaffnet herumlaufen, hätte dafür auch schon genügt, daß Holtzmann etwas außer der Reihe gesagt hatte. Selbst der harmloseste Konflikt – zum Beispiel um die Benutzung eines Telefons – hatte das Potential, in brutale Gewalt auszuarten.

Holtzmann könnte auch aus Versehen umgebracht worden sein. Das war vor ein paar Jahren in einem Restaurant in Murray Hill passiert. Vier Männer, drei Kürschner und der vierte ihr Wirtschaftsprüfer, hatten gerade an einem Tisch Platz genommen und sich was zu trinken bestellt. Zwei Männer kamen zur Tür herein, und einer zog eine automatische Waffe, nahm damit den Tisch der Kürschner unter Beschuß, tötete die vier Männer und verletzte eine Frau am Nebentisch.

Ganz offensichtlich handelte es sich dabei um einen Auftragsmord, und ein oder zwei Wochen lang suchte die Polizei nach Beweisen für eine Verbindung zwischen einem der Toten und einer der fünf Mafiafamilien oder nach Hinweisen, daß die Mafia inzwischen auch die Pelzindustrie unterwandert hatte. Wie sich jedoch herausstellte, war die einzige Verbindung, die irgendeiner der Ermordeten je mit dem organisierten Verbrechen gehabt hatte, daß er sich vielleicht mal einen Schokoriegel aus einem Automaten gezogen hatte. Die eigentlichen Opfer waren vier andere Männer gewesen, leitende Angestellte einer Baufirma aus Jersey City mit Verbindungen zur Unterwelt, die auf der anderen Seite des Restaurants gesessen waren, als es zu dem Massaker kam. Wie sich herausstellte, war der Todesschütze Legastheniker und hatte links mit rechts verwechselt. (EIN TÖDLICHER HELFER lautete die Schlagzeile der POST.)

Tja, so was kommt vor. Jeder macht mal einen Hefler.

Es gab also zwei Möglichkeiten, an die Sache heranzugehen. Ich konnte das Opfer näher unter die Lupe nehmen oder den Vorfall selbst. Ich wollte schon eine Münze werfen, als ich keine zwanzig Meter weiter ein bekanntes Gesicht entdeckte. Haare wie weiße Putzwolle, hohe Backenknochen, schmale Nase, Hornbrille und eine Haut, so schwarz wie mein Kaffee. Es war Barry, George Sadeckis Kumpel. Er saß auf einem umgestürzten Milchflaschenträger, und als Tisch diente ihm ein ein Meter hoher Betonklotz. Er hatte ein Schachbrett daraufgestellt, rauchte eine Zigarette und studierte die Figuren auf dem Brett.

Ich ging auf ihn zu und grüßte ihn mit seinem Namen. Er schaute auf. Sein Mund lächelte locker, aber seine Augen überlegten noch, wo sie mich hinstecken sollten. »Ich kenne dich«, sagte er. »Nur wie du heißt, muß mir noch einfallen.«

»Matt«, sagte ich.

»Siehst du? Da ist der Groschen aber schnell gefallen. Setz dich, Matt. Spielst du Schach?«

»Ich weiß, wie die Züge gehen.«

»Dann weißt du auch, wie das Spiel geht. Das ist die ganze Kunst an der Sache. Man macht seine Züge, bis einer gewinnt.« Er nahm in jede Hand einen Bauern, hielt die Hände hinter den Rücken und reckte mir dann die zwei geschlossenen Fäuste entgegen. Ich tippte auf eine, und als er sie öffnete, war ein weißer Bauer drin.

»Siehst du?« sagte er. »Schon gewonnen. Du machst den ersten Zug. Stell die Figuren auf, und dann spielen wir. Ohne Einsatz, nur zum Zeitvertreib.«

Auf der anderen Seite des Betonwürfels stand noch ein Plastikträger. Ich hockte mich darauf, stellte meine Figuren auf, studierte sie und zog mit dem Königsbauern zwei Felder vor. Er erwiderte genauso, und wir machten beide ein paar unspektakuläre Eröffnungszüge. Als ich seinen Springer mit meinem Läufer bedrohte, sagte er: »Ah, der alte Ruy Lopez.«

»Wenn du das sagst. Irgendwann mal hat mir zwar jemand die Namen der Standarderöffnungen beizubringen versucht, aber ich habe sie mir nie merken können. Vermutlich habe ich kein Talent für Schach.«

»Ich weiß nicht. So, wie du dich ständig selbst schlechtmachst, habe ich eher das Gefühl, daß du mich austricksen willst.«

»Dann träum mal schön weiter.«

Zuerst machten wir beide unsere Züge schnell, aber nach und nach brauchte ich immer länger, bis mir was einfiel, und ich verbrachte immer mehr Zeit damit, die Aufstellung zu studieren. Nach zehn oder zwölf Zügen kam es zu einem Springertausch, und irgendwie hatte ich plötzlich einen Bauern weniger als er. Noch ein paar Züge später schlug er einen meiner Türme und opferte dafür seinen zweiten Springer. Mit jedem weiteren Zug sammelte er seine Kräfte zum entscheidenden Angriff, und ich konnte nur darauf warten. Meine Position wirkte eingeengt, ungünstig, unhaltbar.

»Ich weiß nicht«, sagte ich und versuchte mir einen Zug einfallen zu lassen, der meine Position verbessern würde. »Ich glaube, genausogut kann ich aufgeben.«

»Das glaube ich auch«, pflichtete er mir bei.

Ich streckte den Zeigefinger aus und warf meinen König um. Er sah traurig aus, wie er auf der Seite lag.

Barry sagte: »Wir haben zwar um nichts gespielt, aber das heißt nicht, daß du nicht schnell mal für eine Pulle Eight Hundred über die Straßen springen könntest.«

»Ich trinke nichts mehr, Barry.«

»Glaubst du, das weiß ich nicht, Mann? Und wer hat außerdem was von Trinken gesagt? Trinken ist eine Sache. Kaufen eine andere.«

»Da hast du auch wieder recht.«

»Der Keller von St. Paul. Von da kenne ich dich doch, oder täusche ich mich?«

»Stimmt.«

»Jetzt komme ich da nur noch selten hin. Früher war ich öfter dort, wegen des Kaffees und wegen der Gesellschaft. Mit dem Trinken habe ich keine Probleme.«

»Sei froh.«

»Solange ich bei Bier bleibe, ist eigentlich alles okay. Gab aber mal eine Zeit, da hat es mir gar nicht gutgetan.« Er legte seine Hand auf eine Stelle rechts unterhalb der Rippen. »Da hat's mir hier immer ein bißchen wehgetan.«

»Die Leber«, sagte ich.

»Wahrscheinlich. Also, ich glaube, das war der Night Train. Dieser süße Wein bringt einen um. Aber das Bier, das meint es gut mit mir.« Als er grinste, kam in den Winkeln seines Lächelns etwas Gold zum Vorschein. »Im Augenblick jedenfalls. Irgendwann wird mich wahrscheinlich auch das Bier umbringen, aber von irgendwas muß man schließlich sterben. Brauchst bloß lang genug zu leben, und früher oder später stirbst du von zuviel Leben. Wenn es nicht das eine ist, dann was anderes. So heißt es doch immer, oder?«

»So heißt es.«

»Also, was ist? Holst du eine Pulle OE und spielen wir dann noch eine Partie?«

Ich fand einen Fünfer und gab ihn ihm. In spöttischem Salut führte er den Zeigefinger an die Augenbraue und steuerte auf den koreanischen Lebensmittelladen auf der anderen Straßenseite zu. Ich sah ihm hinterher, wie er, die langen Arme lässig schwingend, über die Straße schlenkerte. Er trug eine blaue Pijacke, verwaschene Jeans und Basketballschuhe, und er mußte mindestens sechzig sein, aber er ging über die Ninth Avenue wie ein Mann, der voll drauf war.

Ich ertappte mich bei dem Gedanken, daß es Barry vielleicht genau richtig machte. Halte dich an Bier und Ale, geh ab und zu wegen des Kaffees und der Gesellschaft zu einem Treffen, spiel ab und zu eine Partie Schach und schnorr dir bei Bedarf ein paar Dollars zusammen, wenn du Durst kriegst.

Aber klar doch. Und schlag dich auf Milchträgern hockend durchs Leben. Mußte ja toll bestellt sein um meine Verfassung, wenn ich schon anfing, Barry als Vorbild zu betrachten. Ich mußte über mich selbst lachen, als ich den Gedankengang als das erkannte, was er war: ein weiterer Ton im Sirenengesang des Alkohols. Seine Lockungen sind unerschöpflich und unendlich erfinderisch, und ganz gleich, welche Straße du runtergehst, lauern sie an der nächsten Ecke, um dich anzuspringen und zu überwältigen. Du kannst eine Million Dollar machen und zwei Nobelpreise gewinnen, dazu noch den Miss Congeniality Award, und ehe du dich's versiehst, gehst du an einem Blarney Stone vorbei und ertappst dich bei dem Gedanken, ob die Penner am hintersten Tisch was kapiert haben, das du noch immer nicht schnallst. Denn sie haben was zu schlucken und du nicht. Wie falsch können sie da also schon liegen?

Barry kam mit einer Flasche Olde English 800 in einer Papiertüte zurück. Er schraubte den Verschluß ab und trank, ohne die Flasche aus der Tüte zu nehmen. Er sagte, diesmal könnte ich Schwarz haben oder bei Weiß bleiben, ganz wie ich wollte. Ich sagte, ich hätte heute schon genug Schach gespielt. »Hast wahrscheinlich doch nicht den richtigen Draht dafür«, sagte er. »Obwohl man das eigentlich meinen möchte.«

»Warum?«

»Na ja, weil doch das Kombinieren eine wichtige Rolle spielt. Muß ganz ähnlich wie die Polizeiarbeit sein, sich seine Züge überlegen und im voraus abchecken, was du tust, wenn ich das tue. Du warst doch bei der Polizei, oder?«

»Du hast ein gutes Gedächtnis.«

»Na ja, wir sind ja auch beide schon lange genug hier in der Gegend. Da werden wir uns doch langsam kennen. Aber wahrscheinlich hätte ich auch so gemerkt, daß du ein Bulle bist. Es geht doch um George, oder?«

Ich nickte. »Ich hab dich im Fernsehen gesehen.«

»Mann, gibt es eigentlich noch jemand in dieser Stadt, der mich nicht im Fernsehen gesehen hat?« Seufzend schüttelte er den Kopf und genehmigte sich einen langen Schluck aus der Olde-English-Flasche. »Wie viele Programme gibt es inzwischen? Sechzig oder sogar siebzig, wenn man Kabel hat? Wie es scheint, schaut jeder Channel Seven, weil jeder Barry im Fernsehen gesehen hat. Jeder außer mir. Ich schwör's, ich muß der einzige Mensch in ganz New York sein, der diese Scheißsendung nicht gesehen hat.«

Wir sprachen ein bißchen über George, und ich hatte das Gefühl, das zu kriegen, was jeder kriegte, der sagte, den Fernsehbericht gesehen zu haben, eine Art Reprise von ›George Sadecki, wie ich ihn kannte‹. Ich lenkte das Gespräch auf Holtzmann und fragte ihn, was er über den Erschossenen wußte.

»Du lebst hier«, sagte ich. »Du hältst die Augen offen. Du mußt doch Glenn Holtzmann hier in der Gegend gesehen haben.«

»Ich glaube nicht«, sagte er. »Kann mich jedenfalls nicht erinnern. Ich hab sein Foto in der Zeitung gesehen, aber ich hab ihn nicht gekannt. Schlimme Sache, nicht? Erfolgreicher junger Typ, der noch das ganze Leben vor sich hatte.«

»Was wird auf der Straße über ihn geredet?«

»Was ich gerade gesagt habe. Was für ein netter junger Kerl er war und wie schlimm das alles ist. Was sollte denn sonst geredet werden?«

»Das hängt davon ab, was über ihn in Umlauf war.«

»Was soll schon über ihn in Umlauf gewesen sein? Er hat nicht hier gelebt.«

»Natürlich hat er das. Du kannst das Haus, in dem er gewohnt hat, von hier sehen.«

Er machte eine Show daraus, mit seinem Blick meinem Finger zu folgen, wie er auf die obersten Etagen des Apartmenthauses deutete. »Stimmt«, sagte er. »Da hat er gewohnt. Im vierzigsten Stock.«

Im achtundzwanzigsten, dachte ich.

»Das ist ein anderes Land da oben«, sagte er. »Der Typ ist zwischen dem vierzigsten Stock da oben und einem anderen vierzigsten Stock irgendwo, wo sein Büro ist, hin und her gependelt. Wo wir sind, da ist die Straße. Aber für einen Typen wie den ist die Straße bloß was, wo er zweimal am Tag durchgehen muß, um von einem vierzigsten Stock in einen anderen zu kommen.«

»Donnerstag vor einer Woche war er auf der Straße.«

»Um ein bißchen Luft zu schnappen, heißt es.«

»Was im Klartext heißt?«

»Ach, damit wollte ich nicht irgendwas andeuten. Ich finde nur, daß es da oben im vierzigsten Stock eigentlich genügend frische Luft geben müßte. Gibt doch nichts anderes als frische Luft da oben, oder?«

»Was hat er dann auf der Straße gemacht?«

»Könnte Schicksal gewesen sein. Glaubst du ans Schicksal?«

»Ich weiß nicht.«

»An irgendwas muß man doch glauben«, sagte Barry. »Und was ich glaube, ich glaube, ich genehmige mir noch mal einen Schluck.« Das tat er, und es fehlte bloß noch, daß er mit den Lippen schnalzte. »Ich find's ja völlig okay, daß du nichts trinkst, aber willst du nicht wenigstens mal probieren?«

»Heute nicht. Was könnte Holtzmann außer dem Schicksal und frischer Luft noch in die Eleventh Avenue verschlagen haben?«

»Ich hab doch gesagt, daß ich den Mann nicht kenne.«

»Aber auf der Straße kennst du dich doch aus.«

»Die 'Leventh Avenue? Wo die ist, weiß ich, ja.«

»Warst du mal in Georges Zimmer?«

»Hab bis letzte Woche gar nicht gewußt, daß er eins hat. Hab zwar gewußt, daß er was hatte, wo er sein Zeug untergestellt hat, aber wo das war, hab ich nicht gewußt. Was die Eleventh Avenue angeht, zieht es mich da nicht besonders hin.«

»Hast du nicht wenigstens mal deinen Wagen hingebracht, um die Bremsen nachsehen zu lassen?«

Er lachte herzhaft. »Nein, Mann, die Bremsen sind in Ordnung. Aber vielleicht fahre ich mal vorbei und lasse die Reifen auswuchten.«

Er nahm einen weiteren Schluck Olde English, und diesmal zog er die Flasche halb aus der Tüte und sah mit zusammengekniffenen Augen über den Rand seiner Brille auf das Etikett.

»Siehst du«, sagte er. »Bier und Malt Liquor ist genau das richtige für mich. Wein und Whiskey bekommen mir nicht so gut. Gab mal eine Zeit, da haben sie mir auch gutgetan, aber die Zeiten sind vorbei.«

»Das hast du bereits gesagt.«

»Klar rauche ich ab und zu ein bißchen Gras, wenn sich die Gelegenheit bietet, aber extra besorgen tu ich mir deswegen keines. Da bietet dir einer einen Joint an, läßt dich mal ziehen, da willst du doch nicht ungesellig sein, wenn du weißt, was ich meine.«

»Sicher.«

»Und als ich das letzte Mal drüben im Roosevelt war, da haben sie mich operiert, und als sie mich wieder zugenäht haben, haben sie mir Percodan gegeben. Eine alle vier Stunden, und ich sag dir, das war besser, als die Schmerzen schlimm waren. Bei der Entlassung haben sie mir noch was davon mitgegeben, aber es ging mir ziemlich schnell aus, und ein neues Rezept haben sie mir nicht mehr ausgestellt. Ich bin zum DeWitt Clinton Park rüber und hab so einem weißen Pupser mit Spiegelsonnenbrille sechs Pillen abgekauft, und sie haben genauso ausgesehen wie die, die sie mir im Roosevelt gegeben haben, dieselbe Farbe, dieselbe Aufschrift, bloß die Wirkung war nicht dieselbe. Vielleicht gibt es ja auch bei Pillen sowas wie Ausschuß – zweite Wahl, die sie hinten rum verkaufen. Was glaubst du?«

»Kann schon sein.«

»Jedenfalls komme ich nicht viel in die Eleventh Avenue rüber. Da gibt's nichts, was ich brauche.«

Seine Percodan-Story erinnerte mich an Jans Entschluß, lieber auf Schmerzmittel zu verzichten als auf ihre Nüchternheit. Meine Gedanken gingen weiter in diese Richtung, und darüber übersah ich fast ein wichtiges Detail, das aus Barrys Äußerungen hervorging.

Aber zum Glück schaltete ich doch noch rechtzeitig. »DeWitt Clinton Park? Ein paar Straßen von der Ecke, an der Holtzmann erschossen wurde, gibt es einen kleinen Park. Auf der Westseite der Eleventh. Ist das der Park, den du meinst?«

»Mhm. Der Clinton Park. Wenn du da mal hingehst, kauf bloß nichts von einem jungen Weißen mit einer Spiegelsonnenbrille. Du schmeißt nur dein Geld zum Fenster raus.«

»In die Ecke komme ich so gut wie nie. Ich wußte nicht mal, wie der Park heißt. Werden dort viel Drogen umgeschlagen?«

»Eher ein Haufen Scheiße. Aber es treiben sich immer Dealer rum, wenn du das meinst. Das hier ist so ziemlich der einzige Park, den ich kenne, wo es keine Dealer gibt, und das nur deshalb, weil er so klein ist. Kein Gras, keine Bäume, nur Betonklötze als Tische und Bänke. Nennt sich zwar Park, ist aber bloß eine Verbreiterung des Gehsteigs. In einem richtigen Park, da findest du immer Dealer.«

»Viel Geschäft kann da drüben aber nicht gehen.«

»Wenn du verkaufst, was die Leute wollen, finden sie dich schon.«

»Da ist wahrscheinlich was Wahres dran.«

»Und nachts kommen die Mädchen. Du weißt schon, welche ich meine. Sie hängen einfach nur rum, für den Fall, daß ein Typ in einem Auto oder Lkw stehen bleibt und sie nach dem Weg fragt.«

»Ist der Straßenstrich nicht weiter nach Downtown runter? Gleich nördlich vom Lincoln Tunnel?«

»Da darfst du mich nicht fragen. Die Mädchen, die ich meine, sind gleich hier in der Eleventh Avenue, stolzieren da mit ihren blonden Perücken und Hot Pants rum. Bloß daß sie keine Mädchen sind, wenn du weißt, was ich meine.«

»Sind es Transsexuelle?«

»Transvestiten, Transsexuelle. Irgendeinen Unterschied gibt's da, aber ich hab vergessen, was jetzt was ist. Typen, die wie Mädchen aussehen, und ich muß sagen, ein paar von denen sehen echt stark aus. Findest du nicht auch?«

»Oh, dafür bin ich schon zu alt.«

Er gluckste amüsiert. »Du bist doch jünger als ich, und ich bin noch nicht zu alt dafür. Die Mädchen in der Eleventh Avenue, die schauen bloß ganz schön aufs Geld. Und heutzutage sind eine Menge von denen krank. Du gehst mit einer mit und holst dir den Tod. Nein, wenn ich mich alt fühle, bin ich mit meiner Lehrerin besser dran.«

»Wer ist das?«

»Eine Lady, die ich kenne, wohnt oben beim Lincoln Center. Hat oben in Washington Heights eine vierte Klasse. Steht auf diesen Weißwein, wie heißt er gleich wieder, Chardonnay. Glaube jedenfalls, daß man's so ausspricht. Hat aber immer Bier für mich im Kühlschrank. Und ich kann immer baden, und wenn ich in der Badewanne liege, läßt sie im Keller eine Waschmaschine mit meinen Klamotten durchlaufen. In einer kalten Nacht kann ich bei ihr bleiben, und am Morgen macht sie mir Frühstück, wenn sie vom Wein keinen zu schlimmen Kater hat.« Er schraubte den Verschluß von der OE-Flasche und spähte hinein. »Normalerweise drückt sie mir auch fünf oder zehn Dollar in die Hand, aber ich will eigentlich kein Geld von ihr nehmen.« Er sah mich an. »Aber manchmal tu ich's doch.«

10

Der DeWitt Clinton Park erstreckt sich über zwei Häuserblocks, von der Fifty-second Street zur Fifty-fourth und von der Eleventh Avenue zur Twelfth. Mehr als die Hälfte der Fläche beansprucht ein von einem dreieinhalb Meter hohen Zyklonzaun eingefaßtes Baseballfeld, und den größten Teil des Rests nimmt ein Kinderspielplatz ein, ebenfalls eingezäunt. Das Baseballfeld war leer, als ich hinkam, aber auf dem Spielplatz war einiges los. Kinder tummelten sich auf den Schaukeln, Rutschen und Klettergerüsten und kraxelten begeistert auf dem großen Felsen herum, der zu diesem Zweck stehengelassen worden war.

An der Südostecke des Parks stand ein Kriegerdenkmal für die Gefallenen des Ersten Weltkriegs, eine überlebensgroße, grünspanüberzogene Statue eines Soldaten mit geschultertem Gewehr. In den niedrigen Sockel, auf dem er stand, waren sechs Zeilen graviert:

AUS ›DIE FELDER FLANDERNS‹
WENN IHR DENEN, DIE STARBEN,
DIE TREUE BRECHT,
WERDEN WIR NICHT RUHEN,
AUCH WENN MOHNBLUMEN BLÜHEN
IN DEN FELDERN FLANDERNS.

Ich konnte mich aus dem Englischunterricht an der High-School an das Gedicht erinnern. Sein Autor war einer der War Poets, aber mir fiel nicht mehr ein, welcher, ob Rupert Brooke oder Wilfred Owen oder sonst jemand. Der Sockel gab keinen Hinweis auf den Autor; wenn es nach ihm gegangen wäre, hätten die Zeilen auch vom Unbekannten Soldaten stammen können.

Rechts von dem Soldaten standen zwei Männer. Sie waren einiges jünger als ich und hatten tuschelnd die Köpfe zusammengesteckt. Einer war ein Schwarzer in einer Chicago-Bulls-Trainingsjacke, der andere ein Hispanic in säuregebleichtem Denim. Vielleicht diskutierten sie über die Urheberschaft des Gedichts, aber irgendwie konnte ich mir das nicht so recht vorstellen. Die Mohnblumen, die sie interessierten, wuchsen nicht auf den Feldern Flanderns.

Bei meinen früheren Ausflügen in die Eleventh Avenue waren mir keine Drogendealer aufgefallen, aber damals hatte ich auch so gut wie keine Notiz von dem Park genommen, der um diese Zeit menschenleer gewesen war. Auch jetzt, am späten Nachmittag, war es noch kein Drogensupermarkt wie der Bryant Park oder der Washington Square. Es lungerten ein paar junge Männer herum, einzeln oder zu zweit, auf Bänken sitzend oder gegen den Zaun gelehnt, ingesamt vielleicht acht bis zehn. Zwei weitere saßen hinter der Home Plate auf der leeren Tribüne. Die meisten beobachteten mich argwöhnisch oder mit unternehmerischer Vorfreude, als ich meine Runde machte. Ein paar geflüsterte Lockungen: »Was zu rauchen? Guter Stoff.«

Am Westende des Parks blieb ich stehen und sah über den zäher werdenden Verkehr auf der Twelfth Avenue, wo die ersten Pendler zur Brücke und den Vorstädten im Norden unterwegs waren, zu den Hudson Piers hinüber. Ich versuchte mir George Sadecki in seiner zerschlissenen Armyjacke vorzustellen, wie er sich durch den Verkehr schlängelte, um seine Waffe von einem dieser Piers zu werfen. Natürlich hätte er diesen speziellen Gang auch mitten in der Nacht tun können. Um diese Zeit hätte er sich durch weniger Verkehr schlängeln müssen.

Ich drehte mich um und sah ein paar Männern in meinem Alter zu, die auf dem Handballfeld trainierten. Sie hatten ihre Oberteile und Trainingshosen am Spielfeldrand abgelegt und hatten nichts als Shorts und Schuhe und Frotteestirnbänder an. Mit der unbeirrbaren Hingabe von Männern mittleren Alters warfen sie sich den Ball so fest zu, als wollten sie ihn durch die Wand treiben. Vor ein paar Jahren waren Jan Keane und ich Zeugen eines ähnlichen Schauspiels geworden, eines Basketballspiels im Village, und sie hatte theatralisch die Luft eingesogen und gesagt: »Testosteron. Ich rieche Testosteron.«

Besorg mir eine Schußwaffe, hatte sie gesagt. Ich stellte mir vor, wie sie die Waffe in der Hand hielt und am geölten Stahl roch. Ich stellte mir den Schuß vor, hörte ihre geisterhafte Stimme über seinem Krachen. Kordit, würde sie sagen. Ich rieche Kordit.

Ich verließ den Park an der Nordwestecke, und das erste öffentliche Telefon, an dem ich vorbeikam, war direkt an der Ecke von Twelfth Avenue und Fifty-fourth Street. Als ich abhob, kam das Freizeichen, aber ich behielt meinen Quarter, weil jemand den Aufkleber mit der Telefonnummer des Apparats entfernt hatte. Man konnte von hier anrufen, aber nicht angerufen werden.

An der Ecke von Fifty-fourth und Eleventh gab es ein Telefon, an dem die Nummer noch angegeben war, aber es wollte keinen meiner Quarter schlucken. Ich probierte es mit vier verschiedenen Münzen, aber es hatte an jeder was auszusetzen und spuckte sie alle wieder aus. Ich steckte sie wieder ein und ging einen Block weiter nach Norden, und das Telefon, von dem ich schließlich anrief, war das, von dem Glenn Holtzmann seinen letzten Anruf gemacht hatte. Es hatte noch eine Nummer, es kam das Freizeichen, und es schluckte meinen Quarter. Solange mich niemand erschoß, konnte ich nicht klagen.

Ich wählte eine Nummer, und als ein Ton kam, gab ich die Nummer des Apparats ein, von dem ich anrief. Dann drückte ich mit der einen Hand auf die Gabel und behielt sie unauffällig dort, mit der anderen hielt ich den stummen Hörer an mein Ohr. Das tat ich, damit es so aussah, als telefonierte ich und wartete nicht bloß darauf, daß das Telefon klingelte.

Ich mußte nicht lange warten. Als ich die Hand von der Gabel nahm, sagte eine Stimme: »Wer will TJ sprechen?«

»Die Polizei der drei Kontinente«, sagte ich. »Unter anderem.«

»Wen haben wir denn da! Wie steht's, Matt? Hast du was für TJ?«

»Vielleicht. Hast du heute nachmittag schon was vor?«

»Ja, aber mal sehen, was sich machen läßt. Was gibt's?«

»Ich bin einen Block weit vom DeWitt Clinton Park entfernt. Ich weiß nicht, ob du weißt, wo das ist.«

»Klar weiß ich das. Aber der Park, nicht die Schule? Treffen wir uns bei der Statue vom Captain?«

»Du meinst den Soldaten.«

»Ich weiß, daß es nur ein Soldat ist. Aber ich weiß nicht, wie er heißt, also nenne ich ihn Captain Flandern.«

»Ich glaube, das mit dem Dienstgrad stimmt nicht ganz. Er hat die Uniform eines gemeinen Soldaten.«

»Echt? Aber er ist n Weißer, deshalb dachte ich, es ist bestimmt n Offizier. In zwanzig Minuten bin ich da.«

»Lieber nicht.«

»Warum rufst du dann an, Matt? Hast doch eben selbst gesagt ...«

»Ich finde es bloß nicht gut, wenn wir uns im Park treffen, mehr nicht.« Ich sah mich nach einem geeigneten Treffpunkt um, entdeckte aber nichts Passendes. »Tenth Avenue, Ecke Fifty-seventh«, sagte ich deshalb. »In dem Coffee-Shop. An einer Ecke ist das Armstrong's und schräg gegenüber ein Apartmenthochhaus, und an einer der anderen Ecken ist ein Coffee-Shop, ein Grieche.«

»Das waren drei Ecken. Was ist an der vierten?«

»Das weiß ich jetzt aus dem Stegreif nicht. Wieso überhaupt?«

»Nur so, weil du mir schon die zwei anderen Läden gesagt hast, auf die es nicht ankommt. Wenn du dich in einem Coffee-Shop mit mir treffen willst, brauchst du mir bloß zu sagen, welcher. Den finde ich dann schon. Nicht nötig, mir noch alles mögliche andere zu erzählen.«

»In zwanzig Minuten?«

»In zwanzig Minuten.«

Ich ließ mir Zeit und machte unterwegs einen kleinen Schaufensterbummel in der Fifty-seventh Street. Ich brauchte eine Viertelstunde zu dem Coffee-Shop. TJ war schon da. Er saß an einem der vorderen Tische und machte sich über ein Paar Cheeseburger und einen Teller knuspriger Pommes her. TJ ist ein junger Schwarzer von der Straße, der sich optisch in nichts von dem anderen Jungvolk unterscheidet, das sich zwischen dem Bryant Park und dem Port-Authority-Busbahnhof in der West Forty-second Street rumtreibt. Vor einer Weile verschlug mich die Arbeit an einem Fall in diese marode Meile Asphalt, und bei dieser Gelegenheit lernte ich TJ kennen.

Mittlerweile waren wir alte Freunde und Geschäftspartner, aber ich wußte noch immer erstaunlich wenig über ihn. TJ war der einzige Name, unter dem ich ihn kannte, und ich hatte keine Ahnung, wofür die zwei Buchstaben standen oder ob sie überhaupt für etwas standen. Ich wußte nichts über seine familiären Hintergründe oder wie alt er war – sechzehn, würde ich schätzen. Seinem Akzent und seiner Art zu sprechen nach zu schließen, dürfte er in Harlem geboren und aufgewachsen sein, obwohl er, was den Akzent anging, recht flexibel war, denn ich hatte ihn mehr als einmal in bestem Brooks-Brothers-Tonfall sprechen gehört.

Die meiste Zeit, die er wach war, verbrachte er am und um den Times Square und übte sich dort in den Überlebenstechniken, die man braucht, um sich in der Deuce durchzuschlagen. Wo er schlief, weiß ich nicht. Er erklärte ausdrücklich, nicht obdachlos zu sein und eine Bleibe zu haben, aber ansonsten hielt er sich, was diese Frage anging, sehr bedeckt.

Anfangs hatte ich keine Möglichkeit, ihn zu erreichen, und wenn er mich anrief, konnte ich ihn nicht zurückrufen. Dann legte er sich mit dem Geld, das ich ihm für eine Nacht Arbeit gegeben hatte, einen Piepser zu – eine Errungenschaft, die er mir gegenüber immer als eine lohnende Investition hinstellte. Er war sehr stolz auf den Piepser und schaffte es immer, die Monatsgebühr zu zahlen, damit er nicht vom Netz genommen wurde. Er meinte, ich sollte mir auch einen zulegen, und konnte nicht verstehen, warum ich das nicht tat.

Ich weiß nicht, womit er sein Geld verdiente, jedenfalls ließ er sofort alles stehen und liegen, wenn ich ihn anrief und ihm einen Job anbot. Wenn ich mal länger nicht anrief, rief er mich an und lag mir in den Ohren, daß ich doch was für ihn haben müßte, und vergaß dabei nie, mich daran zu erinnern, daß er jede Menge Tricks auf Lager hatte.

Bei mir gab es weiß Gott nicht viel zu holen, und ich bin sicher, daß es für ihn finanziell lohnender war, wenn er für die Geschäftemacher in der Deuce Botengänge übernahm oder für die Monte-Typen den Lockvogel spielte. Aber er ließ sich durch nichts von der Überzeugung abbringen, daß er zum Detektiv berufen sei, und konnte kaum erwarten, daß wir beide endlich Partner wurden. Vorerst schien er jedoch noch mit der Rolle des Tonto zufrieden zu sein.

Während er aß, erzählte ich ihm von Glenn Holtzmann und George Sadecki. Er hatte von der Geschichte gehört – es gab wohl kaum jemanden in der Tri-State-Region, der nichts davon gehört hatte –, allerdings hatte sie in der Deuce nicht so viel Aufsehen erregt wie in Stadtteilen, in denen es nicht so brodelte. Das konnte ich gut verstehen. *Typ erschießt anderen Typ.* Auf diesen Nenner hätten es die Straßenkids gebracht, und was sollte daran schon so aufregend sein? So was kam andauernd vor.

Jetzt hatte TJ allerdings einen Grund, sich näher mit dem Schicksal dieser beiden Typen zu befassen, und er hörte aufmerksam zu, als ich ihm die Sachlage schilderte. Als ich fertig war, winkte ich dem Kellner und bestellte noch einen Kaffee für mich und einen Schoko-Eierflip für TJ.

Als sein Flip kam, nahm er einen Schluck und nickte wie ein Gourmet, der zu erkennen geben will, daß der Pommard ganz passabel ist. Nichts Überragendes, wohlgemerkt, aber ganz passabel. Er sagte: »Es gibt jede Menge Leute im Park und auf der Straße. Die kaufen dies und verkaufen das.«

»Aber hauptsächlich nachts«, sagte ich, »kaum am Tag.«

»Und es war Nacht, als es passiert ist, und jetzt denkst du, vielleicht hat jemand was gesehen. Und sie brauchen dich bloß anzusehen und wissen, daß du ein Bulle bist, und halten dicht.«

»Ich hab's erst gar nicht versucht.«

»Mich hält aber keiner für einen Bullen.«

»Meine Rede.«

»Sie sehen mich mit dir und reimen sich zwei und zwei zusammen. Und deshalb treffen wir uns hier und nicht im Park.«

»Gut kombiniert.«

»Dafür mußt du nicht gerade Atomphysiker sein.« Er senkte den Kopf und machte sich über den Eierflip her. Zum Luftholen kam er wieder hoch. »Ich bin da der bessere Mann als du. Keine Frage. Vielleicht stolpere ich sogar über einen Typen, den ich kenne. Muß aber nicht sein. Clinton Park ist nicht meine Szene.«

»Ist aber nur ein paar Straßen von deiner. Jedenfalls mußt du schon mal dagewesen sein. Immerhin hast du dich an Captain Flandern erinnert.«

»Wir beide sind ja auch alte Freunde. Ist schließlich meine Stadt hier. Hab vor, sie ganz kennenzulernen. Nach und nach. Das heißt aber nicht, daß ich überall, wo ich hinkomme, die Typen kenne, die auf der Straße rumhängen. Die meisten Dealer rühren sich nicht viel vom Fleck. Taucht ein Neuer auf, wird er erst mal ganz genau abgecheckt. Vielleicht ist er Konkurrenz, vielleicht zieht er seine eigene Sache durch. Vielleicht ist er ein Bulle, oder vielleicht arbeitet er für die Bullen. Je mehr er fragt, um so größer die Wahrscheinlichkeit, daß es Ärger mit ihm gibt.«

»Wenn ein Risiko dabei ist«, sagte ich, »laß die Finger davon.«

»Ist schon ein Risiko, wenn du bloß über die Straße gehst. Ist sogar eins, wenn du *nicht* über die Straße gehst. Aber du kannst nicht dein ganzes Leben an der Ecke stehen. Was machst du also? Schaust nach links und nach rechts und gehst rüber.«

»Was im Klartext heißt?«

»Daß es ein paar Tage dauern kann. Kann nicht einfach ankommen und die Typen ausquetschen. Dafür muß man sich Zeit lassen, die Sache geschickt anpacken.«

»Laß dir so viel Zeit, wie du willst. Die Sache ist außerdem die: Finanziell ist diesmal nicht viel drin. Der Vorschuß, den mir Tom Sadecki gegeben hat, ist nicht gerade üppig, und ich bezweifle, daß da noch viel nachkommt. Wie es aussieht, werde ich ihm am Ende sogar sein ganzes Geld oder einen Teil davon wieder zurückgeben.«

»Das tut ja richtig weh, Mann. Geld zurückgeben!«

»Mir geht es auch gegen den Strich, aber manchmal kann ich einfach nicht anders.«

»Schätze, dann lasse ich dich das Essen zahlen.« Er schob die Rechnung über den Tisch. »Besser, ich ziehe dir das Geld jetzt aus der Tasche, solange du noch welches hast.«

Nachdem er in Richtung Park losgegangen war, blieb ich noch eine Weile vor dem Coffee-Shop stehen und sah das Haus an, in dem Glenn Holtzmann gewohnt hatte. Ich dachte, daß ich mir für das

Treffen mit TJ einen anderen Coffee-Shop hätte aussuchen sollen. Es war ja nicht so, daß die Auswahl sehr begrenzt war. Es gibt in Manhattan fast genauso viele Coffee-Shops, wie es in Astoria Griechen gibt, alle im wesentlichen mit derselben Speisekarte und derselben Atmosphäre. Warum mußte ich mir ausgerechnet einen an dieser Ecke aussuchen, Auge in Auge mit der Aufgabe, zu der ich am allerwenigsten Lust hatte?

Die Ermittlungen in einem Mordfall beginnen beim Opfer. Von der Stelle, an der ich stand, konnte ich achtundzwanzig Stockwerke nach oben zählen und die Fenster des Ermordeten ansehen, hinter denen sich möglicherweise die Frau des Ermordeten befand. Lisa Holtzmann war zweifellos der erste Mensch, mit dem ich sprechen sollte. Sie war diejenige, die am ehesten Informationen hatte, die ich brauchte.

Und sie war der letzte Mensch, mit dem ich sprechen wollte. Ich hatte sie nicht angerufen, als sie das ungeborene Kind verloren hatte. Ich hatte sie nicht angerufen, als ihr Mann ermordet wurde. Ich hatte seit jenem gemeinsamen Abend im April kein einziges Mal mehr mit ihr gesprochen, und ich hatte die Bemühungen ihres Mannes um meine Freundschaft abgeblockt. Und deswegen hatte ich ein ungutes Gefühl, um nicht zu sagen ein schlechtes Gewissen. Mein Unbehagen wuchs proportional mit der Vorstellung, sie jetzt zu behelligen, ihre Trauer mit den unhöflichen Fragen zu stören, die ich notgedrungen stellen mußte.

Ich sah hoch, zählte die Fenster. Ich wußte, ihre Wohnung war im achtundzwanzigsten Stock, aber trotzdem war mir nicht klar, wie weit ich nun zählen sollte, weil ich nicht darauf geachtet hatte, ob das Haus einen dreizehnten Stock hatte oder nicht. In den meisten New Yorker Hochhäusern wird diese Nummer ausgelassen, aber einige Bauträger haben sich geweigert, sich diesem Aberglauben zu beugen. (Gerade Harmon Ruttenstein, der sich vor einer Woche von seiner Terrasse gestürzt hatte, hatte diesbezüglich kein Blatt vor den Mund genommen, und in mehr als einer Zeitungsmeldung war sein Ausspruch zitiert worden, das Leben sei zu kurz für Triskaidekaphobie, worauf prompt jede Menge Leute loszogen, um irgendwo ein Fremdwörterlexikon zu ergattern. Da Ruttenstein in einem seiner eigenen Häuser gewohnt hatte, wies einer der Nachrufschreiber darauf hin, daß seine zweiundsechzigste Etage tatsächlich im zweiundsechzigsten Stock gelegen habe und nicht im einundsechzigsten, wie das in den meisten vergleichbaren Gebäuden der Fall sei.)

So oder so, hatte ich zu Elaine gesagt, kam es immer nur auf den letzten Zentimeter an.

Ich hatte nicht die leiseste Ahnung, ob die Holtzmanns in einem Harmon-Ruttenstein-Bau wohnten oder nicht. Folglich gab es auch keine Möglichkeit herauszufinden, welche Fenster zu ihrer Wohnung gehörten, obwohl es nur zwei Möglichkeiten gab. Ganz abgesehen davon, hätte sich sowieso nicht feststellen lassen, ob in den beiden in Frage kommenden Wohnungen Licht brannte, weil sich in allen Fenstern der Westfassade die untergehende Sonne spiegelte.

Ich dachte, mein Gott, für einen Quarter kannst du das doch alles viel einfacher haben.

An der Ecke gab es zwei Telefone, aber eines war außer Betrieb, und für das andere brauchte man eine Nynex-Telefonkarte. Sie boten mir zwar jeden Monat mit der Telefonrechnung eine Karte an, aber bisher hatte ich widerstanden, da ich darin nur ein Ding mehr sah, das ich mit mir herumschleppen müßte. Aber wenn die Münzapparate immer weniger wurden, würde ich mir wohl doch noch eine zulegen müssen. Und dann würde ich mich, wie bei allem anderem auch, schon nach kurzem fragen, wie ich je ohne ausgekommen war.

Ich überquerte die Straße und rief vom Armstrong's aus an. Im Anfangsstadium meines Entzugs hatte ich einen weiten Bogen um das Lokal gemacht, da es jahrelang mein zweites Wohnzimmer gewesen war. Während meiner Abwesenheit war Jimmys Pachtvertrag ausgelaufen, und er war von der Ostseite der Ninth, ein Stück südlich der Fifty-eighth, hierher umgezogen. Ich hielt mich auch vom neuen Armstrong's fern, und genauso ertappte ich mich dabei, daß ich das Lokal mied, das in seinen ehemaligen Räumlichkeiten aufgemacht hatte, obwohl es sich dabei um ein vollkommen harmloses chinesisches Restaurant handelte. (Als es Jim Faber einmal für unser sonntägliches Abendessen vorschlug, winkte ich sofort ab. »In diesem Laden habe ich getrunken, bevor es ihn gab«, brachte ich als Begründung vor. Er stieß sich weder an der Grammatik dieses Satzes noch an der Logik meiner Argumentation. Beides war nur für einen Alkoholiker verständlich.)

Dann schlug eines Abends ein anderer Freund, ebenfalls ein trockener Alkoholiker, das Armstrong's zum Abendessen vor, und seitdem gehe ich wieder hin, wenn ich einen Grund habe. Ich hatte jetzt einen Grund, aber eine innere Stimme meldete trotzdem Bedenken an. Gab es in der Gegend nicht auch noch andere Telefone? Was war an dem im Coffee-Shop auszusetzen? Und warum suchte ich nach einem Vorwand, in eine Kneipe zu gehen?

Seinen Verstand zu vergeuden mag ja was Schreckliches sein, aber noch schlimmer ist es, ihm zuhören zu müssen. Ich sagte meinem danke für den guten Rat und ließ mich nicht weiter durch ihn beirren, sondern machte meine Anrufe, erst bei der Auskunft und dann unter der Nummer, die ich mir notiert hatte. Lisa Holtzmanns Telefon klingelte viermal, und dann bekam ich die auf Band gesprochene Stimme ihres Mannes zu hören, die mir mitteilte, daß niemand zu Hause sei, und mich dann aufforderte, beim Pfeifton eine Nachricht zu hinterlassen. »Und jetzt warten Sie bitte auf den Pfeifton«, sagte er. Ich wartete brav auf den Pfeifton, und dann hängte ich ein.

Es war nicht das erste Mal, daß ich einen Geist sprechen hörte. Vor Jahren wurde ein englisches Callgirl namens Portia Carr von einem Klienten umgebracht – ihrem Klienten, nicht meinem –, und eines Abends war ich betrunken genug, um unter ihrer Nummer anzurufen. Ich wurde schleunigst wieder nüchtern, als sie sich meldete. Natürlich war es nur ihr Anrufbeantworter, und sobald ich das geschnallt hatte, driftete ich beruhigt wieder in meinen Alkoholtran zurück.

Damals gab es noch nicht so viele Anrufbeantworter. Inzwischen hat jeder einen – jeder außer mir –, und man ist an Stimmen gewöhnt, die ihren Besitzer überleben. Als ich vor nicht allzulanger Zeit einen Freund anrief, meldete sich Humphrey Bogart. Als ich eine Woche später wieder anrief, war es Tallulah Blankhead. Es gibt ein Band, das man kaufen kann, ein Triumph der Technik, der es möglich macht, seine Anrufe von längst verstorbenen Berühmtheiten entgegennehmen zu lassen. »Ich schau dir in die Augen, Kleines. Mein Kumpel Jerry Palmieri kann im Moment nicht ans Telefon kommen, aber wenn Sie Ihre Nummer hinterlassen, ruft er Sie zurück, sobald wir die üblichen Verdächtigen hochnehmen.«

Glenn Holtzmanns Stimme war kein so großer Schock wie die von Portia Carr und keine größere Überraschung als die von Tallulah Blankhead. Aber trotzdem brachte sie mich etwas aus der Fassung, denn immerhin machte ich einen Anruf, den ich nur sehr ungern machte, und das auch noch aus einer Kneipe, in der ich nicht sein wollte. Mir war also jeder Grund recht, die Sache sausen zu lassen und zu verschwinden. Unter diesen Umständen hätte ich sogar eingehängt, wenn John Wayne drangewesen wäre.

Zurück in meinem Hotel, machte ich noch mal einen Anlauf, aber bis ich ihn wieder zu hören bekam, hatte ich mir ausgeredet, eine Nachricht zu hinterlassen. Mit ihr zu sprechen war doch was anderes, als ihr eine Nachricht zu hinterlassen, sie solle mich anrufen. Wieder einmal wartete ich auf den Pfeifton, und wieder einmal blieb ich ihm eine Antwort schuldig.

Ich rief Elaine an und sagte ihr, ich könne mich nicht erinnern, ob wir für heute abend was ausgemacht hätten. Sie sagte, das hätten wir nicht. »Aber ich würde dich gern sehen«, sagte sie. »Bloß ist mir nicht danach, aus dem Haus zu gehen.«

»Mir auch nicht.«

»Dann dürfte es ein bißchen schwierig werden zusammenzukommen. Außer wir bleiben die ganze Nacht am Telefon. Aber das könnte die Telefonrechnung ziemlich in die Höhe treiben.«

Das kriegten wir rasch geregelt. »Es macht mir nichts, aus meinem Haus zu gehen«, sagte ich. »Ich möchte bloß nicht aus deinem gehen.«

»Wer sagt denn, daß du das mußt? *Mi casa es su casa.* Komm einfach vorbei, wann es dir paßt. Ich mach uns was zu essen, oder wir lassen uns was kommen und machen uns einen gemütlichen Abend zu Hause.«

»In *su casa.*«

»Ja, *chez moi.* Ich muß noch verschiedenen Schreibkram erledigen, aber das wird bestimmt nicht ewig dauern. Weißt du was? Nimm doch unterwegs ein Video mit.«

»Irgendwas Bestimmtes?«

»Nein, ich laß mich gern überraschen. Bloß nichts mit Monstern.«

»Von denen gibt es im wirklichen Leben genug.«

»Das kannst du laut sagen. Wann kann ich in etwa mit dir rechnen?«

»Ich könnte zu einem frühen Treffen gehen und gegen acht bei dir vorbeikommen. Wie fändest du das?«

»Ehrlich«, sagte sie. »Das fände ich ganz toll.«

11

Wir machten uns einen gemütlichen Abend zu Hause und aßen ein Curry, das wir uns aus einem indischen Restaurant kommen ließen, das erst kürzlich in der First Avenue aufgemacht hatte. Elaine zufolge war es mit einem wesentlichen Vorteil verbunden, indisches Essen zu Hause zu essen.

»Ich war bisher noch in keinem indischen Restaurant«, sagte sie, »in dem es keinen Kellner gab, der sein letztes Bad im Ganges genommen hat, und wenn der dann in deine Nähe kommt, haut es dich echt um.«

Nach dem Essen versuchte ich es noch mal bei Lisa Holtzmann und legte ohne ein Wort auf, als ich ihren Anrufbeantworter dranbekam. Elaine war nach zwanzig Minuten mit ihrem Papierkram fertig und legte eine Videokassette ein. Ich hatte *Der Mann, der Liberty Valance erschoß* mitgebracht. Lee Marvin spielte den Titelschurken, und John Wayne und Jimmy Stewart spielten sich selbst.

»Als ich klein war, sahen sich meine Eltern immer diese alten Filme im Spätprogramm an«, sagte Elaine. »›Mein Gott, schau nur, wie jung Franchot Tone ist!‹ Oder Janet Gaynor oder George Arliss oder wen sie gerade sahen. Mich hat das immer total verrückt gemacht. Und jetzt bin ich schon genauso. Den ganzen Film lang mußte ich ständig denken, wie jung Lee Marvin noch war.«

»Das kenne ich.«

»Aber wenigstens hab ich es erst gesagt, als der Film zu Ende war. Das zeugt doch von einiger Selbstbeherrschung.«

Das Telefon läutete, und sie ging dran. »Oh, hallo«, sagte sie. »Wie geht's? Lange nichts mehr voneinander gehört, hm?«

Ich versuchte, nicht so genau hinzuhören, obwohl mich die übliche Welle von Eifersucht überrollte. Ab und zu bekam Elaine immer noch Anrufe von ehemaligen Kunden, und sie fand es einfacher, sich zehn Sekunden Zeit zu nehmen, um ihren Rückzug aus dem Geschäft bekanntzugeben, als sich eine neue Nummer zuzulegen. Dafür hatte ich Verständnis, aber trotzdem wäre es mir lieber, sie würden anrufen, wenn ich nicht da war.

»Einen Augenblick«, sagte sie. »Er sitzt direkt neben mir.«

Ich nahm das Telefon, und TJ sagte: »Mann, ich war mal in deinem Hotelzimmer. Das Loch ist schon ganz schön eng, wenn bloß du drin bist. Aber so eine nette Lady solltest du da eigentlich nicht mitnehmen.«

»Das war keine nette Lady«, sagte ich. »Das war Elaine.«

»Glaubst du, das weiß ich nicht? Ach, jetzt verstehe ich. Du bist gar nicht im Hotel.«

»Hab mir fast gedacht, daß du das rauskriegst.«

»Du bist bei ihr zu Hause. Du hast deine Wie-heißt-sie-gleich-wieder? an. Deine Anrufweiterleitung.«

»Gut kombiniert.«

»Wenn du einen Piepser hättest, könntest du dir das alles sparen. Wer soll sich denn da noch auskennen, wenn plötzlich jemand anderer ans Telefon kommt. Aber warum ich anrufe: Ich bin ein bißchen beim Captain rumgehangen.«

»Captain Flandern.«

»Genau der. Ich kann dir sagen, der Park ist ganz schön verändert, wenn mal die Sonne untergegangen ist. Der Park und auch die Straße. Wimmelt nur so von Leuten, die schwer am Kaufen und Verkaufen sind.«

»Das kannst du am Tag auch haben«, sagte ich. »Bloß werden da vor allem Hondas gekauft und verkauft.«

»Jetzt ist das was anderes. Jede Menge Crack. Liegen überall leere Ampullen rum. Kannst auch sonst so ziemlich alles kaufen, was du gerade haben willst. Auch jede Menge Mädchen, ein paar von denen sehen übrigens echt geil aus. Bloß daß es keine Mädchen sind. Weißt du, wie sie sie nennen?«

»Transsexuelle.«

»›Pimmelmiezen‹, so nennen sie die hier. Wie war das andere Wort noch mal?« Ich sagte es, und er wiederholte es. »Transsexuelle. Ich weiß, es gibt sogar welche, die so ne richtige Geschlechtsumwandlung machen lassen. Mit ner Operation und so. Aber die anderen, das sind Pimmelmiezen. Weißt du zufällig, ob die so auf die Welt kommen?«

»Ich bin ziemlich sicher, daß sie mit einem Pimmel auf die Welt kommen.«

»Ich bitte dich, Matt. Du weißt genau, was ich meine.«

Die Transsexuellen, die ich kannte, hatten alle gesagt, sie seien so gewesen, so lange sie zurückdenken könnten. »Ich glaube, sie sind so auf die Welt gekommen«, sagte ich.

»Wie kriegen sie die Titten? Doch kaum von selbst. Kriegen sie Hormonspritzen? Oder Silikon?«

»Beides, glaube ich.«

»Und dann gehen sie auf den Strich und sparen für die große Operation. Was die alle wollen, ist doch so ne Operation, damit man sie nicht mehr von einer richtigen Frau unterscheiden kann, außer daß sie eins fünfundachtzig groß sind und Riesenhände und -füße haben, wo vielleicht der eine oder andere auf den Trichter kommt.«

»Nicht alle wollen sich operieren lassen.«

»Du meinst, sie wollen es auf beide Touren? Warum?«

»Keine Ahnung.«

Eine Pause, und dann sagte er: »Stell mir gerade vor, wie ich die Straße runtergehe und so Titten unter meinem Hemd rumschaukeln. Muß ganz schön komisch sein.«

»Das kannst du laut sagen.«

»Kriegst bloß Kopfschmerzen, wenn du darüber zu lang nachdenkst. Weißt du noch, was ich zu dir gesagt hab, als ich dich zum erstenmal gesehen hab? Als du auf der Deuce rumgelatscht bist und mir nicht sagen wolltest, was du suchst?«

»Daran kann ich mich noch erinnern.«

»Ich hab gesagt, jeder hat eine Kiste. Und zwar durch die Bank, Frank. Hab nie was Wahreres gesagt.«

»Ob wohl auch Glenn Holtzmann eine Kiste hatte?«

»Klaro. Wenn der Blut in den Adern hatte, hat er auch ne Kiste gehabt. Vielleicht haben wir Glück und finden raus, was für eine.«

Elaine hatte genügend Schlüsselworte aufgeschnappt, um neugierig zu werden, und den Rest lieferte ich nach. »TJ ist wirklich zum

Schießen«, sagte sie. »Auf der einen Seite ist er absolut cool und abgebrüht, und dann hat er plötzlich wieder was richtig Unschuldiges. In seinem Alter muß die Tatsache, daß es Transsexuelle gibt, ziemlich beunruhigend sein.«

»Aber nicht ungewöhnlich – nicht, wo er sich rumtreibt.«

»Kann ich mir denken. Ich hoffe nur, daß er nicht eines Tages mit einem Paar Titten ankommt. Ich glaube nicht, daß ich das so toll fände.«

»TJ vermutlich auch nicht.«

»Gott sei Dank. Glaubst du, daß Glenn Holtzmann eine Kiste hatte?«

»Laut TJ hat jeder eine. Da fällt mir was ein.« Ich sah auf die Uhr. Es war noch nicht zu spät, um Holtzmanns Witwe anzurufen, aber wahrscheinlich war sie gar nicht zu Hause. Was sie tatsächlich nicht war. Diesmal hörte ich mir allerdings nicht wieder brav die Stimme ihres verstorbenen Mannes an. Sobald sich der Anrufbeantworter einschaltete, legte ich auf.

Ich sagte: »Irgend etwas hat ihn in die Eleventh Avenue verschlagen. Vielleicht hat er sich ja wirklich nur die Beine vertreten, aber warum ausgerechnet in so einer Gegend? Es könnte Zufall gewesen sein, oder er hat nach etwas gesucht, was es in der Eleventh Avenue gibt.«

»Mir sah er nicht so aus, als würde er Drogen nehmen.«

»Nein, aber er wäre nicht der erste Yuppie, der Koks geschnupft hat.«

»Kaufen Leute wie er ihren Stoff auf der Straße?«

»Normalerweise nicht, nein. Vielleicht hatte er eine Sexkiste, vielleicht hat er am falschen Ort nach Liebe gesucht.«

»Mit so einer Frau zu Hause?«

»›Ein süßer, holder Maid in einem frischern grünern Land.‹ Was soll das damit zu tun haben?«

»Nicht viel«, sagte sie. »Die meisten Männer haben eine Frau zu Hause, und die können doch nicht alle Engel sein. Vielleicht war ihm mal nach ein bißchen Abwechslung.«

»Vielleicht hatte er eine Schwäche für große Mädchen mit Riesenhänden und -füßen.«

»Und Pimmeln. Wäre ganz schön riskant für ihn gewesen, auf dem Straßenstrich ein Mädchen aufzugabeln.«

»Das kannst du laut sagen.«

»Ich meine, unabhängig von den üblichen Risiken. Kannst du dich noch an die Aussicht in ihrem Apartment erinnern? Wenn sie am Fenster gestanden wäre, hätte sie ihn möglicherweise unten an der Ecke sehen können. Sie könnte sogar gesehen haben, wie er erschossen wurde.«

»Vorausgesetzt, der Blickwinkel stimmte und die Sicht war nicht verstellt. Allerdings bezweifle ich, daß aus dieser Entfernung viel zu erkennen ist.«

»Wahrscheinlich nicht. Glaubst du, sie behält die Wohnung?«

»Keine Ahnung.«

»Würdest du gern dort wohnen? Nicht unbedingt in ihrer Wohnung, aber in einer vergleichbaren?«

»Hoch oben am Himmel, meinst du?«

»Hoch oben am Himmel mit einem umwerfenden Blick. Falls und wenn wir jemals zusammenziehen sollten – aber vielleicht ist dir jetzt nicht danach, darüber zu sprechen.«

»Nein, es macht mir nichts aus.«

»Ehrlich gestanden, hänge ich sehr an meinem Apartment, aber ich kann mir vorstellen, daß in einer neuen Wohnung vieles einfacher wäre. Für mich sind mit dieser Wohnung einfach zu viele Erinnerungen verbunden.«

»Wie oft wir hier miteinander geschlafen haben.«

»Daran hatte ich dabei eigentlich weniger gedacht.«

»Ich weiß.«

»Ich habe zwar aufgehört, aber trotzdem wohne ich noch in derselben Wohnung. Selbst wenn wir nicht zusammenziehen, weiß ich nicht, ob das so gut ist.«

»Würdest du die Wohnung verkaufen?«

»Das könnte ich. Aber angesichts der augenblicklichen Marktlage wäre es vermutlich vernünftiger, sie zu vermieten. Das könnte die Hausverwaltung übernehmen, die sich auch um meine anderen Wohnungen kümmert.«

»Madame Stinkreich.«

»Glaub bloß nicht, ich zergehe vor Schuldgefühlen. Ich habe mein Geld nicht gestohlen, und es hat mir niemand was geschenkt. Ich hab's auf die altmodische Tour verdient.«

»Ich weiß.«

»Ich habe dafür gefickt. Na und? Das ist ehrliche Arbeit. Es ist vielleicht nicht legal, aber es ist ehrlich. Ich habe hart gearbeitet und mein Geld gespart und es gut angelegt. Ist das etwas, dessen ich mich schämen sollte?«

»Nein.«

»Trotzdem höre ich mich an, als hätte ich's nötig, mich zu rechtfertigen.«

»Ein bißchen«, sagte ich. »Und wenn schon? Niemand ist vollkommen. Wo würdest du gern wohnen?«

»Darüber versuche ich mir schon die ganze Zeit klarzuwerden. Ich mag die Gegend hier, aber wie das Apartment ist auch die ganze Gegend mit Erinnerungen verbunden. Wie ist das bei dir? Willst du dein Hotelzimmer als Büro behalten?«

»Tolles Büro.«

»Immerhin könntest du dich dort mit deinen Klienten treffen.«

»Früher habe ich mich in Bars mit ihnen getroffen«, sagte ich, »und jetzt tue ich das in Coffee-Shops.«

»Kannst du dir wirklich vorstellen, es aufzugeben?«

»Ich weiß nicht.«

»Es ist sehr günstig. Wegen der Mietpreisbindung und so. Wäre vielleicht nicht schlecht, es weiter zu behalten, damit du eine Rückzugsmöglichkeit hast, für alle Fälle. Vielleicht fändest du das Zusammenleben weniger beängstigend, wenn du wüßtest, daß du ganz in der Nähe was hast, wohin du dich jederzeit zurückziehen kannst.«

»Als Notausstieg sozusagen?«

»Vielleicht.«

»Du hättest auch einen, wenn du die Wohnung nicht verkaufst, sondern bloß vermietest.«

»Nein«, sagte sie. »Wenn ich hier ausziehe, dann für immer. Dann hat mich die Fifty-first Street ein für allemal gesehen. Selbst wenn es nicht klappt, selbst wenn wir feststellen, daß wir nicht zusammenleben können, komme ich auf keinen Fall mehr hierher zurück. Um ganz ehrlich zu sein …«

»Ja?«

»Na ja, selbst wenn wir noch nicht soweit sind, daß wir ernsthaft zusammenziehen wollen, sollte ich mir vielleicht schon mal Gedanken machen, ob ich hier nicht ausziehen sollte. Mag vielleicht ein bißchen übertrieben sein, mir bloß übergangsweise eine neue Wohnung zu suchen, falls wir demnächst wirklich zusammenziehen wollen. Trotzdem, glaube ich, wird es langsam Zeit, daß ich hier ausziehe.«

»Warum plötzlich diese Eile?«

»Keine Ahnung.«

»Wirklich nicht?«

Nach einer Weile rückte sie damit heraus. »Ich habe heute einen Anruf gekriegt. Von einem meiner alten Stammkunden.«

»Wußte er nicht, daß du aufgehört hast?«

»Er wußte es.«

»Aha?«

»Er hat schon ein paarmal angerufen. Um sich zu vergewissern, daß ich meinen Entschluß, mich aus dem Geschäft zurückzuziehen, nicht wieder rückgängig gemacht habe.«

»Mhm.«

»An sich ist das sogar ganz verständlich. Jemand verkauft zwanzig Jahre lang seinen Arsch, dann zieht er ihn plötzlich aus dem Verkehr. Da nimmst du doch nicht an, es ist endgültig.«

»Kann schon sein.«

»Ein paarmal hat er bloß angerufen, um ein bißchen zu quatschen. Hat er jedenfalls behauptet. Na ja, wir kennen uns schon jahrelang, und wir hatten ein durchaus freundschaftliches Verhältnis. Da gehst du also nicht einfach her und sagst so einem Typen, er soll dich mal. Andererseits habe ich auch keine Lust, mit ehemaligen Freiern am Telefon zu plaudern. Deshalb habe ich es immer hingekriegt, es kurz zu machen. Sei mir bitte nicht böse, ich muß jetzt los, tschüß.«

»Mhm.«

»Heute hat er gefragt, ob er vorbeikommen könnte. Nein, habe ich gesagt, das geht nicht. Nur ein bißchen reden, hat er gesagt, weil es ihm gerade nicht besonders geht und weil er mit jemandem reden muß, der ihn wirklich kennt. Was totaler Quatsch ist, weil ich das nicht tue. Ihn wirklich kennen, meine ich. Also habe ich nein gesagt, du kannst nicht vorbeikommen, es tut mir leid, aber so ist es nun mal. Darauf er: Ich zahle dir was. Ich gebe dir zweihundert Dollar, bloß daß ich bei dir vorbeikommen kann und mit dir reden.«

»Was hast du gemacht?«

»Ich habe nein gesagt. Ich habe ihm gesagt, daß ich keine Therapeutin bin, und ich hab ihm gesagt, daß er nicht mehr anrufen soll. Er wollte nicht bloß reden. Das hast du dir vermutlich auch selber schon gedacht.«

»Ja.«

»Er dachte, sobald er mal zur Tür herein ist, könnte er gleich ins Schlafzimmer. Er dachte, sobald ich das Geld genommen hätte, würde ich auch was tun, um es mir zu verdienen. Aber es ging dabei gar nicht wirklich um Sex. Es ging um Macht. Es hat ihn einfach gereizt, mich dazu zu bringen, etwas zu tun, was ich nicht will.«

»Wer ist er?«

»Ist das denn wichtig?«

»Ich könnte mit ihm reden.«

»Nein, Matt. Auf keinen Fall.«

»Na schön, dann eben nicht.«

»Wenn der noch mal was von sich hören läßt, was ich nicht glaube, dann höchstens in ein paar Monaten wieder, und damit kann ich leben. Nein, ich brauche keinen Schutz. Nicht vor diesem Wichser.«

»Wenn du sicher bist.«

»Ich bin sicher.«

»Aber ich finde, du solltest deine Nummer ändern.«

»Wenn ich umziehe. Neue Wohnung, neue Telefonnummer.«

»Beides in einem Aufwasch.«

»Richtig.«

Ich dachte darüber nach. Dann sagte ich: »Vielleicht sollten wir uns nach einer neuen Wohnung umsehen.«

»Oder uns zumindest schon mal Gedanken darüber machen. Du würdest lieber hier in der Gegend bleiben, nicht wahr?«

»Na ja, ich bin an die Gegend gewöhnt«, sagte ich. »Genauso, wie du an Turtle Bay gewöhnt bist. Ich habe bestimmte Restaurants und Coffee-Shops, in die ich gehe, und natürlich habe ich meine regelmäßigen Treffen. Ich kann Micks Kneipe zu Fuß erreichen. Und das Lincoln Center und die Carnegie Hall und die meisten Theater, auch wenn wir nicht sehr oft hingehen. Aber es ist einfach schön zu wissen, daß sie da sind.

Aber es ist nicht die einzige Gegend, die ich mag, und es ist in vieler Hinsicht auch keineswegs meine Lieblingsgegend. Ich mag das West Village, ich mag Chelsea, ich mag Gramercy Park.«

»Oder weiter downtown. SoHo, Tribeca.«

Aber auch diese Viertel waren mit Erinnerungen behaftet. »Oder ein bißchen weiter die West Side rauf«, fuhr ich fort. »Die West Seventies zum Beispiel. Sie wären von da, wo ich jetzt wohne, zu Fuß und mit dem Bus bequem zu erreichen. Ich könnte also das Hotelzimmer als Büro behalten und nach wie vor zu den gleichen AA-Treffen gehen. Je länger ich darüber nachdenke, desto mehr Möglichkeiten tun sich auf. Wir könnten doch fast überall wohnen.«

»Aber nicht außerhalb von Manhattan.«

»Nein, das auf keinen Fall.«

»Außer wir ziehen nach Albuquerque.«

Kurz vor Weihnachten hatte ich einen dicken Fisch an Land gezogen. Ich hatte einen Fall auf Provisionsbasis übernommen und Glück gehabt. Kurz nach Neujahr – Elaine hatte Semesterferien – waren wir deshalb nach New Mexico gefahren und waren zwei Wochen lang durch den Norden des Staates kutschiert, mehr oder weniger von einem indianischen Pueblo zum anderen. Die Adobe-Architektur in Albuquerque und Santa Fe hatte es uns beiden angetan.

»Dort könnten wir uns ein ganzes Haus kaufen«, sagte ich, »mit Spiralen und Minaretten und gekrümmten Wänden. Und es wäre ganz egal, wo es liegt, weil wir sowieso überallhin fahren müßten, und ganz gleich, für welche Gegend wir uns entscheiden, wäre es dort sicherer und schöner als in jeder x-beliebigen Ecke von New York.«

»Möchtest du das gern?«

»Nein.«

»Gott sei Dank«, sagte sie. »Ich nämlich auch nicht. Das ganze Land ist voll von Plätzen, die wesentlich schöner sind als New York, und trotzdem möchte ich an keinem davon wohnen. Und dir geht es doch genauso, oder nicht?«

»Leider.«

»Gut, daß wir uns gefunden haben. Und wenn wir uns nach dem Anblick von Adobe sehnen, können wir ja kurz nach Albuquerque fliegen.«

»Jederzeit«, sagte ich. »Das läuft uns nicht weg.«

Es muß gegen Mitternacht gewesen sein, als wir schlafen gingen. Eine Stunde später gab ich meine Einschlafversuche auf und schlich auf Zehenspitzen ins Wohnzimmer. Es gab einen Zeitungsständer voller Zeitschriften und ein Regal voller Bücher, und natürlich war auch noch der Fernseher da, aber ich war zu unruhig, um stillzusitzen. Ich zog mich an und stellte mich ans Wohnzimmerfenster und sah zu der roten Pepsi-Cola-Leuchtreklame auf der anderen Seite des Flusses hinüber. Seit Elaine eingezogen war, war der Blick durch die vielen Neubauten immer stärker beschnitten worden, aber die Pepsireklame konnte man immer noch sehen. Würde sie mir fehlen, wenn wir umzogen? Oder ihr?

Der Türsteher unten nickte wortlos und ließ seinen Blick wieder ins Unendliche wandern. Er war ein junger Kerl, erst vor kurzem aus einem arabischen Land eingewandert, und er hatte immer die Kopfhörer seines Walkmans auf. Ich hatte immer angenommen, er zöge sich im Radio die Top 40 rein, bis ich eines Abends herausbekam, daß er pausenlos irgendwelche Weiterbildungskassetten hörte, in denen er dazu angehalten wurde, das Beste aus seinem Leben zu machen, seine Geldbeschaffungskapazitäten zu optimieren und abzunehmen, ohne wieder zuzunehmen.

Ich ging die First Avenue hinunter, am UN Building vorbei, bis zur Forty-second Street. Dort bog ich nach rechts ab, und eine

Straße weiter ging ich auf der Second Avenue wieder zurück nach Uptown. Ich kam an ein paar Kneipen vorbei, und wenn sie mich auch nicht übermäßig anmachten, konnte ich nicht behaupten, daß ich mir ihres Reizes überhaupt nicht bewußt war. Ich hätte im Grogan's nach Mick sehen können, aber wenn er dagewesen wäre, hätte das eine lange Nacht bedeutet, und selbst wenn wir es kurz gemacht hätten, wäre ich drüben in der West Side gewesen und hätte keine Lust mehr gehabt, den ganzen Weg zur East Fifty-first wieder zurückzugehen.

Eine gemeinsame Wohnung hätte dieses Problem gelöst. Und statt dessen andere aufgeworfen?

An der Ecke von Second und Forty-ninth gibt es einen durchgehend geöffneten Coffee-Shop. Ich setzte mich an die Theke und bestellte einen Pflaumenplunder und ein Glas Milch. Jemand hatte eine Frühausgabe der TIMES liegengelassen, und ich fing an, sie zu lesen, konnte mich aber nicht darauf konzentrieren, was ich las. Vielleicht brauchte ich ein paar Weiterbildungsbänder. *Bringen Sie Ihre verborgenen geistigen Kräfte zur Entfaltung! Machen Sie das Beste aus Ihrem Leben!*

Ich brauchte keine verborgenen Kräfte zu entfalten. Ich hatte genügend Gehirnzellen übrig, um zu merken, was los war.

Jan Keane war in mein Leben zurückgekehrt, während ihr eigenes zu Ende ging. Jan und ich hatten fast zusammengelebt, hatten uns zumindest immer mehr in diese Richtung bewegt, und statt dessen war dann unsere Beziehung in die Brüche gegangen, und wir hatten uns verloren. Und jetzt waren Elaine und ich in einer ähnlichen Situation und einem ähnlichen Stadium. Ich hatte etwas Platz in ihrem Kleiderschrank, eine Schublade ihrer Kommode und eine Hälfte ihres Bettes, in dem ich jede Woche mehrere Nächte schlief. Weil dieses Stadium Übergangscharakter hatte und weil es sich nicht so recht definieren ließ und vielleicht sogar undefinierbar war, mußte alles überlegt und bedacht werden. Sollte ich die Anrufweiterleitung automatisch anschalten, wenn ich die Nacht in der East Fifty-first verbrachte? Sollte ich mich entschuldigen, wenn ich sie am Tag danach abzustellen vergaß? Sollten wir uns einen zweiten Anschluß legen lassen?

Oder sollten wir umziehen? Sollte ich mein Hotelzimmer behalten? Sollten wir in meine Gegend ziehen oder in ihre oder auf neutrales Gebiet?

Sollten wir darüber sprechen? Sollten wir es vermeiden, darüber zu sprechen?

Normalerweise war das alles nicht weiter tragisch und manchmal sogar ganz witzig. Aber Jan mußte sterben, und irgendwie warf das auf alles einen Schatten.

Natürlich hatte ich Angst. Ich hatte Angst, was in einer Beziehung passiert war, könnte in einer anderen wieder passieren, und ich könnte eines Tages meine Kleider abholen kommen und meine Schlüssel auf der Anrichte liegenlassen. Ich hatte Angst, das gammlige kleine Hotelzimmer, an das ich mich klammerte wie an das leibhaftige Leben, würde für den Rest meines Lebens mein Zuhause bleiben, und ich würde in meiner Unterwäsche auf der Kante meines schmalen Betts hocken, wenn der Tod an meine Tür klopfte. Und sie würden mich in einem Leichensack wegschaffen.

Ich hatte Angst, daß alles in die Brüche gehen würde, wie das immer der Fall war. Angst, daß es schlimm enden würde, wie das immer der Fall war. Und Angst, vielleicht mehr als vor allem anderen, daß es sich allein als meine Schuld erweisen würde, wenn es endgültig vorbei war. Denn irgendwo tief drinnen, irgendwo ganz tief im Blut und in den Knochen, glaube ich, daß es immer meine Schuld ist.

Ich trank meine Milch und ging nach Hause, und diesmal grüßte mich der Türsteher mit dem Namen und mit einem strahlenden Lächeln. *(Merken Sie sich Namen und Gesichter! Bringen Sie mit Ihrem Lächeln die Welt zum Leuchten!)* Als ich ins Schlafzimmer schlich, bewegte sich Elaine im Schlaf, wachte aber nicht auf. Ich stieg ins Bett und lag im Dunkeln neben ihr und spürte ihre Wärme.

Der Schlaf überrumpelte mich, und ehe ich mich's versah, träumte ich, daß ich hinter einem Mann her war und einen Blick auf sein Gesicht zu erhaschen versuchte. Ich folgte ihm über beängstigend schmale Stege und endlose Treppen hinunter, und als er sich schließlich umdrehte, hatte er einen Spiegel statt eines Gesichts. Als ich nach einer Reflektion darin suchte, war alles, was zu sehen war, rein weißes Licht von blendender Intensität. Ich riß mich von dem Traum los, streckte die Hand aus, um Elaines Arm zu berühren, und schlief fast sofort wieder ein.

Als ich wieder aufwachte, war es fast neun Uhr, und ich war allein in der Wohnung. In der Küche war heißer Kaffee. Ich trank eine Tasse, duschte, zog mich an und schenkte mir gerade eine zweite Tasse ein, als sie aus dem Fitneßstudio zurückkam und verkündete, daß es ein schöner Tag war. »Blauer Himmel. Kanadische Luft. Sie kriegen von uns sauren Regen, wir kriegen von ihnen frische Luft und Leonard Cohen. Toller Tausch.«

Ich rief Lisa Holtzmann an, und als sich der Anrufbeantworter einschaltete, legte ich wie gehabt auf. Elaine sagte: »Gib mal her. Was hat sie für eine Nummer?« Sie wählte und zuckte zusammen, als Holtzmanns Stimme kam. Dann sagte sie: »Lisa, hier ist Elaine Mardell. Wir haben letztes Semester denselben Kurs im Hunter gemacht. Eigentlich hätte ich schon längst mal anrufen sollen, und es tut mir aufrichtig leid, was Sie alles durchgemacht haben. Sicher haben Sie viel zu tun, aber könnten Sie mich bei Gelegenheit trotzdem mal anrufen? Es ist nämlich wichtig, und – oh, hallo, Lisa. Ja, äh, ich dachte, Sie könnten vielleicht den Anrufbeantworter abhören, weil Sie Matt schon mehrere Male angerufen hat und jedesmal den Anrufbeantworter dranbekommen hat. Er wollte keine Nachricht hinterlassen. Ah–ah. Sicher.«

Sie stellte ein paar Fragen, sagte ein paar der üblichen tröstenden Worte. Und dann: »Ich gebe Ihnen am besten Matt gleich mal selber. Er sitzt neben mir. Selbstverständlich, und wir beide telefonieren uns die Tage mal zusammen, ja? Rufen Sie mich einfach an? Aber bestimmt. Gut, einen Moment. Jetzt kommt Matt.«

Ich nahm den Hörer und sagte: »Hier Matthew Scudder, Mrs. Holtzmann. Entschuldigen Sie bitte die Störung. Wenn es Ihnen gerade nicht paßt ...«

»Nein, nein, schon gut«, sagte sie. »Im übrigen ...«

»Ja?«

»Eigentlich wollte ich Sie schon die ganze Zeit anrufen, hab es aber immer wieder aufgeschoben. Deshalb bin ich froh, daß Sie anrufen.«

»Könnte ich Sie vielleicht mal sprechen?«

»Wann?«

»So bald wie möglich. Heute, wenn es geht.«

»Ich habe eine Verabredung zum Mittagessen«, sagte sie. »Und dann habe ich den ganzen Nachmittag mit Terminen voll.«

»Wie sieht's morgen aus?«

»Morgen nachmittag um zwei treffe ich mich mit jemandem von der Versicherung, aber ich weiß nicht, wie lange das dauern wird. Äh, haben Sie vielleicht heute abend Zeit? Oder machen Sie außerhalb der Geschäftszeiten keine Termine?«

»Bei meiner Arbeit habe ich meine eigenen Geschäftszeiten. Heute abend ginge, wenn es Ihnen nichts ausmacht.«

»Es macht mir überhaupt nichts aus. Um neun? Oder ist das zu spät?«

»Nein, das ist völlig in Ordnung. Wenn ich in der Zwischenzeit nichts mehr von Ihnen höre, komme ich um neun zu Ihnen. Ich gebe Ihnen meine Nummer – für den Fall, daß Sie absagen müssen.« Nachdem ich das getan hatte, fügte ich hinzu, sie könne im Hotel anrufen, falls sie die Nummer verlegte. »Ich wohne im Northwestern.«

»Gleich die Straße runter. Glenn hat mir erzählt, daß er sie ein paarmal auf der Straße getroffen hat. Falls *Sie* absagen müssen, hinterlassen Sie auf Band eine Nachricht. In letzter Zeit gehe ich erst ans Telefon, wenn ich weiß, wer es ist. Bei den Anrufen, die ich zum Teil kriege ...«

»Das kann ich mir vorstellen.«

»Wirklich? Ich könnte das nicht. Wie gesagt, dann also um neun, Mr. Scudder. Und vielen Dank.«

Ich legte auf, und Elaine sagte: »Ich hoffe, ich habe mich nicht zu sehr eingemischt. Ich hatte bloß dieses Bild vor Augen, wie die Arme neben dem Telefon sitzt und sich nicht abzuheben traut, weil es wieder so ein Schmierer von einem dieser Revolverblätter sein könnte. Außerdem hätte ich kein Problem damit gehabt, ihr eine Nachricht zu hinterlassen, und wenn ich dann mit ihr selbst telefoniert hätte, hätte ich ihr sagen können, sie soll sich mit dir in Verbindung setzen.«

»Das hast du gut gemacht.«

»Aber vielleicht hätte ich dich vorher fragen sollen.«

»Nein, nein, es war schon richtig so. Ich treffe mich heute abend mit ihr.«

»Um neun, hast du gesagt.«

»Mhm. Sie hat gesagt, sie hätte mich sowieso anrufen wollen.«

»Davon hat sie mir nichts erzählt. Weswegen wohl?«

»Keine Ahnung«, sagte ich. »Das werde ich rausfinden müssen.«

12

Ich ging in mein Hotel zurück und stellte die Anrufweiterleitung ab. Es muß zwar eine Möglichkeit geben, das auch von auswärts zu tun, aber ich habe es nie hingekriegt. An sich hätte ich mir gar keine Anrufweiterleitung zugelegt. Das war eine Gefälligkeit von zwei Hackern, die in meinem Auftrag in das Datennetz der Telefongesellschaft eingedrungen waren und bei dieser Gelegenheit dafür gesorgt hatten, daß ich eine Anrufweiterleitung bekam, ohne daß mir die anfallenden Monatsgebühren berechnet wurden. Außerdem hatten sie meine Ferngespräche über Sprint geleitet, ohne das Abrechnungsprogramm von Sprint zwischenzuschalten, so daß ich kostenlos Ferngespräche führen konnte. Als ich moralische Bedenken äußerte, fragten sie, ob ich wirklich ein schlechtes Gewissen hätte, die Telefongesellschaft zu betrügen. Und ich muß leider zugeben, daß ich bisher keines hatte.

Ich ging zu einem Mittagstreffen im YMCA in der West Sixtythird. Der Sprecher feierte seine neunzig Tage; so lange muß man mindestens nüchtern sein, wenn man ein Treffen leiten will. Er war so froh wie alkoholfreie Bowle, nüchtern zu sein, und seine Qualifikation hatte was schwindelerregend Überschwengliches. In der Pause sagte die Frau neben mir: »So war ich auch. Und als ich dann von meiner rosa Wolke gefallen bin, ist die Erde erzittert.«

»Und jctzt?«

»Jetzt bin ich glücklich, froh und frei. Was sonst?«

Nach dem Treffen kaufte ich mir in einem Deli eine Portion Kaffee und ein Sandwich, picknickte auf einer Bank im Central Park und atmete etwas kanadische Luft, von der Elaine in den höchsten Tönen geschwärmt hatte. Mir fielen zwar verschiedene Dinge ein, die ich hätte tun können, aber die konnten warten und sollten es vermutlich sogar. Da die meisten mit Glenn Holtzmann zu tun hatten, hielt ich es für das Vernünftigste, erst mal abzuwarten, was mir seine Frau zu sagen hatte.

Ich verbrachte ein paar Stunden im Park. Ich ging in den Zoo und sah mir die Bären an. In dem Teil, der Strawberry Fields heißt, mußte ich an John Lennon denken. Ich überlegte, wie alt er jetzt wäre, wenn nicht eine Kugel dafür gesorgt hätte, daß er immer vierzig blieb. Wenn man die Welt mit den Augen Gottes sehen könnte, habe ich mal jemanden sagen gehört, würde man merken, daß jedes Leben genau so lange dauert, wie es dauern soll, und daß alles so kommt, wie es kommen soll. Allerdings kann ich die Welt oder sonst irgend etwas nicht mit Gottes Augen sehen. Und wenn ich es versuche, kriege ich davon bloß einen steifen Hals.

Natürlich gibt es Leute, die sagen würden, den hätte ich schon mein ganzes Leben lang.

An der Rezeption warteten Nachrichten von Jan und TJ auf mich. Zuerst piepste ich TJ an. Als er sich nach fünf Minuten nicht gemeldet hatte, rief ich Jan an. Ich bekam ihren Anrufbeantworter dran, und ich sagte, ich sei jetzt zu Hause und sie könne mich jederzeit anrufen.

Ich stellte CNN an und sah ohne großes Interesse zu, als das Telefon klingelte. Es war TJ. Er entschuldigte sich, daß er nicht früher zurückgerufen hatte. »Konnte kein Telefon finden«, sagte er. »Jedenfalls keins, das frei war. Da ist ein ganzes Stück von der Eighth Avenue, da sind alle Telefone weg, Meg.«

»Alle außer Betrieb?«

»Außer Betrieb? Futsch, verschwunden, weg, Mann. Weißt du, was die tun? Statt sie aufzubrechen, wickeln sie eine Kette drum und machen sie an der Stoßstange von ihrer Karre fest, und dann fahren sie los und reißen das ganze Telefon aus der Wand. Glaubst du, das machen sie bloß wegen der paar Quarter oder weil sie was für das Telefon kriegen?«

»Wer kauft schon ein Telefon? Außer sie finden eine Möglichkeit, sie der Telefongesellschaft wieder anzudrehen.«

»Da kann ich mir auch was Leichteres vorstellen, reich zu werden. Warum ich anrufe. Könnte sein, daß ich was rausgefunden hab. Hab nämlich gehört, daß jemand gesehen hat, was passiert ist.«

»Du hast einen Zeugen gefunden?«

»Gefunden hab ich noch niemand. Ich weiß nicht mal, wie sie heißt. Alles, was ich weiß, ist der Name von jemand, der sie kennt. Aber ich glaube, ich komme der Sache langsam näher.«

»Der Zeuge ist eine Frau?«

»Eher eine von der Sorte, über die wir uns gestern abend unterhalten haben. Eine Pimmelmieze, bloß daß du ein anderes Wort gesagt hast. Ein Transsexueller?«

»Richtig.«

»Wenn ich so weitermache, werde ich noch richtig gebildet. Also, diese Pimmelmieze, ich glaube, die finde ich schon. Kann höchstens eine Weile dauern.«

»Sei bloß vorsichtig.«

»Du meinst, von wegen Safe Sex?«

»Herrgott noch mal. Ich meine, du sollst aufpassen, daß du nicht abgeknallt wirst.«

»Hey, kein Problem, Methusalem. Genau deswegen sage ich doch, es kann eine Weile dauern. Weil ich vorsichtig bin. Diese Transdingsbumse sind nicht gerade die hellsten. Von den Drogen und den Hormonen, die sie sich ständig reinziehen, sind die alle eher ein bißchen unterbelichtet. Aber eins kann ich dir jetzt schon sagen. Ich glaube nicht, daß es George war.«

»Wie kommst du darauf?«

»Er ist doch unser Klient, oder? Und wir sind doch die Guten.«

»Da hast du wahrscheinlich recht, Herr Specht.«

»Langsam schnallst du's«, sagte er. »Langsam kommst du echt auf den Trichter.«

Elaine rief an, um mir von ihrem Tag zu erzählen und sich nach meinem zu erkundigen. Wir waren uns einig, daß es ein schöner Tag gewesen war und daß der Herbst die beste Jahreszeit war. »Eigentlich wollte ich dich was fragen«, sagte sie. »Aber jetzt fällt es mir nicht mehr ein. Ich finde es schrecklich, wenn mir das passiert.«

»Das kenne ich auch.«

»Und es passiert mir immer öfter. Jemand hat mir von irgendeinem Kraut erzählt, das angeblich gut fürs Gedächtnis sein soll, aber glaubst du, mir fiele wieder ein, wie es hieß?«

»Wenn du ...«

»... ich bräuchte es nicht. Ich weiß, daran habe ich auch schon gedacht. Na ja, es wird mir schon wieder einfallen. Du triffst dich doch heute abend mit Lisa? Du kannst mich danach gern noch anrufen, wenn dir danach ist.«

»Wenn ich daran denke. Und wenn es nicht zu spät ist.«

»Auch wenn es das ist. Weißt du was? Ich liebe dich.«

»Und ich liebe dich.«

Jan rief an, als ich gerade ein paar Hemden in die Reinigung um die Ecke brachte. Ich war weniger als zehn Minuten weg und ging an der Rezeption vorbei, ohne zu fragen, ob jemand angerufen hatte, aber der Portier sah mich in den Lift steigen und rief mich auf dem Zimmer an. Ich rief Jan sofort zurück und bekam wieder ihren blöden Anrufbeantworter dran.

»Wie es aussieht, spielen wir heute Fangen«, sagte ich. »Ich muß in ein paar Minuten weg, und heute abend habe ich einen Termin. Ich werd's weiter versuchen.«

Es war Punkt neun Uhr, als ich dem Mann in der Eingangshalle meinen Namen nannte und ihm sagte, daß ich von Mrs. Holtzmann erwartet wurde. Als er ihren Namen hörte, bekam er ein mißtrauisches Gesicht. Ich hatte das Gefühl, sie hatte seit dem Tod ihres Mannes ziemlich viel Besuch bekommen, vorwiegend unangemeldet und unwillkommen.

Er benutzte die Haussprechanlage, und da er beide Hände um die Sprechmuschel legte und ganz leise sprach, konnte ich nichts hören. Ihre Antwort erhellte seine Miene wieder. Er brauchte mich nicht hinauswerfen oder die Polizei zu rufen, und seine Erleichterung war deutlich sichtbar. »Fahren Sie einfach rauf«, sagte er.

Sie stand in der Wohnungstür, als ich aus dem Lift stieg. Sie sah hübscher aus, als ich sie in Erinnerung hatte, und auch älter, als ob die jüngsten Ereignisse Charakter in ihr Gesicht gemeißelt hätten. Sie sah immer noch jung aus, aber jetzt war es nicht mehr so schwer, ihr die zweiunddreißig Jahre abzunehmen, von denen in den Zeitungsmeldungen die Rede gewesen war. (Ich ertappte mich bei dem Gedanken: Sie ist zweiunddreißig und er achtunddreißig. Und George Sadecki vierundvierzig. Und John Lennon ist immer noch vierzig.)

»Schön, daß Sie gekommen sind«, begrüßte sie mich. »Ich weiß nicht mehr, wie ich Sie nennen soll. Matt oder Matthew?«

»Ganz, wie Sie wollen.«

»Heute morgen am Telefon habe ich Sie Mr. Scudder genannt. Ich konnte mich nicht mehr erinnern, wie ich Sie an dem Abend genannt habe, an dem wir zusammen essen waren. Elaine nennt Sie Matt. Das werde ich auch tun. Kommen Sie doch rein, *Matt.*«

Ich folgte ihr in den Wohnraum, wo zwei Couchen im rechten Winkel zueinander standen. Sie setzte sich auf die eine und deutete auf die andere. Ich nahm Platz. Beide Couchen standen so, daß man die Aussicht nach Westen vor sich hatte, und ich sah auf die letzten Spuren des Sonnenuntergangs hinaus, ein Klecks Purpur und Rosa am Rand des sich verdunkelnden Himmels.

»Die Wolkenkratzer da drüben sind in Weehawken«, sagte sie. »Wenn Sie glauben, das hier wäre was Besonderes, dann stellen Sie sich erst mal den Blick vor, den die haben. Die können von dort drüben die ganze Skyline von Manhattan sehen. Aber wenn sie aus dem Haus gehen, dann sind sie in New Jersey.«

»Die Armen.«

»Vielleicht ist es nicht mal so schlecht, dort drüben zu leben. Für mich stand jedenfalls von meinem ersten Tag in New York an fest, daß ich nur in Manhattan leben will. Ich bin in White Bear Lake aufgewachsen. Das ist in Minnesota, und ich weiß, das klingt, als gäbe es dort bloß Elche und Eskimos, aber in Wirklichkeit ist es mehr oder weniger eine Vorstadt von Twin Cities. Na ja, und dann stieg ich also hier aus dem Flugzeug, mit nicht viel mehr als meinem MFA von der University of Minnesota in der Tasche – einem Skizzenblock vielleicht noch und der Telefonnummer einer Freundin einer Freundin. Übernachtet habe ich im Chelsea Hotel, und am nächsten Tag hatte ich ein Zimmer in einer Wohnung in der Tenth Street, östlich vom Tompkins Square Park. Wenn es ein krasseres Beispiel für Kulturschock gibt, dann muß mir das erst mal jemand zeigen.«

»Aber Sie haben den Schock überwunden.«

»O ja, ich bin nicht lange in Alphabet City geblieben, weil ich mich dort nicht sicher gefühlt habe. Mir ist zwar nie was passiert, aber ständig hörte man von Leuten aus der Gegend, die überfallen oder vergewaltigt oder mit einem Messer angegriffen wurden, und deshalb bin ich, sobald ich konnte, in die Madison Street umgezogen. Das ist in der Lower East Side.«

»Ich weiß, wo das ist. Das ist auch nicht gerade Sutton Place.«

»Nein, es ist ein Slum. In jeder anderen Stadt in Amerika hätten sie längst alles abgerissen, aber es war nicht so von Drogen durchsetzt wie die East Tenth Street, und ich fühlte mich sicherer dort. Meine erste Wohnung hatte ich mir mit anderen geteilt, aber jetzt hatte ich ein eigenes Apartment, ein Kaninchenstall mit drei winzigen Räumen, und im Treppenhaus roch es nach Mäusen und Urin und Marijuana. Und es ist nie was passiert, niemand hat mich auf der Straße oder im Haus belästigt, niemand hat die Tür aufgebrochen oder von der Feuerleiter einzusteigen versucht. Nicht ein einziges Mal. Und dann lernte ich einen Mann kennen, der mich total vom Hocker riß und mich von all dem wegholte und in diese unglaubliche Wohnung brachte. Alles ist neu, nichts riecht, und in der Eingangshalle paßt rund um die Uhr jemand auf. Und da bin ich nun.« Ihre Stimme wurde lauter. »Da bin ich nun. Ich sitze auf einem neuen Sofa, die Füße auf einem neuen Orientteppich, alles ist neu, und ich schaue aus meinem Fenster und kann meilenweit sehen. Und ich bin hier in dieser sicheren Wohnung, dieser sauberen und sicheren Wohnung, und ich habe ein totes Baby und einen toten Mann, und wie ist es dazu gekommen? Können Sie mir das vielleicht erklären? Wie ist das gekommen?«

Ich sagte nichts. Vermutlich erwartete sie keine Antwort. Ich beobachtete ihr Gesicht, als sie um Beherrschung rang. Es war ein vollkommenes Oval, die Züge regelmäßig und wohlproportioniert. Sie war sehr gediegen gekleidet, taubengraue Strickjacke, passender Crewneck-Pullover, marineblauer Faltenrock. Ihre schlichten, schwarzen Schuhe hatten zwei Zentimeter hohe Absätze. Der Gesamteindruck war der eines erwachsenen Schulmädchens, doch was vor einem halben Jahr Hübschheit gewesen war, grenzte inzwischen an Schönheit.

»Entschuldigen Sie bitte«, sagte sie. »Ich dachte, ich hätte mich besser im Griff.«

»Das haben Sie doch.«

»Kann ich Ihnen was zu trinken anbieten? Wir haben Scotch und Wodka, und ich weiß nicht, was sonst noch. Ach, und im Kühlschrank ist auch Bier. Und ich muß endlich aufhören, ›wir‹ zu sagen. Was darf ich Ihnen bringen, Matt?«

»Vorerst nichts, danke.«

»Kaffee? Es ist welcher fertig. Leider ist es kein koffeinfreier, falls Ihnen das was ausmacht.«

»Ich trinke lieber richtigen.«

»Ich auch. Aber Glenn konnte abends nur koffeinfreien trinken. Vor ein paar Monaten waren wir in einem Restaurant, und der Kellner fragte uns tatsächlich, ob wir koffeinfreien oder richtigen wollten. Stellen Sie sich das mal vor.«

»Das habe ich auch noch nie gehört.«

»Hoffentlich höre ich es auch nie wieder. Wie trinken Sie Ihren Kaffee? Ihren nicht-koffeinfreien Kaffee?«

Ich sagte es ihr, und sie ging in die Küche, um welchen zu holen. Als sie zurückkam, stand ich am Fenster und sah auf die Hell's Kitchen oder Clinton hinab, je nachdem. Ich konnte den DeWitt Clinton Park sehen und fragte mich, ob TJ dort unten war.

Sie sagte: »Gerade, daß man es von hier nicht sehen kann. Die Ecke von dem Gebäude da ist im Weg.« Sie stand neben mir und deutete hinunter. »Am Tag, nach dem es passiert ist, bin ich hingegangen, oder vielleicht war es auch zwei Tage danach. Ich weiß nicht mehr. Nur, um es mal selbst zu sehen. Ich weiß nicht, was ich erwartet habe. Es ist bloß eine Straßenecke.«

»Ich weiß.«

»Waren Sie dort?«

»Ja.«

»Ich habe Ihnen den Kaffee auf den Tisch gestellt. Sagen Sie es bitte, wenn damit was nicht in Ordnung ist.« Ich setzte mich und probierte ihn. Er war gut, und das sagte ich ihr. »Ich habe eine

Schwäche für guten Kaffee«, sagte sie. »Und koffeinfreier schmeckt einfach nicht richtig. Ich weiß nicht, warum.« Sie setzte sich und nahm einen Schluck von ihrem Kaffee. »Wird hart werden, mich daran zu gewöhnen, Witwe zu sein. Ich begann mich gerade daran zu gewöhnen, Ehefrau zu sein.«

»Wie lang waren Sie verheiratet?«

»Im Mai ein Jahr. Das sind, warten Sie mal, siebzehn Monate? Nicht ganz eineinhalb Jahre.«

»Wann sind Sie hier eingezogen?«

»An dem Tag, als wir von unserer Hochzeitsreise zurückgekommen sind. Als ich Glenn kennenlernte, hatte er ein Apartment in Yorkville, und ich war noch in der Madison Street. Nach der Hochzeit flogen wir eine Woche nach Bermuda, und als wir zurückkamen, holte uns eine Limousine am Flughafen ab. Sie brachte uns hierher, und ich dachte, der Chauffeur hätte sich in der Adresse geirrt. Ich dachte, wir würden in Glenns Wohnung bleiben, bis wir was Größeres gefunden hätten. Und dann trug mich Glenn plötzlich hier über die Schwelle. Er sagte, wir könnten jederzeit woanders hinziehen, wenn es mir nicht gefiele. Von wegen nicht gefallen!«

»Das nenne ich eine Überraschung.«

»Glenn war voller Überraschungen.«

»Ja?«

Sie wollte etwas sagen, überlegte es sich dann aber anders. »Vermutlich sollte ich ganz sachlich an die Sache rangehen. Aber ich weiß nicht, wie man so was anpackt. Ich habe noch nie einen Detektiv engagiert.«

»Ich habe bereits einen Klienten, Lisa.«

»Oh? Hat er Sie engagiert?«

»Ob wer mich engagiert hat?«

»Glenn.«

»Nein«, sagte ich. »Warum hätte er mich engagieren sollen?«

»Keine Ahnung.«

Ich redete nicht lange herum. »Ein gewisser Thomas Sadecki hat mich engagiert. Sein Bruder wurde festgenommen, weil er Glenn ermordet haben soll.«

»Und er hat Sie engagiert …«

»Um der Frage nachzugehen, ob sein Bruder möglicherweise unschuldig ist. Allerdings möchte ich von vornherein eines klarstellen: Für den Fall, daß Sadecki schuldig ist, habe ich nicht vor, ihn rauszuhauen. Aber es ist nicht völlig auszuschließen, daß er es nicht war, und das hieße, daß der wahre Mörder Ihres Mannes frei herumläuft.«

»Ja, natürlich.« Sie dachte nach. »Sie versuchen also jemanden aus Glenns Bekanntenkreis zu finden, der einen Grund hatte, ihn umzubringen.«

»Das ist eine Möglichkeit. Die andere ist, daß er von jemandem erschossen wurde, den er nicht kannte, bei dem es sich aber nicht um George Sadecki gehandelt hat. Bei Nacht ist die Eleventh Avenue anders als bei Tag. Statt Autos und Bremsen werden dann Drogen und Sex verkauft. Das zieht die verkehrten Leute an, und einer von denen könnte Glenn über den Weg gelaufen sein.«

»Oder es könnte jemand gewesen sein, den er kannte.«

»Ja, das ist auch möglich. Ich habe Glenn im April kennengelernt, und danach habe ich ihn ein paarmal auf der Straße gesehen. Aber ich könnte nicht behaupten, daß ich ihn kannte.«

»Ich auch nicht.«

»Wie bitte?«

»Ich habe Ihnen doch gesagt, er hat mich vom Hocker gehauen. Ohne Übertreibung. Wir haben uns im Verlag kennengelernt. Ich glaube, darüber haben wir an dem Abend gesprochen, an dem wir gemeinsam aus waren.«

»Ja, ich erinnere mich.«

»Er hat sich mächtig ins Zeug gelegt und mir den Hof gemacht, wie das zuvor noch niemand getan hat. Er hat mich sozusagen im Sturm erobert. Wir haben jeden Tag miteinander gesprochen. Wenn wir uns nicht sehen konnten, rief er mich an. Ich hatte vorher schon Freunde und jede Menge Männer, die sich für mich interessiert haben, aber nicht so was.

Und zugleich hat er mich sexuell nicht bedrängt. Wir kannten uns schon einen Monat, als wir das erste Mal miteinander ins Bett gegangen sind, und in dieser Zeit hatten wir uns im Schnitt, ich würde mal sagen, drei- bis viermal die Woche gesehen. Na ja, mit Aids und so, da gehen die Leute nicht mehr automatisch miteinander ins Bett, wenn sie das dritte oder vierte Mal aus waren. Aber erst nach einem Monat?«

»Dazu kann ich nichts sagen.«

»Unter anderen Umständen hätte ich mir deswegen vielleicht Gedanken gemacht, aber ich hatte bei ihm das Gefühl, daß er sehr genau wußte, was er wollte. Dieses Gefühl hatte ich bei ihm immer. Und eines Abends waren wir bei ihm in der Gegend essen, und anschließend nahm er mich in sein Apartment mit. ›Heute nacht bleibst du hier‹, sagte er. Und ich dachte, okay, super. Und wir gingen miteinander ins Bett. Und zwei Tage später hat er mir einen Heiratsantrag gemacht. ›Laß uns heiraten‹, sagte er. Okay, super.«

»Sehr romantisch.«

»Weiß Gott, ja. Ich konnte gar nicht anders, als mich in ihn zu verlieben. Und um Ihnen die Wahrheit zu gestehen: Ich hätte ihn wahrscheinlich sogar geheiratet, wenn ich mich nicht in ihn verliebt hätte. Er war intelligent, er war reich, er sah gut aus, und er war verrückt nach mir. Wenn ich ihn heiratete, konnte ich Kinder haben und brauchte mir nicht mehr mühsam meinen Lebensunterhalt verdienen und konnte mich statt dessen auf meine Kunst konzentrieren. Keine Madison Street mehr, keine U-Bahn-Fahrten durch die Stadt, um mein Buch Verlegern zu zeigen, die mehr Interesse an meiner Figur hatten als an meiner Arbeit, außer denen, die überhaupt kein Interesse an Frauen hatten. Wenn ich jemanden wie Glenn ein paar Jahre früher kennengelernt hätte, wäre mir angst und bange geworden – so, wie er alles in die Hand nahm. Aber ich hatte mich lange genug allein durchs Leben geschlagen. Das ist eine harte Stadt.«

»Allerdings.«

»Ich war reif dafür, jemand anderen ans Ruder zu lassen. Und trotzdem hatte ich nie das Gefühl, von ihm gegängelt zu werden. Bei der Hochzeitsreise hat er alles bestimmt: wohin wir fliegen, das Hotel und was sonst noch dazugehörte. Aber er hat ein Reiseziel ausgesucht, von dem er wußte, daß es mir gefallen würde. Und was die Wohnung betrifft, wußte er, daß ich die Gegend mochte und daß ich es ganz toll fand, hoch oben zu wohnen und über die ganze Stadt schauen zu können.

Sie war schon komplett eingerichtet. Alles fertig. Aber alles, was mir nicht gefiel, sagte er, könnte ich wieder in den Laden zurückbringen. Er hätte mich nicht in eine leere Wohnung heimbringen wollen, aber andererseits sollte ich mich dort auch wohl fühlen, und deshalb könnte ich alles ändern, was mir nicht gefiel. Da war ein Teppich, der nicht ganz nach meinem Geschmack war, und wir haben ihn einfach zu Einstein Moomjy zurückgebracht und dafür den hier bekommen. An sich war an dem ersten Teppich nichts auszusetzen, aber ich hatte einfach das Gefühl, wenigstens etwas beanstanden zu müssen – fast, als ob er das von mir erwartete. Wissen Sie, was ich meine?«

»Sicher.«

»Er war der perfekte Ehemann. Voller Verständnis, rücksichtsvoll. Als ich den Abgang hatte, war er wirklich für mich da. Das war eine schwere Zeit für mich, und ich hatte wirklich niemanden außer Glenn. Ich hatte nie sehr enge Freunde in New York. In Alphabet City kannte ich ein paar Leute ganz gut, aber als ich in die Madison Street zog, verloren wir uns aus den Augen, und ähnlich ging es mir mit meinen Freunden aus der Madison Street, als ich heiratete und hierher zog. So bin ich nun mal. Ich komme zwar gut mit Leuten aus, aber ich gehe keine wirklich engen, dauerhaften Beziehungen ein. Das hatte zur Folge, daß ich viel allein war, weil Glenn relativ oft erst spät von der Arbeit nach Hause kam, und manchmal hatte er abends oder auch am Wochenende geschäftliche Termine. Ich besuchte verschiedene Abendkurse – so habe ich Elaine kennengelernt –, und natürlich hatte ich noch meine Malerei. Und ich ging ins Kino, mittwochs zum Beispiel in eine Nachmittagsvorstellung. Und es gab ständig Konzerte. Mit der Carnegie Hall und dem Lincoln Center gleich um die Ecke ist es nicht besonders schwierig, sich zu beschäftigen. Und es hat mir auch nie was ausgemacht, allein zu sein. Darf ich Ihnen noch eine Tasse Kaffee einschenken?«

»Im Moment nicht, danke.«

»Seit dem Mord«, fuhr sie fort, »hänge ich ständig vor dem Fernseher. Wenn ich früher allein zu Hause war, habe ich nie ferngesehen. Jetzt scheine ich nichts anderes mehr zu tun. Aber ich nehme an, das wird sich schon wieder geben.«

»Er ersetzt Ihnen einfach die fehlende Gesellschaft.«

»Genau das ist es, glaube ich. Anfangs habe ich ihn immer wegen der Nachrichten eingeschaltet. Es war wie ein Zwang: Ich mußte jede Nachrichtensendung sehen. Sie hätten ja was bringen können, was mit Glenns Tod zu tun hatte, irgendwelche neuen Erkenntnisse. Sobald sie dann aber diesen Mann festgenommen hatten – tut mir leid, ich kann mir seinen Namen einfach nicht merken.«

»George Sadecki.«

»Ja, richtig. Sobald sie ihn verhaftet hatten, interessierten mich die Nachrichten nicht mehr, aber ich wollte immer noch Stimmen in der Wohnung hören. Was ist das Fernsehen schließlich anderes als menschliche Stimmen. Ich glaube, ich werde aufhören, ihn ständig laufen zu lassen. Wenn ich Stimmen hören will, kann ich auch mit mir selbst reden, oder?«

»Klar.«

Sie schloß kurz die Augen. Als sie sie wieder aufmachte und weitersprach, klang ihre Stimme müde und abgespannt. »Mir ist klargeworden, daß ich meinen Mann überhaupt nicht gekannt habe. Komisch, nicht? Ich dachte, ihn zu kennen, oder zumindest habe ich dem Umstand, daß ich ihn nicht kannte, keine Bedeutung beigemessen. Und dann wurde er umgebracht, und jetzt wird mir plötzlich klar, daß ich ihn nie gekannt habe.«

»Wie kommen Sie denn darauf?«

»Irgendwann letzten Monat kam er ganz beiläufig darauf zu sprechen, was wäre, wenn er stürbe. Wenn ihm wirklich mal etwas zustoßen sollte, meinte er, bräuchte ich mir keine Sorgen zu machen, daß ich die Wohnung aufgeben müßte. Denn er hatte eine Risikolebensversicherung abgeschlossen, daß im Falle seines Todes die Hypothek gedeckt wäre.«

»Und Sie konnten die Police nicht finden?«

»Es gibt keine Police.«

»Die Leute lügen manchmal, was ihren Versicherungsschutz angeht«, sagte ich. »Sie denken sich nichts weiter dabei, weil sie nicht damit rechnen, daß sie sterben müssen. Vermutlich wollte er

Sie damit nur beruhigen. Und sind Sie wirklich ganz sicher, daß die Police nicht existiert? Vielleicht sollten Sie sich mal bei seiner Bank erkundigen.«

»Es gibt keine Police«, sagte sie. »Und es gibt keine Bank.«

»Wie meinen Sie das?«

»Ich meine, es gibt keine Hypothek. Die Wohnung gehört mir, ohne irgendwelche Belastungen. Glenn hat nie eine Hypothek aufgenommen. Er hat die Wohnung bar bezahlt.«

»Vielleicht war es das, was er gemeint hat: daß keine Belastungen auf dem Besitz sind.«

»Nein, er hat sich völlig unmißverständlich ausgedrückt und mir genau erklärt, was das für eine Police ist und wie das Ganze funktioniert. Die Versicherungssumme würde im selben Umfang niedriger, in dem auch die Hypothekenbelastung von Jahr zu Jahr geringer wurde. Er hat mir alles bis ins kleinste erklärt, und es war alles reine Erfindung. Er war natürlich versichert, er hatte eine Betriebsrente und eine private Lebensversicherung, und für beide war ich die einzige Begünstigte. Aber er hatte ebensowenig eine Risikolebensversicherung zur Deckung der Hypothek, wie er je eine Hypothek aufgenommen hatte.«

»Demnach hat sich um die Familienfinanzen Ihr Mann gekümmert.«

»Natürlich. Wenn ich nämlich den ganzen Finanzkram gemacht hätte …«

»Hätten Sie gemerkt, daß keine Abschlagszahlungen für die Hypothek fällig waren.«

»Er hat sich um alles gekümmert.« Sie wollte noch mehr sagen, hielt aber inne und stand auf, um ans Fenster zu gehen. Es war inzwischen völlig dunkel, und man konnte die Sterne sehen. Über New York kann man sie selbst an klaren Tagen nicht immer sehen, wegen der Luftverschmutzung. Aber jetzt funkelten sie nur so, dank der kanadischen Luft.

Sie sagte: »Ich weiß nicht, ob ich Ihnen das erzählen soll.«

»Mir was erzählen?«

»Ich würde gern wissen, ob ich Ihnen vertrauen kann.« Sie drehte sich um und sah mich mit ihren großen, blauen Augen an. Sie machten einen recht vertrauensvollen Eindruck. Es war herzlich wenig Berechnung in ihrem Blick. »Ich würde Sie gern engagieren, aber Sie haben ja schon einen Klienten.«

»Glauben Sie, Ihre Interessen laufen den seinen zuwider?«

»Ich weiß nicht, was meine Interessen sind.«

Ich wartete auf mehr. Als sie nicht weitersprach, fragte ich sie, wie es ihrem Mann möglich gewesen sei, die Wohnung bar zu bezahlen.

»Das weiß ich nicht«, sagte sie. »Er hatte nach dem Tod seiner Eltern Geld geerbt, und damit hat er die Anzahlung geleistet. Hat er gesagt.«

»Vielleicht hat er genügend geerbt, um keine Hypothek aufnehmen zu müssen.«

»Vielleicht.«

»Und vielleicht hat er Ihnen nichts davon erzählt, weil er Sie nicht wissen lassen wollte, daß Sie mit einem reichen Mann verheiratet waren. Manche reichen Leute sind so, aus Angst, sie könnten nur wegen ihres Geldes geliebt werden. Und falls die Diskrepanz zwischen Ihrem Nettowert und seinem zu groß war ...«

»Meiner war etwa einen Dollar achtundneunzig.«

»Das wäre doch eine mögliche Erklärung.«

»Aber wo ist dann das Geld? Wenn er so reich war, wo sind dann die Bankkonten, die Pfandbriefe und Aktien? Bisher ist noch nichts dergleichen aufgetaucht. Na schön, da sind die Versicherungspolicen, von denen ich Ihnen erzählt habe, und ein paar tausend Dollar auf einem Girokonto, aber damit hat sich's.«

»Es könnte andere Möglichkeiten geben, von denen Sie nichts wissen. Er könnte ein Bankschließfach gehabt haben oder Konten bei einer Investmentgesellschaft oder was es da sonst noch alles gibt. Wenn in den nächsten paar Monaten kein Geld auftaucht, fände ich das zwar auch etwas eigenartig, aber so lange wird es auf jeden Fall dauern, bis herauskommt, wieviel tatsächlich da war.«

»Etwas Geld ist bereits aufgetaucht.«

»Aha.«

Sie holte tief Luft, ließ sie entweichen und traf eine Entscheidung. Sie verschwand in ein anderes Zimmer und kam kurz darauf mit einer Geldkassette von der Größe eines Schuhkartons zurück.

»Das habe ich im Schrank gefunden«, sagte sie. »Erst vor ein paar Tagen. Ich dachte, ich sollte vielleicht seine Sachen durchsehen und seine Kleider an Goodwill weitergeben. Und bei dieser Gelegenheit habe ich das da im obersten Regal gefunden. Da ich die Kombination nicht wußte, habe ich die Kassette mit Hammer und Schraubenzieher aufzubrechen versucht. Doch dann merkte ich, daß es nur eine dreistellige Kombination war. Es konnte also nur tausend Möglichkeiten geben, und wenn ich mit drei Nullen anfing und alle Zahlen bis neunhundertneunundneunzig durchmachte – na ja, wie lange konnte das schon dauern? Und zu tun hatte ich ohnehin nichts. Als ich dann die Nummer hatte, fing ich zu weinen an, weil es eins-eins-fünf war, und das ist unser Hochzeitstag. Elfter Mai, elf-fünf. Ich sah auf die Kombination und fing zu weinen an, und weinend klappte ich den Deckel hoch.«

»Was war drin?«

Statt einer Antwort machte sie sich an der Kombination zu schaffen und öffnete die Kassette. Sie war etwa zur Hälfte mit gebündelten Geldscheinen voll. Diejenigen, die ich sehen konnte, waren lauter Hunderter.

»Eigentlich hatte ich mit Wertpapieren und persönlichen Unterlagen gerechnet«, sagte sie. »Aber nach dieser Vorgeschichte haben Sie sich vermutlich schon gedacht, was kommen würde.«

»Nicht unbedingt.«

»Was hätte sonst noch drin sein können?«

Alles mögliche, dachte ich. Ein geheimes Tagebuch. Ein Drogenvorrat, zum Verkauf oder zum persönlichen Gebrauch. Pornographie. Eine Waffe. Tonbänder. Firmengeheimnisse. Liebesbriefe, alt oder neu. Familienschmuck. Alles mögliche.

»Geld ist jedenfalls am wahrscheinlichsten«, sagte ich.

»Ich hab's gezählt. Es sind knapp dreihunderttausend Dollar.«

»Und kein Hinweis, woher das Geld stammt?«

»Nein.«

»Ich glaube nicht, daß das der Rest von seinem Erbe ist.«

»Ich bin mir nicht mal sicher, ob es dieses Erbe überhaupt gibt. Ich weiß so wenig über Glenn, daß nicht mal auszuschließen ist, daß seine Eltern noch leben. Matt, ich habe Angst.«

»Hat jemand versucht, Sie in irgendeiner Weise zu bedrohen oder einzuschüchtern?«

»Wie meinen Sie das?«

»Irgendwelche seltsamen Anrufe?«

»Nur Reporter. Dafür aber von denen um so mehr. Wer hätte sonst noch anrufen sollen?«

»Jemand, der sein Geld zurückwill.«

»Sie meinen, Glenn hat es gestohlen?«

»Ich weiß nicht, wie er es bekommen hat oder woher er es hatte oder wie lange er es hatte. Jedenfalls würde ich es an Ihrer Stelle auf keinen Fall noch länger in der Wohnung aufbewahren.«

»Der Gedanke ist mir auch schon gekommen. Bloß weiß ich nicht, wo ich es hinbringen soll.«

»Haben Sie kein Schließfach?«

»Nein. Weil ich nie etwas hatte, was so wertvoll war, daß ich es hätte wegschließen müssen.«

»Jetzt haben Sie was.«

»Aber was ist, wenn es zu einer Steuerprüfung kommt?«

»Da haben Sie natürlich recht. Egal, woher das Geld stammt, es ist kaum anzunehmen, daß es Ihr Mann versteuert hat. Falls also das Finanzamt mit einer Steuerprüfung ankommt, können sie sich mit einer gerichtlichen Genehmigung Einblick in alle Schließfächer verschaffen, die auf Ihrer beider Namen eingetragen sind.«

»Haben Sie ein Schließfach? Könnten Sie es für mich aufbewahren?«

Ich schüttelte den Kopf. Vor ein paar Minuten war sie noch unschlüssig gewesen, ob sie mir überhaupt davon erzählen sollte. Jetzt wollte sie mir das Geld anvertrauen. »Das halte ich für keine sehr gute Idee«, sagte ich. »Haben Sie einen Anwalt?«

»Eigentlich nicht. Ich war mal drüben am East Broadway bei einem, als ich Probleme mit meinem damaligen Vermieter hatte, aber ich kenne ihn so gut wie gar nicht.«

»Ich könnte Ihnen jemanden empfehlen. Er ist zwar auf der anderen Seite der Brooklyn Bridge, aber ich glaube, der weite Weg lohnt sich. Ich kann Ihnen seine Nummer geben, oder wenn Sie wollen, kann ich ihn auch für Sie anrufen.«

»Könnten Sie das für mich tun?«

»Gleich morgen früh. Er wird Sie mit Sicherheit gut beraten, und wahrscheinlich kann er auch Ihr Geld in seinem Safe aufbewahren. Dort ist es bestimmt sicherer als in Ihrem Schrank, und ich glaube auch, daß in diesem Fall das Anwaltsgeheimnis greifen würde. Das müßte ich ihn allerdings zur Sicherheit vorher noch fragen.«

»Und bis dann?«

»Bis dann kann es in Ihrem Schrank bleiben. Dort war es bis jetzt sicher, und ich werde niemandem erzählen, daß es dort ist.«

»Ich bin froh, wenn ich es endlich weg habe«, sagte sie. »Mir ist schon die ganze Zeit, seit ich es gefunden habe, nicht mehr recht wohl.«

»Mich würde so was auch nervös machen«, sagte ich. »Es ist eine Menge Geld. Aber ich finde nicht, daß Sie es Goodwill geben sollten.«

13

»Weißt du«, sagte Mick, »meine Mutter hat immer behauptet, ich hätte das zweite Gesicht, und manchmal glaube ich tatsächlich, die gute Frau hatte recht. Eben dachte ich noch, ich sollte dich mal wieder anrufen. Und da bist du schon.«

»Eigentlich wollte ich nur kurz telefonieren«, sagte ich.

»Was du nicht sagst. Als ich noch ein kleiner Junge war, hat über uns eine Frau gewohnt, die hat mich jeden Tag zu Featherstone an der Ecke geschickt, damit ich ihr einen Eimer Bier hole. So haben sie es damals verkauft, eimerweise. Es war ein kleiner verzinkter Eimer. Für einen Dollar haben sie ihn ihr vollgemacht, und mir hat sie fürs Holen einen Quarter gegeben.«

»Und so hast du angefangen.«

»Ich hab die Quarter gespart und gut angelegt. Und jetzt schau mal, wo ich heute bin. Nein, leider muß ich gestehen, ich hab das ganze Geld für Süßigkeiten ausgegeben. Eine fürchterliche Naschkatze war ich damals.« Er schüttelte den Kopf über die Erinnerung. »Aber die Pointe der Geschichte ist –«

»Ach, sie hat eine?«

»– glaubst du, die Frau hätte zugegeben, daß sie das Bier getrunken hat? ›Sei ein guter Junge, Mickey, und lauf doch mal schnell für mich zu Featherstone, weil ich mir die Haare waschen muß.‹ Irgendwann habe ich dann meine Mutter gefragt, wie es kommt, daß sich Mrs. Riley das Haar mit Bier wäscht. Und meine Mutter darauf: ›Ist wohl eher ihr Bauch, den sie damit wäscht. Denn wenn sich Biddie Riley mit jedem Eimer Bier, den sie sich gekauft hat, die Haare gewaschen hätte, hätte sie sich längst das letzte Haar vom Kopf gewaschen.‹«

»Und das ist die Pointe von der Geschichte?«

»Die Pointe ist, sie wollte das Bier nur zum Haarespülen, und du bist nur hier, um das blöde Telefon zu benutzen. Hast du denn auf deinem Zimmer kein Telefon?«

»Du hast mich durchschaut. Eigentlich bin ich nur hier, um mir die Haare waschen und legen zu lassen.«

Er klopfte mir auf die Schulter. »Wenn du telefonieren mußt, nimm den Apparat in meinem Büro. Oder willst du, daß alle Welt mithört?«

Es waren drei Männer an der Bar und einer dahinter. Im hinteren Teil spielten Andy Buckley und ein Mann, den ich nur vom Sehen kannte, Darts, und zwei oder drei Tische waren besetzt. Es hätte also nicht alle Welt mitgehört, wenn ich den Münzapparat an der Wand benutzt hätte. Trotzdem nahm ich sein Angebot gern an.

Sein Büro war ein großer Raum mit einem Eichenschreibtisch und einem dazupassenden Stuhl und einem grünen Aktenschrank. Auch einen riesigen Mosler-Safe gab es, sicher mindestens genauso stabil wie der in Drew Kaplans Kanzlei, aber nicht durch das Anwaltsgeheimnis geschützt. An den Wänden hingen mehrere handkolorierte Stahlstiche in schlichten schwarzen Rahmen. Bei denen über dem Schreibtisch handelte es sich um Landschaften aus dem Westen Irlands, wo die Vorfahren seiner Mutter herkamen. Die über dem alten Ledersofa zeigten Ansichten aus Südfrankreich, wo sein Vater herstammte. Das Telefon auf dem Schreibtisch hatte noch eine Wählscheibe, was aber nichts ausmachte, weil ich nicht TJs Piepser anrufen wollte. Ich rief Jan an, und zur Abwechslung bekam ich tatsächlich sie dran und nicht ihren Anrufbeantworter. Mit verschlafener Stimme sagte sie hallo.

»Entschuldige«, sagte ich. »Ich wußte nicht, daß es schon zu spät ist, um dich anzurufen.«

»Ist es auch nicht. Ich habe gelesen und bin über dem Buch eingenickt. Ich bin sogar froh, daß du anrufst. Ich habe über unser Gespräch neulich nachgedacht.«

»Aha.«

»Mir sind im nachhinein Bedenken gekommen, ob ich unsere Freundschaft nicht etwas überstrapaziert habe.«

»Inwiefern?«

»Indem ich dich in diese dumme Situation gebracht habe. Indem ich dich um etwas gebeten habe, wozu ich eigentlich kein Recht habe.«

»Ich hätte schon was gesagt.«

»Wirklich? Ich weiß nicht. Vielleicht, vielleicht auch nicht. Könnte doch sein, daß du dich mir verpflichtet fühlst. Jedenfalls habe ich dich angerufen, um dir noch mal eine Chance zu geben.«

»Was zu tun?«

»Mir zu sagen, ich kann dich mal.«

»Das ist doch Unsinn«, sagte ich. »Außer, du hast es dir anders überlegt.«

»Du meinst, wegen des –«

»Gegenstands.«

»Der Gegenstand. Aha. So nennen wir ihn also?«

»Am Telefon, ja.«

»Verstehe. Nein, ich hab's mir nicht anders überlegt. Ich will den Gegenstand immer noch haben.«

»Wie sich gezeigt hat, ist er doch nicht ganz so einfach zu beschaffen, wie ich ursprünglich dachte. Aber ich bleibe dran.«

»Ich wollte dich nicht zur Eile drängen. Ich wollte dir nur eine elegante Ausstiegsmöglichkeit anbieten, falls du das möchtest. Das ist ja schließlich auch, worum es bei dem Ganzen geht.«

»Worum?«

»Um eine elegante Ausstiegsmöglichkeit.«

Ich fragte sie, wie es ihr ging.

»Nicht schlecht«, sagte sie. »War ein herrlicher Tag heute. Deshalb war ich nie zu Hause, wenn du angerufen hast. Ich habe es einfach nicht in der Wohnung ausgehalten. Ich liebe den Oktober, aber das tut wahrscheinlich jeder.«

»Jeder mit einem Funken Verstand im Kopf.«

»Und du, Matthew? Wie geht's dir?«

»Gut. Bin nur plötzlich sehr beschäftigt, aber so ist das bei mir nun mal. Erst habe ich eine Ewigkeit überhaupt nichts zu tun, und dann kommt plötzlich alles auf einmal.«

»So magst du es doch.«

»Kann schon sein, aber es wird ganz schön hektisch. Jedenfalls, ich habe dich nicht vergessen. Ich kümmere mich darum.«

»Und?« fragte Mick. »Worauf soll ich bei meiner nächsten Telefonrechnung achten? Hast du mit China telefoniert?«

»Nur mit Tribeca.«

»Es gibt Leute, für die das Ausland ist. In den Telefongebühren schlägt es sich aber nicht nieder. Du bleibst doch noch ein bißchen, oder? Burke hat gerade frischen Kaffee aufgesetzt.«

»Im Moment bitte keinen Kaffee.«

»Dann eine Cola?«

»Vielleicht ein Club Soda.«

»Bei Gott, mit dir auszugehen kommt wirklich nicht teuer. Setz dich. Ich hol uns was.«

Er brachte seine eigene Flasche zwölf Jahre alten Jameson und das Waterford-Glas, aus dem er immer trank, und für mich hatte er ein Stielglas und eine Flasche Perrier. Ich wußte gar nicht, daß er das Zeug überhaupt führte. Jedenfalls konnte ich mir nicht vorstellen, daß es viele seiner Gäste verlangten oder auch nur wußten, wie man es aussprach.

»Aber allzulange bleibe ich nicht«, sagte ich. »Für einen Marathon bin ich nicht in Form.«

»Ist irgendwas? Irgendwelche Probleme?«

»Es geht mir gut, aber ich arbeite an einem Fall, der langsam auf Touren kommt. Ich möchte morgen früh anfangen.«

»Ist das alles? Du siehst so niedergeschlagen aus.«

Ich überlegte. »Bin ich wahrscheinlich auch.«

»Ach.«

»Eine Frau, die ich kenne, ist sehr krank.«

»Sehr krank, sagst du?«

»Bauchspeicheldrüsenkrebs. Er ist unheilbar, und es sieht so aus, als hätte sie nicht mehr lange zu leben.«

Vorsichtig fragte er: »Kenne ich sie?«

Ich mußte überlegen. »Ich glaube nicht. Als ich dich kennengelernt habe, hatten wir uns bereits getrennt. Wir kamen zwar auch weiter noch ganz gut miteinander aus, aber ich habe sie sicher nie hierher mitgebracht.«

»Gott sei Dank«, sagte er sichtlich erleichtert. »Für einen Moment hast du mir einen ganz schönen Schreck eingejagt.«

»Wieso? Ach so, du dachtest, ich rede von –«

»Von ihr höchstpersönlich.« Er schien nicht bereit, Elaines Namen in so einem Zusammenhang in den Mund zu nehmen. »Wovor Gott uns behüte. Ihr geht's also gut?«

»Ja. Sie läßt dich übrigens grüßen.«

»Und du, grüß sie auch schön von mir. Aber das mit der anderen ist ganz schön schlimm. Sie hat nicht mehr lange zu leben, hast du gesagt?« Er goß sein Glas voll, hielt es gegen das Licht. Es hatte eine schöne Farbe. »Ich weiß nie, was man jemand in so einem Fall wünschen soll. Manchmal ist es besser, wenn es schnell vorbei ist.«

»Das hätte sie auch gern.«

»Ja?«

»Und zum Teil ist das vermutlich der Grund, warum ich so bedripst dreinschaue. Sie hat sich in den Kopf gesetzt, daß sie sich erschießen möchte. Und ich bin derjenige, der ihr eine Waffe besorgen soll.«

Ich weiß nicht, was ich erwartet hatte, aber mit Sicherheit nicht das schockierte Gesicht, das er machte. Er fragte, ob ich das tun wolle, und ich bejahte es.

»Du bist nicht katholisch erzogen worden«, sagte er. »Ich schleppe dich zwar ständig zur Messe mit, aber du bist nicht katholisch.«

»Na und?«

»Ich könnte das auf keinen Fall tun. Beihilfe zum Selbstmord? Ich bin zwar ein schlechter Katholik, aber dazu wäre ich nicht imstande. Bei Selbstmord kennt die Kirche kein Pardon, weißt du?«

»Das kennt sie auch bei Mord nicht, oder? Wenn ich mich nicht täusche, gibt es dafür sogar ein eigenes Gebot.«

»›Du sollst nicht töten.‹«

»Aber vielleicht sehen sie das inzwischen nicht mehr so eng. Oder es wurde zusammen mit der lateinischen Messe und dem Verbot, am Freitag Fleisch zu essen, abgeschafft.«

»Sie sehen das immer noch so eng«, sagte er. »Und ich habe schon Menschen getötet. Das weißt du.«

»Ja.«

»Ich habe Leben genommen, und wahrscheinlich werde ich sterben, ohne meine Sünden gebeichtet zu haben, und genauso wahrscheinlich werde ich dafür in der Hölle braten. Aber sich selbst das Leben nehmen ist noch mal was anderes.«

»Warum? Ich habe das nie eingesehen. Man tut niemandem was zuleide außer sich selbst.«

»Die Sache ist, daß du Gott wehtust.«

»Inwiefern?«

»Indem du dir anmaßt, besser zu wissen als er, wie lange du leben solltest. Du gehst praktisch hin und sagst: ›Vielen Dank, daß du mir das Leben geschenkt hast, aber hier hast du's wieder, steck's dir in den Arsch.‹ Du begehst die eine Sünde, die nicht ungeschehen gemacht werden kann und die auch nicht gebeichtet werden kann, weil du nicht mehr da bist, um sie zu beichten. Aber ich bin kein Theologe, ich kann das nicht gescheit erklären.«

»Ich glaube, ich weiß, was du meinst.«

»Ja? Wahrscheinlich hättest du katholisch erzogen werden müssen, um es zu verstehen. Deine Freundin ist nicht katholisch?«

»Nicht mehr.«

»Sie wurde katholisch erzogen? Es gibt nur wenige, die sich davon wirklich freimachen, kann ich dir sagen. Hat sie keine Probleme mit dem, was sie vorhat?«

»Natürlich hat sie Probleme damit.«

»Aber sie ist trotzdem fest entschlossen?«

»Aller Wahrscheinlichkeit nach wird es im Endstadium sehr schlimm. Und das möchte sie sich ersparen.«

»Das möchte jeder. Aber gibt es denn nichts, was sie ihr gegen die Schmerzen geben könnten?«

»Sie will nichts nehmen.«

»Warum denn nicht, Herrgott noch mal? Und außerdem, notfalls könnte sie immer noch ein bißchen zuviel nehmen. In dem Zustand ist man doch meistens sowieso schon halb weggetreten. Da kann es ohne weiteres passieren, daß man aus Versehen die ganze Ladung nimmt und: finito la musica.«

»Ist das etwa kein Selbstmord? Die schlimmste Sünde von allen, wie du mir eben des langen und breiten erklärt hast?«

»Aber du wärst zum fraglichen Zeitpunkt nicht mehr im Vollbesitz deiner geistigen Kräfte. Wenn du nicht mehr ganz klar im

Kopf bist, wiegt es nicht mehr so schwer. Außerdem, glaubst du, Gott würde nicht mal ein Auge zudrücken, wenn du ihm wenigstens eine kleine Chance läßt?«

»Glaubst du das, Mick?«

»Ja. Aber wie gesagt, ich bin kein Theologe. Doch Theologie mal beiseite, sind Tabletten nicht leichter zu beschaffen als eine Kanone? Und ist es nicht auch ein sanfterer Tod?«

»Wenn du es richtig machst, auf jeden Fall. Aber das machen nicht alle richtig. Manche ersticken an ihrem eigenen Erbrochenen. Aber das ist nicht der Grund, warum sie lieber eine Kanone haben möchte.«

Ich erklärte ihm, warum Jan möglichst nüchtern bleiben wollte und warum deshalb für sie keine Medikamente in Frage kamen, sei es, um ihre Schmerzen zu lindern, oder um ihr zu einem eleganten Abgang zu verhelfen. Während er mir aufmerksam zuhörte, lag über seinen grünen Augen erst ein ungläubiger, dann ein nachdenklicher Ausdruck.

Er überlegte eine Weile, schenkte sich nach und sagte schließlich: »Ihr Leute nehmt eure Sache sehr ernst.«

»Nicht alle von uns würden sich so entscheiden wie Jan. Die meisten würden was gegen die Schmerzen nehmen, und ich weiß nicht, wie viele in einer Schußwaffe eine nüchternere Ausstiegsmöglichkeit sehen würden als in einer Handvoll Seconal. Aber ansonsten, ja; man kann schon sagen, daß wir das Nüchternsein sehr ernst nehmen.«

»So ernst, wie mein Verein Selbstmord nimmt.« Er trank und sah mich über sein Glas hinweg an. »Darf ich dich mal was fragen? Was würdest du an ihrer Stelle tun?«

»Das weiß ich nicht. Ich stecke nicht in ihrer Haut, und deshalb kann ich unmöglich sagen, was ich an ihrer Stelle täte. Ich glaube, ich würde Schmerzmittel nehmen, aber andererseits hätte ich am Schluß gern einen klaren Kopf. Was Selbstmord grundsätzlich angeht, also, ich glaube nicht, daß ich's tun würde. Aber wer kann das schon sagen? Ich stecke nicht in ihrer Haut.«

»Und ich auch nicht, Gott sei Dank. Und genauso froh bin ich, nicht in deiner zu stecken.«

»Was würdest du tun, Mick?«

»Tja, das ist eine gute Frage. Wenn ich sie lieben würde, wie könnte ich ihr dann ihre Bitte abschlagen? Doch andererseits, wie könnte ich ihr so einen schrecklichen Gefallen tun? Sie tut mir wirklich leid, aber ich bin froh, daß sie mich nicht gefragt hat.«

»Und wenn ich derjenige wäre, der dich darum bittet?«

»Mein Gott, was für eine Frage. Das tust du doch nicht, oder? Ich meine, mich darum bitten?«

»Nein«, sagte ich. »Natürlich nicht.«

Wir unterhielten uns über andere Dinge, aber nicht lange. Ich brach ziemlich früh auf.

Auf dem Heimweg dachte ich über Lisa Holtzmann und das Geld nach, das sie mir gezeigt hatte. Ich überlegte, woher es kam und was weiter damit geschehen sollte.

Hatte Kaplan überhaupt einen Safe in seiner Kanzlei? Ich fand, daß er eigentlich einen haben müßte, daß jeder Anwalt einen haben mußte. Ich hoffte, er war einigermaßen groß – und so sicher wie Micks riesiger alter Mosler.

Ich hatte den Mosler schon mehr als einmal offen gesehen. Ich kannte auch ein paar der Dinge, die er normalerweise enthielt. Geld natürlich, amerikanisches und fremde Währungen. Aufzeichnungen über seine Darlehen – Geld, das er auf der Straße für sich arbeiten ließ, das Wucherzinsen brachte und das notfalls mit Gewalt oder unter Androhung von Gewalt eingetrieben wurde. Gelegentlich auch Wertgegenstände: Uhren, Schmuck, vermutlich gestohlen.

Und natürlich Waffen. Er hatte immer ein paar Waffen im Safe. Hin und wieder brauchte ich eine Schußwaffe, und bisher hatte er mir immer eine geliehen, ohne zu fragen oder Geld dafür zu nehmen. Als ich in seinem Büro gesessen war und mit dem Apparat mit der altmodischen Wählscheibe telefoniert hatte, hatte ich den Safe angesehen und gedacht, daß ich die Waffe von Mick kriegen könnte.

Er hätte sie mir gegeben, ohne eine Frage zu stellen. Aber jetzt mußte ich sie mir woanders besorgen.

Denn jetzt wußte er, wofür ich sie brauchte. Vermutlich hätte er sie mir trotzdem gegeben, aber ich hätte mich an unserer Freundschaft versündigt, wenn ich ihn darum gebeten hätte. Und das ist etwas, was ich sehr ernst nehme. Wie Nüchternheit oder Selbstmord.

14

Die Verlagsräume von Waddell & Yount befanden sich im achten Stock eines zwölfstöckigen Gebäudes an der Kreuzung von Nineteenth und Broadway. Das Erdgeschoß teilten sich zwei Läden, ein Fotogeschäft und eine Schreibwarenhandlung. Auf dem Stockwerkplan in der Eingangshalle standen unter anderem eine Firma für Deko- und Werbeartikel und ein Umweltschutzmagazin. In der Etage direkt unter Waddell & Yount war eine Discountfirma für Herrenbekleidung, deren Bestände sich vorwiegend aus Ausschußware und aufgekauften Konkursmassen zusammensetzten.

Das Gebäude war alt, und die Büros von Waddell & Yount waren schon länger nicht mehr renoviert worden. Der Teppichboden war braun und abgetreten, und das Mobiliar bestand aus zerschrammten Ein-Meter-fünfzig-Holzschreibtischen mit dazupassenden Drehstühlen und aus Mahagonibücherschränken mit Glasschiebetüren. Als Deckenbeleuchtung dienten nackte Glühbirnen in grünen Metallschirmen. Insofern war die Einrichtung absolut stilecht. Lediglich die moderne Technologie paßte nicht in das sonst so stimmige Bild. Auf den alten Schreibtischen standen Computer und Tastentelefone, und hier und da war ein Fax oder ein Kopiergerät zu sehen. Aber mindestens eine Person hielt noch an einer altmodischen Schreibmaschine fest. Ich konnte sie klappern hören, als ich Eleanor Yount durch ein Labyrinth von Abteilen in ihr Büro folgte.

Sie war eine gutaussehende Frau Anfang Sechzig, mittlerweile ein bißchen in die Breite gegangen, mit stahlgrauem Haar und wachen blauen Augen. Am Revers ihres marineblauen Kostüms hatte sie eine Kameebrosche, am linken Ringfinger einen diamantenbesetzten Goldring. Als ich um zehn Uhr vormittags wegen eines Termins angerufen hatte, hatte sie gesagt, ich solle in einer Stunde vorbeikommen. Ich hatte mich in aller Ruhe auf den Weg gemacht und unterwegs eine Tasse Kaffee getrunken, und jetzt war es elf, und sie nahm an ihrem Schreibtisch Platz und deutete auf einen Stuhl für mich.

Sie sagte: »Komische Sache. Nachdem ich mit Ihnen telefoniert hatte, kamen mir plötzlich Bedenken, ob ein solches Gespräch rechtlich überhaupt zulässig ist. Und als ich mich deshalb erkundigen wollte, war mein erster Gedanke, Glenn zu fragen.« Sie lächelte freundlich. »Aber das ist ja nun nicht mehr möglich. Ich rief also meinen Privatanwalt an und schilderte ihm die Situation. Er gab mir zu verstehen, da ich weder etwas zu verbergen noch zu enthüllen hätte, brauchte ich mir keine Sorgen zu machen, daß ich mich einer Indiskretion schuldig machen könnte.« Sie griff nach einem Bleistift. »Damit wären wir also bereits bei der guten und bei der schlechten Nachricht, Mr. Scudder. Ich darf zwar mit Ihnen sprechen, aber ich fürchte, ich habe Ihnen so gut wie nichts zu sagen.«

»Wie lange hat Glenn Holtzmann für Sie gearbeitet?«

»Etwas über drei Jahre. Ich habe ihn kurz nach dem Tod meines Mannes eingestellt. Howard starb im April, und ich glaube, Glenn fing hier in der ersten Juniwoche an. Ich hatte das Einstellungsgespräch mit ihm unmittelbar vor der ABA. Das ist die jährliche Verlegertagung, sie findet immer am Memorial-Day-Wochenende statt.« Sie drehte den Bleistift in ihrer Hand. »Mein Mann war sein eigener Firmenanwalt. Er hatte an der Columbia Law School Jura studiert und war Mitglied der Anwaltskammer und folglich in der Lage, Verträge zu lesen.«

»Und nach Mr. Younts Tod –«

»Mr. Waddell«, berichtigte sie mich. »Zu Hause waren wir Mr. und Mrs. Waddell, aber hier waren wir Mr. Waddell und Ms. Yount. Lange war es natürlich Miß Yount, bevor Ms. aufkam. Zu Howards großem Mißfallen, sollte ich vielleicht hinzufügen, aber keineswegs aus männlichem Chauvinismus. Er konnte sich bloß nicht für eine Abkürzung erwärmen, die keine Abkürzung von irgendwas ist.« Ihr Blick heftete sich auf einen Punkt hinter meiner linken Schulter. Vermutlich folgte er dem Lauf der Jahre in die Vergangenheit zurück. »Wir sind hier eingezogen, als Eisenhower Präsident war. Und wir hatten nur halb soviel Platz, weil wir uns die Etage mit einem gewissen Morrie Kelton teilten. Morrie war Agent für Tanzkapellen, Stripperinnen, drittklassige Varietékünstler und dergleichen. Hier gingen die schrägsten Vögel von ganz New York ein und aus. Haben Sie *Broadway Danny Rose* gesehen? Wir mußten bei dem Film spontan an Morrie denken. Was wohl aus ihm geworden ist? Wahrscheinlich lebt er schon lange nicht mehr. Er müßte inzwischen an die neunzig sein.«

In der Ferne klapperte die Schreibmaschine. »Morrie Kelton«, fuhr sie fort, »war ein kleiner Mann, rabiat und knallhart, aber trotzdem hatte er was Sympathisches. Haben Sie eine Lesebrille, Mr. Scudder?«

»Wie bitte?«

»Sie sind in dem Alter, in dem man eine braucht. Tragen Sie beim Lesen eine Brille?«

»Nein. Ich könnte zwar eine brauchen, aber ich komme auch ohne zurecht. Solange die Beleuchtung nicht zu schlecht ist.«

»Dann zählen Sie vermutlich nicht zu unserem Kundenkreis. Wenn Sie keine Lesebrille brauchen, kaufen Sie wahrscheinlich auch keine Großdruckausgaben.«

»Noch nicht.«

»Sie haben viel Geduld mit mir«, sagte sie. »Mich meinen Erinnerungen nachhängen zu lassen und sich meine impertinenten Fragen gefallen zu lassen. Ich frage nur deshalb, weil ich gerade an die Anfänge des Verlags denken mußte. Als ich Howard Waddell kennenlernte, setzte er bei Newbold Brothers die Verträge auf und verkaufte Nebenrechte. Das ist ein kleiner Verlag, der vor ein paar Jahren von Macmillan geschluckt wurde; aber als sich Howard selbständig machte, ging es ihnen noch sehr gut. Und wissen Sie, wie er darauf kam?«

»Wie?«

»Durch seine Altersweitsichtigkeit. Bei Feindruck kniff er die Augen zusammen, die Zeitung hielt er auf Armeslänge von sich, und Taschenbücher versuchte er erst gar nicht zu lesen, weil sie zu klein gedruckt waren. Eine Woche nachdem er seine erste Lesebrille bekam, sah er sich nach Büroräumen um. Einen Monat später hatte er den Mietvertrag hier unterschrieben und bei Newbold gekündigt.

Ich arbeitete dort als Assistentin in der Herstellung und schlug mich Tag für Tag mit den Druckern herum, während ich davon träumte, der nächste Maxwell Perkins zu werden und einen frischen Funken in das neueste literarische Freudenfeuer zu fächeln. ›Ellie‹, sagte er. ›Es wird immer mehr alte Knacker mit schlechten Augen geben, und es gibt nichts zu lesen für sie. Wenn du mal von den dreißig und noch was Ausgaben der Bibel absiehst, sind nur noch *Die Macht des positiven Denkens* und *Das Buch Mormon* in Großdruckausgabe erhältlich. Wenn das nicht *die* Chance ist, dann muß mir erst jemand eine zeigen. Hättest du Lust, für mich zu arbeiten? Du wirst zwar nie einen richtigen Autor treffen oder Korrektur lesen müssen, und ich glaube auch nicht, daß wir je reich werden, aber auf jeden Fall werden wir eine Menge Spaß bei der Sache haben.‹«

»Und Sie sind bei ihm eingestiegen?«

»Ohne lange zu überlegen. Was hatte ich schon zu verlieren? Und wir *hatten* eine Menge Spaß, und im Lauf der Zeit sind wir sogar reich geworden. Zuerst allerdings nicht. Wir haben beide zwölf Stunden am Tag gearbeitet. Howard gab sein Apartment auf und schlief hier auf einer Couch; er meinte, auf diese Weise würde er sich die Miete und das Geld für den Bus und die eine Stunde Zeit sparen, die er jeden Tag für den Weg zur Arbeit brauchte. Er schleppte eine Kochplatte und einen kleinen Kühlschrank an, und wir aßen an unseren Schreibtischen. Jahrelang waren Bibliotheken unsere einzigen Kunden, und wir haben nur sehr wenigen etwas verkauft. Aber wir gaben nicht auf, und das Geschäft ging langsam besser.

Und natürlich verliebten wir uns. Es war richtig romantisch, weil jeder von uns insgeheim dachte, der andere würde seine Gefühle nicht erwidern, und deshalb waren wir schon ziemlich lange ineinander verliebt, bevor wir es uns schließlich gestanden. Aber dann holten wir die verlorene Zeit wieder rein, wenn man mal davon absieht, daß ich nicht glaube, daß das möglich ist. Was meinen Sie?«

Ich dachte an die Säuferjahre, die ausgebrannten Tage, die ausgeblendeten Nächte. Mir fiel Freddie Fenders Song »Wasted Days and Wasted Nights« ein. Aber waren sie wirklich vergeudet?

»Nein, ich glaube nicht, daß es so etwas wie vergeudete Zeit gibt.«

»Und wie eilig wir es hatten, alles nachzuholen! Eine Woche lang war er jede Nacht in meiner Wohnung. Ich hatte zwei kleine Zimmer in der East End Avenue. Im fünften Stock, ohne Lift, und Howard war damals schon Mitte Vierzig und nicht in der körperlichen Verfassung, daß er gern fünf Stockwerke hochgestiegen wäre. Genausowenig gefiel ihm, daß er morgens zur Arbeit den Bus nehmen und auch noch einmal umsteigen mußte. Nach einer Woche sagte er: ›Ellie, so kann das nicht weitergehen. Ich habe eben mit einem Makler gesprochen. Ich könnte eine ideale Wohnung in Gramercy Park haben. Zwei Schlafzimmer, tiefer gelegener Wohnraum, direkter Zugang zum Park. Wir können zu Fuß zur Arbeit gehen. Sieh sie dir doch mal an, ja? Ich verlasse mich ganz auf dein Urteil. Wenn du die Wohnung in Ordnung findest, sag ihm, wir nehmen sie.‹ Und fast als ob sich das von selbst verstünde, fügte er hinzu: ›Wir heiraten – und zwar ganz unabhängig davon, ob dir die Wohnung gefällt oder nicht.‹«

»Einfach so?«

»Einfach so. Wir änderten meinen Namen in Mrs. Howard Waddell, und wir änderten den Firmennamen in Waddell & Yount, und wir lebten dreißig Jahre miteinander. Mit dem Verlag sind wir nie umgezogen, wir nahmen bloß Morrie Keltons Räume dazu und mieteten das angrenzende Büro an, als es frei wurde. Inzwischen ist das eine gefragte Lage, alle möglichen Verlage ziehen hierher. Und wir sind immer noch hier, und ich wohne noch in Gramercy Park. Für mich allein ist die Wohnung zu groß, aber andererseits ist das Büro zu klein, also gleicht sich das gegenseitig aus. Entschuldigen Sie, Mr. Scudder, ich bin schon wieder abgeschweift.«

»Was Sie erzählt haben, war sehr interessant.«

»Dann ziehe ich meine Entschuldigung zurück. Glenn Holtzmann, Glenn Holtzmann. Er hat uns seine Bewerbungsunterlagen auf Anraten eines Freundes zugeschickt, der bei der Anwaltskanzlei beschäftigt war, an die wir uns in den seltenen Fällen wandten, in denen wir mit einem rechtlichen Problem nicht allein zurechtkamen. Sullivan, Bienstock, Rowan und Hayes, sie hatten ihre Kanzlei im Empire State Building, aber soviel ich weiß, existiert die Kanzlei nicht mehr. Ist ja auch nicht weiter wichtig, weil ich nicht mal den Namen von Glenns Freund dort weiß und auch glaube, daß er eine ziemlich untergeordnete Stellung hatte.

Glenn war damals arbeitslos. Er war in Westpennsylvania aufgewachsen, in Roaring Spring. Die nächste größere Stadt ist meines Wissens Altoona. Studiert hat er an der Penn State University. Nicht daß Sie denken, ich hätte das alles im Gedächtnis gehabt. Ich habe in den Unterlagen nachgesehen, nachdem ich mit Ihnen telefoniert hatte.«

»Ich habe mich schon gewundert.«

»Nach dem College arbeitete er ein paar Jahre in Altoona. Ein Onkel von ihm hatte eine Versicherungsagentur, und für ihn hat Glenn gearbeitet. Dann starb seine Mutter – sein Vater war bereits tot –, und mit dem Geld von ihrer Lebensversicherung und dem Erlös aus dem Verkauf des Hauses zog er nach New York, wo er an der New York Law School studierte. Wenn man das in einem Lebenslauf sieht, liest man es ganz automatisch als ›New York University Law School‹, obwohl da in Wirklichkeit ein gewaltiger Unterschied besteht. Trotzdem hat er sich dort wacker geschlagen und die Zulassungsprüfung beim ersten Mal bestanden. Er zog nach White Plains und arbeitete dort für eine kleine Anwaltskanzlei. Er meinte, die New Yorker Kanzleien würden niemanden einstellen, was aber wohl heißen sollte, sie stellten niemanden ein, in dessen Lebenslauf Penn State und New York Law standen.«

Es gefiel ihm jedoch nicht, in Westchester County zu leben und zu arbeiten, und so dauerte es nicht lange, und er ging zu einem Verlag in New York und arbeitete dort in der Rechtsabteilung. Als das Haus im Zuge einer unfreundlichen Übernahme von einem holländischen Konzern geschluckt und die ganze Rechtsabteilung aufgelöst wurde, stand er auf der Straße. Dann starb Howard Waddell, Glenn schickte eine Bewerbung, und bei Waddell & Yount sah man keine Notwendigkeit, noch jemand anderen zu einem Einstellungsgespräch einzuladen.

»Zuerst«, fuhr sie fort, »gab es nicht viel für ihn zu tun. Den überwiegenden Teil unserer Geschäfte wickeln wir mit amerikanischen Verlagen ab, mit denen wir schon jahrelang zusammenarbeiten. Unsere Verträge sind eindeutig und klar formuliert. Da wir ausschließlich bereits Veröffentlichtes nachdrucken, müssen wir uns keine Rechte sichern oder uns wegen möglicher Verleumdungsklagen Sorgen machen. Wir geben keine Originalwerke in Auftrag und müssen folglich auch keine Vorschüsse einklagen, wenn die Autoren keine Manuskripte abliefern. Sie sehen also, Glenn wurde eingestellt, um nur einen relativ kleinen Teil von Howards Aufgaben zu übernehmen.

Das heißt aber nicht, daß wir auf ihn hätten verzichten können. Wie soll ich Ihnen das am besten erklären?« Stirnrunzelnd suchte sie nach einem Beispiel. »Meine Sekretärin hat eine Schreibmaschine. Inzwischen hat sie natürlich auch einen Computer, den sie für fast alles benutzt. Aber ab und zu muß sie ein Formular ausfüllen, und das geht mit dem Computer nicht. Für den braucht man spezielles Papier. Wenn Sie also ein paar Zeilen auf anderem Papier, einem Formular zum Beispiel, getippt haben wollen, brauchen Sie eine Schreibmaschine. Oft vergehen Tage, ohne daß die Schreibmaschine zum Einsatz kommt, aber das heißt nicht, daß wir auf sie verzichten könnten.«

»Ich glaube, ich habe sie vorhin gehört.«

»Nein. Meine Sekretärin hat eine elektronische Schreibmaschine, die fast so leise ist wie ihr Computer. Was Sie gehört haben, ist eine alte Underwood, die sich anhört wie der Redaktionssaal in EXTRABLATT. Unsere Mitarbeiterin für Auslandsrechte besteht darauf, ihre Korrespondenz nur darauf zu schreiben und auf sonst nichts. Es ist ein schrecklicher alter Klapperkasten mit verbogenen Typen. Damit schreibt sie dann ihre unsäglichen, mit Korrekturen übersäten Briefe und faxt sie in alle Welt. Und wohlgemerkt, das ist eine junge Frau von achtundzwanzig, angeblich ein Kind des Computerzeitalters.« Sie seufzte. »Damit wollte ich keineswegs andeuten, Glenn hätte was Rückständiges gehabt, weil das wirklich nicht der Fall war. Aber wie die Schreibmaschine war er unersetzlich, wenn wir ihn brauchten. Aber das war, wie gesagt, nur ab und zu.«

»Was hat er in der Zwischenzeit gemacht?«

»Er hat viel gelesen. Seine Spezialgebiete waren Geschichte und Weltpolitik, und wir haben auf seine Empfehlung hin ein paar Bücher herausgebracht. Und er hat sich auch in anderen Gebieten eingearbeitet.« Sie kniff die Augen zusammen. »Als Glenn hier anfing, hatte ich das Gefühl, daß er das Zeug zu mehr hatte, als hier bloß den Rechtsberater zu spielen. Um genau zu sein, ich sah in ihm bereits meinen Nachfolger.«

»Tatsächlich?«

»Wenn Sie sich erinnern: Auch mein Mann war ursprünglich Jurist. Und ich dachte, Glenn könnte seine Stellung dafür nutzen, um sich mit allen Bereichen des Verlags vertraut zu machen. Nicht, daß ich schon vorhabe, in Pension zu gehen, aber in ein paar Jahren könnte das durchaus der Fall sein, vor allem, wenn ich einen geeigneten Nachfolger an der Hand hätte. Ich habe das Glenn gegenüber zwar nie so direkt gesagt, aber es hätte ihm eigentlich klar sein müssen. Jedenfalls hatte er einen Job mit Zukunft.«

»Aber er hat seine Chance nicht genutzt.«

»Nein. Eines der letzten Projekte meines Mannes war unser Großdruck-Buchclub. In der Anfangsphase des Clubs gab es eine Menge rechtlicher Fragen zu klären, und zuerst war Glenn auch mit Feuereifer bei der Sache. Auf lange Sicht war allerdings geplant, weitere Clubs für Leser mit speziellen Interessengebieten ins Leben zu rufen – Krimis, Science-fiction, Kochbücher. Das war ein Markt mit enormem Wachstumspotential, und Glenn hätte das Ganze nur zu seiner Sache machen müssen, er hätte bloß ein paar eigene Ideen einbringen müssen, anstatt sich bloß um die rein rechtlichen Belange zu kümmern. Aber diesen Schritt hat er nicht gemacht, und sechs oder acht Monate nachdem er bei uns angefangen hatte, wurde mir klar, daß er offensichtlich damit zufrieden war, ein kleiner Fisch in unserem kleinen Teich zu bleiben. Zuerst nahm ich an, daß er bei uns nur etwas Zeit absitzen wollte und auf eine Chance wartete, bei einer anderen Firma einzusteigen, einer Anwaltssozietät vermutlich. Aber die Zeit verging, und ich merkte, daß ich mich getäuscht hatte. Er war ganz zufrieden mit der Stellung, die er hatte. Das erklärte ich mir schließlich damit, daß er nicht besonders ehrgeizig war.«

»Waren Sie enttäuscht?«

»Ich glaube schon. Ich hatte in ihm bereits einen zweiten Howard Waddell gesehen, und das war er nun weiß Gott nicht. Und ich hatte mich auch mit dem Gedanken getragen, mich lieber früher als später aus dem Geschäftsleben zurückzuziehen. Wie allerdings jetzt die Dinge stehen, habe ich vor, die Zügel noch weitere fünf Jahre in der Hand zu behalten, und ich glaube, ich weiß auch schon, wer dann den Verlag von mir übernehmen wird.«

»Ihre Mitarbeiterin für Auslandsrechte«, sagte ich.

»Genau! Und bis dahin wird auch ihre Tipperei kein Hinderungsgrund mehr sein, weil sie nämlich bis dahin eine eigene Sekretärin haben wird. Aber jetzt verraten Sie mir bitte, woher Sie das wußten.«

»Das habe ich nur so geraten.«

»Von wegen. Das haben Sie nicht geraten. Sie waren sich absolut sicher. Woher haben Sie es gewußt?«

»Irgend etwas in Ihrer Stimme, als Sie über sie gesprochen haben. Etwas in Ihrem Blick.«

»Mehr nicht?«

»Nein.«

»Erstaunlich. *Sie* ahnt nicht, was ich mit ihr vorhabe, und das tut auch sonst niemand. Sie müssen sehr gut sein in Ihrem Job, Mr. Scudder. Ist das alles, was Sie tun? Mit Leuten reden und ihnen zuhören? Und dabei ihre Gesichter beobachten?«

»Das macht jedenfalls einen Großteil meiner Arbeit aus«, sagte ich. »Und es ist auch der Teil, den ich am liebsten mag.« Wir sprachen noch etwas über meine Arbeit, und dann erkundigte ich mich nach Glenn Holtzmanns Gehalt.

»Er bekam zwar jährlich eine Gehaltserhöhung«, sagte sie. »Aber trotzdem verdiente er wesentlich weniger, als ein Studienabgänger in einer großen Anwaltskanzlei bekommt. Natürlich ist das bei denen auch mit einer Siebzig- bis Achtzigstundenwoche verbunden, und ich habe Ihnen ja bereits gesagt, wie wenig Glenn bei uns zu tun hatte. Er hat genug verdient, um ganz passabel leben zu können. Er war alleinstehend, als er hier anfing, und als er dann geheiratet hat, war er vernünftig genug, sich eine Frau mit Geld zu suchen. Habe ich was Falsches gesagt?«

»Hat er Ihnen erzählt, seine Frau wäre reich?«

»Vielleicht nicht mit diesen Worten, aber das war der Eindruck, den ich gewann.«

»Sie ist Künstlerin und schlug sich als selbständige Illustratorin mehr recht als schlecht durch. Gewohnt hat sie in einem alten Mietshaus in der Lower East Side.«

»Das ist ja hochinteressant.«

»Er hat sie hier kennengelernt«, fuhr ich fort. »Sie kam her, um Ihrem Art Director Proben ihrer Arbeit zu zeigen, und bei dieser Gelegenheit ist Holtzmann auf sie aufmerksam geworden. Allem Anschein nach war das Ganze sehr romantisch, wenn auch auf ziemlich andere Art als das Werben Ihres Mannes.«

»Falls Werben dafür überhaupt das richtige Wort ist. Aber bitte, fahren Sie fort. Das ist ja richtig spannend.«

»Er hat sie im Sturm erobert. Einen Monat nachdem sie sich kennengelernt hatten, machte er ihr einen Heiratsantrag.«

»Ich hatte den Eindruck, sie hätten sich schon länger gekannt.«

»Sie haben seine Frau nie kennengelernt?«

»Nein. Ich weiß, daß sie aus Denver war und daß sie dort geheiratet haben. Vom Verlag war niemand eingeladen. Ich nahm an, daß die Hochzeit im engsten Familienkreis gefeiert wurde.«

»Sie stammt aus einer Vorstadt von Minneapolis«, sagte ich. »Aber ich habe den Eindruck, daß sie keinen Kontakt mehr mit ihrer Familie hat, seit sie nach New York gekommen ist. Sie haben in der City Hall geheiratet und die Flitterwochen auf Bermuda verbracht.«

»Dann hat ihr Vater wohl kaum Feriendörfer in Vail und Aspen gebaut.«

»Ich kann mich nicht erinnern, daß sie mir etwas über ihren Vater erzählt hat, aber ich glaube nicht, daß er etwas in der Art getan hat. Als sie von der Hochzeitsreise zurückkamen, überraschte sie Glenn mit einer neuen Wohnung. Die Anzahlung leistete er mit Geld aus dem Erbe seiner Eltern.«

»Ich hatte eigentlich den Eindruck, daß er kaum genug hatte, um sein Jurastudium finanzieren zu können.«

»Vielleicht hat er sein Pausengeld gespart.«

»Die Wohnung –«

»Ein kleines Zweizimmerapartment mit fantastischem Blick. Ich würde sagen, mindestens eine Viertelmillion Dollar.«

»In einem Neubau vermutlich. Die Bauträger bieten oft Finanzierungsmöglichkeiten mit lediglich zehn Prozent Eigenkapital an. Er hätte nur fünfundzwanzigtausend gebraucht. Aber wäre er dann nicht mit den Abschlagszahlungen in Schwierigkeiten gekommen?«

Die Abschlagszahlungen, erklärte ich ihr, seien ein Klacks gewesen. Er hatte die Wohnung in bar gekauft.

Sie sah mich an. »Woher hatte er das Geld?«

»Das weiß ich nicht.«

»Mein erster Gedanke ist jetzt natürlich, daß er es unterschlagen hat. Eine Viertelmillion? Ich bin versucht zu sagen, so etwas ist unmöglich, aber das behaupten alle. Ich habe allein im vergangenen Jahr von zwei Unterschlagungen im Verlagswesen gehört. In einem Fall ging es um eine sechsstellige Summe. Beide flogen sehr schnell auf, und in beiden war Kokain im Spiel, das anscheinend solches Verhalten fördert. Es liefert ein zwingendes finanzielles Motiv und untergräbt gleichzeitig den Charakter und das Urteilsvermögen. Hat Glenn Kokain genommen?«

»Hatten Sie ihn diesbezüglich im Verdacht?«

»Auf keinen Fall. Ich glaube, er trank nicht mal sehr viel.«

Ich erkundigte mich nach Bargeld. Lagen im Verlag je größere Summen herum?

»Wir haben zwar beträchtliche Summen verfügbar, die in der Bilanz als Barvermögen geführt werden, aber das ist es wohl nicht, was Sie meinen.«

»Nein, ich meine Dollars, Scheine. Grünes Geld.«

»›Grünes Geld.‹ Tja, Mr. Scudder, meine Sekretärin hat eine Portokasse in der obersten rechten Schublade ihres Schreibtisches. In der bedient sie sich, wenn wir ein Trinkgeld für einen Botenjungen brauchen. Ich würde mal sagen, an einem guten Tag enthält sie vielleicht fünfzig Dollar, aber man müßte schon sehr gerissen sein, um daraus eine Viertelmillion zu stehlen.«

»Ich glaube, Holtzmann hatte das Geld in bar. Falls er eine Möglichkeit gefunden haben sollte, es von Ihnen zu stehlen, wäre das nur in Form getürkter Überweisungen an fingierte Konten gegangen, und dafür scheint es keine Anzeichen zu geben.«

»Das beruhigt mich zwar ungemein, aber meiner Neugier tut es keinen Abbruch. Woher hatte er Ihrer Meinung nach das Geld?«

»Keine Ahnung.«

»Vielleicht hatte er es schon die ganze Zeit. Vielleicht waren *seine* Eltern reich, vielleicht haben sie ihm viel Geld vererbt, und er wollte nicht, daß es jemand erfährt. Mit einem Teil seines Erbes hat er sich das Jurastudium finanziert, und den Rest hat er einfach behalten.«

»In bar? Es müßte Bankkonten, Einzahlungsbestätigungen geben. Außer er hat es bereits bar geerbt.«

»Wie bitte?«

»Schwarzgeld vielleicht, das seine Eltern im Lauf der Jahre gehortet hatten und das nach ihrem Tod an ihn fiel. Wann ist er angeblich nach New York gekommen? Vor zehn Jahren?«

»Wenn nicht schon früher. Soll ich Enid schnell nachsehen lassen?«

»So wichtig ist das nicht. Zehn Jahre. Die Scheine, die ich gesehen habe, wirkten noch ziemlich neu. Allerdings habe ich nicht auf das Ausgabedatum und die Signatur geachtet, daher –«

»Welche Scheine, die Sie gesehen haben?«

Das hatte ich eigentlich nicht verraten wollen. »Er hatte etwas Bargeld in der Wohnung.«

»Eine größere Summe?«

»Ich würde schon sagen.«

Wir verstummten beide. Nach einer Weile fragte sie mich, wer mein Klient sei. Ich sagte es ihr. Sie wollte wissen, ob das hieß, daß George Sadecki unschuldig war. Nicht unbedingt, sagte ich. Es könnte auch nur heißen, daß er einen Mann mit einem Geheimnis umgebracht hat. Ich würde vielleicht mehr wissen, wenn es mir gelang, Glenn Holtzmanns Geheimnis zu lüften.

»Er hat oft Überstunden gemacht«, sagte ich. »Hat er zumindest seiner Frau erzählt. Aber wenn er so wenig zu tun hatte, wie Sie gesagt haben –«

»Ich kann mich nicht entsinnen, daß er jemals nach fünf Uhr noch an seinem Schreibtisch saß.«

»Was hat er in dieser Zeit wohl getrieben?«

»Ich habe nicht die leiseste Ahnung.«

»Er hatte abends auch häufig geschäftliche Termine. Aber es ist fast anzunehmen, daß es bei diesen Geschäften nicht um Waddell & Yount ging.«

Sie schüttelte den Kopf. »Das ist mir alles unerklärlich. Ich halte mich eigentlich nicht für besonders naiv. Aber wenn es für mich bisher einen aussichtslosen Anwärter für die Hauptrolle in *Ein Doppelleben* gab, dann Glenn Holtzmann.«

»Ich habe ihn persönlich kennengelernt.«

»Davon haben Sie mir noch gar nichts erzählt.«

»Na ja, es kam ja auch nicht viel dabei heraus. Meine Freundin und ich sind mal mit ihm und seiner Frau ausgegangen. Das war im Frühjahr. Danach bin ich ihm noch ein paarmal auf der Straße begegnet. Er wohnt gleich bei mir um die Ecke. Er wollte sich mal wegen eines Buchs, das ich schreiben sollte, mit mir unterhalten.«

»Sind Sie Schriftsteller?«

»Nein, und ich war in keiner Weise interessiert, aber er tat so, als wollte er ein Buch mit meinen Erlebnissen herausbringen. Aus dem, was er mir vorher bereits über Ihren Verlag erzählt hatte, hatte ich den Eindruck gewonnen, daß Sie ausschließlich Nachdrucke veröffentlichen.«

»Ja, das ist richtig.«

»Und ich hatte auch den Eindruck, daß es Glenn Holtzmann nicht darum ging, daß ich ein Buch schreibe. Er wollte etwas von mir, aber er ist nicht damit rausgerückt, was das war. Ich habe mich in seiner Gegenwart immer etwas unwohl gefühlt. Irgendwie war er mir nicht ganz geheuer.«

»Offensichtlich ist Ihr Riecher besser als meiner.«

»Oder er hatte bei Ihnen keine Hintergedanken. Vielleicht hat er sich seine Schattenseiten für die Zeit aufgespart, in der er nicht im Verlag war.«

Sie sei der Boß, sagte sie mir. Falls Glenn eine Schattenseite gehabt hätte, oder auch nur eine Lichtseite, hätte er sich vermutlich gehütet, sie vor der Frau zu zeigen, die seine Gehaltsschecks unterschrieb. Sie führte mich durch den Verlag und stellte mich drei seiner Arbeitskollegen vor, darunter auch der jungen Frau, die für die Auslandsrechte zuständig war. Die kurzen Unterhaltungen, die ich mit jedem von ihnen führte, brachten nichts Nennenswertes ein. In letzter Zeit hatte Glenn sich vorwiegend mit einem Buchclubprojekt für Großdruckausgaben beschäftigt und hier vor allem mit den rechtlichen Problemen, die zu erwarten waren, wenn die Mitglieder zur Abnahme eines jährlichen Mindestkontingents von Büchern verpflichtet werden sollten. Das hatte zur Folge, daß ich etwas mehr über dieses Thema erfuhr, als ich unbedingt wissen wollte. Ich hatte nicht das Gefühl, daß es etwas mit Geld in einer Kassette zu tun hatte oder mit Schüssen oder mit Blut auf dem Gehsteig. Als wir wieder zurück in Eleanor Younts Büro waren, erkundigte sie sich nach meinen Theorien zu einigen noch nicht beantwortbaren Fragen in Zusammenhang mit dem Fall. Ich sagte ihr, für derlei Spekulationen sei es noch zu früh.

»Ich habe befürchtet, daß Sie das sagen würden«, sagte sie. »Ich würde zu gern wissen, wie das Ganze ausgeht, aber ich habe das Gefühl, daß darüber in den Zeitungen nicht allzuviel zu lesen sein wird.«

»Das würde ich nicht unbedingt sagen.«

»Aber wenn, dann sicher nicht die ganze Wahrheit, oder?«

»Die finden Sie dort sowieso nur in den seltensten Fällen.«

»Werden Sie noch mal vorbeikommen und mir alles erzählen? Und natürlich werde ich gleich veranlassen, daß mein Wirtschaftsprüfer genauestens überprüft, ob Glenns Apartment nicht von W & Y bezahlt worden ist. Ich gebe Ihnen Bescheid, wenn irgendwelche Unregelmäßigkeiten an den Tag kommen. Wenn Sie mir vielleicht Ihre Karte dalassen ...«

Ich gab ihr eine meiner Visitenkarten. Sie sagte: »Ein Name, eine Nummer, sonst nichts. Eine minimalistische Visitenkarte. Sie sind ein interessanter Mann, Mr. Scudder. Ich verlege keine Originaltexte, aber ich kenne so ziemlich alle, die das in New York tun. Falls Sie also doch noch mal ein Buch schreiben wollen ...«

»Das habe ich nicht vor.«

»Wirklich erstaunlich«, sagte sie. »Ich dachte immer, es gäbe in ganz New York keinen Polizisten oder Privatdetektiv, der kein Buch veröffentlichen möchte. Keiner von denen ist heute noch auf Verbrecherjagd, weil alle auf der Jagd nach einem Agenten sind.«

15

Ich hatte schon mal in Drew Kaplans Kanzlei angerufen, aber er war im Gericht gewesen. Von Waddell & Yount aus probierte ich es noch mal. Seine Sekretärin sagte, sie habe inzwischen mit ihm telefoniert und ich solle um drei Uhr in die Kanzlei kommen. Und ja, Mr. Kaplan habe einen Safe in der Kanzlei. Das sagte sie in einem Ton, daß ich mir leicht dämlich vorkam, überhaupt gefragt zu haben.

Ich rief Lisa Holtzmann an und bekam wieder Glenns Stimme zu hören. Wenn ich mir schon eine Stimme aus dem Grab anhören mußte, hätte ich gern Aufschlußreicheres von ihr erfahren. Aber er forderte mich bloß auf, eine Nachricht auf Band zu sprechen. Ich wartete, bis er fertig war, und als ich meinen Namen sagte, nahm sie sofort ab. Ich sagte ihr, sie habe um drei Uhr einen Termin bei Drew Kaplan in seiner Kanzlei in der Court Street.

»Können Sie es so einrichten, daß Sie mitkommen, Matt?«

»Das hatte ich auch vor«, sagte ich. »Ich dachte, Sie hätten vielleicht ganz gern jemanden dabei.«

»Mir wäre jedenfalls nicht wohl dabei, allein da rüber zu fahren.«

Ich sagte, ich würde um zwei zu ihr kommen, dann hätten wir noch jede Menge Zeit. Ich mußte noch einen Anruf machen, an TJs Piepser, aber ich hatte keine Lust, bei Waddell & Yount auf seinen Rückruf zu warten, und ich konnte mir auch nicht vorstellen, daß »Wer will TJ?« bei dem Mädchen am Empfang besonders gut ankommen würde. Ich verließ das Gebäude und rief von der Straße aus an, gab beim Ton meine Nummer ein und wartete auf seinen Anruf.

Nach fünf Minuten ohne Rückmeldung und nach einigen giftigen Blicken von Leuten, die ein Telefon suchten, kramte ich noch einen Quarter hervor und rief im Hotel an. Es waren nur zwei Anrufe eingegangen, beide von TJ. Keine Nachricht, nur seine Piepsernummer. Ich warf einen weiteren Quarter ein, um Elaine anzurufen, und bekam ihren Anrufbeantworter dran. »Ich bin's, Matt«, sagte ich. »Bist du da?« Als keine Antwort kam, sagte ich: »Ich würde dich heute abend gern sehen, aber die Sache kommt langsam in die Gänge. Wenn ich es rechtzeitig schaffe, könnten wir zusammen zu Abend essen; ansonsten komme ich später vorbei. Sobald ich klarer sehe, rufe ich noch mal an.« Ich hatte das Gefühl, daß ich dem noch etwas hinzufügen sollte, aber mir fiel nichts ein, und dann war das Band zu Ende und ersparte mir das Kopfzerbrechen.

Ich drückte die Gabel nieder und behielt den Hörer in der Hand, in der Hoffnung, TJ möchte anrufen. Möglicherweise hatte er das getan, während ich mit dem Hotel oder mit Elaines Anrufbeantworter gesprochen hatte. Während ich noch darüber nachdachte, fragte mich ein Mann im dunklen Anzug und mit einem flachen Hut, ob ich nun telefonieren wolle oder was. »Wenn Sie nämlich ein eigenes Büro brauchen«, sagte er, »dann gibt es den Broadway rauf und runter jede Menge Häuser, in denen es mehr leerstehende Büros gibt, als sie an den Mann bringen können. Reden Sie doch mal mit denen. Die besorgen Ihnen einen Schreibtisch samt Stuhl, und die Telefongesellschaft legt Ihnen Ihren eigenen Anschluß.«

»Entschuldigung.«

»Macht doch nichts«, sagte er und steckte einen Quarter in den Schlitz.

Eine Straße weiter opferte ich noch mal einen Quarter und rief in der Zentrale der Anonymen Alkoholiker an. Ich fragte die freiwillige Helferin, die sich meldete, ob es in der Nähe ein Mittagstreffen gab. Sie schickte mich zu einem Bürgerzentrum gleich am Union Square, und ich kam dort an, als sie gerade die Präambel lasen. Ich setzte mich und rührte mich eine Stunde lang nicht von der Stelle, aber ich bekam so gut wie nichts von dem mit, was gesprochen wurde. Ich war zu sehr mit Glenn Holtzmann beschäftigt, um in meinem Kopf noch für was anderes Platz zu haben. Trotzdem war es nicht der schlechteste Ort zum Nachdenken. Der Kaffee war nicht übel, und der Dollar, den ich in den Korb warf, war das höchste, was von mir erwartet wurde. Und wenn ich ihn nicht reingeworfen hätte, hätte mich auch niemand krumm angesehen.

Niemand riet mir, ich solle mir ein Büro mieten, und dem alten Knacker, der zwei Reihen vor mir schlief, legte niemand nahe, sich ein Hotelzimmer zu suchen.

Ich traf ein paar Minuten zu früh an der Ecke von Fifty-seventh und Tenth ein. Diesmal hatte ein anderer Türsteher Dienst, aber als ich ihm ihren Namen nannte, reagierte er genauso argwöhnisch wie sein Kollege am Abend zuvor. Ich sagte ihm meinen Namen und daß ich erwartet würde, und sobald er das bestätigt bekam, waren wir die besten Freunde.

Oben im achtundzwanzigsten Stock öffnete sie im selben Moment, in dem ich klopfte, die Tür und schloß sie, sobald ich über die Schwelle war. Sie nahm mich am Arm und sagte, sie sei froh, daß ich da sei. »Sie sind fünf Minuten zu früh«, sagte sie. »Und in den letzten zehn Minuten habe ich bestimmt zwanzigmal auf die Uhr gesehen.«

»Sie sind ja ganz nervös.«

»Ich bin nervös, seit Sie gestern abend gegangen sind. Das Geld hat mich ganz kribbelig gemacht, von dem Moment an, in dem ich es entdeckt habe. Aber so richtig schlimm wurde es erst, als ich es Ihnen gezeigt und wir darüber gesprochen hatten. Ich hätte Sie darum bitten sollen, es mitzunehmen.«

»Warum denn das?«

»Weil ich fast die ganze Nacht nicht schlafen konnte. Ich hatte einfach Angst, mehr nicht. Irgendwann dachte ich, im Schrank wäre es nicht sicher; dort würden sie bestimmt zuallererst nachsehen.«

»Wer sollte dort zuallererst nachsehen?«

»Keine Ahnung. Ich sprang aus dem Bett, holte die Kassette vom Regal und verstaute sie unter dem Bett. Dann dachte ich, *das* wäre der Platz, an dem sie zuerst danach suchen würden. Mir wurde klar, daß von dem Geld Gefahr ausgeht, und ich wollte es nur noch loswerden. Mir kam sogar die Idee, die Kassette aufzumachen und das ganze Geld aus dem Fenster zu werfen.«

»Tolle Idee.«

»Soll ich Ihnen sagen, was mich davon abgehalten hat? Ich hatte Angst, das Fenster zu öffnen. Ich hatte Angst, ich würde hinunterspringen. Das wurde so schlimm, daß ich sogar Angst hatte, in die

Nähe des Fensters zu kommen, obwohl es geschlossen und verriegelt war. Normalerweise habe ich keine Höhenangst, und es war auch nicht die Höhe, vor der ich Angst hatte, sondern mein eigener Verstand. Sehen Sie mich doch an.«

»Sie sehen absolut okay aus.«

»Wirklich?«

In meinen Augen sah sie blendend aus. Sie trug eine braune Flanellhose, einen moosgrünen Turtleneckpullover und einen marineblauen Blazer mit Messingknöpfen. Sie hatte Lippenstift aufgetragen und etwas Make-up. Und ihr Parfüm roch nach Wald. Sie hatte Kaffee gemacht, und die Zeit reichte noch für eine Tasse. Nachdem sie eingeschenkt hatte, verschwand sie ins Schlafzimmer und kam mit der Kassette zurück. Ich nahm sie ihr ab und wog sie in den Händen. Dann stellte ich das Zahlenschloß auf 115 und klappte den Deckel hoch.

Sie sagte: »Sie wissen die Kombination noch.«

»Ich habe ein gutes Gedächtnis.« Ich nahm ein Bündel Scheine heraus, strich mit dem Daumen darüber und sah sie mir genauer an. Nervös fragte sie, ob mit dem Geld was nicht in Ordnung sei. Ich beruhigte sie, an den Scheinen sei nichts auszusetzen. Es sei kein Falschgeld. Genausowenig sei es jedoch in Weckgläsern hinter irgendeiner Scheune in Pennsylvania vergraben gewesen. Ein paar waren schon älter – Hunderter zirkulieren langsamer als kleinere Scheine und nutzen sich deshalb nicht so schnell ab –, aber auf den meisten stand ein Datum, das nicht weiter als zehn Jahre zurückreichte. Sie waren kein Teil von Holtzmanns sagenhaftem Erbe. Ich sagte ihr, ich sei froh, daß sie das Geld nicht aus dem Fenster geworfen habe.

»Ich hätte vorher auf jeden Fall noch die Banderolen entfernt«, sagte sie, »damit niemand verletzt worden wäre. Stellen Sie sich mal vor, von herabfallendem Geld erschlagen zu werden.«

»Mit sowas belastet niemand gern sein Gewissen.«

»Nein. Aber ich dachte, das müßte doch ein toller Anblick sein, die vielen Scheine, wie sie in die Tiefe schweben und vom Wind hin und her geweht werden. Und stellen Sie sich erst mal vor, wie viele Leute ich damit glücklich gemacht hätte.«

»Trotzdem«, meinte ich.

Wir fuhren im Lift nach unten und mußten drei Taxis anhalten, bis wir eines fanden, das bereit war, uns nach Brooklyn zu fahren. Heutzutage beantragen die Taxifahrer eine Lizenz, sobald sie am Flughafen durch die Paßkontrolle sind, und die ersten fünf Worte Englisch, die sie lernen, sind: »Ich fahre nicht nach Brooklyn.« Die ersten zwei protzten mit ihren Sprachkenntnissen und fuhren grinsend weiter. Der dritte, ein Nigerianer, der englischsprachig aufgewachsen war, mußte uns nichts beweisen und war bereit, uns überallhin zu fahren, wohin wir wollten. Er wußte zwar nicht, wie man dorthin kam, aber er hörte auf unsere Richtungsangaben.

Natürlich wäre die U-Bahn schneller und einfacher gewesen und ungefähr fünfzehnhundert Dollar billiger, aber welcher halbwegs vernünftige Mensch würde schon mit dreihunderttausend Dollar in bar U-Bahn fahren? Genausogut könnte man sie gleich zum Fenster rauswerfen.

Drew Kaplan saß an seinem Schreibtisch und hörte aufmerksam zu, als ich ihm erklärte, wer Lisa war und warum wir hier waren. Ich erzählte ihm so ziemlich alles, bloß nicht, was die Kassette enthielt, die ich auf seinen Schreibtisch gestellt hatte. Als ich fertig war, rekapitulierte er noch einmal ein paar Punkte, erwähnte aber ebenfalls mit keinem Wort den Inhalt der Kassette. Dann kippte er seinen Stuhl nach hinten und sah an die Decke.

»Muß dringend mal wieder gestrichen werden«, sagte ich.

»Und du könntest mal wieder zum Friseur. Aber bin ich vielleicht so unsensibel, dir das unter die Nase zu reiben?«

»Offensichtlich.«

»Offensichtlich! Mrs. Holtzmann, lassen Sie mich Ihnen zuerst mein Beileid ausdrücken. Natürlich habe ich in der Zeitung vom Tod Ihres Mannes gelesen. Das muß ein schwerer Verlust für Sie gewesen sein.«

»Ja, danke.«

»In Anbetracht dessen, was ich eben erfahren habe, brauchen Sie meiner Meinung nach unbedingt jemanden, der Ihre Interessen wahrnimmt. Ich nehme an, sie möchten das da«, er deutete auf die

Kassette, »an einem sicheren Ort unterbringen. Sie haben mir nicht gesagt, was es enthält, und dazu besteht auch kein Anlaß, aber vielleicht möchte ja Matt, sagen wir, dreimal raten, was es sein könnte.«

»Dreimal?« fragte ich.

»Mhm. Fang an.«

»Meinetwegen. Also, es könnten Stoßzähne von illegal geschossenen Elefanten sein, die über irgendwelche dunklen Kanäle aus Tansania in die Staaten geschmuggelt wurden.«

»Das wäre eine Möglichkeit.«

»Oder es könnte auch Judge Crater drin sein.«

»Auch möglich.« Drew hatte sichtlich Spaß an der Sache. »Er wird ja auch schon lange genug vermißt.«

»Das waren jetzt – wieviel Versuche? – zwei.«

»Mhm. Einmal darfst du noch raten.«

»Tja, möglicherweise ist auch eine größere Summe Bargeld in der Kassette.«

»Und falls aufgrund irgendeines verrückten Zufalls tatsächlich Geld drinnen ist, möchtest du vielleicht noch mal raten, wo es herkommt?«

»Mhm. Dafür gibt es nicht den geringsten Anhaltspunkt.«

»Genauso ein Rätsel also wie die Herkunft des Eigenkapitals für die Wohnung und alles andere an diesem rätselhaften Mann. Na schön.« Er legte eine Hand auf die Kassette. »Ich werde das hier aufbewahren, unter der Voraussetzung, daß ich keine Ahnung habe, was die Kassette enthält, und daß nicht nur die Tatsache, daß ich sie aufbewahre, sondern auch die Tatsache, daß sie überhaupt existiert, strikt unter uns bleibt. Sie kriegen von mir eine Empfangsbestätigung für die Kassette, Mrs. Holtzmann, oder ist Ihnen Ms. lieber?«

»Auf der Empfangsbestätigung? Das ist mir egal.«

»Auf der Empfangsbestätigung wird bloß Lisa Holtzmann stehen. Ich wollte eigentlich wissen, wie Sie gern angesprochen werden wollen.«

»Lisa«, sagte sie. »Nennen Sie mich einfach Lisa.«

»Gern, und ich bin Drew. Wie gesagt, Sie kriegen eine Bestätigung, aber ich muß Sie darauf aufmerksam machen, daß im Fall eines Einbruchdiebstahls kein Versicherungsschutz besteht oder sonst irgendwelche Ansprüche angemeldet werden können. Sie bekämen eine Entschädigung für die Kassette, aber nicht für ihren Inhalt.«

Sie sah mich an, und als ich nickte, sagte sie zu Drew, das sei ihr klar.

»Aber seien Sie unbesorgt«, beruhigte er sie. »Ich bestehle meine Mandanten nicht. Ich schröpfe sie nur kräftig. Auf lange Sicht ist das wesentlich einträglicher, und man sitzt nicht so lange im Gefängnis. Lisa, wenn diese Kassette alles wäre, worüber wir uns Sorgen machen müßten, würde ich sie in meinen Safe schließen und Ihnen ein paar Dollar für die Aufbewahrung abknöpfen. Oder ich würde Ihnen vorschlagen, Sie nehmen die Kassette und mieten sich unter Ihrem Mädchennamen oder sonst einem Namen, den Sie schon immer mal gern benutzen wollten, ein Bankschließfach.« Er kippte wieder nach vorn und verschränkte die Hände. »Bloß geht es hier um mehr. Da ist zum einen Ihre Wohnung, für die sich unsere Freunde vom Finanzamt möglicherweise interessieren werden, falls Ihr Mann sie mit Schwarzgeld gekauft hat. Dann sind da die Einnahmen aus verschiedenen Versicherungen, auf die Ihnen die Steuer höchstwahrscheinlich nicht kommen wird, auch wenn es nicht grundsätzlich auszuschließen ist. Das hängt vor allem davon ab, um welche Arten von Versicherungen es sich dabei handelt, wer sie abgeschlossen hat und ob unser Hans im Glück immer brav seine Steuererklärung eingereicht hat.« Er runzelte die Stirn. »Entschuldigen Sie, ich möchte mich damit in keiner Weise abfällig über Ihren verstorbenen Gatten äußern. Das ist kein Zeichen mangelnden Respekts, es ist nur so, daß er Sie in eine ziemliche prekäre Lage gebracht hat, und so was inspiriert mich immer zu sarkastischen Höhenflügen.«

»Aber unter der rauhen Schale«, sagte ich, »ist Drew eine Seele von einem Menschen.«

Er schenkte mir keine Beachtung. »Die Wahrscheinlichkeit ist ziemlich hoch, daß es versteckte Vermögenswerte gibt«, fuhr er fort, »an die Sie nur herankommen, wenn Sie von ihrer Existenz wissen. Was ich gern von Ihnen möchte, Lisa, ist ein Scheck über fünftausend Dollar als Vorschuß. Das dürfte in etwa meinen Aufwand in dieser Angelegenheit abdecken.«

Wieder sah sie mich an. Diesmal sagte ich: »Das geht nicht, Drew. Soviel hat sie nicht.«

»Oh?«

»Nicht auf der Bank. Irgendwann kriegt sie das Geld von der Versicherung, aber vorerst hat sie bloß ein Haushaltskonto, das gerade reicht, um ihre laufenden Kosten zu decken.«

»Verstehe.«

Ich warf einen Blick auf die Kassette. Sein Blick folgte meinem und heftete sich dann wieder auf mich.

»Ich hätte gern einen Scheck«, sagte er. »Wenn ich eben kurz mal wohin ginge und das Ding da in der Zwischenzeit hier stehen ließe und sie mir den Scheck ausschriebe, dann könnte sie doch, wenn sie nach Hause kommt, zufällig fünftausend Dollar im Kühlschrank finden, gerade genug, um sie auf ihr Konto einzuzahlen, damit der Scheck gedeckt ist. Wie findest du das?«

»Ich finde, das würde eine Spur hinterlassen, die schnell verfänglich werden könnte. Da bräuchte nur mal jemand kurz einen Blick in ihre Kontoauszüge werfen, und schon sähe er das mit der Bareinzahlung.«

»Da hast du natürlich auch wieder recht«, sagte er. »Scheiße. Laß mich mal überlegen.«

Er lehnte sich zurück und schloß die Augen. Nach einer Minute öffnete er sie und sagte: »Okay, ich weiß, was wir machen. Du hast doch hoffentlich dein Scheckheft dabei? Ich möchte, daß du einen Scheck über die Summe von zweihundert Dollar ausschreibst, zahlbar an Drew Kaplan, Rechtsanwalt.«

Ich sagte: »Siehst du? Ihr seid doch alle gleich. Steigt hoch ein, aber meistens kann man euch runterhandeln.«

»Das möchte ich mal überhört haben«, sagte er. »Hast du den ganzen Satz, meinen Namen und ›Rechtsanwalt‹? Gut.« Er griff zum Telefon, drückte auf den Knopf der Sprechanlage und sagte: »Karen, stellen Sie einen Scheck aus, zahlbar an Matthew Scudder, mit dem Vermerk, daß er für investigative Leistungen im Auftrag von Lisa Holtzmann ist.« Er buchstabierte Karen den Namen, dann hielt er das Mundstück zu und fragte: »Investigativ? Investigatorisch? Wie sagt man da eigentlich?«

»Denkst du, das interessiert jemand?«

Er zuckte mit den Achseln. In den Hörer sagte er: »Einhundert Dollar, und gut festhalten. Er holt ihn ab, bevor er geht.«

»Finde ich toll«, sagte ich. »Sind wir jetzt Partner? Teilen wir uns alles fifty-fifty?«

Er schenkte mir wieder keine Beachtung. »Wir werden jetzt folgendes tun. Ich gehe für eine Minute wohin, und wenn ich zurückkomme, hat Lisa ganz zufällig zehntausend Dollar in ihrer Handtasche gefunden, von denen sie ganz vergessen hatte, daß sie sie dabeihatte. Und nicht, was du denkst. Es ist nicht zu einer plötzlichen Preiserhöhung gekommen. Ich bin gleich wieder da.«

Nachdem er den Raum verlassen hatte, öffnete ich die Kassette und nahm zwei Bündel heraus, jedes mit fünfzig Scheinen. Sie steckte sie in ihre Handtasche, und ich schloß die Kassette und drehte an der Kombination. Wir warteten schweigend, bis Drew mit meinem Scheck zurückkam. »Einhundert Dollar«, sagte er. »Jetzt kannst du dir den Cadillac kaufen.«

»Du wirst nicht für möglich halten, was Lisa in ihrer Handtasche gefunden hat.«

»Tansanisches Elfenbein, würde ich mal annehmen, aber ich lasse mich gern eines besseren belehren.«

Ein Blick von Lisa, ein weiteres Nicken von mir. Sie zog beide Geldbündel heraus und legte sie auf den Schreibtisch.

Er seufzte. »Du versuchst, dich an die gesetzlichen Bestimmungen zu halten, du versuchst, kein Bargeld zu nehmen, bloß, wie willst du auf die Tour vernünftige Arbeit leisten und die Interessen deines Klienten wahren? So kommen Anwälte in die Bredouille.« Er dachte nach und fügte hinzu: »Das wäre eine Möglichkeit. Es gibt noch andere.« Er nahm ein Bündel Scheine, wog es in der Hand und warf es mir zu. Er nahm das andere, fuhr mit dem Daumen über die Ränder der Scheine, seufzte wieder und steckte es in die Innentasche seines Jacketts. Zu Lisa sagte er: »Haben Sie verstanden, was wir gerade gemacht haben?«

»Ich glaube schon.«

»Falls es trotzdem irgendwelche Unklarheiten geben sollte, kann Ihnen Matt alles erklären. Ab sofort haben Sie einen Anwalt und einen Detektiv, und weil ich unserem Freund hier einen Scheck als Vorschuß ausgeschrieben habe, unterliegt alles, was Sie ihm sagen oder was er herausfindet, der Schweigepflicht. Er kann nicht gezwungen werden, dieses Wissen rauszurücken. Nicht, daß er das täte, aber so ist auch sein Arsch gegen alle Eventualitäten abgesichert, wenn Sie die Ausdrucksweise entschuldigen.« Er wog die Kassette in den Händen. »Wußte gar nicht mehr, wie schwer Elfenbein ist. Vor allem geschmuggeltes. Lisa, ich melde mich bei Ihnen. Wenn irgendwas ist, rufen Sie mich an. Und leiten Sie alles an mich weiter. Beantworten Sie niemandem irgendwelche Fragen, ganz gleich worüber. Lassen Sie ohne einen Durchsuchungsbefehl niemanden in Ihre Wohnung, und rufen Sie mich an, wenn jemand mit einem anrückt. Matthew, es war mir wie immer ein Vergnügen.«

Am Taxistand an der Ecke stand ein Taxi, und der Fahrer zuckte mit keiner Wimper, als ich ihm sagte, daß wir in die Tenth Avenue, Ecke Fifty-seventh Street wollten. »Das ist in Manhattan«, sagte ich, und er versicherte mir, das sei kein Problem. Lisa wollte wissen, warum ich ihm den Stadtteil genannt hätte; gab es in Brooklyn auch eine Tenth Avenue und eine Fifty-seventh Street? Allerdings, sagte ich, und sie kreuzten sich nicht weit von der Stelle, wo Sunset Park und Bay Ridge aneinandergrenzten. Sie sagte, daß sie sich in Brooklyn überhaupt nicht auskannte; sie sei zwar mal in Williamsburg gewesen, wo ein paar Künstler, die sie kannte, Lofts hätten, aber das war ganz woanders, oder nicht? Ja, sagte ich, das war woanders.

Das Wenige, was an Unterhaltung zustande kam, blieb auf dieser Ebene, bis wir in ihrer Wohnung waren. »Jetzt brauche ich was zu trinken«, verkündete sie. »Während der Schwangerschaft habe ich mir das Trinken abgewöhnt, aber jetzt gibt es dafür keinen Grund mehr, oder? Ich glaube, ich habe Lust auf einen Scotch. Was ist mit Ihnen?«

»Ich hätte gern einen Schluck Kaffee, wenn noch welcher übrig ist.«

»Trinken Sie keinen Alkohol?«

»Nicht mehr.«

Sie nahm das zur Kenntnis, wollte etwas sagen und überlegte es sich anders. Sie ging in die Küche und kam mit meinem Kaffee und etwas, das wie ein sehr schwacher Scotch mit Soda aussah, zurück. Jeder von uns setzte sich auf eine Couch, und dann gingen wir noch mal durch, was in der Kanzlei in der Court Street abgelaufen war. Drew hatte kein Bargeld nehmen wollen, erklärte ich ihr, weil ein Anwalt deswegen sehr schnell Ärger bekommen konnte. Bei einer ganzen Reihe von Strafverteidigern, die sich von Drogenhändlern in bar hatten ausbezahlen lassen, hatte der Staat versucht, diese Honorare einzuziehen, mit der Begründung, es handle sich dabei um Gewinne aus illegalen Drogengeschäften. Und zum Teil war er damit sogar dann durchgekommen, wenn das Verfahren gegen den Angeklagten eingestellt worden war.

»Hat Glenn mit Drogen gehandelt?«

»Keine Ahnung«, sagte ich. »Vorläufig läßt sich noch nicht sagen, was er eigentlich getrieben hat, aber aller Wahrscheinlichkeit nach ist das Geld nicht sauber. Im günstigsten Fall handelt es sich dabei bloß um unversteuerte Einkünfte, wobei es auf dem besten Weg ist, wieder unversteuerte Einkünfte zu werden, weil es Drew schlecht in seinen Büchern auftauchen lassen und auf sein Bankkonto einzahlen kann, ohne die Antwort auf die Frage schuldig bleiben zu müssen, woher er es hat. Er muß es wohl oder übel schwarz einstecken.«

»Ich dachte immer, alle wären ganz scharf auf Schwarzgeld.«

»Nicht immer. In diesem Fall wird das, was er an Steuern spart, dadurch aufgehoben, daß er gegen das Gesetz verstößt. Oder genauer: daß zwei Leute wissen, daß er gegen das Gesetz verstoßen hat.«

»Und diese zwei Leute sind –«

»Sie und ich. Er nimmt offensichtlich nicht an, daß wir ihn hinhängen; sonst hätte er das Geld nicht genommen. Aber um sich abzusichern, hat er dafür gesorgt, daß ich in seiner Anwesenheit fünftausend Dollar genommen habe. Jetzt habe ich mir die Hände genauso schmutzig gemacht wie er. Übrigens, wenn Sie wollen, können Sie das Geld gern wieder zurückhaben.«

»Warum?«

»Es ist eine Menge Geld.«

»Haben Sie schon wieder vergessen? Vor ein paar Stunden wollte ich es noch aus dem Fenster werfen.«

»Das hätten Sie bestimmt nicht getan.«

»Nein, aber ich wollte es. Bis vor ein paar Tagen wußte ich gar nicht, daß dieses Geld existiert. Seit ich es gefunden habe, lebe ich in ständiger Angst, jemand könnte es mir wegnehmen oder mich deswegen umbringen. Jetzt besteht zumindest die Aussicht, daß ich einen Teil davon behalten kann, und wenn nicht, brauche ich mir seinetwegen wenigstens keine Sorgen mehr zu machen. Was kümmert es mich da schon, wenn Sie eins von diesen Geldbündeln kriegen und eins dieser Anwalt in Brooklyn?«

Sie unterstrich die Frage mit einem kräftigen Schluck aus ihrem Glas. Das löste einen geschmacklichen Erinnerungsschub bei mir aus – der leicht medizinische Geschmack von Scotch, mit Eiswürfeln gekühlt, mit Soda verdünnt, die Zunge prickelnd von den Kohlensäurebläschen und vom Alkohol des Whisky. Mein Gott, fast konnte ich sogar die Hintergrundmusik hören, Brubeck oder Chico Hamilton zum Beispiel. Oder Chet Baker, wie er ein Trompetensolo bläst und dann sein Horn weglegt und zu singen anfängt, mit einer Stimme so dünn wie ihr Drink und so cool und so nachhaltig in meiner Erinnerung …

»Ich muß ein paar Anrufe machen.«

»Aber bitte«, sagte sie. »Möchten Sie lieber im Schlafzimmer telefonieren? Dort sind Sie ungestört.«

»Danke, es geht schon.«

Ich rief Elaine an. »Ich habe einen anstrengenden Tag hinter mir«, sagte ich. »Und er ist noch immer nicht zu Ende.«

»Hast du keine Lust mehr vorbeizukommen?«

»Doch. Ich muß noch verschiedenes erledigen, und dann möchte ich erst nach Hause und duschen und mich eine halbe Stunde hinlegen. Wie wär's, wenn ich gegen acht vorbeikomme? Wir könnten in dem kleinen Lokal um die Ecke essen.«

»In welchem kleinen Lokal? Um welche Ecke?«

»Das überlasse ich dir.«

»Einverstanden. Um acht?«

»Um acht.«

Ich drückte auf die Gabel und wählte TJs Nummer und gab beim Signalton Lisas Nummer ein. »Ein Freund mit einem Piepser«, erklärte ich ihr. »Vermutlich ruft er jeden Augenblick zurück. Wenn es klingelt, sollte sofort einer von uns abheben, bevor sich der Anrufbeantworter einschaltet.«

»Gehen Sie doch dran, Matt. Ich will mit niemandem sprechen. Wenn es nicht für Sie ist, sagen Sie einfach, falsch verbunden.«

»Aber dann würde er doch bloß noch mal anrufen.«

»Die können mich alle mal.« Sie kicherte. »Ich habe schon eine Ewigkeit nichts mehr getrunken. Ich merke den Scotch ganz schön. Haben Sie gerade mit Elaine gesprochen?«

»Ja.«

»Ich mag Elaine.«

»Ich auch.«

»Mir ist so warm«, sagte sie und stand auf. »Das ist das Problem, wenn man Fenster nach Westen hat. Es wird so heiß am Nachmittag. In diesem Sommer mußte ich jeden Nachmittag die Rolläden runterlassen, sonst hätte sich die Wohnung schneller aufgeheizt, als die Klimaanlage mitgekommen wäre. Und dann mußte ich immer dran denken, sie rechtzeitig zum Sonnenuntergang wieder hochzulassen.« Sie zog den Blazer aus und hängte ihn über die Lehne eines Stuhls. »Können Sie noch bis Sonnenuntergang bleiben, Matt?«

»Ich glaube nicht.«

»Wir haben einen Videorecorder. Ich bräuchte ihn bloß ans Fenster anzuschließen und ihn für Sie abspielen. Ach, Scheiße, schon wieder.«

»Was schon wieder?«

»Ich habe ›wir‹ gesagt statt ›ich‹. *Ich* habe einen Videorecorder. Aber man kann Sonnenuntergänge nicht auf Video aufnehmen, oder? Man muß sie live sehen. Da gibt es so ein Video von einem Aquarium. Haben Sie das schon mal gesehen?«

»Ich glaube, ich habe mal davon gehört.«

»Glenn hat es sich mal ausgeliehen, ob Sie's glauben oder nicht. Einfach um zu sehen, wie es ist. Richtig unheimlich. Es war wirklich so, als würden echte Fische im Fernseher rumschwimmen, als wäre der Fernseher ein Aquarium. Wissen Sie, was es mal geben könnte?«

»Was?«

»So was wie einen riesigen Bildschirm, den man an eine Wand ohne Fenster hängt oder auch vors Fenster, wenn es bloß auf einen Lichtschacht rausgeht. Und dann könnte man sich Sonnenuntergangvideos kaufen, und es wäre, als würde man aus seinem eigenen Fenster sehen, und es wäre sogar noch besser, weil man es zu jeder beliebigen Zeit abspielen könnte. Man könnte zum Beispiel um zwei Uhr morgens einen tollen Sonnenuntergang haben. Ist doch eine fantastische Idee, oder nicht?«

»Fantastisch.«

»Finde ich jedenfalls schon. Matt, wissen Sie, was ich gern hätte?«

»Was?«

Das Telefon klingelte. »Ich hätte gern, daß Sie rangehen«, sagte sie.

Es war TJ, der sich beklagte, daß ich den ganzen Tag nicht zu erreichen gewesen war. »Ich hab sie gefunden«, sagte er, »und dann hab ich sie wieder verloren.«

»Die Zeugin?«

»Sie hat gesehen, wie's passiert ist. Ist bloß nicht so einfach, was aus ihr rauszukriegen. Sie ist schüchtern wie ein Kind.«

»Wie heißt sie?«

»Wir sind am Telefon, Xenophon. Da sagt man keine Namen. Außerdem ist der Name, den sie mir gesagt hat, wahrscheinlich sowieso bloß ein Straßenname. Ist jedenfalls ein Mädchenname, deswegen kann's schlecht der sein, den sie bei ihrer Geburt gekriegt hat.«

»Ist sie eine Transsexuelle?«

»›TS‹ ist ihr Wort dafür. Hab immer gedacht, die Buchstaben stehen für was anderes. Ich hab zu ihr gesagt, hey, du bist TS, und ich bin TJ, vielleicht sind wir ja um ein paar Ecken miteinander verwandt.«

»Geht sie anschaffen? Arbeitet sie auf dem Strich?«

»Sie arbeitet dran, ein Mädchen zu werden. Ich hab mich an sie gehängt, solange es ging, und hab die ganze Zeit versucht, dich zu erreichen. Einmal, wie du mich angepiepst hast, war kein Telefon in der Nähe. Und als ich dann eins gefunden habe, war belegt. Und als ich endlich durchgekommen bin, war so ein komischer Typ dran, der kaum Englisch konnte. Hab ihm gesagt, Mann, was mußt du ans Telefon kommen, wenn's gar nicht für dich ist? Wahrscheinlich versucht er immer noch, das auf die Reihe zu kriegen.«

»Du sagst, sie war dabei. Was hat sie gesehen?«

»Sie hat die zwei Typen gesehen, um die's geht.«

»Glenn und George?«

»Kann ich das am Telefon sagen? Ja, die zwei.«

»Hat sie gesehen, wie die Schüsse gefallen sind?«

»Sie behauptet, nein. Hat nur gesehen, was kurz zuvor und kurz danach war. Hat gesehen, wie der eine dagelegen ist und der andere seine Taschen durchsucht hat.«

»Oder sich über ihn gebeugt hat und die Patronenhülsen aufgehoben hat.«

»Genau das hab ich auch gedacht. Wahrscheinlich willst du ihr selbst ein paar Fragen stellen.«

»Eine ganze Menge. Wo ist sie?«

»Ständig auf Achse. Um vier hatte sie einen Termin beim Arzt, wollte mich aber nicht mitnehmen. Hab allerdings versucht, ihr zu folgen.«

»Und? Hast du's getan?«

»Das ist doch, was Detektive machen, oder? Bloß mußt du mir da noch ein bißchen was beibringen. Ich hab's nicht besonders schlau angestellt.«

»Ist ja auch nicht einfach.«

»Ich bin ihr in die U-Bahn gefolgt, aber der Zug ist mir vor der Nase weggefahren. Bin zwar über die Absperrung gesprungen, hat aber nichts mehr genützt, außerdem war da noch so ein Idiot, der mich wegen Schwarzfahrens melden wollte. Mann, habe ich gesagt, bleib mir bloß mit deiner Bürgerpolizeischeiße vom Hals, oder ich dreh dir den Hals um.« Er seufzte. »Aber sie ist mir entwischt.«

»Kannst du sie wieder finden?«

»Hoffe schon. Hab ihr meine Nummer gegeben und gesagt, sie soll mich anrufen, wenn sie beim Doktor fertig ist. Wenn nicht, suche ich beim Captain nach ihr.«

»Arbeitet sie da?«

»Sie arbeitet die Avenue rauf und runter. Oder unten in der West Street im Village. Braucht sich aber nicht so reinhängen wie manche von den anderen. Hat nämlich keinen Zuhälter und keine Kokainkiste.«

»Was ist dann ihre Kiste?«

»Wahrscheinlich könntest du sagen, sie hat ne Doktorkiste. Schmeißt ihr ganzes Geld für irgendwelche Behandlungen raus. Du würdest nicht für möglich halten, was die Ärzte alles mit dir machen, wenn du bescheuert genug bist, es mit dir machen zu lassen.«

»Im Kino«, sagte ich, »hat das Mädchen immer auf eine Operation gespart, aber die für ihren Bruder, damit er wieder gehen konnte.«

»Da sieht man wieder mal«, sagte er, »wie sich die Zeiten geändert haben.«

Ich sei noch fünfzehn bis zwanzig Minuten unter derselben Nummer zu erreichen, sagte ich TJ. Danach würde ich eine Weile im Hotel sein und dann bei Elaine. Aber ich würde die Anrufweiterleitung einschalten, wenn ich das Hotel verließ, so daß er bloß unter der üblichen Nummer anzurufen brauchte. Jederzeit, sagte ich. Auch wenn es schon spät sei.

Lisas Silhouette zeichnete sich gegen das Fenster ab. Jetzt, wo der blaue Blazer sie nicht mehr verhüllte, kamen die Konturen ihres Körpers besser zur Geltung. Vor allem ihre Brüste und ihr Hintern zogen meinen Blick an. Sie sagte: »Ich habe gehört, Sie bleiben noch zwanzig Minuten hier.«

»Wenn es Ihnen recht ist.«

»Natürlich ist es mir recht. War das ein Informant, mit dem Sie gesprochen haben? Gibt es irgendwas Neues? Was ist so komisch?«

»Nichts. Ich habe gerade mit einem Jungen gesprochen, der ab und zu für mich arbeitet. Er ist kein Informant. Allerdings habe ich ein paar Informanten, und mit denen sollte ich vielleicht mal sprechen.« Mit meinem Freund Danny Boy Bell zum Beispiel. »Er hat einen Augenzeugen aufgetrieben, der gesehen hat, wie die Schüsse gefallen sind – oder zumindest, was danach passiert ist. Ob uns das allerdings weiterbringt, muß sich erst noch zeigen. Dazu muß ich erst herausfinden, was sie genau gesehen hat – oder glaubt, gesehen zu haben –, und ich muß mir ein Bild davon machen, wie glaubwürdig sie ist.«

»Es ist also eine Frau?«

»Nicht ganz. Was aus dieser Augenzeugin rauszukriegen ist, wird wahrscheinlich nicht annähernd so aufschlußreich sein wie das, was ich heute vormittag bei Waddell & Yount erfahren habe.«

»Sie haben erwähnt, daß Sie im Verlag waren. Aber Sie haben mir noch nicht erzählt, was dabei herausgekommen ist.«

Dafür brauchte ich die vorgesehenen zwanzig Minuten und noch fünf oder zehn weitere. Ich erzählte ihr das meiste von dem, was ich von Eleanor Yount erfahren hatte, und verglich es mit dem, was Lisa Holtzmann über ihren Mann wußte. Ich stellte eine Menge Fragen und schrieb ein paar Seiten meines Notizbuchs voll, und zwischendurch ging sie in die Küche und schenkte sich nach. Ich hatte den Eindruck, daß der Inhalt ihres Glases diesmal etwas dunkler war, aber vielleicht lag es auch nur an der Beleuchtung. Wie es aussah, würden wir doch noch den Sonnenuntergang zu sehen bekommen.

Schließlich erhob ich mich von der Couch und sagte, ich müsse jetzt los. »Ich weiß«, sagte sie. »Sie treffen sich um acht mit Elaine und gehen in dem kleinen Lokal um die Ecke essen.«

»Sie haben mitgehört.«

»Ich habe Ihnen angeboten, Sie könnten im Schlafzimmer telefonieren.« Das ließ sie einen Moment im Raum stehen, bevor sie hinzufügte: »Aber erst gehen Sie ins Hotel zurück, um zu duschen.« Sie streckte die Hand aus, berührte meine Wange und fuhr mit den Fingern gegen den Strich nach oben. »Wahrscheinlich werden Sie sich auch rasieren.«

»Wahrscheinlich.«

»Ich werde mir einen Stuhl ans Fenster rücken und den Sonnenuntergang ansehen. Mir wär's bloß lieber, ich müßte es nicht allein tun.« Als ich nichts sagte, nahm sie mich am Arm und brachte mich zur Tür. Ihre Hüfte stieß gegen meine, und ich konnte den Scotch in ihrem Atem riechen und den Waldgeruch ihres Parfüms.

An der Tür sagte sie: »Rufen Sie mich an, wenn Sie was rausfinden, was ich wissen sollte.«

»Mache ich.«

»Oder auch nur zum Reden«, sagte sie. »Ich fühle mich ziemlich einsam.«

16

Bevor ich das Hotel verließ, steckte ich das Bündel mit den fünfzig Hundertdollarscheinen in die oberste Schublade meiner Kommode. *Dort werden sie zuallererst suchen,* sagte eine innere Stimme zaghaft. Sollen sie doch, dachte ich. Besser, sie finden es gleich, dann stellen sie mir wenigstens nicht die ganze Bude auf den Kopf. Ich schob die Schublade zu und ging nach unten, um mir ein Taxi zu Elaine zu nehmen.

Unser Abendessen war nicht gerade berauschend. Das Restaurant, das sie ausgesucht hatte, war tatsächlich ein kleines Lokal um die Ecke, ein Bistro, das sich Chien Bizarre nannte und auf dessen Logo ein stark gestutzter und anscheinend geistesgestörter Pudel zu sehen war. Elaine war Vegetarierin und konnte auf der Speisekarte nichts finden, was nicht vor kurzem noch geflogen oder geschwommen oder gekrochen war. Das passierte ihr nicht zum ersten Mal, und normalerweise läßt sie sich dadurch nicht die Stimmung verderben und bestellt einfach eine Gemüseplatte. In diesem Fall verdarb es ihr aber die Stimmung, und sie wurde auch nicht besser, als ich sie daran erinnerte, wer das Lokal ausgesucht hatte. Der Kellner trug noch das Seine dazu bei, indem er sich besonders begriffsstutzig stellte, als sie ihm erklärte, was sie wollte. Und in der Küche zerkochten sie das Gemüse und verlangten einen gesalzenen Preis.

Zu allem Überfluß war auch noch die Bedienung schlecht, und keiner von uns war sonderlich gesprächig. Es traten immer wieder lange Phasen des Schweigens ein. Manchmal ist das völlig in Ordnung. Es gibt eine AA-Gruppe, zu der ich gelegentlich gehe. Bei den Treffen sprechen die Teilnehmer nach Quakermanier nur dann, wenn sie sich dazu von innen heraus gedrängt fühlen. Das Schweigen zwischen den einzelnen Wortmeldungen kann sich deshalb manchmal ganz schön hinziehen, aber niemand wird deswegen nervös. Das Schweigen wird als Bestandteil des Treffens betrachtet. Auch Elaine und ich kennen solche Formen des Schweigens, die einem Gespräch sogar zusätzliche Intensität verleihen können.

Nicht diesmal. Diesmal waren es Phasen angespannten Schweigens, störend und unbehaglich. Ich versuchte nicht auf die Uhr zu sehen, aber es gab Momente, in denen ich einfach nicht anders konnte, und wenn sie mich dabei ertappte, vertiefte sich das Schweigen noch.

Auf dem Heimweg sagte sie: »Das einzig Gute ist, daß wir nicht weit nach Hause haben. Stell dir vor, wir müßten uns jetzt auch noch ein Taxi nehmen.«

»Wenn es nicht so nahe läge, wären wir nicht hingegangen.«

»Sollte das ein Witz sein, oder was?«

»Oh. Entschuldigung.«

An diesem Abend war der Türsteher ein alter Ire, der seit dem V-J Day zum Haus gehörte. »Abend, Miß Mardell«, sagte er gutgelaunt, ohne von meiner Anwesenheit Notiz zu nehmen.

»Abend, Tim«, sagte sie. »Schöner Tag heute, nicht wahr?«

»Ja, herrlich.«

Im Lift sagte ich: »Also, bei dem Kerl komme ich mir immer vor, als wäre ich Luft für ihn. Warum nimmt er keine Notiz von mir? Glaubt er, du willst mich geheimhalten?«

»Er ist ein alter Mann«, sagte sie. »So ist er eben.«

»Jeder auf der Welt ist entweder zu jung, um es besser zu wissen, oder zu alt, um sich noch zu ändern. Ist dir das schon mal aufgefallen?«

»Ob du's glaubst oder nicht, ja.«

Auf ihrem Anrufbeantworter war eine Nachricht. TJ hatte mir eine Nummer hinterlassen, unter der ich ihn anrufen sollte. Ich sagte Elaine, daß ich das besser gleich tun sollte. Mach nur, sagte sie.

Ich wählte die Nummer, und nach dem zweiten Läuten wurde abgehoben. Jemand mit einer rauchigen Stimme sagte: »Was kann ich für dich tun, Schätzchen?«

Ich fragte nach TJ. Er kam an den Apparat und sagte: »Alles in Butter, Jutta. Jetzt wär's grade günstig, wenn du vorbeikommen könntest.«

Ich sah Elaine an. Sie saß in dem schwarz-weißen Ohrensessel und schnitt Gesichter über die Kleider im Land's-End-Katalog. Ich hielt die Muschel zu und sagte: »Es ist TJ.«

»War doch auch seine Nummer, die du angerufen hast.«

»Er hat eine Zeugin aufgetrieben. Könnte wahrscheinlich nicht schaden, wenn ich gleich mal bei ihr vorbeischaue und ihr ein paar Fragen stelle, bevor sie den Laden wieder dichtmacht.«

»Na und? Du gehst doch sowieso hin, oder nicht?«

»Na ja, wir wollten eigentlich noch was unternehmen.«

»Dann blasen wir's eben ab.«

»Gib mir die Adresse«, sagte ich zu TJ.

»Vier achtundachtzig West Eighteenth, zwischen Ninth und Tenth. Auf dem Klingelschild steht kein Name, aber klingel einfach bei zweiundvierzig. Das ist im obersten Stock.«

»Bin gleich da.«

»Das wär nett, Matt. Ach, bevor ich's vergesse.« Er senkte die Stimme. »Ich hab ihr gesagt, daß ein paar Dollars für sie rausspringen. War das okay?«

»Kein Problem.«

»Ich dachte nur, weil wir diesmal mit Kohle knapp sind.«

»Inzwischen ist sie ein bißchen mehr geworden. Wir haben einen neuen Klienten.«

Ich legte auf und nahm meinen Mantel aus dem Garderobenschrank. Elaine fragte mich nach meinem neuen Klienten.

»Lisa Holtzmann«, sagte ich.

»Ach?«

»Glenn war raffinierter, als wir dachten. Er hat die Wohnung bar bezahlt.«

»Woher hätte er so viel Geld?«

»Das ist eins der Dinge, die ich für sie rausfinden soll.«

»Also hast du jetzt zwei Klienten.«

»Richtig.«

»Und einen Zeugen. Es geht also aufwärts.«

»Schätze schon. Ich weiß aber noch nicht, wie lange es dauern wird.«

»Wo mußt du hin?«

»Nach Chelsea. Dürfte an sich nicht länger als eine Stunde dauern.«

»Und dann hast du vor, wieder zurückzukommen?«

»Das hatte ich eigentlich vor, ja.«

»Aha.«

»Ist irgendwas?«

Sie hatte immer noch den Land's-End-Katalog in der Hand. Sie warf ihn auf den Tisch und sagte: »Irgendwie läuft heute abend alles schief. Warum, weiß ich nicht. Wahrscheinlich bin ich schuld daran. Aber wie es aussieht, werden wir es heute kaum mehr schaffen, den Karren aus dem Dreck zu ziehen. Du wirst dich bei der Befragung dieser Zeugin furchtbar beeilen, weil du denkst, du müßtest zu mir nach Hause kommen, und insgeheim machst du es mir dann zum Vorwurf –«

»Nein, mache ich nicht.«

»– und ich werde sauer auf dich sein, weil du so lange wegbleibst oder schlechtgelaunt nach Hause kommst. Du hast inzwischen, was den Fall angeht, Feuer gefangen und möchtest wahrscheinlich lieber noch verschiedenes anderes tun, wenn du mit der Zeugin fertig bist. Stimmt's?«

»Wahrscheinlich sollte ich noch mit Danny Boy sprechen«, gab ich zu. »Und mit ein paar anderen Leuten. Aber das hat noch Zeit.«

»Warum damit warten? Weil es hier gerade so lustig ist? Ruf mich morgen früh an. Wie wäre das?«

Ich sagte, das wäre in Ordnung.

Die Adresse, die mir TJ gegeben hatte, war eine Backsteinmietskaserne in der Tenth Avenue. Als ich mich vier Stockwerke hochgekämpft hatte, rief mir TJ von oben entgegen: »Noch eins, Heinz! Du schaffst das schon!«

Die zwei warteten in der Tür eines Apartments im obersten Stockwerk, das nach hinten rausging. Über TJs Gesicht lag etwas wie befangener Stolz. Er sagte: »Julia, darf ich dir Matthew Scudder vorstellen. Der Typ, für den ich arbeite, der Typ, von dem ich dir erzählt hab. Matt, das ist Julia.«

»Matthew«, sagte sie und gab mir die Hand. »Wirklich reizend, daß du kommst. Komm doch rein.«

Sie führte mich in einen Raum, der bis ins kleinste durchgestylt war. Die breiten Dielen des Fichtenbodens, abgeschliffen und versiegelt, waren knallrot lackiert. Die Wände waren von einem zarten Zitronengelb und so dicht mit Kunst behängt, daß kaum etwas von der Farbe zu sehen war. Die Kunstwerke waren, wie es sich gehört, matt lackiert und gerahmt und reichten von ein paar Quadratzentimeter großen Zeichnungen und Radierungen bis zu einem signierten Poster von Keith Haring und einem Filmplakat von *Paris brennt* über dem Day Bed. Die Beleuchtung war indirekt, unterstützt von verschiedenen Steh- und Tischlampen, darunter zwei mit Füßen in Form schwarzer Panther und mehrere mit Bleiglasschirmen. Vorhänge aus Perlschnüren schirmten die Kochnische und den Durchgang zum Bad ab. Viele der Perlen waren aus geschliffenem Glas und funkelten wie Diamanten.

»Es ist nichts Besonderes«, sagte sie, »aber es ist mein Zuhause. Nimm doch Platz, Matthew. Ich glaube, du wirst den Stuhl da bequem finden. Und ich glaube, ich werde mir ein Glas Sherry genehmigen. Darf ich dir auch eines bringen?«

»Nein, danke.«

»Er trinkt nicht«, sagte TJ. »Hab ich dir doch gesagt.«

»Weiß ich, daß du das gesagt hast«, sagte Julia. »Aber es wäre einfach unhöflich, ihm nichts anzubieten. Ich hab auch Coke da, Matthew.«

»Dagegen hätte ich nichts einzuwenden.«

»Mit Eis? Und einem Schnitz Zitronenschale?«

Sie machte mir das Coke und für sich selbst einen Sherry. TJ hatte schon einen Drink. Sie setzte sich auf das Day Bed, zog ihre Beine unter sich hoch und klopfte mit der Handfläche auf die Stelle neben ihr. Als TJ nicht reagierte, warf sie ihm einen Blick zu und klopfte noch mal auf das Day Bed. Er setzte sich.

Sie sah richtig exotisch aus. Ihre goldbraune Haut schien von innen heraus zu leuchten. Sie hatte kleine Ohren, eine lange, schmale Nase und volle, rote Lippen. Ihre Augen und die hohen Backenknochen verliehen ihr einen leicht asiatischen Touch. Ihre

Wangen waren flaumig, und nichts deutete darauf hin, daß sie sich mal hatte rasieren müssen. Ihr Haar, Schnitt à la Sassoon, war ein gesträhntes Blond, das ihr hervorragend stand, auch wenn es genetisch höchst unwahrscheinlich war. Sie war schlank, etwa eins siebzig groß und bestand hauptsächlich aus Beinen. Der Harems-pyjama, den sie trug, brachte ihre Figur hervorragend zur Geltung: üppige Oberweite, schmale Taille, knackiger Hintern. Sie trug Lippenstift und Nagellack und klimpernde Ohrringe und perlen-bestickte Pantöffelchen und sah absolut umwerfend aus.

Ich sagte, was mir als erstes in den Sinn kam. »Du würdest jeden reinlegen.«

»Danke.«

»Du heißt Julia?«

»Früher war's Julio.« Sie sprach es spanisch aus. »Ich war mal ein männlicher Hispanic. Jetzt bin ich ein weibliches Wesen unbe-stimmter Herkunft.«

»Wie lange bist du schon eine Frau?«

»Fünf Jahre, in dem Sinn, wie du meinst. Sonst mein ganzes Leben lang.«

»Hast du schon die Operation gehabt?«

»*Die* Operation? Ich habe schon jede Menge Operationen ge-habt. Und werde weitere haben. Aber *die* Operation hatte ich noch nicht.«

»Verstehe.«

»Ich hatte Gesichtsoperationen und Brustvergrößerungen.« Sie legte die Hände unter ihre Brüste. »Mit Silikon vollendet, was mit Hormonbehandlungen begann. Ich habe mir ein paar Backenzähne ziehen lassen. Die nächste Operation, wenn ich das Geld beisam-menhabe und den Mumm aufbringe, wird hier sein.« Sie tippte mit dem Finger an die Kehle. »Sie schälen mir den Adamsapfel. Das ist der letzte verräterische Hinweis, aber zumindest können sie ihn erheblich reduzieren. Ist allerdings ein komisches Gefühl, wenn man sich vorstellt, sie schnippeln hier rum. Aber ich glaube, es ist die Sache wert, und es bleibt keine Narbe.« Sie nippte an ihrem bernsteinfarbenen Sherry. »Und es macht einen nicht so nervös wie *die* Operation.«

»Das kann ich mir denken.«

Sie lachte. »Na ja, wahrscheinlich kannst du das wirklich. Und vor allem hat sie so was Endgültiges. Du kannst nicht plötzlich ankommen und dem Arzt sagen, du hast es dir anders überlegt, er soll dir alles wieder annähen. Sieh dir nur mal TJ an. Ihm wird schon ganz kribbelig, wenn ich bloß darüber rede.«

»Läßt mich doch völlig kalt«, sagte er.

»Ach ja, wirklich? Findest du nicht auch, Matthew, daß TJ ein reizendes Mädchen abgäbe?«

»Hör auf mit dem Scheiß.«

»Ich dachte, es läßt dich völlig kalt? Ich meine, TJ hat eine gute Größe, nicht so absurd lang wie manche TSs. Um die Schultern vielleicht ein bißchen breit, aber das läßt sich regeln.« Sie wandte sich ihm zu und legte ihm eine Hand auf die Brust. »Du wärst begeistert, TJ. Wir könnten zusammen Mädchen sein. Könnten mit unseren Titten rumspielen, unsere Muschis aneinanderreiben.«

»Muß das sein?«

»Entschuldige«, sagte sie. »Du hast recht. So was tut eine Dame nicht.«

»Laß den Scheiß einfach, ja?«

Ich sagte: »Julia, ist es richtig, daß du an dem Abend, an dem Glenn Holtzmann erschossen wurde, anschaffen warst?«

»Wir kommen also zur Sache, ja?«

»Wird langsam Zeit, finde ich.«

Sie seufzte. »Männer. Nie haben sie Zeit fürs Vorspiel. Warum bloß immer diese *Eile?* Warum laßt ihr euch nicht ein bißchen Zeit, um die, äh, Blumen zu riechen?« Als ich zögerte, lachte sie kehlig und beugte sich vor, um mir kameradschaftlich das Knie zu tätscheln. »Verzeih mir. Manchmal treibe ich's wirklich ein bißchen zu weit. Ja, ich war da.«

»Was genau hast du gesehen?«

»Ich habe Glenn gesehen.«

»Kanntest du ihn?«

»Nein. Ach so, weil ich ihn gerade beim Vornamen genannt habe? Ich meine, der Mann ist tot, wozu da irgendwelche Förmlichkeiten. Doch nein, ich kannte ihn nicht.«

»Hast du ihn vor diesem Abend schon mal gesehen?«

»Auf der Straße, meinst du? Ich glaube nicht. Bist du oft in der Eleventh Avenue? Ich glaube nämlich nicht, daß ich dich dort schon mal gesehen habe.«

»Ich wohne in der Nähe«, sagte ich. »Aber nein, ich komme dort nicht sehr oft vorbei.«

»Das tut niemand. Dort gibt's nicht viele Leute, die zu Fuß unterwegs sind, jedenfalls keine, die spazieren gehen. Außer denen, die was zu verkaufen haben. Die Kunden kommen selten zu Fuß an. Normalerweise kommen sie mit dem Auto. Oder in einem Kombi, bloß bist du deines Lebens nicht mehr sicher, wenn du in so einen Kombi steigst. Ich hab eindeutig zuviel für meine Titten gezahlt, um sie mir von einem Psychopathen abschneiden zu lassen. Ohne Übertreibung, das ist letztes Jahr einem Mädchen drüben in der East Side passiert. Du hast sicher davon gelesen.«

»Ja.«

»Er war zu Fuß unterwegs«, fuhr sie fort. »Glenn. Gutaussehender Mann, schick angezogen. Erst hielt ich ihn für einen Freier, aber er hat die Mädchen keines Blickes gewürdigt. Sogar die Schüchternen, die Typen, die sich nicht trauen, dich anzusprechen, schauen tun sie trotzdem. Kann zwar sein, daß sie nur ganz verstohlen spechten, statt dich so richtig voll anzuglotzen, aber zumindest sehen sie dich an.«

»Und das hat er nicht getan.«

»Nein, was hieß, daß er mich auch nicht interessierte. Ich muß schließlich Geld verdienen, also habe ich mich ganz darauf konzentriert und ihm keine weitere Beachtung geschenkt. Dann sah ich zufällig über die Straße, und da hat er telefoniert.«

»Du weißt nicht zufällig, wann das war?«

»Ich bitte dich. Ich weiß, es war Nacht, weil es draußen dunkel war.«

»Verstehe.«

»Dann hatte ich eine Verabredung. Ein Herr, mit dem ich mich schon mal getroffen hatte, obwohl ich ihn nicht als Stammkunden bezeichnen würde. Fährt einen Volvo-Kombi mit einer Nummer aus Jersey. Eins von diesen stillen Wassern, du weißt schon. Wir sind um die Ecke gefahren und haben geparkt.« Sie steckte sich den Zeigefinger in den Mund und saugte daran und sah mich dabei die ganze Zeit an. »Hat nicht lange gedauert.«

Ich sah TJ an. Seine Miene blieb so ausdruckslos, wie es ihm nur möglich war.

»Dann«, fuhr sie fort, »war ich wieder an meinem Stammplatz. Jetzt warte mal. Ich war auf der anderen Seite der Avenue und näher bei der Ecke Fifty-fourth Street. Er war an der Ecke Fifty-fifth, vor der Honda-Vertretung. Hab ich ihn da schon gesehen? Ich glaube nicht. Ich glaube nicht, daß ich einen Grund hatte, da rüberzusehen.«

»Und?«

»Und genau in dem Augenblick kam ein Auto an, und ein Mann ließ das Fenster runter, und wir fingen ein Gespräch an. Wir haben nicht lange verhandelt, aber während wir noch redeten, fiel ein Schuß.«

»Auf der anderen Straßenseite.«

»So hörte es sich jedenfalls an, obwohl ich es nicht mit Sicherheit sagen könnte. Ich bin auch nicht sicher, daß es wirklich ein Schuß war. Aber das war es, was ich dachte.«

»Wie viele Schüsse waren es?«

»Drei, aber das weiß ich aus den Nachrichten. Ich hab nicht mitgezählt, als es passiert ist. Ich hab auch gar nicht weiter aufgepaßt, ich war mit meinen Verhandlungen beschäftigt, die übrigens schnell im Sand verliefen. Mein neuer Verehrer wollte mich ohne Hinzuziehung eines Kondoms ficken. ›Ich hab keine Angst‹, sagte er. ›Ich seh doch, daß du gesund und gepflegt bist.‹ Allerdings, und das will ich auch bleiben, besten Dank. Ich war also mit was anderem beschäftigt als mit Schüssen. Dann einigten wir uns drauf, uns nicht einig zu werden, und ich trat zurück, und er fuhr weg, und in dem Moment fiel der vierte Schuß.«

»Wieviel Zeit verstrich zwischen dem dritten und vierten Schuß?«

»Keine Ahnung. Was mir durch den Kopf ging, als ich den vierten Schuß hörte, war etwas in der Art wie, ach, richtig, da sind ja vorher schon ein paar Schüsse gefallen. Ich hab sie gehört, aber ich hab mir nichts weiter dabei gedacht.«

»Was hast du dann getan?«

»In die Richtung gesehen, aus der der Schuß kam. Aber der Wagen stand noch vor mir, als der Schuß fiel, und dann hat mir der Verkehr auf der Avenue die Sicht auf die Ecke versperrt. Als ich endlich was sehen konnte, sah ich Glenn, der auf dem Gehsteig lag. Bloß daß ich natürlich nicht wußte, daß er's war.«

»Weil du seinen Namen noch nicht gehört hattest.«

»Richtig, und ich wußte nicht mal, daß es der Mann war, den ich vorher gesehen hatte, weil er mit dem Gesicht nach unten lag und jeder x-beliebige hätte sein können. Nach allem, was ich wußte, war der Mann, den ich zuvor gesehen hatte, nach Hause gegangen, während ich mit Mr. Machismo ins Geschäft zu kommen versuchte. Später habe ich dann sein Bild in der Zeitung gesehen, und da wußte ich natürlich, daß ich ihn gesehen hatte. Aber als es passiert ist, war der einzige, den ich kannte, George.«

»George Sadecki. Aber ihn hast du doch auch nicht gekannt, oder? Bevor du ihn in der Zeitung oder im Fernsehen gesehen hast, meine ich.«

Sie schüttelte den Kopf. »George habe ich ständig gesehen. Erst hatte ich Angst vor ihm – so, wie der einen immer angestarrt hat. Aber alle haben gesagt, ach, das ist George, der ist harmlos. Also habe ich ihn immer gegrüßt, wenn ich ihm begegnet bin. ›Hi, George!‹ Aber er hat nie reagiert.«

»Und du hast ihn an dem Abend gesehen, an dem die Schüsse gefallen sind?«

»Wie er sich über den Toten gebeugt hat.«

»War das das erste Mal, daß du ihn an dem Abend gesehen hast?«

»Keine Ahnung. Dazu mußt du wissen, daß George in der Gegend zum festen Inventar gehörte. Da erinnert man sich nicht daran, wie oft man ihn an dem Tag schon gesehen hat oder unter welchen Umständen. Ich könnte ihn kurz zuvor gesehen haben oder eine Woche zuvor. Ob ich ihn und Glenn zusammen gesehen habe? Nein, nicht bevor die Schüsse fielen.«

»Und er hat sich über den Toten gebeugt. Was, glaubst du, hat er getan?«

»Das konnte ich nicht erkennen. Vielleicht hat er geschaut, ob der Mann noch gelebt hat oder schon tot war. Vielleicht hat er nach seiner Geldbörse gesucht.«

»Hast du angenommen, daß er Holtzmann erschossen hat?«

»Nein, weil ich gleich gesehen habe, daß es George war, und er galt doch als harmlos.«

»Du hast nicht gewußt, daß er eine Waffe hatte?«

»Davon hat niemand was erzählt, und gezeigt hat er sie mir auch nicht.«

»Du hast nicht gesehen, daß er eine Waffe in der Hand hatte, als er sich über den Toten gebeugt hat?«

»Nein, aber er war ziemlich weit weg. Ich trug zwar meine Kontaktlinsen, aber auch so hätte ich nicht sehen können, ob er was in der Hand hatte. Aber ich hatte den Eindruck, daß er beide Hände frei hatte.«

Ich ging das Ganze noch ein paarmal mit ihr durch, ohne viel mehr aus ihr herauszubekommen. Sie war sich besser klar darüber, was sie genau gesehen hatte, als ich angenommen hatte, aber die Schüsse selbst hatte sie nicht mitbekommen. Wenn ihre Aussage die Annahme, daß George unschuldig war, ein bißchen plausibler machte, dann war das auch schon alles. Mit Sicherheit beinhaltete sie keinen Hinweis auf die Identität des Mörders.

Ich fragte sie nach anderen möglichen Zeugen.

»Ich weiß nicht«, sagte sie. »In dieser Ecke tut sich wirklich erst ab Mitternacht so richtig was, und Hochbetrieb herrscht vor allem zwischen zwei und halb fünf Uhr morgens. Eine Menge Freier lassen sich vorher noch ordentlich vollaufen. Die Bars schließen um vier, und eine halbe Stunde danach gehen alle nach Hause oder in einen Laden, der durchgehend aufhat.«

»Du warst also schon früh am Anschaffen.«

»Ich fange gern früh an. Der frühe Mungo fängt die Kobra, wie unsere dunkelhäutigen Schwestern vom Subkontinent zu sagen pflegen. Weniger Kundschaft, aber auch weniger Konkurrenz. Nicht, daß ich Konkurrenz fürchten müßte.« Sie warf mir einen versteckten Blick zu. »Ich hab meine Verabredungen lieber, bevor die Kerle so besoffen sind, daß sie nicht mehr geradeaus schauen können. Verheiratete Männer. Du bist nicht verheiratet, oder? Jedenfalls trägst du keinen Ring.«

»Nein, ich bin nicht verheiratet.«

»Aber TJ sagt, du hast jemanden.«

»Ja.«

Sie seufzte. »Alle guten Männer sind vergeben. Wo waren wir gleich wieder? Ach ja, daß ich gern früh anfange. Ich geh gerne früh los und hab meine Verabredungen und mache den Laden dicht, sobald ich es mir leisten kann. Auf diese Weise habe ich den Rest der Nacht ganz für mich allein. Aber erst kommt das Geschäft. Apropos Geschäft –«

»Ja?«

»Ich bringe es zwar nur ungern zur Sprache, aber TJ hat gesagt, ich würde für meinen Zeitaufwand entschädigt.« Ich fand zwei Fünfziger in meiner Geldbörse. Geziert steckte sie die Scheine in den Ausschnitt ihres Oberteils. »Danke«, sagte sie. »Ist eigentlich ein bißchen unverschämt, Geld zu nehmen, bloß weil man rumsitzt und redet, aber du machst dir keine Vorstellung, was so ein Arzt kostet, und das Blue Cross übernimmt keinen Cent – wenn ich beim Blue Cross wäre, was nicht der Fall ist.« Sie berührte ihren Adamsapfel. »Ich werde diesen kleinen Makel beseitigen lassen, und du wirst dich in dem befriedigenden Gefühl wiegen können, dein Teil dazu beigesteuert zu haben. Aber ich bin sicher, deine Arbeit beschert dir viele befriedigende Momente.«

»Nicht so viele, wie man vielleicht meinen möchte.«

»Oh, du bist zu bescheiden. Ich schätze, bis Weihnachten kann ich mir den Apfel schälen lassen. Was das hier angeht« – sie tätschelte sich zwischen den Beinen –, »bin ich noch nicht sicher. Weißt du, jeder Mann, mit dem ich was zu tun habe, will wissen, wann ich ihn mir wegmachen lasse. Dann bin ich nämlich eine richtige Frau und um so begehrenswerter.«

»Und?«

»Trotzdem können neun von zehn nicht die Finger davon lassen. Bloß, wenn er angeblich so was Abstoßendes ist, wenn sie angeblich nichts damit zu tun haben wollen, warum wollen sie ihn dann ständig anfassen, während ich's ihnen besorge? Und sie wollen ihn nicht nur anfassen. Sie möchten eine Reaktion sehen. Sie wollen ihn in den Mund nehmen, obwohl sie davon nun wirklich nichts verstehen. Sie wollen ihn an allen nur erdenklichen Stellen.« Sie sah ihr Weinglas an und stellte es ab, als sie merkte, daß es leer war. »Das sind ganz normale Männer. Die meisten tragen einen Ehering. Die würden sich es von einem anderen Mann nie oral besorgen lassen, ganz zu schweigen, daß sie es ihm machen würden. Aber mich betrachten sie als Frau, und das hat einen befreienden Effekt für sie. Es erlaubt ihnen, mit meinem Schwanz Spaß zu haben.« Sie zuckte mit den Achseln. »Wenn er so was Tolles ist, sollte ich ihn vielleicht behalten.«

Wir klärten die Frage, ob sie zu einer Aussage bereit sei, vor Gericht oder zumindest der Polizei gegenüber. »Auf gar keinen Fall«, sagte sie. »An dem Abend war ich nämlich allein zu Hause. Ich hab mir *A Star Is Born* angesehen und Popcorn aus der Mikrowelle gemampft. Im Ernst. Es gibt genug Zuhälter, die es einem Mädchen, das selbständig arbeitet, gern heimzahlen würden. Da brauchst du bloß mit einem Bullen reden, ihm sagen, wie toll er in seiner Uniform aussieht, und schon kommt jemand auf die Idee, er müßte dir eine Lektion erteilen. Kommt also überhaupt nicht in Frage. Ich rede mit niemandem Offiziellem.«

Ich trank mein Coke aus und sagte, ich müsse langsam los.

»Nachdem du jetzt weißt, wo ich zu finden bin«, sagte sie, »hoffe ich, du kommst mal wieder vorbei. Willst du auch schon gehen, TJ? Er ist doch richtig süß, oder nicht, Matthew? Macht richtig Spaß, den Jungen aufzuziehen. Nur schade, daß er nicht ein bißchen hellere Haut hat, um besser sehen zu können, wie er rot wird.«

Sie ging auf TJ zu und legte ihm den Arm um die Schulter. Sie war ein paar Zentimeter größer als er. Sie drückte sich an ihn und flüsterte ihm was ins Ohr. Dann ließ sie ihn los und tänzelte lachend zur Tür.

Ich folgte TJ die fünf Stockwerke hinunter, und keiner von uns sagte ein Wort. Draußen auf der Straße sagte ich, ich hätte Lust auf eine Tasse Kaffee. Wir gingen zur Tenth Avenue, aber außer ein paar Bars war nichts offen. Wir gingen zur Ninth zurück und fanden einen kubanisch-chinesischen Imbiß mit einem einsamen Gast an der Theke. Wir setzten uns an einen Tisch, und ich bestellte *café con leche*. TJ wollte ein Glas Milch.

»Das war also Julia«, sagte er.

»Man hätte denken können, ihr seid alte Freunde, so wie sie sich aufgeführt hat.«

»Na ja, sie ist der Typ, der schnell Freunde findet. Ganz schön verrücktes Huhn, hm?«

»Ich fand sie ganz sympathisch.«

»Echt?«

»Mhm.«

»Jedenfalls eine ziemlich gute Zeugin.«

»Eine sehr gute sogar. Sie hat zwar nicht alles gesehen, aber bei dem, was sie gesehen hat, war sie sehr präzise. Hast du gut gemacht, sie aufzutreiben.«

»Ist im Service inbegriffen.«

»Ist irgendwas, TJ?«

»Nein, alles klaro.«

Wir verstummten. Der Kellner – er ging wie auf rohen Eiern – brachte TJs Milch und meinen Kaffee.

Ich sagte: »Da ist noch was, wo du mir helfen könntest.«

»Was?«

»Ich brauche eine Kanone.«

Er bekam große Augen, aber nur für einen Moment. »Was für eine?«

»Am besten einen Revolver.«

»Kaliber?«

»Achtunddreißig. Irgendwas um die Gegend.«

»Und eine Schachtel Munition?«

»Nur, daß sie geladen ist.«

Er überlegte. »Wird dich aber eine Stange kosten.«

»Wieviel schätzt du?«

»Keine Ahnung. Hab noch nie eine Kanone gekauft.«

Er nahm einen Schluck Milch, fuhr sich mit dem Handrücken über den Mund und machte sich mit einer Papierserviette die Hand sauber. »Ich kenne zwei, drei Typen, die so was verkaufen. Ist also kein Problem. Sagen wir mal, einen Hunderter, etwas um den Dreh?«

Ich zählte die Scheine und drückte sie ihm in die Hand. Er ließ seine Hand in den Schoß sinken, so daß sie von der Straße nicht zu sehen war, und fächerte die Scheine auf. Dann sah er mich fragend an. »Dreihundert«, sagte ich. »Hundert für die Arbeit, die du bisher getan hast. Damit ich dir nichts schuldig bin. Der Rest ist für die Kanone. Möglicherweise kostet sie mehr, als du denkst. Aber egal, was sie kostet, du kannst den Rest behalten.«

»Stark.«

»Aber irgend etwas hast du doch«, sagte ich. »Wenn du meinst, es ist zu wenig, dann sag's ruhig.«

»Quatsch. Das ist es nicht.«

»Na schön.«

»Willst du wissen, was es ist? Diese Julia ist es, Mann.«

»Ach.«

»Ich meine, was ist sie nun eigentlich? Ein Mann oder eine Frau?«

»Immerhin reden wir die ganze Zeit von ›ihr‹. Das täten wir kaum, wenn sie keine Frau für uns wäre.«

»Sie ist jedenfalls anders als jeder Typ, den ich sonst kenne.«

»Allerdings.«

»Sieht auch nicht wie einer aus. Wenn du sie auf der Straße siehst, kommst du doch nie im Leben auf die Idee, sie könnte was anderes als ne Frau sein.«

»Allerdings nicht.«

»Nicht mal aus der Nähe. Bei den meisten, da merkst du's gleich, aber bei ihr nicht.«

»Richtig.«

»Wenn's ein Typ mit ihr treibt, was wird der dann?«

»Glücklich wahrscheinlich.«

»Jetzt mal ohne Scheiß, Mann. Wird der dann nicht schwul?«

»Das weiß ich nicht.«

»Wenn du schwul wärst, dann wärst du doch auf Männer scharf, oder? Dann würdest du dich doch auf niemand einlassen, der aussieht wie eine Frau?«

»Wahrscheinlich nicht.«

»Und wenn du eine Frau willst«, fuhr er fort, »dann suchst du dir doch keine, die einen Pimmel hat.«

»Da bin ich ehrlich überfordert.«

»Und warum redet er ständig so n Scheiß, daß ich ein tolles Mädchen abgebe?« Er hielt seine Hände so vor seinen Brustkorb, als umfaßte er zwei Brüste, und sah stirnrunzelnd darauf hinab. »Ganz schön bescheuert. Warum sagt die so was?«

»Es macht ihr einfach Spaß, Leute hochzunehmen.«

»Ja, das kann sie wirklich gut. Warst du schon mal mit so jemandem wie sie zusammen?«

»Nein.«

»Würde dich das mal jucken?«

»Keine Ahnung.«

»Du hast ja Elaine, aber wenn du sie nicht hättest?«

»Ich weiß es wirklich nicht.«

»Weißt du, was sie mir vorhin ins Ohr geflüstert hat?«

»Wahrscheinlich, daß du zurückkommen sollst, sobald du mich losgekriegt hast.«

»Das hast du gehört, oder?«

»Nur geraten.«

»Gut geraten. Tolle Wohnung, die sie da hat. Hab noch nie einen roten Boden gesehen, außer Linoleum.«

»Ich auch nicht.«

»Und die ganzen Bilder. Dauert tagelang, bis du dir die alle angesehen hast.«

»Gehst du wieder hin?«

»Ich überleg's mir jedenfalls. Das Luder hat mich ganz schön durcheinander gebracht. Ich weiß echt nicht, was ich will, wenn du weißt, was ich meine.«

»Ich weiß, was du meinst.«

»Wenn ich hingehe, fühle ich mich komisch. Und wenn ich nicht hingehe, fühle ich mich auch komisch, weißt du?« Er schüttelte den Kopf, schnalzte mit der Zunge, seufzte schwer. »Vielleicht hab ich einfach Schiß.«

»Und wenn du nicht hingehst?«

Plötzlich grinste er. »Schiß, daß ich vielleicht was versäume.«

Ich fand Danny Boy in einer seiner beiden Stammkneipen, im Poogan's in der West Seventy-second Street. Er saß an seinem Stammplatz, eine eisgekühlte Flasche Wodka neben sich. Er hatte sein rechtes Bein über das linke Knie geschlagen und betrachtete seinen Schuh. Genaugenommen war es eine Stiefelette, beige, mit flachem Absatz.

»Weißt du, was das für ein Leder ist?«, fragte er.

»Straußenleder, oder?«

»Richtig, und das ist es, was mir zu denken gibt. Hast du mal einen Strauß gesehen?«

»Vor Jahren im Zoo.«

»Ich kenne sie nur von Channel Thirteen. *Natur.* Diese *National-Geographic*-Sendungen. Tolle Tiere. Können nicht fliegen, aber dafür rennen, was das Zeug hält. Stell dir mal vor, so ein Geschöpf zu töten, bloß damit du ihm die Haut abziehen und Stiefel draus machen kannst.«

»Soviel ich weiß, machen sie inzwischen die verrücktesten Sachen aus Naugahyde.«

»Was mich daran stört, ist gar nicht, daß sie sie umbringen. Es ist die Verschwendung. Die verwenden tatsächlich nur die äußere Hülle. Wenn sie wenigstens das Fleisch essen würden, wäre das was anderes, aber es schmeckt offensichtlich nicht besonders, weil du es sonst auf jeder Speisekarte finden würdest.«

»Straußenpiccata«, schlug ich vor.

»Ich dachte eigentlich mehr an Strauß-Wellington. Aber du weißt doch, was ich damit sagen will? Ich sehe Tausende von gehäuteten Straußenleichen vor mir, die einfach vor sich hinfaulen wie die Bisons in der Prärie.«

»Das Opfer habgieriger Straußenhäuter.«

»Angeführt von dem legendären Strauß Bill Cody. Findest du nicht auch, daß das pure Verschwendung ist?«

»Wahrscheinlich schon. Aber es sind schöne Stiefel.«

»Danke. Sollen auch lange halten. Ist sehr gutes Leder, Straußenleder. Und vielleicht ist es ja auch gut, daß wir sie wegen ihrer Häute töten. Wer weiß, vielleicht würde es hier sonst nur so wimmeln von Straußen. Wären bestimmt schlimmer als die Ratten. Größer sind sie ja weiß Gott.«

»Und wahrscheinlich rennen sie auch schneller.«

»Den Jones Beach könntest du dann glatt vergessen. Würdest keinen Platz mehr für dein Handtuch finden, weil alle paar Meter so ein Scheißstrauß rumsteht und den Kopf in den Sand steckt.«

Wahrscheinlich kannte er den Jones Beach auch von Channel Thirteen. Jedenfalls könnte ich wetten, daß er nie dort war. Danny Boy Bell, ebenso klein gewachsen wie elegant gekleidet, ist der Albinosohn schwarzer Eltern und genauso wenig geneigt, sich dem Tageslicht auszusetzen, wie Dracula. Nachts kann man ihn im Poogan's finden oder im Mother Goose, wo er Stoly oder Finlandia trinkt und Informationen speichert. Bei Tag kann man ihn überhaupt nicht finden.

Ich fragte ihn, was er über Glenn Holtzmann gehört hatte. Nichts, sagte er. Er wußte nur, was in der Zeitung stand, die Story von einem unschuldigen Opfer, einem bewaffneten Penner und zunehmender Gewalt auf den Straßen. Ich ließ durchblicken, daß es nicht unbedingt so gewesen sein müßte und daß der Ermordete für jemanden, der sein Gehalt per Scheck ausbezahlt bekam, verdammt viel Bargeld gehabt hatte.

»Aha«, sagte Danny Boy. »Hat wohl ein Doppelleben geführt? Hab allerdings nie etwas in der Richtung gehört.«

»Vielleicht könntest du dich ein bißchen umhören.«

»Das könnte ich. Und was machst du so, Matthew? Wie geht es der schönen Elaine, und wann wirst du sie zum Traualtar führen?«

»Genau das wollte ich dich gerade fragen, Danny Boy. Du bist derjenige, der auf alles eine Antwort hat.«

Ich fuhr ziemlich viel Taxi und suchte ein paar Leute auf, die ihre Ohren genausoweit offenhielten wie Danny Boy. Sie waren zwar nicht so gut angezogen und wußten auch nicht so unterhaltsam zu plaudern, aber manchmal kam auch ihnen was zu Ohren, und das war Grund genug, ihnen einen Besuch abzustatten.

Als ich fertig war, war es Mitternacht vorbei, und ich saß an der Theke bei Tiffany's, nicht dem Juwelier in der Fifth Avenue, sondern dem durchgehend geöffneten Coffee-Shop am Sheridan Square. Von dort war es nur ein Katzensprung zu einem Mitternachtstreffen in der Houston Street, in dessen Räumlichkeiten sich früher der berüchtigtste After-hours-Club des Village befunden hatte. Ich überlegte, ob ich hingehen sollte, aber ich hatte schon die Hälfte versäumt. Sie hatten auch noch um zwei ein Treffen, aber so lange wollte ich nicht aufbleiben.

Zu spät, um Elaine anzurufen.

Viel zu spät, um Tom Sadecki anzurufen, obwohl es langsam Zeit wurde, daß ich mich bei ihm meldete. Was ursprünglich wie ein Kampf gegen Windmühlen erschienen war, begann nach einer halbwegs realistischen Sache auszusehen. Je länger ich darüber nachdachte, desto mehr gelangte ich zu der Überzeugung, daß George Sadecki nichts mit Glenn Holtzmanns Ermordung zu tun hatte.

Mit ein bißchen Glück würde ich das auch beweisen können. Wenn ich in Holtzmanns Vergangenheit wühlte, würde ich auf jemanden stoßen, der ein Motiv hatte, und das war ziemlich oft schon die halbe Miete. Sobald man weiß, wer es war, braucht man es nur noch zu beweisen, und ich brauchte nicht so viele Beweise, um eine Verurteilung vor Gericht zu erwirken. Ich brauchte die zuständigen Behörden bloß so weit von Georges Unschuld zu überzeugen, daß sie die Anklage gegen ihn fallenließen. Damit er sich wieder uneingeschränkt seiner Lebensaufgabe widmen konnte, sich selbst eine Gefahr und anderen ein Ärgernis zu sein.

Ich bestellte noch eine Tasse Kaffee. Von einem Tisch am Eingang standen ein Mann und eine Frau auf und gingen an die Kasse. Der Mann nickte mir zu. Ich winkte zurück. Ich kannte ihn von den Perry-Street-Treffen ein paar Straßen weiter, zu denen ich manchmal ging, wenn ich gerade in der Gegend war.

Vielleicht sollten wir hierher ziehen, dachte ich. Jedenfalls hatte ich genügend Zeit im Village verbracht, als ich im Sechsten Revier

Dienst tat. Hier hatten Elaine und ich uns auch vor langer, langer Zeit kennengelernt.

Seitdem hatte das Viertel einige Veränderungen durchgemacht, aber alles in allem hatte es sich weniger verändert als der Rest der Stadt. Ein Großteil davon war zum historischen Gebiet erklärt worden, und die Häuser standen unter Denkmalschutz. Es gab weniger Hochhauser, und die verwinkelten Straßen mit ihren dreistöckigen Federal-Häusern hatten was Menschlicheres als die Viertel, in denen Elaine und ich im Moment wohnten. Ich hätte jede Menge Treffen zur Auswahl, Elaine könnte zu Fuß zu ihren Kursen an der NYU oder der New School gehen, und die Kunstgalerien von SoHo waren nur zehn Minuten entfernt.

War es das, was ich wollte?

Ich wußte, was ich wollte.

»Hier ist Matt«, sagte ich ihrem Anrufbeantworter. »Es ist schon spät, aber mir war noch ein bißchen nach, äh, Reden – wenn Sie noch auf gewesen wären. Ich rufe morgen vormittag wieder an.«

Sie nahm ab. »Hallo.«

»Es ist schon spät.«

»So spät auch wieder nicht.«

»Hoffentlich habe ich Sie nicht geweckt.«

»Nein, und wenn, hätte es auch nichts gemacht. Ich hatte gehofft, Sie würden anrufen.«

»Ja?«

»Ja.«

»Ich dachte nur …«

»Ja?«

»Ich dachte nur, ob Ihnen noch nach ein bißchen Gesellschaft ist. Aber ich schätze, dafür ist es schon zu spät.«

»Nein«, sagte sie. »Ist es nicht.«

Mein Taxi fuhr auf der Eighth Avenue in Richtung Uptown, bog an der Fifty-seventh links ab und mußte an der Ninth, gleich hinter dem Eingang meines Hotels, bei Rot warten. In Gedanken konnte ich mich zum Fahrer sagen hören, er solle mich hier rauslassen. Aber die Worte blieben unausgesprochen, und die Ampel schaltete auf Grün, und wir fuhren einen Block weiter nach Westen. Er machte eine verbotene, aber nicht ungebräuchliche Wende und lud mich vor meinem Fahrtziel ab.

Der Türsteher, der am Abend zuvor so mißtrauisch dreingeschaut hatte, erkannte mich sofort und lächelte. Trotzdem rief er oben an, lächelte noch mal und deutete auf den Lift. Im achtundzwanzigsten Stock ging auf mein Klopfen hin die Tür auf. Sie schloß sie hinter mir und legte die Kette vor, dann drehte sie sich um, um mich aus diesen tiefblauen Augen lange anzusehen.

Sie hatte einen Morgenmantel an, dunkelgrün mit gelber Paspelierung. Darunter war was Nachthemdartiges, rosa und dünn. Ihre Füße waren nackt.

Ich konnte ihr Parfüm riechen oder bildete es mir zumindest ein. Schwer zu sagen. Ich hatte es schon die ganze Taxifahrt über in der Nase gehabt.

Sie sagte etwas, und ich sagte etwas, aber ich kann mich nicht mehr an unsere Worte erinnern. Dann sagte ich was in der Richtung, es sei eine unruhige Nacht, und sie meinte, vielleicht sei Vollmond, und ging ans Fenster, um nachzusehen.

Ich folgte ihr und blieb hinter ihr stehen. Ich sah keinen Mond. Ich hielt auch nicht nach dem Mond Ausschau. Jedenfalls nicht im buchstäblichen Sinn.

Ich legte meine Hände auf ihre Schultern. Sie seufzte und lehnte sich gegen mich zurück. Ich konnte die Wärme ihres Körpers durch den Morgenmantel spüren. Sie drehte sich in meinen Armen herum und sah zu mir hoch, ihr Mund entspannt, ihre Augen riesengroß. Ich sah sie an, voller Angst, was ich finden könnte.

Und küßte sie, voller Angst, was ich versäumen könnte.

Danach lag ich da, spürte, wie der Schweiß auf meiner Haut abkühlte, und lauschte dem Schlag meines Herzens. Ich fühlte mich großartig, voller überschwenglicher Freude und zugleich von Trauer und Bedauern erfüllt.

Ich sagte: »Dann gehe ich jetzt wohl besser.«

»Warum?«

»Es ist schon spät.«

»Das hast du gesagt, als du angerufen hast. Und das hast du gesagt, als du gekommen bist.«

»Es wird von Minute zu Minute wahrer. Außerdem habe ich morgen einiges vor.«

»Du könntest hier bleiben.«

»Ich weiß nicht.«

»Warum nicht? Ich lasse dich schon schlafen.«

»Wirklich?«

»Ein bißchen jedenfalls.« Sie lag auf dem Rücken, die Hände auf ihrem flachen Bauch verschränkt, den Blick an die Decke gerichtet. Auf ihrer Oberlippe lag ein dünner Schweißfilm. Das Schweigen zog sich hin, und sie brach es, indem sie sagte: »Ich mag Elaine sehr gern.«

»Ja?«

»Doch, wirklich.«

Ich lag auf einem Ellbogen aufgestützt und sah auf sie hinab. »Ich auch.«

»Ich weiß, und –«

»Ich liebe Elaine«, sagte ich. »Elaine und ich, wir gehören zusammen. Das hier hat nichts mit mir und Elaine zu tun. Es ändert nichts an dem, was zwischen uns ist.«

»Warum bist du dann hier, Matt?«

»Ich weiß auch nicht.«

»Du hast mich doch angerufen, oder nicht?«

»Ja.«

»Was soll das Ganze also? Ist das im Service inbegriffen? ›Entschuldige, Liebling, ich ziehe ja nur sehr ungern schon gleich nach dem Essen wieder los, aber ich muß meine Klientin vögeln.‹«

»Laß das.«

»›Sie ist Witwe, und du weißt ja, wie das ist. Die Arme ist wahrscheinlich total ausgehungert.‹«

»Und wie bin ich wohl auf diese Idee gekommen?«

Sie sah mich an.

»Du wolltest heute nachmittag nicht, daß ich gehe«, sagte ich. »Du wolltest, daß ich dir helfe, den Sonnenuntergang ansehen.«

»Ich habe mich einsam gefühlt.«

»Mehr nicht?«

»Nein. Nein, ich habe mich auch von dir angezogen gefühlt. Und ich wußte, daß du dich von mir angezogen gefühlt hast. Zumindest war ich mir ziemlich sicher. Und ich wollte, daß es passiert.«

»Das ist es ja nun auch.«

»Ja, das ist es. Und jetzt wär's dir am liebsten, ich würde mich in einen Kürbis verwandeln. Oder eine Pizza oder eine Rauchwolke. Weil du Elaine liebst.«

Ich sagte nichts.

»Glaub mir«, sagte sie. »Ich möchte dein Leben nicht durcheinanderbringen. Ich möchte nicht deinen Ring am Finger tragen oder ein Kind von dir haben. Ich möchte nicht mal Blumen. Ich möchte bloß, daß du weiter der Detektiv bist, den ich engagiert habe, und ich möchte, daß du mein Freund bist.«

»Das ist nicht weiter schwer.«

»Wirklich?«

»Mhm. Außer daß diese beiden Rollen ein gewisses Konfliktpotential in sich bergen.«

»Wie meinst du das?«

»Ein Detektiv kann nicht umhin zu merken, wenn du lügst. Ein Freund sollte es übersehen.«

»Wann habe ich dich belogen?«

»Na ja, eigentlich eine ziemlich harmlose Lüge. Als ich dich anrief, hast du gesagt, du wärst noch wach. Aber du hattest dich bereits schlafen gelegt.«

»Wie kommst du darauf?«

»Dem Großen Detektiv kannst du nichts vormachen. Als du mir geöffnet hast, warst du in Nachthemd und Morgenmantel.«

»Und deshalb muß ich geschlafen haben, als du angerufen hast.«

»Richtig.«

»Im Nachthemd. Und als ich aufgestanden bin, habe ich den Morgenmantel übergezogen.«

»Wieder richtig.«

»Als du angerufen hast«, sagte sie, »bin ich im Wohnzimmer gesessen und habe mir auf HBO die *Fabulous Baker Boys* angesehen. Dabei hatte ich dasselbe an, was ich heute nachmittag anhatte.«

»Braune Hose und grünen Turtleneck.«

»Genau. Nachdem ich aufgelegt hatte, hab ich den Fernseher ausgeschaltet und mich ausgezogen. Ich habe etwas Parfüm aufgetragen, mein Make-up aufgefrischt und das Nachthemd und den Morgenmantel angezogen.«

»Oh.«

»Was vermutlich heißt, daß ich ein Flittchen bin, aber wen kümmert das schon? Mich nicht.« Sie nahm meine Hand zwischen ihre Hände. »Komm wieder ins Bett, Großer Detektiv. Wir suchen nach Spuren.«

Es war schon vier vorbei, als ich ging. Die Bars waren zu, was mir nur recht war. Als ich die Fifty-seventh Street überquerte und das Hotel betrat, gingen zu viele Dinge auf einmal in mir vor, um sie einzeln zu registrieren. Anstatt die verschiedenen Signale auseinanderzufummeln, wollte ich nur den Kasten abstellen.

Ohne an der Rezeption haltzumachen, ging ich direkt auf mein Zimmer, zog mich aus und stellte mich unter die Dusche. Manchmal gibt es um diese Zeit kein heißes Wasser, aber diesmal gab es jede Menge, und ich muß das meiste davon verbraucht haben.

Ich trocknete mich ab und ging sofort ins Bett. Ich hatte eine lange Liste von Dingen, über die ich nachdenken mußte, aber ich war zu müde, um damit anzufangen. Ich schloß die Augen und legte meinen Kopf auf das Kissen und war weg.

Ich hatte es geschafft, vorher noch den Wecker zu stellen, und um halb zehn riß er mich aus einem Traum. Bis ich den Wecker abgestellt hatte, war der Traum weg. Ich konnte mich bloß noch erinnern, daß ich mit einer Menge Leute in einem Zimmer war und daß ich nichts anhatte.

Ich duschte noch mal, rasierte mich und zog mich an. Bevor ich das Hotel verließ, machte ich an der Rezeption halt, um mich nach den Nachrichten zu erkundigen, die ich vorher nicht abgeholt hatte, aber es waren keine eingegangen. Das kam mir komisch vor, und ich war schon halb zur Tür hinaus, als mir einfiel, daß ich die Anrufweiterleitung nicht abgeschaltet hatte, nachdem ich bei Elaine gegangen war. Ich war direkt von ihrer Wohnung nach Chelsea gefahren und bis kurz vor Morgengrauen nicht mehr ins Hotel zurückgekommen.

Ich ging nach oben und tat, was ich tun mußte. Ich überlegte, ob ich Elaine anrufen und mich erkundigen sollte, ob jemand für mich angerufen hatte. Aber wenn es was Wichtiges gewesen wäre, hätte sie unten an der Rezeption angerufen. Das hatte sie schon mehrmals getan, wenn ich ähnlich vergeßlich gewesen war.

Außerdem trainierte sie wahrscheinlich gerade im Fitneßstudio ihre Muskeln. Und wenn nicht, na ja, mir war im Augenblick noch nicht danach, mit ihr zu sprechen.

Ich hatte einiges zu tun. Ich schob mir um die Ecke schnell ein Frühstück rein, nahm die U-Bahn nach Downtown zur Chambers Street und machte die Runde durch verschiedene Ämter. Dabei brachte ich ein paar interessante Einzelheiten über Glenn Holtzmann in Erfahrung, insbesondere was die bisherigen Besitzer der Wohnung betraf, in der ich gerade etwas begangen hatte, was verdammt nach Ehebruch aussah. Ursprünglich hatte das Apartment einer Firma namens MultiCircle Productions gehört, die es vor drei Jahren vom Bauträger erworben hatte. MultiCircle war offensichtlich konkurs gegangen, weil sie Glenn Holtzmann vor anderthalb Jahren von einer Gesellschaft gekauft hatte, die sich US Asset Reduction Corp. nannte. Verbrieft worden war der Kauf am dreizehnten April, einen Monat vor seiner Hochzeit mit Lisa.

Das war gewesen, bevor er ihr einen Heiratsantrag gemacht hatte, und um den Vertrag zu diesem Zeitpunkt rechtsgültig abschließen zu können, mußte er schon in Kaufverhandlungen getreten sein, bevor er Lisa überhaupt kennengelernt hatte, was mir etwas seltsam vorkam. Es sei denn, er verliebte sich in sie, weil er schon eine Wohnung für sie beide hatte. Oder er kaufte das Apartment, weil die Gelegenheit zu günstig war, um sie sich entgehen zu lassen. Bloß, wie günstig war die Gelegenheit nun genau gewesen? Es war nirgendwo herauszufinden, wieviel er für die Wohnung bezahlt hatte. Das sollte eigentlich urkundlich vermerkt sein, aber ich konnte keine Unterlagen finden.

Gegen vier ging ich telefonieren und erwischte Joe Durkin an seinem Schreibtisch. Ich sagte: »Weißt du, es ist wirklich zu blöd. Zufällig bin ich gerade um die Ecke vom Polizeipräsidium und kenne weit und breit keinen Menschen, den ich um einen Gefallen bitten könnte.«

»Also hast du mich angerufen.«

»Richtig. Eine kurze Frage. Dauert nicht mal eine Minute.«

»Meiner kostbaren Zeit.«

»Deiner kostbaren Zeit. War Glenn Holtzmann vorbestraft?«

»Herr Jesus auf Stelzen. Was wichst du dir da jetzt wieder für einen ab?«

»War er's?«

»Natürlich nicht.«

»Bist du sicher? Hast du dich persönlich davon überzeugt?«

»Jetzt hör aber mal, Matt. Glaubst du etwa, das hätte nicht jemand überprüft? Seit der Lindbergh-Entführung hat kein Fall mehr für so viel Wirbel gesorgt. Weißt du eigentlich, wie viele Leute wir darauf angesetzt haben?«

»Von denen jeder davon ausgegangen ist, daß jemand anderer das Naheliegendste tut.«

»Jetzt hör aber mal.«

»Tu mir doch einen Gefallen. Was kostet es schon, das nachzuprüfen?«

»Was soll das denn schon bringen? Vor allem in diesem Stadium. Ehrlich, ich verstehe beim besten Willen nicht, warum du dich immer noch mit diesem Stück Scheiße rumplagst. Wozu das Ganze?«

»Kostet dich höchstens zwanzig Sekunden. Brauchst es bloß auf deinem Computer abzurufen. Er rückt sofort damit raus, und dann wissen wir beide Bescheid.«

»Alles, womit der blöde Kasten rausrückt, ist ›Befehl ungültig‹, und wenn das nicht, dann ›Zugang nicht genehmigt‹. Kannst wirklich von Glück reden, daß du ausgestiegen bist, bevor wir diese Scheißkästen gekriegt haben. Und das schlimmste ist, diese Grünschnäbel, frisch von der Akademie, haben das alles in einer Minute intus. Da kommst du dir echt vor wie so ein Scheißdinosaurier …

Mist … Also, da wären wir. Keine Vorstrafe. Jetzt bist du baff, was?«

»Bist du sicher?«

»Ja, ich bin sicher, zumindest was Festnahmen wegen eines Verbrechens oder Vergehens angeht. Kann natürlich sein, daß er mal bei Rot über eine Ampel gefahren ist. Vielleicht hat er auch die Dreistigkeit besessen, seine Strafzettel nicht zu bezahlen. Das kann ich dir jedenfalls nicht sagen, und komm mir jetzt bitte nicht damit, ich soll meinem Computer sagen, er soll mal mit dem Computer von der Verkehrsüberwachung reden, weil ich das nämlich nicht tue.«

»Er hatte kein Auto.«

»Er könnte sich eins geliehen haben. Du kannst auch mit einem Leihwagen einen Strafzettel kriegen.«

»Ehrlich gesagt, interessieren mich keine Strafzettel.«

»Mich interessiert diese ganze Kacke nicht. Jetzt mal im Ernst, Matt, was ist eigentlich mit dir los? Warum gehst du der Sache immer noch nach?«

»Joe, ich bin noch nicht mal eine Woche dran.«

»Na und? Hör zu, ich muß jetzt los. Ruf mich an, wenn du dich wieder abreagiert hast, ja? Dann kannst du mich ja mal auf einen Hamburger einladen.«

Ich lud mich selbst auf eine Tasse Kaffee ein und überlegte, warum er so gereizt reagiert hatte. Wenn ich schon beim Opfer anfing, was nun wirklich das gängige Standardverfahren war, warum sollte ich dann nicht überprüfen, ob das Opfer vorbestraft war? Es war natürlich ziemlich unwahrscheinlich, daß das niemand überprüft hatte, aber warum nicht auf Nummer Sicher gehen? Und wieso tat er so erstaunt, um nicht zu sagen verächtlich, daß ich mich immer noch mit dem Fall beschäftigte?

Es war am Samstag nachmittag gewesen, als ich mit Tom Sadecki am Tisch gesessen und tausend Dollar von ihm bekommen hatte. Jetzt hatten wir Dienstag. Das waren vier Tage. Ich verstand das einfach nicht.

Dabei fiel mir wieder ein, daß ich eigentlich vorgehabt hatte, meinen Klienten anzurufen. Ich sah in meinem Notizbuch nach und versuchte es im Geschäft. Eine Frau ging dran und rief ihn ans Telefon, ohne mich nach meinem Namen zu fragen.

Ich sagte: »Tom, hier ist Matt Scudder. Ich dachte, ich wäre Ihnen einen ersten Lagebericht schuldig.«

»Wie soll ich das verstehen?«

»Na ja, ursprünglich wollte ich den Fall ja gar nicht übernehmen, aber inzwischen beginnt es so auszusehen, als wäre keineswegs auszuschließen, daß Ihr Bruder unschuldig ist. Ich habe zwar noch nichts, womit ich zum D. A. gehen könnte, aber ich sehe inzwischen nicht mehr annähernd so schwarz wie am Samstag.«

»Tatsächlich?«

»Auf jeden Fall, und ich dachte, Sie würden vielleicht gern mehr wissen.«

Darauf trat eine längere Pause ein, bevor er sagte: »Soll das ein Witz sein?«

»Ich verstehe wirklich nicht, was das eigentlich soll, Tom.«

»Können Sie auch nicht«, sagte er. »Können Sie wirklich nicht. Es kam gestern abend in den Spätnachrichten, und heute morgen stand es in allen Zeitungen, aber wahrscheinlich sehen Sie keine Nachrichten und lesen keine Zeitung.«

Mir wurde ganz flau im Magen. »Was ist passiert?«

»George«, sagte er. »Mein Bruder George. Sie haben ihn verlegt, von Bellevue nach Rikers zurück. Gestern abend hat ihm jemand ein Messer in den Bauch gerammt. Der arme Teufel, er ist tot. Mein Bruder George ist tot.«

18

»Tom«, sagte ich. »Das tut mir leid. Das tut mir furchtbar leid.«

»Ja, ich weiß. Ich hab's von meiner Schwester erfahren, sie hat mich gestern abend angerufen, sie hat es auf Channel Four gesehen. Offiziell benachrichtigt hat man uns erst eine halbe Stunde später. Stellen Sie sich das mal vor!«

»Was ist passiert?«

»O mein Gott. Ein anderer Kerl, ein Häftling. Auch aus Bellevue, wo er und George Streit miteinander hatten. Dann haben sie den Kerl in die psychiatrische Station oder Abteilung oder wie sie es in Rikers nennen verlegt und ein paar Tage später George auch. Und der Kerl stürzt sich auf ihn und ersticht ihn.«

»Das ist ja furchtbar.«

»Das Schönste kommt erst noch. Der Kerl sitzt im Rollstuhl.«

»Der Mann, der –«

»Ja, der Kerl, der ihn erstochen hat. Querschnittgelähmt, kann nicht mal seine Zehen bewegen, aber George kann er abstechen. Ist übrigens auch nicht das erste Mal. Sitzt ein, weil er seine Mutter mit dem Messer angegriffen hat. Mit einem Unterschied: Sie lebt noch.«

»Woher hatte er das Messer?«

»Es war ein Skalpell. Er hat es in Bellevue gestohlen.«

»Er hat es in Bellevue gestohlen und nach Rikers Island geschmuggelt?«

»Ja, er hat's mit Klebstreifen an die Unterseite seines Rollstuhls geklebt. Und er hatte das hintere Ende der Klinge mit Klebstreifen umwickelt, damit sie nicht so leicht abbricht. Ich meine, einige von diesen Kerlen sind ja verrückt wie eine Scheißhausratte, aber blöd sind sie deswegen noch lange nicht.«

»Nein.«

»Meine Schwester hat was Komisches gesagt. ›Jetzt brauche ich mir keine Sorgen mehr um ihn zu machen.‹ Daß er genügend zu essen hat, daß er keinen Ärger kriegt, daß er was zu schlafen hat. Genauso, wie sie damals gesagt hat, daß sie froh ist, daß sie ihn eingesperrt haben, ist sie jetzt noch froher, daß er tot ist. Obwohl, ich weiß natürlich genau, was sie meint. Jetzt kann ihm nichts mehr passieren. Jetzt kann ihm niemand mehr was tun, auch er selbst nicht. Und soll ich Ihnen mal was sagen, Matt?«

»Was?«

»Er ist noch keinen Tag tot, und schon habe ich ihn ganz anders in Erinnerung. Meine Großmutter mütterlicherseits hatte Alzheimer. Als sie schließlich starb, war sie nur noch ein Häufchen Elend. Sie wissen ja, wie die werden.«

»Ja.«

»Und das schlimmste daran war, daß wir sie ganz anders zu sehen anfingen, da ging es uns allen gleich. Sie war eine starke Frau, noch in Europa geboren, zog fünf Kinder groß, sprach vier Sprachen, kochte und putzte, als ob sie einen schwarzen Gürtel in Hausarbeit hätte, und plötzlich sabbelt diese Frau bloß noch und macht ins Bett und gibt Laute von sich, die nicht mal mehr menschlich sind.

Aber dann ist sie gestorben, und das war wirklich komisch, Matt, weil ich mich von einem Tag auf den anderen plötzlich wieder erinnern konnte, wie sie früher war, und das war auch bald alles, woran ich mich erinnern konnte. Wenn ich mir jetzt meine Großmutter vorstelle, sehe ich sie immer mit einer Schürze in der Küche stehen und in einem Topf auf dem Herd rühren. Ich muß mich richtig anstrengen, wenn ich sie mir in ihrem Bett im Pflegeheim vorstellen will.

Und mit George ist es schon fast dasselbe. Die Erinnerungen kommen einfach hoch – Dinge, an die ich schon jahrelang nicht mehr gedacht habe. Aus der Zeit, bevor er zum Militär ging, bevor er so komisch wurde. Aus der Zeit, als wir noch Kinder waren.«

Nach einer Weile fügte er hinzu: »Trotzdem ist es traurig.«

»Ja.«

»Was Sie gerade gesagt haben, daß er vielleicht unschuldig ist ... Fast wie ein schlechter Witz, hm?«

»Die Wahrscheinlichkeit ist sogar ziemlich hoch.«

»Meine spontane Reaktion war, furchtbar wütend zu werden. So ungefähr, wenn sie ihn nicht eingesperrt hätten, wäre das alles nicht passiert. Aber das ist natürlich Quatsch. Ich meine, schauen Sie doch, wie er gestorben ist, erstochen von einem Kerl im Rollstuhl. Wenn einem so was passiert, kann man eigentlich nur sagen, das mußte wohl so kommen. Schicksal, Karma, Gottes Wille oder wie Sie es sonst nennen wollen. Es stand einfach in den Karten.«

»Ich weiß, was Sie meinen.«

»Soll ich Ihnen was sagen? Was, wovon einem richtig schlecht werden könnte? Ich habe schon Anrufe von zwei Anwälten gekriegt, ich soll die Stadt New York verklagen. Ich habe berechtigte Ansprüche auf Schadenersatz, weil mein Bruder in ihrem Gewahrsam und ohne sein Verschulden ums Leben gekommen ist. Könnten Sie sich vorstellen, deswegen die Stadt zu verklagen? Und wegen was, wegen entgangener Dienste? Und wonach wird dann bemessen, wieviel sein Leben wert war? Indem sie das Pfand für alle Dosen und Flaschen zusammenzählen, die er bei durchschnittlicher Lebenserwartung noch gesammelt hätte?«

»Heute prozessiert jeder.«

»Das können Sie laut sagen. Letztes Jahr hatte ich einen Kunden – ach, lassen wir das. Sagen wir mal so: Mann wird vom Blitz gestreift. Anstatt froh zu sein, daß er's überlebt hat, rennt er zu seinem Rechtsanwalt und verklagt Gott. Also, das möchte ich nicht.«

»Das kann ich Ihnen nicht verdenken.«

»Jedenfalls möchte ich Ihnen danken, daß Sie's zumindest versucht haben. Wenn ich Ihnen noch was schuldig bin, schicken Sie mir einfach eine Rechnung, dann kriegen Sie den Rest.«

»Kommt überhaupt nicht in Frage. Und wenn ich noch mehr rausfinde?«

»Warum? Mein Bruder ist tot. Fall erledigt, oder nicht?«

»Das ist mit Sicherheit der offizielle Standpunkt.«

»Meiner auch, Matt. Ich meine, was soll ich jetzt noch versuchen, ihn zu rehabilitieren? Ganz gleich, wo er jetzt ist, ändert das nichts mehr für ihn. Jetzt hat er seinen Frieden, Gott sei seiner Seele gnädig.«

Ich rief auf der Stelle Joe Durkin an. Bevor er etwas sagen konnte, sagte ich: »Fang erst gar nicht an. Ich habe jetzt erst erfahren, daß Sadecki gestern abend umgebracht wurde.«

»Da mußt du der letzte in ganz New York sein, der das mitgekriegt hat.«

»Ich bin spät aufgestanden und hab mir keine Zeitung gekauft. Unterwegs habe ich zwar die Schlagzeilen gelesen, aber die Meldung hat's nicht auf die erste Seite geschafft. Dort macht im Moment dieser Senator mit seiner Tussi Furore. Ich hab mich nur gewundert, warum du vorhin so gereizt warst.«

»Und ich hab mich gewundert, warum du immer noch auf einen toten Gaul eindrischst. Oder Mund-zu-Mund-Beatmung mit ihm machst.«

»Reizendes Bild.«

»Na ja, ich bin ja auch ein reizender Mensch.«

»Ich weiß nur, was mir mein Klient gerade erzählt hat. Offensichtlich war es ein anderer Häftling.«

»Ein anderer Irrer. Sitzt ein, weil er versucht hat, seine Mutter abzumurksen. An den Rollstuhl gefesselt – ich hoffe, das Detail hast du mitgekriegt.«

»Hab ich.«

»Das ist das schönste dran. Wenn ich Chefredakteur bei der POST wäre, würde ich das geheime Liebesnest des Senators rausschmeißen und den Rollstuhl auf Seite eins bringen. Ist ein richtig mickriger Pimpf, sieht aus wie ein Bankbeamter, muß aber ganz schön auf Zack sein. Von wegen Rollstuhl, der ist sogar total eingegipst noch eine Gefahr für die Menschheit.«

»Keine Zweifel, daß er's tatsächlich war?«

»Nicht die leisesten. Ob du's glaubst oder nicht, er hat's unter den Augen von ein paar Aufsehern getan. Die stehen jetzt natürlich ganz schön dumm da, daß so was direkt vor ihrer Nase passiert. Aber was willst du da schon machen? Der Sack war schnell wie eine Kobra.«

»Warum hat er's getan? Wissen sie das zufällig?«

»Warum tut irgend jemand irgend etwas? Offensichtlich sind er und George sich in Bellevue in die Haare geraten. Vielleicht hat

George was über Gunthers Mutter gesagt, was richtig Fieses, daß sie das Umbringen nicht wert war oder sonst was in der Art.«

»So heißt er? Gunther?«

»Gunther Bauer. Stammt aus einer guten deutschen Familie in Ridgewood. Da hast du zwei Typen, einer bringt den anderen um, und beide sind europäischer Herkunft. Wie oft kommt so was vor? Ungefähr genausooft, wie du zwei Weiße zu sehen kriegst, die sich im Ring gegenüberstehen.«

»Das kannst du öfter sehen.«

»Ja, auf Kabel vielleicht, und der Kampf wird aus der Stadthalle von Bismarck, North Dakota, übertragen. Bist du jetzt zufrieden, Matt? Ich hab nämlich zu tun hier.«

»Ich habe nur noch eine Frage, aber ich fürchte, du wirst trotzdem sauer, wenn ich sie stelle.«

»Würde mich nicht wundern. Aber stell sie mir trotzdem.«

»Besteht die Möglichkeit, daß jemand diesen Kerl angestiftet hat, George kaltzumachen?«

»Du meinst, der CIA zum Beispiel? Und seine Anweisungen haben sie ihm über seine Zahnplomben zukommen lassen? Als nächstes werden sie noch Gunther ausschalten. Hast du in letzter Zeit viele Oliver-Stone-Filme gesehen?«

»Nach allem, was du erzählt hast, gibt Gunther Bauer einen ziemlich unwahrscheinlichen Jack Ruby ab.«

»Das möchte ich auch meinen, ja.«

»Aber das hätte Jack Ruby auch. Ich frage ja nur, um diese Möglichkeit mit Sicherheit ausschließen zu können, mehr nicht.«

»Was willst du eigentlich? Seinem Bruder noch ein paar Dollar aus der Nase ziehen? Ihn dazu bringen, daß er noch ein paar Münzen einwirft?«

»Ich habe einen anderen Klienten.«

»Was du nicht sagst? Du verrätst mir doch nicht etwa auch noch, wen?«

»Das darf ich nicht.«

»Ist ja interessant«, sagte er. »Trotzdem glaube ich, daß an der Sache weniger dran ist, als es den Anschein hat, aber ich kann ja mal kurz telefonieren. Ich meine, was soll's?«

Ich ging lange durch die Stadt. Sicher über eine Stunde. Ich hatte jedes Zeitgefühl verloren. Die Sache ließ mich nicht mehr los, ganz gleich, ob dabei etwas herauskam oder nicht.

Und ich konnte nicht sagen, ob ich schon etwas hatte. Da waren zwar seitenweise neue Eintragungen in meinem Notizbuch: Fakten, die ich zusammengetragen, Gedanken und Phantasien, die ich zu Papier gebracht hatte. Aber besagte das alles irgendwas?

Und tat es überhaupt etwas zur Sache, ob es etwas besagte? George Sadecki war tot, und sein Bruder hatte recht: Es gab nichts mehr zu tun. Den armen Teufel rehabilitieren zu wollen war ungefähr genauso hirnrissig wie die Bemühungen dieser Spinner, die ihr ganzes Leben der Aufgabe widmen, den Ruf Richards III. wiederherzustellen.

Natürlich, ich hatte noch einen zweiten Klienten. Ich hatte fünftausend Dollar ihres Gelds in der obersten Schublade meiner Kommode – falls es wirklich ihr Geld war und falls es wirklich noch dort war, wo ich es hingelegt hatte. Ich war gerade nicht in der Verfassung, irgend etwas für selbstverständlich zu halten.

Ich ging ein paar Blocks weit, bloß um mit mir ins reine zu kommen, daß es Drew Kaplans Idee gewesen war, daß sie mich engagieren sollte, und nicht, daß ich es so hingedreht hatte. Nicht, weil ich auf ihr Geld scharf war, sondern um in ihrem Bett zu landen.

Noch was, worüber ich mir den Kopf zerbrechen konnte: wie ich in ihrem Bett gelandet war. Sein Bett, ihr Bett, ihrer beider Bett. Unser Bett, zumindest für ein paar Stunden.

Mein Gott, ich hatte ganz vergessen, sie anzurufen. Sie erwartete nicht von mir, daß ich ihr Blumen schickte, soviel stand fest, aber anrufen mußte ich sie wohl, oder? Wenn ich nicht mit ihr ins Bett gegangen wäre, hätte ich sie wahrscheinlich längst angerufen, aber änderte unser gestriges Techtelmechtel irgend etwas an der Sache?

Vermutlich. Höchstwahrscheinlich sogar alles.

Elaine hatte ich auch nicht angerufen. Du kannst mich ja morgen vormittag anrufen, hatte sie gesagt, aber ich hatte es nicht getan. Trotz der angespannten und gereizten Atmosphäre gestern abend fand ich, daß wir uns ganz gut aus der Affäre gezogen und im guten getrennt hatten, ohne offene Rechnungen.

Inzwischen hatten wir allerdings welche.

Ich beschloß, beide bei der ersten Gelegenheit anzurufen, aber nicht von der Straße, nicht mit Verkehrslärm als Hintergrundmusik. Außerdem wollte ich im Augenblick mit niemandem sprechen. Ich wollte bloß gehen. Es geht nichts über Gehen. Das bekommt man in letzter Zeit von allen Seiten zu hören. Laß alles hinter dir, vergiß deine Sorgen und geh.

Richtig.

Es muß gegen sechs gewesen sein, als ich in der Tenth Street, östlich von der Second Avenue, in ein italienisches Café ging. Es nannte sich Caffè Literati, und neben den üblichen Marmortischchen, Bistrostühlen und Quattrocento-Reproduktionen gab es dort auch ein paar hohe Bücherregale mit richtigen Büchern drin. Auf einem Schild wurde darauf hingewiesen, die Bücher seien zum Lesevergnügen der Gäste da, könnten aber auch zu den angegebenen Preisen käuflich erworben werden.

Außer mir war nur noch ein Gast da, ein Mann Mitte Dreißig, der bereits eines dieser abgehalfterten Zockergesichter hatte, wie man sie aus Wettbüros kennt. Er hatte eine zusammengefaltete Zeitung vor sich liegen und stellte auf seinem Taschenrechner irgendwelche Berechnungen an.

Es roch nach Zigaretten und frisch gemahlenem Kaffee, und das schwache, aber unverkennbare Aroma einer dieser kleinen De-Nobili-Zigarren hing in der reglosen Luft.

Es lief Barockmusik. Das Stück hörte sich bekannt an, aber ich kam nicht drauf, was es war. Ich fragte die Bedienung, die meinen doppelten Espresso brachte. Mit ihrem Schwarz-in-Schwarz-Outfit, ihrem langen blonden Zopf und ihrer Understatement-Brille sah sie aus, als könnte sie es wissen.

»Ich glaube, es ist Bach«, sagte sie.

»Wirklich?«

»Ich glaube schon.«

Ich trank meinen Kaffee und versuchte mir darüber klarzuwerden, was das Ganze eigentlich sollte. Ich holte mein Notizbuch heraus und begann darin zu blättern.

Was war die US Asset Reduction Corporation? Höchstwahrscheinlich eine Art Treuhandgesellschaft, die bankrotte Unternehmen liquidierte, von denen es in letzter Zeit wegen der Wirtschaftslage jede Menge gab. Wie war Glenn Holtzmann, ein Junggeselle mit einem Ein-Zimmer-Apartment in Yorkville, mit einer Treuhandgesellschaft ins Geschäft gekommen? Aller Wahrscheinlichkeit war es eine günstige Gelegenheit gewesen, aber wie war er überhaupt daran gekommen? Und woher hatte er das Geld dafür? Und warum gab es keine Unterlagen über die Transaktion?

Mal angenommen, er hatte Bargeld. Vielleicht betrieb US Asset Reduction als lukrative Nebenerwerbsquelle eine Geldwäscherei. Man bezahlte die Wohnung mit einem Koffer Schwarzgeld und verkaufte sie dann wieder oder nahm eine hohe Hypothek auf sie auf, und schon hatte man sauberes Geld, das man jederzeit versteuern konnte. Vielleicht nahm man die Hypothek sogar bei US Asset auf, und die konnten dann die Hypothek kündigen und sich die Wohnung günstig unter den Nagel reißen, um die gleiche Nummer noch mal abzuziehen.

Konnte so was funktionieren?

Und selbst wenn es funktionierte, warum gab es über die Zahlen keine amtlichen Unterlagen? Waren Leute, die schmutziges Geld waschen wollten, normalerweise nicht daran interessiert, daß sie es offiziell angeben konnten?

Natürlich dürfte ihm US Asset irgendeine Bestätigung ausgestellt haben, ein Papier, auf dem stand, was er darauf stehen haben wollte, ein Papier, das sich bei einer Steuerprüfung gut ausmachte. Aber wie stellten sie das an, ohne daß das Geld in den offiziellen Unterlagen auftauchte?

Und woher hatte er das Geld überhaupt, dieser Dreckskerl? Ich hatte noch immer keinen Anhaltspunkt, woher er es hatte.

»Boccherini.«

Verdutzt sah ich auf.

»Nicht Bach«, sagte sie. »Boccherini. Als Sie vorhin gefragt haben, habe ich zum erstenmal richtig hingehört. Dann war mir auch sofort klar, das klingt nicht wie Bach. Ich hab nachgesehen, es ist Boccherini.«

»Ist schön«, sagte ich.

»Kann schon sein.«

Ich versuchte weiter über Holtzmann nachzudenken, aber ich hatte den Faden verloren. Tote Hose. Ich trank meinen Kaffee und hörte Boccherini. Gegenüber vom Toiletteneingang war ein Münztelefon an der Wand, und mein Blick wurde immer wieder davon angezogen. Boccherini lief immer noch, als ich aufgab und die Anrufe machte.

»Gott sei Dank«, sagte Elaine. »Ich habe mir schon Sorgen gemacht. Bei dir alles in Ordnung?«

»Natürlich ist alles in Ordnung. Warum hast du dir Sorgen gemacht?«

»Weil es gestern abend so blöd war. Weil ich dachte, du würdest heute vormittag anrufen. Weil George Sadecki umgebracht wurde.«

Ich erklärte ihr, warum ich es erst seit ein paar Stunden wußte. »Der Detektiv«, sagte ich, »erfährt es immer als letzter.«

»Ich hab mir Sorgen gemacht, wie du es aufnehmen würdest.«

»Hast du gedacht, ich würde deswegen zu trinken anfangen?«

»Eigentlich nur, daß du dich mies fühlen könntest.«

»Ich kam mir auch ziemlich blöd vor«, gab ich zu und erzählte ihr von meinen Gesprächen mit Joe Durkin und Tom Sadecki. Das fand sie auch etwas peinlich.

»Aber im Grunde genommen«, meinte sie, »zeigt es nur, wie ernst du deine Arbeit nimmst. Wenn du in Unterhosen vor dem Fernseher rumgesessen wärst oder wenn du dir die Zeit genommen hättest, in Ruhe zu frühstücken und dabei die Zeitung zu lesen –«

»Hätte ich vielleicht gewußt, was alle anderen bereits wußten. Ich muß zwar sagen: Toll, wie du das wieder hingedreht hast, aber trotzdem glaube ich nicht, daß ich das künftig angehenden Klienten unter die Nase reiben werde, um Eindruck zu schinden.«

»Nein, lieber nicht.«

»Und außerdem, ich breche keineswegs zusammen unter der Last meines schlechten Gewissens. Ich trage keine Schuld an Georges Tod.«

»Ganz schön traurig, findest du nicht auch?«

»Traurig, aber nicht tragisch, wenn man mal davon absieht, daß sein Leben eine einzige Tragödie war. Mir tut vor allem Tom leid, aber er kommt bestimmt drüber weg. Für ihn bedeutet es eine enorme Entlastung, und er ist Realist genug, um das zu sehen. Er hat seinen Bruder geliebt, auch wenn George zu lieben sicher nicht einfach war. Es wird leichter sein, ihn in der Erinnerung zu lieben.«

Ich erzählte ihr, was Tom mir erzählt hatte, wie sich seine Erinnerungen an George durch seinen Tod verändert hatten, wie erfreulichere Eindrücke aus früheren Zeiten die späteren verdrängt hatten. Darüber unterhielten wir uns eine Weile.

Dann sagte sie: »Weißt du, ich wollte eigentlich gerade los. Zu einem Vortrag in der Town Hall. Wenn du Lust hast, könntest du auch hinkommen. Du kriegst sicher noch eine Karte, außer daß du dich zu Tode langweilen wirst. Sollen wir uns danach irgendwo treffen? Allerdings nicht im Chien Bizarre.«

»Du kommst von der Town Hall, und ich möchte zu einem Treffen gehen. Im Paris Green? Sagen wir, um viertel nach zehn?«

»Prima.«

»Ich hatte ziemlich viel zu tun«, sagte ich zu Lisa. »George Sadecki wurde von einem Mithäftling erstochen, aber das weißt du vermutlich bereits.«

»Es kam heute morgen in CNN.«

War an sich logisch. Ich erzählte ihr ein bißchen, was ich bei meinen diversen Behördengängen herausgefunden beziehungsweise nicht herausgefunden hatte. Sie sagte, Drew habe angerufen, aber soweit ich das beurteilen konnte, hatte sein Anruf lediglich dem Zweck gedient, seine Mandantin bei Laune zu halten.

Vielleicht hätte man das auch von meinem Anruf behaupten können.

»Heute abend habe ich zu tun«, sagte ich. »Ich melde mich morgen wieder.«

Während ich telefonierte, stach mir eins der Bücher ins Auge. Es war eine Anthologie englischer und amerikanischer Lyrik des zwanzigsten Jahrhunderts, und ich kannte das Buch, weil Jan Keane eine

Ausgabe davon hatte. Ich dachte, daß ich dort vielleicht das Robinson-Jeffers-Gedicht über den verletzten Falken finden würde, aber es war nicht drin. Allerdings enthielt es ein halbes Dutzend anderer Gedichte von Jeffers. Ich las eines, das »Leuchte, untergehende Republik« hieß und den Schluß nahelegte, daß sein Verfasser keine sehr hohe Meinung von den Menschen, insbesondere den Amerikanern, hatte.

Ich las den Anfang von *Das wüste Land,* mit seinen Beobachtungen über die Grausamkeit des April. Der Oktober, fand ich, konnte auch ganz schön hart sein. Ich las noch ein paar andere Sachen, und dann fand ich ein Gedicht von Alan Seeger über den Ersten Weltkrieg, »Ich habe ein Stelldichein mit dem Tod«. Ich hatte es schon mal gelesen, aber das war kein Grund, es nicht wieder zu lesen. Es erinnerte mich an das Gedicht auf dem Sockel der Statue im DeWitt Clinton Park. Ich wußte den Autor nicht, aber es gab auch ein Titelregister, und mit dessen Hilfe fand ich es. Es war von John McCrae, und die Zeilen auf dem Denkmal waren der dritten und letzten Strophe entnommen. Das ganze Gedicht lautet so:

Auf den Feldern Flanderns schwanken die Mohnblumen
Zwischen den Kreuzen, Reih' an Reih',
Die unsern Platz markiern;
Und am Himmel die Lerchen fliegen,
Ihr tapfrer Gesang kaum gehört
zwischen den Kanonen unter ihnen.

Wir sind die Toten. Vor wenigen Tagen noch
Lebten wir, sahen den Morgen, des Abends Glühn,
Liebten und wurden geliebt; und jetzt liegen wir
auf den Feldern Flanderns.

Führt fort unsern Kampf mit dem Feind!
Mit versagender Hand werfen wir die Fackel euch zu,
Auf daß ihr sie haltet hoch!
Wenn ihr uns, die wir sterben, die Treue brecht,
Werden wir nicht ruhn, auch wenn Mohnblumen blühn
auf den Feldern Flanderns.

Ich wollte es schon abschreiben, als mir die Idee kam, einen Blick unter die Lasche des Schutzumschlags zu werfen. Für fünf Dollar würde es mir gehören. Ich zahlte das Buch und meinen Kaffee und ging.

Es war kurz vor halb elf, als ich ins Paris Green kam. Elaine trank an der Bar ein Perrier. Ich entschuldigte mich für die Verspatung, und sie sagte, sie habe die Zeit gut genutzt. Sie habe mit Gary geflirtet. Gary, der Barkeeper des Paris Green, hatte zu Beginn des Sommers verkündet, er habe es satt, sich vor der Welt zu verstecken, darum hatte er sich seinen langen Bart abrasiert, den er trug, solange ich ihn kannte.

Jetzt ließ er ihn sich wieder wachsen. »Zeit, sich zu verstecken«, meinte er dazu. »Es spricht vieles fürs Verstecken.«

Wir gingen an unseren Tisch und bestellten, einen großen Gärtnersalat für Elaine, Fisch für mich. Sie versicherte mir, ich hätte jede Minute des Vortrags tödlich gefunden. »Sogar ich fand ihn tödlich«, sagte sie, »obwohl mich das Thema interessiert.«

Ich hatte das Buch dabei, und zurück in ihrer Wohnung, suchte ich das Gedicht heraus und las es ihr vor.

»Darum habe ich mich verspätet«, sagte ich.

»Du warst so damit beschäftigt, die Fackel hochzuhalten?«

»Ich habe einen kleinen Umweg gemacht. Zum Clinton Park, wo die letzten drei Zeilen auf dem Sockel eines Kriegerdenkmals stehen. Allerdings stimmen sie nicht.«

»Wie meinst du das?«

»Sie haben sie falsch zitiert.« Ich holte mein Notizbuch heraus. »Das steht auf dem Kriegerdenkmal: ›Wenn ihr denen, die starben, die Treue brecht, werden wir nicht ruhn, auch wenn Mohnblumen blühn in den Feldern Flanderns.‹«

»Ist das nicht, was du mir gerade vorgelesen hast?«

»Nicht ganz. Jemand hat aus ›uns‹ ›denen‹ und aus ›sterben‹ ›starben‹ gemacht. Und ›in‹ aus ›auf‹. Sie haben zwanzig Wörter des Gedichts übernommen und drei davon falsch. Und sie haben den Namen des Verfassers weggelassen.«

»Vielleicht hat er das verlangt, wie ein enttäuschter Drehbuchautor, der seinen Namen von einem Film zurückzieht.«

»Ich glaube nicht, daß er noch in der Lage war, viel zu verlangen. Ich glaube, er hat den Krieg unter den Mohnblumen beendet.«

»Aber seine Worte leben weiter. *Jetzt* weiß ich wieder, was ich dich schon die ganze Zeit fragen wollte. Etwas, das du vor ein paar Tagen über Lisa Holtzmann gesagt hast.«

»Was soll mit ihr sein?«

»Irgendwas von einer frischern, grünern Maid, aber das kann nicht stimmen.«

»›Ein süßer, holder Maid in einem frischern, grünern Land‹.«

»Das ist es, und es macht mich noch ganz verrückt. Ich kenne die Zeile, aber woraus ist sie?«

»Aus *Die Straße nach Mandalay* von Kipling.«

»Ach ja, natürlich. Das erklärt auch, woher ich es kenne. Du singst es immer unter der Dusche.«

»Aber das bleibt gefälligst unter uns.«

»Ich hatte keine Ahnung, von wem es ist. Ich dachte immer, das muß der Titelsong von einem Film mit Bob Hope und Bing Crosby sein. Gab es nicht einen Film, der so hieß, oder spinne ich?«

»Oder – als dritte Möglichkeit – beide der oben genannten.«

»Sehr gut. Kipling also. Was glaubst du, bist du in der Stimmung für ein bißchen Kipling?«

»Klar«, sagte ich. »Kippeln wir ein bißchen.«

Danach sagte sie: »Wow. Ich muß sagen, wir haben's nicht verlernt. Weißt du was, du alter Bär? Ich liebe dich.«

»Ich liebe dich auch.«

»Du hast nicht zufällig mit TJ gesprochen? Ich hoffe, Julia bringt ihn nicht auf dumme Gedanken.«

»Mach dir um den mal keine Sorgen.«

»Wie hast du gemerkt, daß die Inschrift nicht ganz richtig ist?«

»Sie war nicht so, wie ich sie in Erinnerung hatte.«

»Das nenne ich ein Gedächtnis.«

»Nicht wirklich. Ich hab's ja erst vor ein paar Tagen gelesen. Wenn ich wirklich so ein tolles Gedächtnis hätte, hätte ich schon damals gemerkt, daß es nicht ganz richtig war. Immerhin hab ich es schon mal auf der High-School gelesen.«

19

Der nächste Tag war ein Freitag, und ich verbrachte ihn damit, noch einmal mein Glück in den behördlichen Archiven zu versuchen, bevor sie übers Wochenende geschlossen wurden. Viel kam dabei nicht heraus.

Ich machte rechtzeitig Schluß, um nicht in den abendlichen Stoßverkehr zu kommen, und fuhr mit der U-Bahn in Richtung Uptown. Im Hotel war eine Nachricht für mich eingegangen, ich solle Eleanor Yount anrufen. Es war fast fünf, aber ich erwischte sie noch an ihrem Schreibtisch.

Zufrieden teilte sie mir mit, daß keine Unterschlagung vorlag. »Mein Wirtschaftsprüfer war ganz schön schockiert, als ich diese Möglichkeit andeutete«, sagte sie. »Und entsprechend erleichtert war er auch, als er sie ausschließen konnte. Die Vorstellung, Glenn könnte ein Dieb gewesen sein, ist zwar nicht sehr angenehm, aber da er mir nichts gestohlen hat, ist sie zumindest nicht mehr ganz so beunruhigend.«

Ich selbst hatte eine Unterschlagung nie ernsthaft für möglich gehalten. Noch hatte ich mir eine wutentbrannte Eleanor Yount vorstellen können, die ihrem Justitiar in Hell's Kitchen auflauerte und ihn mit vier Kugeln vollpumpte.

Sie wollte wissen, ob ich etwas Neues in Erfahrung gebracht hätte.

Nicht viel, sagte ich. Ich wußte ein paar Dinge, die ich vorher nicht gewußt hatte, aber sie brachten mich nicht viel weiter.

»Ich würde zu gern wissen, wann es anfing«, sagte sie.

Ich fragte sie, was sie damit meinte.

»Das frage ich mich immer«, sagte sie. »Sie nicht? Ob jemand als Verbrecher geboren wird oder ob es die Narbe irgendeines Kindheitserlebnisses ist oder ob es später einen entscheidenden Angelpunkt gibt. Glenn hat immer so normal und bieder auf mich gewirkt. Aber allem Anschein nach hat er unzählige Lügen erzählt und ein Leben geführt, das ganz anders war, als es auf den ersten Blick erschien. Vermutlich stellt sich irgendwann heraus, daß er von seinem Vater geschlagen oder von seinem Onkel mißbraucht wurde. Und dann, eines Tages, leuchtete über seinem Kopf plötzlich eine riesige Comic-Glühbirne auf, und er dachte sich: ›Ha! Ich versuch's mal mit Unterschlagung!‹ Oder handle mit Drogen oder erpresse jemanden. Wäre natürlich hilfreich zu wissen, was er nun eigentlich genau getan hat.«

Auch von TJ war eine Nachricht da. Ich piepste ihn an, und er rief zurück, aber was wir zu bereden hatten, war nicht für das öffentliche Telefonnetz geeignet. Ich nahm an, er hatte die Waffe noch nicht, ging der Sache aber nach.

Von sich aus rückte er nichts über Julia raus, und ich fragte ihn nicht.

Bei dem Treffen in St. Paul sprach an diesem Abend ein Mann aus Co-op City in der Bronx. Er arbeitete auf dem Bau, hauptsächlich Fensterstöcke einsetzen, und er erzählte eine von diesen Trinkergeschichten, wie man sie zur Genüge kennt. Meine Aufmerksamkeit schweifte etwas ab, aber er holte mich zurück, als er, sehr ernst, sagte: »Und Abend für Abend schloß ich mich in mein möbliertes Zimmer ein und soff mich nach Bolivien.«

Jim Faber war auch da, und in der Pause sagte er: »Hast du das gehört? Ich dachte immer, du mußt LSD nehmen, wenn du auf Reisen gehen willst, aber dieser Typ hat es mit Clan McGregor bis La Paz geschafft. Vielleicht sollten sie das in der Werbung bringen.«

»Ich schätze, er hält das für eine gängige Redewendung. Jedenfalls glaube ich nicht, daß es ein Versprecher war.«

»Nein, er wollte das eindeutig so und nicht anders sagen. Na ja, ich hab mich ja auch schon oft genug nach Bolivien zu saufen versucht. Aber in neun von zehn Malen bin ich in Cleveland gelandet.«

Als das Treffen zu Ende war, klärten wir, ob das mit unserem sonntäglichen Abendessen klarging. Dann fragte ich Jim, ob er noch auf eine Tasse Kaffee mitkommen wollte, aber er mußte nach Hause. Ich überlegte, ob ich Lisa anrufen und vielleicht bei ihr vorbeischauen sollte. Statt dessen schloß ich mich ein paar anderen

Leuten vom Treffen an und ging mit ihnen ins Flame. Als ich mich auf den Heimweg machte, juckte es mich immer noch, Lisa anzurufen, aber ich ließ es bleiben. Ich ging nach Hause und rief Elaine an, um das mit unserer Verabredung für Samstagabend klarzumachen.

Anschließend sah ich eine Weile CNN. Dann schaltete ich den Fernseher aus und blätterte in dem Gedichtband, bis ich ein Gedicht fand, das mir etwas zu denken gab. Irgendwann nach Mitternacht machte ich das Licht aus und legte mich schlafen.

Es war, wie wenn man nicht trank, dachte ich, wie wenn man immer einen Tag nach dem anderen keinen Alkohol anrührte. Wenn ich es auf die Tour schaffte, keinen Bourbon anzurühren, müßte ich es eigentlich auch schaffen, die Finger von Lisa Holtzmann zu lassen.

Samstag nachmittag bekam ich einen Anruf von TJ. Er sagte: »Kennst du den Bagel Shop im Busbahnhof?«

»Wie meine Westentasche.«

»Also ich finde, dort haben sie bessere Doughnuts als Bagels. Hast du Lust hinzukommen?«

»Wann?«

»Das überlasse ich dir. Ich kann in fünf Minuten dasein.«

Ich sagte, ich würde etwas länger brauchen, und es dauerte fast eine halbe Stunde, bis ich mich schließlich an der Theke des Lite Bite Bagels im Port Authority Bus Terminal neben ihn setzte. Er hatte einen Doughnut und ein Coke. Ich bestellte eine Tasse Kaffee.

»Die Doughnuts hier sind echt gut«, sagte er. »Bist du sicher, daß du keinen willst?«

»Im Moment nicht.«

»Die Bagels sind zu labbrig. Wenn du in einen Bagel beißt, erwartest du doch, daß er ein bißchen Widerstand leistet. Bei Doughnuts, da macht es nichts, wenn sie labbrig sind. Komisch, nicht?«

»Die Welt ist voller Geheimnisse.«

»So scheint's, Heinz. Fast hätte ich dich gestern nacht noch angerufen. War bloß schon ziemlich spät. Da ist n Typ, der eine Uzi zu verkaufen hat.«

»Das ist eigentlich nicht das, was ich mir vorgestellt habe.«

»Klar, weiß ich doch, Mann. War ganz schön scharf das Ding. Mit einem extra Magazin. Und mit nem Koffer, alles genau eingepaßt. Wär auch billig zu haben gewesen, weil der Typ bloß geil auf n High war.«

Ich stellte mir vor, wie sich Jan damit umbrachte, womöglich noch auf Automatik gestellt. »Lieber nicht«, sagte ich.

»Inzwischen hat er sie sicher losgekriegt. Oder er hat jemand damit überfallen. Trotzdem, ich hab, was du wolltest.«

»Wo?«

Er tätschelte die blaue Gürteltasche, die er sich um den Bauch geschnallt hatte. »Hier drinnen«, sagte er leise. »Achtunddreißiger Revolver mit drei Kugeln. Faßt eigentlich fünf, aber er hatte bloß drei. Vielleicht hat er schon zwei Leute damit abgeknallt. Reichen drei Kugeln?«

Ich nickte. Es reichte eine.

»Weißt du das Klo gleich um die Ecke? Dort treffen wir uns in ein paar Minuten.«

Er rutschte von seinem Hocker und verließ den Bagel Shop. Ich trank meinen Kaffee aus und zahlte für uns beide. Ich fand ihn auf dem Männerklo. Er stand vor einem Waschbecken und begutachtete im Spiegel seine Frisur. Ich stellte mich an das Waschbecken daneben und wartete, bis der Mann an einem der Urinale fertig war. Als er draußen war, nahm TJ die Gürteltasche ab und reichte sie mir. »Sieh sie dir mal an«, sagte er.

Ich ging in eine der Kabinen.

Es war ein fünfschüssiger Dienstag-Revolver mit geriffeltem Griff und Zwei-Inch-Lauf. Er roch, als wäre er nicht mehr gereinigt worden, seit er das letzte Mal abgefeuert worden war. Das Korn war abgefeilt. Die Trommel war leer. In der blauen Tasche waren drei Kugeln, jede in Seidenpapier gewickelt. Ich wickelte eine aus und vergewisserte mich, daß sie in die Trommel paßte, dann nahm ich sie wieder heraus und wickelte sie in das Seidenpapier. Ich steckte die drei Kugeln in meine Tasche und den Revolver in meinen Gürtel. Solange mein Jackett nicht verrutschte, war er dort einigermaßen versteckt.

Ich verließ die Kabine und gab TJ den blauen Beutel zurück. Er wollte gerade fragen, was damit nicht in Ordnung sei. Doch dann spürte er das Gewicht des Beutels und merkte, daß er leer war. Er sagte: »Willst du den Känguruh nicht? Zum Tragen.«

»Aber das ist doch deiner.«

»Ist im Preis inbegriffen. Da.«

Ich kehrte in die Kabine zurück und steckte den Revolver und die Munition in die Gürteltasche und verstellte den Riemen, damit er um meine Taille paßte. So hatte ich ein wesentlich sichereres Gefühl als mit der Waffe in meinem Gürtel. Wieder draußen, klärte mich TJ auf, daß Gürteltaschen auf beiden Seiten des Gesetzes als Holster sehr beliebt waren.

»Angefangen haben damit die Cops«, sagte er. »Du weißt doch, daß sie auch eine Waffe tragen müssen, wenn sie nicht im Dienst sind. Bloß wollen sie sich da von einer Kanone nicht die Taschen ausleiern oder ihren Anzug verbeulen lassen. Eine Menge Kriminelle hatten früher immer diese Umhängetaschen, aber das war praktisch das gleiche wie eine Handtasche. Außerdem kann es dir mit so einem Ding jederzeit passieren, daß du sie mal abstellst und dann vergißt. Diese Beutel, du kannst sie überall kaufen, und du merkst nicht mal, daß du überhaupt einen umhast. Brauchst bloß den Reißverschluß offen lassen, und du kannst jederzeit blitzschnell ziehen. Und teuer sind sie auch nicht. Zehn, zwölf Dollar. Klar, du kannst dir auch einen aus Leder kaufen, wenn du mehr ausgeben willst. Ich hab mal einen Dealer gesehen, der hatte einen aus Aalhaut. Ist das ein Fisch oder eine Schlange?«

»Ein Fisch.«

»Hab gar nicht gewußt, daß man aus einem Fisch Leder machen kann. Kostet auch einen Haufen Geld. Wenn du bescheuert genug bist, für so was zu blechen, kannst du dir wahrscheinlich auch einen Känguruh aus Krokodilleder machen lassen.«

»Wahrscheinlich.«

Ich fragte ihn nach Julia. »Ganz schön abgedreht, die Frau«, sagte er. »Was glaubst du, wie alt sie ist?«

»Wie alt?«

»Rate mal. Wie alt schätzt du sie?«

»Keine Ahnung. Neunzehn, zwanzig.«

»Zweiundzwanzig.«

Ich zuckte mit den Schultern. »Da liege ich ja gar nicht so weit daneben.«

»Sie wirkt jünger. Und sie wirkt älter. Einen Moment ist sie wie ein kleines Mädchen, das deine Hilfe braucht. Und im nächsten ist sie deine Lehrerin, die sich nach der Schule um dich kümmert. Sie weiß ne ganze Menge, kann ich dir sagen.«

»Das glaube ich gern.«

»Nicht bloß, was du denkst. Sie weiß über alles mögliche Bescheid. Diesen Pyjama, den sie trug, hat sie selber genäht. Stell dir vor. Und sie hat ihn auch selber entworfen. Könnte mit allem möglichem Geld machen. Hat's eigentlich nicht nötig, in der Eleventh Avenue zu irgendwelchen Typen ins Auto zu steigen. Obwohl sie natürlich im Moment auf die Kohle angewiesen ist.«

»Und was ist mit dir?«

Sein Blick wurde wachsam. »Was soll mit mir sein?«

»Ich wollte nur wissen, wie es bei dir in puncto Geld aussieht. Bist du mit der Kanone auf deinen Schnitt gekommen?«

»Klar, kein Problem, Mann. Hab sogar ein gutes Geschäft gemacht. Das einzige, was ein bißchen ins Geld gegangen ist, war der Stoff, den ich kaufen mußte.«

»Was für Stoff?«

»Na ja, als ich ständig beim Captain rumgehangen bin. Wenn du da ein bißchen rumfragen willst, müssen dich die Typen erst mal kennen. Da ist es am besten, wenn du ein bißchen Stoff kaufst. Sie verdienen was an dir, sie haben einen Grund, dich zu mögen.«

»Mußtest du viel ausgeben? Das kriegst du auf jeden Fall von mir.«

»Nicht nötig. Ich stehe ganz gut da.«

»Was soll das wieder heißen?«

»Das heißt, ich hab den Stoff, den ich gekauft hab, hier auf der Deuce verscherbelt. Bei einem Deal hab ich ein bißchen draufgezahlt. Dafür habe ich bei einem andern was verdient. Alles in allem bin ich ein paar Dollars im Plus.«

»Du hast Drogen verkauft.«

»Na klar doch, Mann, was soll ich denn sonst tun? Ich nehme das Zeug nicht. Hätte ich es vielleicht wegschmeißen sollen? Das ist Knete, Grete. Aber das ist nicht mein Business, genausowenig, wie ich im Waffenbusiness bin. Das einzige Geschäft, in das ich einsteigen will, ist das Detektivbusiness. Bloß wenn ich den Stoff schon kaufen muß, dann sehe ich auch zu, daß ich mein Geld wieder zurückkriege. Was soll daran falsch sein?«

»Nichts wahrscheinlich«, sagte ich. »Nicht, wenn die Sache so ist.«

Auf meinem Zimmer nahm ich den Revolver auseinander und säuberte ihn. Ich hatte nicht das richtige Handwerkszeug dafür, aber Q-Tips und Three-in-one-Öl taten es auch. Als ich fertig war, legte ich den Revolver in die Schublade mit den fünftausend Dollar. Eigentlich hatte ich das Geld in mein Schließfach bringen wollen, aber dafür war es jetzt zu spät. Ich würde bis Montag warten müssen.

Ich machte den Fernseher an und aus. Dann griff ich nach dem Telefon und rief Jan an. »Ich glaube, ich kann den Gegenstand beschaffen, über den wir gesprochen haben«, sagte ich ihr. »Bevor ich das Geschäft perfekt mache, wollte ich mich nur noch mal vergewissern, ob du immer noch interessiert bist.« Sie versicherte mir, daß sie das sei. »Gut, dann habe ich Ende nächster Woche was für dich.«

Ich legte auf und sah in die Kommodenschublade, als könnte sich der Revolver wie durch ein Wunder in Luft aufgelöst haben, während ich telefonierte. Aber soviel Glück hatte ich nicht.

Am Abend spulte ich den größten Teil meiner Unterhaltung mit TJ noch mal für Elaine runter, bloß das mit dem Revolver ließ ich aus. Ich erzählte ihr, daß er meinetwegen Drogen gekauft und verkauft hatte und offensichtlich was mit einem Prä-op-Transsexuellen laufen hatte.

»Ist er ihm nur ein bißchen zugetan?« wollte sie wissen. »Oder regelrecht verfallen? Wie fasziniert ist er, weißt du das? Was machen wir, wenn er plötzlich mit einem Paar Titten auftaucht?«

»Das ist nur eine Phase. Er experimentiert nur.«

»Was anderes haben sie auch beim Manhattan Project nicht getan, und schau bloß mal, was in Hiroshima herausgekommen ist. Also, was ist? Sind sie ein Paar?«

»Ich nehme an, sie ist mit ihm ins Bett gegangen und hat ihm so einiges beigebracht. Ich nehme an, für ihn war das alles ziemlich neu, und er war halb fasziniert, halb verunsichert. Das heißt aber noch lange nicht, daß er gleich in die nächste Klinik rennt und sich eine Elektrolyse und jede Menge Hormonspritzen verpassen läßt. Oder daß sie gemeinsam Vorhänge aussuchen gehen.«

»Wahrscheinlich nicht. Hast du das mal gemacht?«

»Was? Vorhänge aussuchen?«

»Du weißt ganz genau, was ich meine. Hast du?«

»Soweit ich weiß, nein.«

»Soweit du weißt? Könntest du es denn getan haben, ohne es mitzukriegen?«

»Du glaubst nicht, was alles möglich ist, wenn du dich nach Bolivien säufst. Ich habe eine Menge Dinge getan, an die ich mich nicht erinnern kann. Wie könnte ich also mit Sicherheit sagen, mit wem ich es schon alles getrieben habe? Und wenn das Mädchen post-op war und der Chirurg gute Arbeit geleistet hat, wie ließe es sich dann überhaupt feststellen?«

»Aber soweit du weißt, hast du es nie getan?«

»Ich habe schon eine Freundin.«

»Na ja, war ja auch eine rein hypothetische Frage. Ich wollte dich nicht mit Julia verkuppeln. Wie fandst du sie? Hättest du sie gern mal vernascht?«

»Auf die Idee bin ich nie gekommen.«

»Weil du ja eine frischer, grüner Maid in einem süßern, holdern Land hast, bloß daß ich es schon wieder mal verkehrt rum habe. Ein süßer, holder Maid. Werde ich je das Vergnügen haben, Ms. Julias Bekanntschaft zu machen? Oder muß ich dafür einen Bummel die Eleventh Avenue runter machen?«

»Das kannst du dir sparen«, sagte ich. »Sie laden uns bestimmt zur Hochzeit ein.«

Samstag nacht blieb ich bei Elaine. Sonntag morgen ging ich gleich nach dem Frühstück ins Hotel zurück und stellte die Anrufweiterleitung ab. Ich sah in die Schublade, vergewisserte mich vom fortgesetzten Vorhandensein des Revolvers und des Gelds und rief Jan an.

»Bist du die nächste Stunde oder so zu Hause? Ich würde gern vorbeikommen.«

»Ich bin da.«

Eine halbe Stunde später stand ich in der Lispenard Street auf dem Gehsteig und wartete, daß sie den Schlüssel runterwarf. Ich hatte die blaue Gürteltasche um. Der Reißverschluß war zu. Ich rechnete nicht damit, blitzschnell ziehen zu müssen.

Die Gürteltasche fiel ihr sofort auf, als ich aus dem Lift stieg. »Sehr schick«, sagte sie. »Und sehr praktisch. Der Rucksacktyp warst du eigentlich nie, aber das ist doch eine prima Lösung, oder nicht?«

»Man hat immer beide Hände frei.«

»Und Blau steht dir sehr gut.«

»Es gibt sie auch in Aalhaut.«

»Ich weiß nicht, ob dir das stehen würde. Aber komm doch rein. Kaffee? Ich habe gerade frischen aufgesetzt.«

Ich schätze, sie sah noch genauso aus. Ich weiß nicht, welche Veränderungen ich erwartete. Es war erst eine Woche her. Im ersten Moment wirkte ihr Haar grauer, aber das lag daran, daß es in meiner Erinnerung nachgedunkelt war. Sie brachte den Kaffee, und wir versuchten was zu finden, worüber wir uns unterhalten konnten. Ich mußte an den Sprecher beim Freitagstreffen denken, und ich erzählte ihr, wie er sich nach Bolivien gesoffen hatte, und dann ließen wir uns eine Tasse Kaffee lang über die Malapropismen und komischen Redewendungen aus, die wir im Lauf der Jahre bei AA-Treffen gehört hatten. Als die Unterhaltung wieder mal einzuschlafen drohte, sagte ich: »Ich hab dir einen Revolver mitgebracht.«

»Wirklich?«

Ich legte die Hand auf die Tasche.

»Herrje. Die Idee, daß du was da drin haben könntest, ist mir gar nicht gekommen. Außerdem hast du doch gestern gesagt, es würde noch eine Woche dauern.«

»Ich hatte ihn bereits, als ich angerufen habe.«

»Ja?«

»Wahrscheinlich habe ich gehofft, du würdest sagen, du brauchtest keinen mehr.«

»Mhm.«

»Deshalb wollte ich es rausschieben. Zumindest glaube ich, daß ich das wollte. Ich weiß nicht immer, was ich tue.«

»Willkommen im Club.«

»Was weißt du über Schußwaffen, Jan?«

»Man drückt den Abzug, und eine Kugel kommt raus. Muß ich noch mehr wissen?«

Die nächste halbe Stunde brachte ich ihr ein paar grundlegende Dinge über Faustfeuerwaffen bei. Die Tatsache, daß ich einer Selbstmordkandidatin Unterricht im Umgang mit einer Schußwaffe erteilte, entbehrte nicht einer gewissen Absurdität, aber sie fand es überhaupt nicht komisch. »Wenn ich mich selbst umbringe«, meinte sie, »dann möchte ich es nicht aus Versehen tun.« Ich zeigte ihr, wie man mit der Trommel umging und wie man die Waffe lud und entlud. Ich vergewisserte mich, daß sie nicht geladen war, zeigte ihr das und erklärte ihr, wie sie die Waffe ansetzen sollte, wenn es soweit war. Was ich ihr vorschlug, war die altbewährte Polizistenmethode, die sich ›seine Kanone lutschen‹ nennt. Dabei steckt man sich den Lauf in den Mund, neigt ihn nach oben und feuert durch den weichen Gaumen ins Gehirn.

»Das dürfte genügen«, sagte ich. »Die Kugeln sind Kaliber achtunddreißig. Hohlspitzengeschoße. Das heißt, sie dehnen sich beim Aufprall aus.« Ich muß zusammengezuckt sein, weil sie fragte, was los sei. »Ich habe Leute gesehen, die es so gemacht haben«, sagte ich. »Kein schöner Anblick. Es entstellt das Gesicht.«

»Das tut Krebs auch.«

»Ein kleineres Geschoß richtet nicht so eine Sauerei an, aber die Chance, keine lebenswichtige Stelle zu treffen –«

»Nein, so ist es besser. Ist mir doch egal, wie ich danach aussehe.«

»Aber mir ist es nicht egal.«

»Ach, Matt, tut mir leid. Aber es schmeckt doch sicher abscheulich, oder? Sich einen Revolver in den Mund zu stecken. Hast du das mal getan?«

»Schon jahrelang nicht mehr.«

»Hast du's –?«

»Schon mal probiert? Keine Ahnung. Jedenfalls kann ich mich an einen Abend erinnern. Ich saß noch lange wach, in unserem Haus draußen in Syosset. Anita schlief schon. Ich war noch verheiratet und noch bei der Polizei.«

»Und getrunken hast du auch noch.«

»Selbstredend. Anita hat geschlafen, die Kinder haben geschlafen. Ich war im Wohnzimmer und hab mir die Pistole in den Mund gesteckt. Um mal zu sehen, wie das ist.«

»Warst du deprimiert?«

»Nicht besonders. Ich war betrunken, aber ich würde nicht sagen, daß ich total zu war. Bei einem Alkoholtest hätte ich zwar sämtliche Sicherungen des Breathalyzer zum Durchknallen gebracht, aber ich meine, was soll's, ich bin in dem Zustand immer gefahren.«

»Und hattest nie einen Unfall?«

»Oh, ein paar schon, aber keinen ernsten, und ich hab deswegen auch nie Scherereien gekriegt. Ein Polizist muß schon jemanden totfahren, damit er wegen Alkohols am Steuer verknackt wird. Ist mir jedenfalls nie passiert, obwohl ich weiß Gott ein paarmal ziemlich nahe dran war. Im nachhinein muß ich eigentlich sagen, daß ich bei der Polizei aufgehört habe und in die Stadt gezogen bin, hat mir wahrscheinlich das Leben gerettet. Ich hab nämlich aufgehört, eine Waffe zu tragen und Auto zu fahren, und eins von beidem wäre mir früher oder später sicher zum Verhängnis geworden.«

»Erzähl doch. Wie war das in der Nacht, als du dir den Revolver in den Mund gesteckt hast?«

»Ich weiß nicht, was es da sonst noch zu erzählen gäbe. An den Geschmack kann ich mich noch erinnern: Metall und Waffenöl. Ich dachte, so fühlt sich das also an. Und ich dachte, alles, was ich tun muß, ist, es zu tun, ich will aber nicht.«

»Und du hast den Revolver wieder aus dem Mund genommen.«

»Und ich habe den Revolver wieder aus dem Mund genommen und habe es nicht wieder gemacht. Ab und zu habe ich mit dem Gedanken gespielt. Das war, als ich allein in New York gelebt habe und voll in den Suff abgerutscht bin. Natürlich hatte ich damals keine Kanone mehr, aber in der Stadt gibt es genügend andere Möglichkeiten, sich umzubringen. Die einfachste wäre gewesen, nichts zu tun und einfach weiterzusaufen.«

Sie nahm den Revolver und drehte ihn in ihren Händen. »Ganz schön schwer. Ich hätte nie gedacht, daß er so schwer ist.«

»Das überrascht die Leute immer.«

»Eigentlich komisch. Er ist aus Metall. Da ist es doch ganz normal, daß er schwer ist.« Sie legte ihn auf den Tisch. »Ich habe eine ziemlich gute Woche hinter mir. Du kannst mir also glauben, daß ich's nicht besonders eilig habe, davon Gebrauch zu machen.«

»Das freut mich.«

»Aber es ist ein gutes Gefühl, eine Waffe zu Hause zu haben. Ich weiß, sie ist da, wenn ich sie brauche, und das hat was sehr Tröstliches. Kannst du das verstehen?«

»Ich glaube schon.«

»Weißt du, wenn die Leute rausfinden, daß du Krebs hast, geht's erst richtig los. Ich laufe zwar nicht rum und erzähle es jedem, aber ich kann schlecht zu den Treffen gehen und nicht davon sprechen, was sich bei mir so tut. Deshalb wissen eine Menge Leute Bescheid. Und sobald sie wissen, daß dich die Ärzte aufgegeben haben, daß du unheilbar krank bist, kommen sie mit ihren guten Ratschlägen an.«

»Was für Ratschläge?«

»Alles, von makrobiotischem Essen und Queckensaft bis zur Kraft des Gebets und Kristallheilung. Quacksalberkliniken in Mexiko. Blutaustausch in der Schweiz.«

»Herr Jesus.«

»Den habe ich ganz vergessen, obwohl sein Name auch ziemlich oft fällt. Jeder kennt jemanden, dem sie noch vierzehn Tage gegeben haben und der jetzt Holz hackt und Marathon läuft, weil irgendein Hokuspokus, den er probiert hat, gewirkt hat. Damit will ich nicht mal sagen, daß das alles nur Blödsinn ist. Ich glaube durchaus, daß so was manchmal wirkt. Ich weiß, daß Wunder geschehen können.«

»Da kriegt man bei den Treffen ständig zu hören –«

»›Bring dich nicht fünf Minuten vor dem Wunder um.‹ Ich weiß. Und das habe ich auch nicht vor. Ich glaube an Wunder, aber ich glaube auch, daß ich meine Zuteilung an Wundern schon bekommen habe, als ich den Entzug geschafft habe. Ich rechne nicht mit einem zweiten.«

»Man kann nie wissen.«

»Manchmal weiß man es. Aber zurück zu dem, was ich eigentlich erzählen wollte. Da sind ständig diese Leute, die einem helfen wollen. Jeder bringt mir etwas, womit ich nichts anfangen kann. Und du hast mir das einzige gebracht, womit ich was anfangen kann.« Sie nahm den Revolver wieder in die Hand. »Komisch, hm? Findest du das nicht auch komisch?«

Am Vormittag schien die Sonne, aber als ich Jans Loft verließ, hatte es sich bewölkt. Vor einer Woche hatte ich im Regen nach Hause gehen müssen. Wenigstens regnete es noch nicht.

Zurück im Hotel, mußte ich bis zu meiner Verabredung mit Jim noch fünf Stunden rumbringen. Mir fiel eine Möglichkeit ein, sie rumzubringen, und ich sah zum Telefon hinüber.

Es ist wie nichts trinken, dachte ich. Du tust es in Schritten, die zu bewältigen sind, einen Tag lang, eine Stunde lang, und wenn es sein muß, eine Minute lang. Du greifst nicht zum Telefon, du rufst sie nicht an, und du besuchst sie nicht.

Überhaupt kein Problem.

Gegen zwei griff ich zum Telefon. Die Nummer brauchte ich nicht nachsehen. Während die auf Band gesprochene Ansage ihres Mannes ablief, dachte ich an andere Worte aus einem Grab, an die von John McCrae. *Wenn ihr uns, die sterben, die Treue brecht …*

Ich sagte: »Hier ist Matt. Lisa, bist du da?« Sie war da. »Kann ich kurz vorbeikommen?« fragte ich. »Da ist verschiedenes, was ich mit dir besprechen möchte.«

»Aber sicher, gern«, sagte sie.

Ich ging von ihrer Wohnung gleich in das Restaurant. Da ich vorher geduscht hatte, ist nicht anzunehmen, daß ich ihren Geruch noch auf meiner Haut hatte. Höchstens an meinen Kleidern. Oder in meinem Kopf.

In meinem Kopf auf jeden Fall, und ein paarmal stand ich kurz davor, Jim davon zu erzählen. Das hätte ich ohne weiteres tun können. Eine der Rollen, die ein Sponsor übernimmt, ist die des unvoreingenommenen Beichtvaters. Angenommen, Sie sagen ihm was wie: »Ich habe heute morgen meine Großmutter erwürgt.« Und er wird darauf vielleicht nur erwidern: »Vermutlich hat sie es verdient. Und außerdem ist das einzige, was zählt, daß du nichts getrunken hast.«

Ich erwähnte auch Mick gegenüber nichts davon, obwohl ich es vielleicht getan hätte, wenn wir eine Nacht durchgemacht hätten. Nach dem Blaues-Buch-Treffen in St. Clare begleitete ich Jim nach Hause und ging dann ins Grogan's, und eins der ersten Dinge, die Mick mir sagte, war, daß wir uns nicht gemeinsam den Sonnenaufgang ansehen könnten.

»Außer du willst mit mir zur Farm hochfahren«, sagte er. »Ich muß nämlich in ein paar Stunden los. Mich mal wieder mit O'Mara zusammensetzen.«

»Ist irgendwas?«

»Nein, nein. Rosenstein bildet sich nur ein, O'Mara könnte sterben.«

Rosenstein ist Micks Anwalt. O'Mara und seine Frau bewirtschaften für ihn die Farm, die ihm oben in Sullivan County gehört. Ich fragte ihn, ob O'Mara krank sei.

»Keine Spur«, sagte Mick. »Wie sollte er auch? Bei dem Leben, das er führt? Ist ständig an der frischen Luft, trinkt die Milch meiner Kuh, ißt die Eier meiner Hühner. Hat jetzt sechzig Jahre auf dem Buckel und eigentlich das Zeug für noch mal so viele. Das hab ich auch Rosenstein gesagt. Schön und gut, sagt er, aber angenommen, er stirbt, was dann?«

»Du müßtest dich nach jemand anderem umsehen. Halt, Moment mal. Wer ist offiziell der Besitzer?«

Sein Lächeln war ohne Freude. »O'Mara höchstpersönlich. Du weißt, mir gehört nichts.«

»Die Kleider an deinem Körper.«

»Die Kleider an meinem Körper«, gab er mir recht. »Aber das ist auch schon alles. Auf dem Pachtvertrag fürs Grogan's steht ein anderer Name, genau wie auf der Besitzurkunde für das Haus. Der

Wagen gehört auch nicht mir, nicht offiziell. Und die Farm gehört O'Mara und seiner Frau. Du kannst nichts besitzen, ohne daß es dir diese Säcke wegzunehmen versuchen.«

»So hast du es doch immer schon gehandhabt«, sagte ich. »Zumindest, solange ich dich kenne. Du hast doch noch nie irgendwelchen Besitz gehabt.«

»Und einen gescheiten Job auch nicht. Sie hatten schon ihre Finger ausgestreckt, letztes Jahr, als sie mir diesen Rico-Fall anhängen wollten. Wenn was bei mir zu holen gewesen wäre, hätten sie sich alles unter den Nagel gerissen. Aber, dank Gott und Rosenstein, sind sie damit nicht durchgekommen. Trotzdem hätten sie in der Zwischenzeit schon meinen ganzen Besitz konfiszieren und verkaufen können – wenn ich das Pech gehabt hätte, was zu besitzen.«

»Wo ist also das Problem mit O'Mara?«

»Na ja, wenn O'Mara stirbt und sie mit ihm, obwohl Frauen ewig leben –«

Nicht immer, dachte ich.

»– was wird dann aus meiner Farm? Die O'Maras haben keine Kinder. Er hat eine Nichte und einen Neffen in Kalifornien, und sie hat einen Bruder, einen Priester in Providence, Rhode Island. Wer von den dreien erbt, hängt davon ab, welcher O'Mara länger lebt, aber früher oder später fällt die Farm auf jeden Fall an die Nichte und den Neffen oder an den Priester. Und wie will ich O'Maras Erben dann klarmachen, wollte Rosenstein von mir wissen, daß die Farm mir gehört und daß sie gern jederzeit die Schweine füttern und die Eier einsammeln können, aber daß ich ansonsten damit machen kann, was mir paßt?«

Rosenstein hatte ihm verschiedene Möglichkeiten vorgeschlagen, sich die Farm zu sichern, angefangen von einer nicht datierten und nicht verbrieften Übertragung der Besitzrechte bis zu einem Zusatz zu O'Maras Testament. Aber jede solche Regelung konnte als juristische Fiktion entlarvt werden, wenn sich die Bundesbehörden genauer mit der Sache befaßten.

»Also werde ich mit O'Mara reden«, sagte er, »obwohl ich nicht weiß, was ich ihm eigentlich sagen soll. ›Achte auf deine Gesundheit, Mann.‹ Aber ich weiß die Antwort bereits. Man muß durchs Leben gehen, ohne was zu besitzen.«

»Das tust du doch schon.«

»Schön wär's. Es ist genau das, was Rosenstein gesagt hat: eine juristische Fiktion. Ganz gleich, ob dir was offiziell gehört oder hinten rum – sie können es dir jederzeit wegnehmen.« Er sah das Glas in seiner Hand an, trank den Whiskey. »Bloß wenn es dir scheißegal ist, kann dir nichts passieren. Herrgott noch mal, soll O'Maras blöder Neffe meinetwegen die Farm kriegen. Dann kaufe ich sie ihm eben wieder ab. Oder kauf mir eine andere. Oder komme ohne zurecht. Was dich wirklich fertigmacht, ist, wenn du zu sehr an irgendwelchen blöden Dingen hängst. Jedenfalls mehr, als wenn du sie verlierst. Schau mich doch an. Da fahre ich vor lauter Angst, O'Mara könnte sterben, die halbe Nacht lang zur Farm hoch, und er war noch nicht einen Tag in seinem Leben krank.«

»Die Indianer sagen, Menschen können kein Land besitzen, es gehört alles dem Großen Geist. Der Mensch hat nur das Nutzungsrecht.«

»Und was war es gleich wieder, was wir vom Bier sagen? Du kannst es nicht besitzen, du kannst es bloß leihen.«

»Gilt auch für Kaffee«, sagte ich und stand auf.

»Gilt für jeden Besitz«, sagte er. »Gilt für alles.«

20

Am Montag regnete es den ganzen Tag. Am Abend zuvor hatte das Wetter noch gehalten, bis ich nach Hause kam, aber als ich aufwachte, goß es in Strömen.

Ich verließ das Hotel den ganzen Tag nicht. Als ich hier einzog, gab es gleich nebenan einen Coffee-Shop, der aber schon vor Jahren dichtgemacht hat. Seitdem haben die Mieter mehrmals gewechselt, und im Moment ist dort ein Damenbekleidungsgeschäft.

Ich rief im Morning Star an und bestellte ein großes Frühstück. Der Junge, der es mir brachte, sah aus wie eine ersäufte Ratte. Ich frühstückte und setzte mich ans Telefon und hing den ganzen Tag an der Strippe. Ich machte einen Anruf nach dem andern, und wenn ich nicht mit jemandem sprach oder wartete, daß ich weiterverbunden wurde, oder fingertrommelnd auf einen Rückruf harrte, starrte ich aus dem Fenster und überlegte, wen ich als nächstes anrufen sollte.

Ich brauchte einige Zeit, um MultiCircle Productions ausfindig zu machen, den Vorbesitzer der Holtzmannwohnung. Es bedurfte einiger Wühlerei, um herauszufinden, daß sie auf den Caymans ins Handelsregister eingetragen waren. Das hieß, ich konnte mir abschminken, daß ich diesen Schleier je lüften würde.

Die Hausverwalterin wußte nicht viel über MultiCircle. Sie hatte nie einen Mitarbeiter der Firma zu Gesicht bekommen oder jemanden, der vor den Holtzmanns das Apartment bewohnt hatte. Ihr Eindruck war gewesen, daß die Holtzmanns die ersten waren, die dort gewohnt hatten. Aber vielleicht hatte sie sich auch getäuscht. Ebensowenig hatte sie etwas mit dem Verkauf des Apartments oder einer der anderen Wohneinheiten zu tun gehabt. Das hatte ein Makler übernommen, der sich in einer der noch nicht verkauften Wohnungen vor Ort ein Büro eingerichtet hatte. Aber da längst alle Wohnungen verkauft waren, hatte auch der Makler seine Zelte abgebrochen. Sie bot mir an, sich nach dem Namen und der

Telefonnummer des Maklers zu erkundigen, wobei sie mir jedoch nicht versprechen konnte, daß letztere noch stimmte.

Wie sich herausstellte, stimmte die Nummer nicht mehr, aber die richtige Nummer herauszubekommen, war nicht schwieriger, als die Auskunft anzurufen und danach zu fragen. Schwierig wurde es erst, als ich in der Maklerfirma jemanden zu finden versuchte, der über das Haus in der Fifty-seventh, Ecke Tenth Bescheid wußte. In der Firma arbeitete niemand mehr, der dort Wohnungen verkauft hatte.

»Irgend jemanden muß es auf jeden Fall geben, der Ihnen weiterhelfen kann«, sagte ein gutgelaunter junger Mann. »Warten Sie doch einen Moment, ja?« Das tat ich, und er kam mit einem Namen und einer Nummer wieder an den Apparat. Ich rief unter der Nummer an und verlangte Kerry Vogel, wartete ein paar Minuten und bekam schließlich eine andere Nummer, die ich anrufen sollte.

Als ich Kerry Vogel endlich erreichte, hörte sie sich genauso gutgelaunt an wie der Mann, der mich zu ihr gelotst hatte. Sie konnte sich sehr genau an das Haus erinnern. Sie hatte ja auch anderthalb Jahre darin gewohnt.

»Wir sind richtige Zigeuner«, sagte sie. »Die ganze Branche. Ein ganz schön verrücktes Leben, ist nicht jedermanns Sache. Man kriegt ein Haus und sucht sich ein Apartment aus. Das ist einer der Vorteile. Man kann kostenlos wohnen und ist ständig anwesend, das heißt, daß man sich bei den Besichtigungsterminen ganz nach den Kunden richten kann. Außerdem wird man ausdrücklich dazu angehalten, sich eine besonders schöne Einheit auszusuchen und sie gut einzurichten, weil sich das verkaufspsychologisch sehr günstig auswirkt. Der Interessent kann sich praktisch schon in so einer Wohnung wohnen sehen. Man mietet gute Möbel, hängt ein paar tolle Bilder an die Wand und läßt einmal die Woche saubermachen. Sie würden sich übrigens wundern, wie oft es vorkommt, daß man einem Interessenten das ganze Haus zeigt, und am Ende rückt er damit raus, daß er *Ihre* Wohnung will. Also setzt man den Kaufvertrag auf und zieht um.«

Im Gebäude der Holtzmanns hatte sie fünf verschiedene Wohnungen gehabt, drei davon in derselben Ecklage wie das Holtzmann-Apartment, und alle waren weggegangen wie nichts. An den Namen MultiCircle Productions konnte sie sich nicht mehr so recht erinnern, aber an die Wohnung.

Doch dann fiel es ihr wieder ein. Ein Mann war aufgetaucht, um sich Wohnungen anzusehen. Er wirkte wie ein Ausländer, aber soweit sie das beurteilen konnte, hatte er genausogut Europäer wie Südamerikaner sein können. Dunkelhäutiger Typ, groß, schlank und sehr wortkarg. Weil er ihr nicht ganz geheuer gewesen war, hatte sie sich nicht so ins Zeug gelegt wie sonst und ihm auch nicht alle Wohnungen gezeigt.

Bei so was mußte man sich auf seinen Instinkt verlassen, weil dieser Job ziemlich gefährlich war. Vor allem für eine Frau. Ständig wurde man von Männern angemacht, was an sich nicht weiter schlimm war. Gewiß, es war lästig, aber man gewöhnte sich daran. Manchmal blieb es jedoch nicht nur bei Worten, sondern es kam zu Handgreiflichkeiten, bis hin zu einer Vergewaltigung.

Sie wurden ja auch fast dazu eingeladen. Man war allein, noch dazu in der eigenen Wohnung, und sogar ein Bett war da, um sie auf dumme Gedanken zu bringen. Und das Gebäude war bestenfalls zur Hälfte bewohnt, so daß niemand in der Nähe war, der einen schreien hören konnte. Nicht, daß sie einen überhaupt hätten hören können, weil in allen besseren Neubauten ein wichtiges verkaufsförderndes Kriterium war, daß sie total schalldicht waren. Und jetzt erzählen Sie das mal einem potentiellen Vergewaltiger.

Bisher hatte sie Glück gehabt, aber sie kannte Kolleginnen, auf die das nicht zutraf. Jedenfalls war ihr der Mann mit seiner wortkargen, wachsamen Art etwas unheimlich gewesen. Aber es war nichts passiert. Er hatte sie nicht mal anzumachen versucht. Und als er ging, war sie sicher, nie mehr etwas von ihm zu sehen.

Was auch der Fall war. Von da an bekam sie nur noch seinen Anwalt zu sehen, einen Hispanic. Er hatte zwar keinen Akzent, aber einen spanischen Namen. Nein, sie wußte ihn nicht mehr. Garcia? Rodriguez? Sie konnte sich nur noch erinnern, daß es ein gängiger spanischer Name war. Auch den Namen des Käufers wußte sie nicht mehr, und es hätte sie auch sehr gewundert, wenn sie ihn überhaupt mal zu hören bekommen hatte.

Sie war ziemlich sicher, daß der einzige Name, den sie je zu hören bekommen hatte, der von MultiCircle Productions war, was immer das war. Schließlich konnte sich in einem Condominium jeder eine Eigentumswohnung kaufen. Dagegen mußte man in einem Co-op erst vor die Eigentümerversammlung und diese davon überzeugen, daß man ein anständiger Mensch war und keine lärmenden Parties feierte oder sich sonst irgendwie nachteilig auf das Klima im Haus auswirken würde. Man konnte aus jedem x-beliebigen Grund abgelehnt werden oder auch ohne jeden Grund. Sie konnten einen diskriminieren, wie sich das kein Vermieter oder privater Bauträger hätte leisten können, ohne sich strafbar zu machen. In der East Side gab es zum Beispiel ein Co-op, in dem Richard Nixon abgelehnt worden war, was wollen Sie mehr!

Bei Condos war das anders. Solange man noch stehen konnte und Geld auf der Bank hatte, konnte man sich ein Condo kaufen, ohne daß einen die anderen Wohnungseigentümer daran hindern konnten. Und wenn einem die Wohnung mal gehörte, konnte man sie vermieten, was in vielen Co-ops nicht erlaubt war. Deshalb waren Luxus-Condos vor allem bei Ausländern, die in Amerika nach einer sicheren Investitionsmöglichkeit suchten, sehr beliebt. Und solche Käufer waren wiederum bei den Leuten sehr beliebt, die Condos verkauften, weil sie nicht erwarteten, daß man ihnen den Kauf finanzierte, und weil sie keine Klausel in den Kaufvertrag aufgenommen haben wollten, die den Kauf davon abhängig machte, ob sie eine Hypothek aufnehmen konnten. In der Regel schrieben sie einen Scheck aus und zahlten den vollen Kaufpreis in bar.

Was auch dieser Käufer getan hatte. Sie konnte sich noch an den Abschluß des Kaufvertrags erinnern, weil niemand dazu erschienen war, nicht einmal der Anwalt von MultiCircle. Er hatte den Scheck per Boten geschickt.

Hatte sie den Anwalt überhaupt mal getroffen? Sie hatte mehrere Male mit ihm telefoniert, und sie hatte eine bestimmte Vorstellung von ihm, so ähnlich wie der Lieutenant aus *Miami Vice*, aber hatte sie ihn wirklich zu Gesicht bekommen?

Sie konnte sich nicht mehr an den Kaufpreis erinnern, aber sie konnte mir eine über den Daumen gepeilte Summe nennen. Alle

Apartments mit demselben Grundriß variierten im Preis – je höher sie lagen, desto mehr mußte man dafür zahlen –, und dieser Wohnungstyp in dem Stockwerk dürfte, Moment mal, wieviel gekostet haben? Dreihundertzwanzig? Plus minus zehn- bis fünfzehntausend Dollar müßte das in etwa hinkommen.

Ein Drittel davon war vermutlich für den Blick, aber der war ja auch fantastisch. Bei so einem Blick störte es einen nicht weiter, ewig rumzusitzen und auf einen Interessenten zu warten. Sie hatte gern dort gewohnt, obwohl sie die Gegend selbst nicht so toll fand. Aber sie hatte ihr besser gefallen, als sie sich dort etwas besser auskannte.

»Gleich gegenüber ist ein Lokal«, sagte sie, »das ist wirklich Spitze. Jimmy Armstrong's? Macht von außen nicht viel her, aber innen ist die Atmosphäre sehr angenehm, und das Essen ist geradezu sensationell. Richtiges Chili, und die Auswahl an Faßbieren kann sich auch sehen lassen. Müssen Sie unbedingt mal ausprobieren.«

Das versprach ich ihr.

Ich rief Elaine an. »Hab ich mir's doch gedacht, daß du zu Hause sein könntest«, sagte ich.

»Ich war bereits aus. Im Fitneßstudio. Natürlich war kein Taxi zu bekommen, aber ich hab einfach diesen Plastikfetzen angezogen und einen Regenschirm mitgenommen. Trotzdem war ich durch und durch naß, aber es hat mich nicht umgebracht. Du bist also auch zu Hause?«

»Und werde auch hier bleiben.«

»Gut. Sieht nämlich nicht so aus, als ob es bald aufhören würde. Nur gut, daß ich so weit oben wohne. Sonst könnte ich schon anfangen, eine Arche zu bauen.«

Ich erzählte ihr, was ich über MultiCircle herausbekommen hatte. »Ausländisches Geld«, sagte ich. »Und unmöglich rauszukriegen, woher es kommt. Ein einziger Besitzer oder ein ganzer Haufen – lauter Dinge, die ich nicht weiß. So eine Eigentumswohnung ist eine gute Investition, eine ideale Absicherung gegen die Inflation und eine Möglichkeit, etwas Geld im Ausland anzulegen und es vor politischen und wirtschaftlichen Krisen zu Hause zu schützen.«

»Wo immer zu Hause ist.«

»Obwohl letzteres keine große Rolle gespielt haben dürfte. Nicht, wenn man auf den Caymans ins Handelsregister eingetragen ist und dort sein Geld auf einem Dollarkonto horten kann. Trotzdem ist so eine Eigentumswohnung eine gute Investition, und vermieten kann man sie auch. Normalerweise gibt es eine Mindestmietdauer, das ist nicht wie in einem Hotel, obwohl in manchen Ferienorten die Mindestdauer drei Tage beträgt. In New York ist sie in der Regel ein Monat, manchmal auch länger.«

»Und im Haus der Holtzmanns?«

»Ein Monat, aber das dürfte MultiCircle nicht interessiert haben, weil sie die Wohnung nicht vermietet hatten. Glenn und seine Frau« – interessant, wie ich es vermied, ihren Namen auszusprechen – »waren die ersten, die dort eine Nacht verbracht haben.«

»Und sie waren damals gerade eine Woche verheiratet? Ich wette, sie haben sie ordentlich eingeweiht.«

»MultiCircle hat bar gezahlt«, sagte ich. »Sie haben einen Scheck über den vollen Kaufpreis geschickt.«

»Na und?«

»Ich frage mich nur, wie sie die Wohnung verloren haben? Ursprünglich dachte ich an eine Zwangsversteigerung, aber wie kann eine Wohnung, die mit keinerlei Hypotheken belastet ist, zwangsversteigert werden? Manchmal werden die Vermögenswerte einer Firma liquidiert, um Gläubiger zu entschädigen, aber hier handelt es sich um eine Briefkastenfirma auf den Caymans. Was sollte die für Gläubiger haben?«

»Das könnte dir vielleicht ihr Anwalt erzählen.«

»Können schon, aber nicht wollen. Außerdem müßte ich dazu erst mal den Namen wissen. Die Maklerin konnte sich nicht mehr daran erinnern. Vermutlich steht er irgendwo auf einem Stück Papier, und ich werde auch versuchen, ihn herauszubekommen. Aber selbst wenn ich es schaffe, den Kerl aufzutreiben, werde ich nichts aus ihm rauskriegen. MultiCircle. Weißt du, wonach sich das anhört?«

»Nach sich im Kreis drehen?«

»Nach einem Rädchen, das ins andere übergreift.«

»Ist es denn überhaupt wichtig, wer das ist oder warum sie die Wohnung verloren haben? Ich meine, wenn du über mich Nachforschungen anstellen müßtest, würdest du dann auch herauszubekommen versuchen, wer hier vor mir gewohnt hat?«

»Das ist was anderes«, sagte ich. »Irgend etwas ist mit MultiCircle Productions faul, und irgend etwas ist mit der US Asset Reduction Corp. faul, und vor allem ist was mit Glenn Holtzmann faul. Wenn so viel faul ist, muß ein Zusammenhang bestehen.«

»Schon möglich.«

»Ich habe das Gefühl, es liegt direkt vor meiner Nase«, sagte ich. »Aber ich kann es einfach nicht sehen.«

Ich rief Joe Durkin an. »Ich hab's vor einer Stunde bei dir probiert«, sagte er. »Zwei- oder dreimal. War immer belegt.«

»Ich hab den ganzen Morgen telefoniert.«

»Du kannst jedenfalls beruhigt sein. Gunther Bauer war nicht der gedungene Agent einer internationalen Verschwörung. Ich hatte Glück, der Typ, mit dem ich gesprochen habe, war die Höflichkeit in Person. Ich habe zwar gemerkt, daß er mir am liebsten ins Gesicht gelacht hätte, aber er konnte sich gerade noch beherrschen. Seinen Aussagen zufolge hat sich Gunther aus rein persönlichen Gründen mit George angelegt. Dahinter steckte echter, tief empfundener Haß. Gunther war kein ferngelenktes Mordinstrument. Außer Gott hat ihm gesagt, er soll's tun, was durchaus möglich ist. Aber von einem Mittelsmann hat er keine Anweisungen erhalten.«

»Sonderlich überzeugt war ich von dieser Theorie sowieso nie.«

»Nein, aber du dachtest, es könnte nicht schaden, es mal nachzuprüfen, und du magst ja ein verdammt sturer Hund sein, aber blöd bist du nicht.«

»Danke.«

»Deshalb dachtest du, jemand könnte ihn angestiftet haben, um George zum Schweigen zu bringen, stimmt's?«

»Na ja, viel geredet hat George zwar nie. Einfach nur, um auch die letzten Zweifel auszuräumen.«

»Die waren bereits ausgeräumt! Wenn du allerdings glaubst, jemand könnte in Rikers seine Beziehungen spielen gelassen haben –«

»Was bekanntlich nicht das erste Mal wäre.«

»Klar, keine Frage, aber irgendein stinknormaler Typ, jemand wie du und ich, hat so was nicht im Kreuz. Du kannst im Fortbildungsanbau keinen Kurs machen ›Wie arrangiere ich hinter Gefängnismauern einen Mord‹. Wäre zwar sicher gut besucht, aber bisher bieten sie so was noch nicht an.«

»Nein.«

»Demnach denkst du also an jemanden mit dem nötigen Einfluß. Bist du auf was gestoßen, was darauf hindeutet, daß Holtzmann Dreck am Stecken hatte?«

»Ja.«

»Was hat er ausgefressen?«

»Von einem Ausländer ein Apartment gekauft, in dem niemand gewohnt hat.«

»Ach du liebe Güte, das ist ja nun wirklich sehr verdächtig.«

»Aus welchem Grund sollte ein Ausländer eine Wohnung kaufen, ohne sie zu bewohnen oder zu vermieten, kannst du mir das vielleicht sagen?«

»Kann ich nicht, Matt. Aber warum tut ein Ausländer überhaupt irgendwas? Warum geht ein Ausländer zur Polizei?«

»Wie bitte?«

»Hast du das nicht gelesen? Es gibt Stimmen, die eine Abschaffung der Bestimmung verlangen, daß du amerikanischer Staatsbürger sein mußt, um zur New Yorker Polizei gehen zu können.«

»Im Ernst? Wozu denn das?«

»Damit die Polizei der Zusammensetzung der Bevölkerung besser entspricht. Eine durchaus löbliche Absicht, versteh mich da bitte nicht falsch, bloß, muß man das ausgerechnet auf diesem Weg versuchen? Du solltest mal den PBA-Sprecher zu diesem Thema hören.«

»Das kann ich mir vorstellen.«

»›Dann aber gleich richtig‹, sagt er. ›Warum verlangen wir dann überhaupt noch eine Green Card? Nehmen wir doch gleich illegale Einwanderer, am besten aus Mexiko. Hängen wir ein Schild am Rio Grande auf: *Auch du kannst Polizeibeamter werden.*‹ So in Form habe ich ihn selten gesehen.«

»Na ja, ist ja vielleicht auch eine etwas ausgefallene Idee.«

»Es ist eine grauenhafte Idee«, sagte Durkin. »Und sie werden damit sicher nicht erreichen, was sie erreichen wollen. Denn was dann antanzt, ist die halbe männliche Bevölkerung von Woodside und Fordham Road, die ganzen Trottel aus der letzten Aer-Lingus-Maschine. Weißt du noch, wie sie die Mindestgrößenregelung abgeschafft haben? Das war, um mehr Hispanics für die Polizei zu kriegen.«

»Hat es geklappt?«

»Nein. Natürlich nicht. Alles, was darauf kam, waren jede Menge kleiner Italiener.«

Ich rief Holtzmanns ehemaligen Vermieter an, den Besitzer des Hauses in Yorkville, in dem er gewohnt hatte, als er Lisa kennenlernte. Als ich in Downtown war, hatte ich die Adresse in einem alten Adreßbuch gefunden und den Namen und die Adresse des Vermieters anschließend im Grundbuchamt nachgeschlagen. Das ist nicht immer ganz einfach, weil sich viele Hausbesitzer hinter Scheinfirmen verstecken, an die genauso schwer ranzukommen ist wie an MultiCircle, aber nicht in diesem Fall. Er war Besitzer und Hausverwalter in einer Person und lebte mit seiner Frau in einer der sechzehn Wohneinheiten.

Und er konnte sich an Glenn Holtzmann erinnern, der dort offensichtlich gewohnt hatte, seit er von White Plains in die Stadt zurückgezogen war. Der Hausbesitzer, ein Mr. Dozoretz, wußte nur Gutes über Holtzmann zu erzählen. Er hatte pünktlich die Miete bezahlt, hatte keine überzogenen Forderungen gestellt und keinen Ärger mit anderen Mietern gehabt. Mr. Dozoretz hatte es bedauert, ihn als Mieter zu verlieren, auch wenn es ihn nicht überraschte. Das Ein-Zimmer-Apartment im vierten Stock war schon für eine Person ziemlich eng und für zwei auf jeden Fall zu klein. Trotzdem, einfach schrecklich, diese Geschichte mit Mr. Holtzmann. Eine Tragödie.

Irgendwann nach Mittag rief ich im Deli um die Ecke an und bat sie, mir Kaffee und ein paar Sandwiches aufs Zimmer zu bringen. Eine Viertelstunde später war ich so in Gedanken vertieft, daß ich erst nicht wußte, was das Klopfen an der Tür bedeuten sollte. Ich aß brav mein Mittagessen, ohne etwas zu schmecken, und hängte mich wieder ans Telefon.

Ich rief in der New York Law School an und mußte mit mehreren Leuten sprechen, bis ich schließlich in Erfahrung brachte, wie lange Holtzmann dort studiert hatte. Keine der Personen, mit denen ich sprach, konnte sich an ihn erinnern, aber die Unterlagen deuteten auf einen unauffälligen Studenten hin. Sie hatten den Namen der Firma in White Plains, bei der Holtzmann nach dem Studium gearbeitet hatte, und auch seine dortige Privatadresse, Grandview Apartments am Hutchinson Boulevard. Allerdings waren das die einzigen Daten, die sie über ihn hatten.

Bei der Auskunft in Westchester hatten sie keinen Eintrag für die Anwaltskanzlei Kane, Breslow, Jespesson & Reade, aber unter *Anwälte* gab es einen Michael Jespesson. Ich rief in seiner Kanzlei an, aber er war essen gegangen. Bei dem Wetter? dachte ich. Warum ließ er sich nichts aus einem Deli kommen und aß an seinem Schreibtisch?

Ich hätte es in Grandview Apartments versuchen können, aber mir fiel nichts ein, was ich dort hätte fragen können. Trotzdem kostete es mich einige Überwindung, nicht anzurufen. Bei der New Yorker Polizei gibt es eine Grundregel, oder zumindest gab es sie mal. Sie brachten sie den Rekruten in der Akademie bei, und auch in den Bereitschaftsräumen der Detektive konnte man sie ständig hören. AHUK hieß es da immer. ›Arsch hoch und Klinkenputzen‹.

Es heißt zwar ständig, daß so die meisten Fälle gelöst werden, aber deshalb ist es noch lange nicht richtig. Die meisten Fälle lösen sich von selbst. Die Frau ruft unter der Notrufnummer an und sagt, daß sie ihren Mann erschossen hat; der Räuber rennt aus dem überfallenen Laden und einem Streifenpolizisten außer Dienst in die Arme; der Ex-Freund hat ein Messer unter der Matratze, an dem noch das Blut des Mädchens ist. Und von den Fällen, die gelöst werden müssen, wird ein Großteil durch einen Tip gelöst. Wenn ein Handwerker so gut ist wie sein Werkzeug, ist ein Detektiv nicht besser als seine Spitzel.

Hin und wieder löst sich ein Fall allerdings nicht von selbst, und niemand tut einem den Gefallen, den Bösewicht zu verpfeifen. (Oder einen Unschuldigen; auch Spitzel lügen.) Manchmal ist richtig solide polizeiliche Ermittlungsarbeit nötig, um eine Akte schließen zu können, und in so einem Fall ist dann AHUK angesagt.

Und das tat ich jetzt. Ich versuchte es mit einer Schlechtwetterversion von AHUK. Ich blieb nämlich auf meinem Arsch sitzen und benutzte das Telefon, um meinen alten Zermürbungskrieg gegen die weiße Wand von Glenn Holtzmanns Tod weiterzuführen. Diese Methode hat nur einen Haken. Manchmal kriegt sie was Sinnloses und rein Mechanisches. Man ist in eine Sackgasse geraten, aber anstatt es sich einzugestehen und zu überlegen, wo man falsch abgebogen ist, putzt man weiter Klinken, dankbar, daß es einen endlosen Vorrat an Klinken zu putzen gibt, dankbar, daß man eine Beschäftigung hat und sich einreden kann, was Sinnvolles zu tun.

Also rief ich nicht in Grandview Apartments an. Aber ich warf die Nummer auch nicht weg. Ich hielt sie griffbereit, für den Fall, daß mir die Klinken ausgingen.

Michael Jespesson war schockiert, als er erfuhr, daß Glenn Holtzmann tot war. Er hatte von dem Mord gehört, sich aber nur ganz am Rande dafür interessiert. Schließlich war dieses Verbrechen ja auch in einer Welt begangen worden, die sich in sicherer Entfernung von seiner befand. Und es war schon einige Jahre her, daß Holtzmann in seiner früheren Kanzlei gearbeitet hatte. Aus irgendeinem Grund hatte er den Namen des Ermordeten nicht mitbekommen.

»Natürlich kann ich mich an ihn erinnern«, sagte er. »Wir waren eine kleine Sozietät. Nur eine Handvoll Anwälte und ein paar Anwaltsgehilfen. Holtzmann war ein sympathischer Typ. Ein paar Jahre älter als der gängige Studienabgänger, aber nur ein paar. Auf den ersten Blick wirkte er wie ein richtiger Senkrechtstarter, aber wie sich herausstellte, war er nicht annähernd so ehrgeizig, wie ich dachte. Er machte seine Arbeit, aber er riß sich kein Bein aus.«

Das erinnerte mich an das, was Eleanor Yount erzählt hatte. Nachdem sie in Holtzmann anfangs schon ihren Nachfolger gesehen hatte, mußte sie bald feststellen, daß es ihm am nötigen

Ehrgeiz fehlte. Aber irgendwie hatte er sich trotzdem bis in den achtundzwanzigsten Stock hinauf geschwungen. Das Geld und die Wohnung zusammengerechnet, hatte er ein Vermögen von gut über einer halben Million Dollar hinterlassen. Jetzt stellen Sie sich mal vor, was der Mann hätte erreichen können, wenn er sich etwas mehr auf die Beine gestellt hätte.

»Vielleicht war das hier einfach nicht das richtige für ihn«, sagte Jespesson. »Jedenfalls war ich nicht überrascht, als er kündigte. Ich gab mich nie irgendwelchen Illusionen hin, daß er länger bleiben würde. Er war nicht verheiratet, war hier nicht aufgewachsen, was hätte ihn also schon in White Plains halten sollen? Übrigens war er auch kein gebürtiger New Yorker. Er war irgendwo aus dem Mittelwesten, oder?«

»Pennsylvania.«

»Na ja, das ist nicht im Mittelwesten. Aber er war nicht aus Philadelphia, sondern irgendwo aus der Provinz, wenn ich mich nicht täusche.«

»Ich glaube, aus Altoona.«

»Altoona. In New York gibt es massenweise Leute aus Altoona. In White Plains nicht. Es hat mich also, wie gesagt, nicht überrascht, als er ging, und wenn er nicht damals schon gegangen wäre, hätte er es ein paar Monate später getan.«

»Warum?«

»Die Sozietät löste sich auf. Entschuldigung, ich bin davon ausgegangen, das wüßten Sie, aber woher sollten Sie? Hatte jedenfalls nichts mit Holtzmann zu tun, und ich glaube auch nicht, daß er schon die Zeichen an der Wand sah. Ich glaube, es gab noch gar keine Zeichen an der Wand. Ich habe sie jedenfalls nicht gesehen.«

Ich fragte ihn, ob es sonst noch jemanden gab, mit dem ich sprechen sollte.

»Ich glaube, ich kannte ihn nicht besser und nicht schlechter als alle anderen auch«, sagte er. »Wieso stellen Sie überhaupt noch Ermittlungen an? Ich dachte, der Täter wäre bereits gefaßt.«

»Eine Nachuntersuchung«, sagte ich. »Reine Routinesache.«

»Aber Sie haben doch den Schuldigen? Ein Obdachloser, soweit ich mich erinnern kann.« Er schnaubte. »Fast hätte ich gesagt, wäre er lieber in White Plains geblieben, aber zu meinem Leidwesen muß ich sagen, daß man auch hier nicht mehr allzu sicher ist. Meine Frau und ich, wir leben in einer befestigten Siedlung. Wenn Sie uns besuchen wollten, müßte ich dem Wächter am Tor Bescheid geben, damit er Sie reinläßt. Stellen Sie sich das mal vor. Eine befestigte Siedlung. Wie ein Fort oder eine mittelalterliche Festung.«

»Meines Wissens gibt es die inzwischen überall.«

»Befestigte Siedlungen? Das ist im Moment sogar der letzte Schrei. Aber nicht in Altoona, würde mich jedenfalls sehr wundern.« Wieder ein Schnauben. »Vielleicht hätte er lieber in Altoona bleiben sollen.«

Warum hatte er das nicht getan?

Warum war er nach New York gekommen? Er war nicht weit von zu Hause aufs College gegangen, war nach dem Abschluß nach Hause zurückgekehrt und war wahrscheinlich regelrecht dazu gedrängt worden, für seinen Onkel Versicherungen zu verkaufen. Und als er zu etwas Geld kam, war er nach New York gezogen und auf die Law School gegangen.

Warum? Konnte man an der Penn State nicht Jura studieren? Das wäre billiger gewesen, als nach New York zu ziehen, und auch naheliegender, wenn man sich in Pennsylvania für die Zulassung als Anwalt bewerben und sich nicht weit von zu Hause niederlassen wollte. Er hätte nebenher weiter Versicherungen verkaufen können. Er wäre nicht der erste gewesen, der sich so sein Studium finanzierte.

Aber statt dessen hatte er alle Brücken hinter sich abgebrochen. Hatte sich nicht mehr um seine Vergangenheit gekümmert, soweit ich das beurteilen konnte. Hatte seine Braut nicht nach Hause gebracht, hatte sie nicht seiner Familie vorgestellt.

Was hatte er zurückgelassen? Und was hatte er mitgenommen, als er diesen Schritt machte? Wieviel hatten ihm seine Eltern hinterlassen? Oder hatten sie ihm gar nichts hinterlassen?

Fang mit dem Onkel an. Ich rief Eleanor Yount an, um sie zu fragen, ob er in der Personalakte namentlich genannt war. Sie ließ sich Glenns Bewerbungsunterlagen kommen. Wie sich herausstellte, waren darin die Arbeitsverhältnisse vor dem Jurastudium nicht einzeln aufgeführt. Wie seine Freizeit- und Ferienjobs waren auch seine Erfahrungen im Versicherungswesen bloß summarisch erwähnt. *Verkaufs- und Verwaltungstätigkeit in der Versicherungsagentur eines Onkels, Altona, PA,* stand zusammen mit den Daten in seinem Lebenslauf.

Ich rief die Auskunft von Altoona an und erkundigte mich, ob es im Branchenbuch einen Versicherungsagenten namens Holtzmann gab. In der Region gab es ziemlich viele Holtzmanns, sagte die Frau, aber keiner schien im Versicherungswesen tätig zu sein.

Natürlich muß ein Onkel nicht unbedingt denselben Nachnamen haben wie man selbst. Und es war auch nicht auszuschließen, daß der Onkel gestorben war oder sich in Florida zur Ruhe gesetzt hatte oder das Geschäft verkauft und eine Burger-King-Lizenz gekauft hatte.

Andererseits, wie groß konnte Altoona schon sein? Und wie viele Versicherungsagenten konnte es dort geben, und mußten die sich nicht alle gegenseitig kennen?

Ich erkundigte mich nach den Nummern der zwei Versicherungsagenturen, die im Branchenbuch die größten Einträge hatten. Offensichtlich fand die Frau meine Bitte ein bißchen komisch, aber sie erfüllte sie mir trotzdem. Ich rief bei beiden an und schaffte es, daß ich bei beiden zu jemandem durchgestellt wurde, der schon eine Weile in der Branche tätig war. Ich erklärte, daß ich nach jemandem suchte, der in Altoona im Versicherungswesen tätig gewesen war und möglicherweise Holtzmann geheißen und einen Neffen bei sich beschäftigt hatte, der Holtzmann hieß, Glenn Holtzmann.

Fehlanzeige.

Ich rief noch einmal die Auskunft an und ließ mir die Namen von einem halben Dutzend Holtzmanns mit zwei N geben, die ich der Reihe nach anrief. Bei den ersten zwei ging niemand dran. Unter der dritten Nummer meldete sich eine Frau mit einer Stimme wie Ethel Merman und versicherte mir, sie würde alle Holtzmanns in der Stadt kennen, sie seien alle miteinander verwandt, und sie habe noch von keinem Glenn in der Familie gehört. Nicht, daß an dem Namen was auszusetzen wäre, aber kein Holtzmann habe ihn je getragen, und sie würde es wissen, wenn das der Fall gewesen sei.

Ich sagte, meines Wissens sei er aus Roaring Spring.

Das sei was anderes, meinte sie. Sie sagte es zwar nicht so direkt, aber sie ließ trotzdem durchblicken, daß die Leute in Roaring Spring hinter dem Mond waren. Sie wußte von einer Familie Holtzmann in Roaring Spring, aber sie hatte schon jahrelang nichts mehr von ihnen gehört und konnte auch nicht sagen, ob noch jemand von ihnen existierte. Was sie allerdings wußte, war, daß die Holtzmanns in Roaring Spring in keiner Weise mit den Holtzmanns in Altoona verwandt waren.

»Außer Sie verfolgen den Stammbaum bis ins Rheinland zurück«, sagte sie.

Ich rief wieder die Auskunft an und erkundigte mich nach irgendwelchen Holtzmanns in Roaring Spring. Gleichzeitig fragte ich mich, warum ich darauf nicht schon früher gekommen war. War aber auch egal. Es gab keine.

Ich rief Lisa an. Wußte sie zufällig den Namen des Onkels, in dessen Versicherungsagentur Glenn in Altoona gearbeitet hatte?

Sie sagte: »Was für eine Frage. Ich glaube nicht, daß er mal einen Verwandten namentlich erwähnt hat. Und wenn doch, kann ich mich nicht mehr erinnern. Tatsache ist, wir haben beide nicht viel über unsere Familien gesprochen.«

»Und der Mädchenname seiner Mutter? Hat er den zufällig mal erwähnt?«

»Ganz sicher nicht. Doch, warte mal, da ist mir erst kürzlich in den Unterlagen für seine Betriebsrente etwas untergekommen. Einen Augenblick.« Als sie wieder zurückkam, sagte sie, sie habe Benziger geheißen. »›Name des Vaters – John Holtzmann‹«, las sie vor. »›Name der Mutter – Hilda Benziger.‹ Bringt dich das weiter?«

»Ich weiß nicht.«

Ich rief wieder die Auskunft für Altoona an und erkundigte mich nach einem Versicherungsagenten namens Benziger. Es gab keinen Eintrag auf diesen Namen, und weiter ging ich dem Namen Benziger nicht nach. Der fragliche Onkel hätte ein angeheirateter Onkel sein können, der Mann einer Schwester von Glenns Eltern. Er könnte auch gar kein richtiger Onkel gewesen sein, sondern nur ein entfernter Verwandter. Es gab einfach zu viele Möglichkeiten, daß er anders hieß als Holtzmann oder Benziger.

Ich stellte das Telefon beiseite und überlegte, was ich als nächstes tun sollte. Ich hatte das Gefühl, daß ich wirklich fleißig Klinken putzte, aber jedesmal bekam ich die Tür vor der Nase zugeknallt.

Würde ich etwa nach Altoona fahren müssen? Weiß Gott, daß ich dazu keine Lust hatte. War ganz schön weit da rüber, und das bloß wegen ein paar Informationen, die aller Wahrscheinlichkeit nach zu nichts führen würden? Andererseits war ich nicht sicher, ob ich von hier an sie rankommen würde. Direkt vor Ort konnte ich auf dem Standesamt die Namen seiner Eltern und ihrer Verwandten nachschlagen und so schließlich den Namen des fraglichen Onkels herausbekommen.

Vorausgesetzt, die Leute, mit denen ich zu tun hatte, spielten mit. Wie man in New York die zuständigen Leute zum Mitspielen bringt, weiß ich. Man besticht sie. In Altoona ging das vielleicht nicht.

Mußte ich das unbedingt herausfinden?

Finster starrte ich das Telefon an, und soll mich doch der Teufel holen, wenn es sich nicht genau diesen Moment aussuchte, um zu läuten. Es war Lisa. Sie sagte: »Ich habe erst geschaltet, als du schon aufgelegt hast. Wie kommst du eigentlich darauf, daß er Versicherungen verkauft hat? Mir hat er nie etwas davon erzählt, daß er für eine Versicherungsagentur gearbeitet hat.«

»Das hat er Eleanor Yount erzählt.«

»Mir hat er erzählt, er hätte Autos verkauft«, sagte sie. »Cadillacs und Chevrolets. Und noch eine Marke. Oldsmobile?«

»Wann war das?«

»Nach dem College. Bevor er nach New York kam, bevor er auf die Law School ging.«

»Unter Autohändler«, fragte ich, »gibt es da eine Firma Holtzmann? Holtzmann Motors, Holtzmann Cadillac?«

Bei der Auskunft in Altoona waren sie erstaunlich geduldig. Während die Frau für mich nachsah, stellte ich mir Glenn Holtzmann vor, wie er vor einer Honda-Vertretung auf dem Gehsteig lag, gleich gegenüber eine Stoßdämpferniederlassung, und die größte Cadillac-Vertretung von New York war nur eine Straße weiter.

Im Branchenbuch von Altoona gab es keine Eintragung auf den Namen Holtzmann. Ich bat sie, es mit Benziger zu versuchen. Das käme ihr irgendwie bekannt vor, meinte die Frau, obwohl sie nicht sagen konnte, warum, und auch keinen Benziger auf der Seite fand. Ich sagte ihr, ich suchte nach einer Vertretung für Chevrolet, Cadillac und möglicherweise Oldsmobile. Nach kurzem Suchen teilte sie mir mit, daß es nur eine Cadillacvertretung am Ort gab. Sie hatten dort auch die anderen Marken, die ich ihr genannt hatte, und außerdem GMC-Lkws und Toyota. Letzteres veranlaßte sie zu der Bemerkung: »Ein typisches Zeichen der Zeit. Das ist Nittany Motors, draußen an der Five Mile Road.«

Ich notierte mir die Nummer und wählte sie. Die Frau, die sich meldete, glaubte nicht, daß es gegenwärtig einen Mr. Holtzmann bei ihnen gab, außer es sei ein neuer Mann in der Ersatzteilabteilung, dessen Namen sie noch nicht kannte. War das der Mann, den ich sprechen wollte?

»Demnach ist Mr. Holtzmann nicht der Besitzer«, sagte ich.

Diese Vorstellung schien sie zu amüsieren. »Das wäre mir jedenfalls neu«, sagte sie. »Die Firma gehört Mr. Joseph Lamarck, und das ist schon so, seit es Nittany Motors gibt.«

»Und wie lange ist das schon?«

»Na ja, schon ein paar Jahre.«

»Und davor? Hat die Firma mal Benziger Motors geheißen?«

»Doch, ja. Das war allerdings vor meiner Zeit. Darf ich fragen, warum Sie das alles wissen wollen?«

Ich sagte ihr, ich riefe von New York an und stellte Ermittlungen in einem Mordfall an. Der Ermordete sei offenbar ein ehemaliger Angestellter von Benziger Motors und vermutlich mit Mr. Benziger verwandt.

»Da sollten Sie vielleicht besser mit Mr. Lamarck persönlich sprechen.« Nach einer kurzen Pause teilte sie mir mit, er spreche gerade. Ob ich so lange warten wolle? Das bejahte ich.

Ich war in höheren Sphären, als eine tiefe Männerstimme sagte: »Joe Lamarck am Apparat. Leider habe ich Ihren Namen nicht mitbekommen, Sir.«

Ich nannte ihn.

»Und jemand ist ermordet worden? Der hier gearbeitet hat? Ein Verwandter von Al Benziger? Das kann eigentlich nur Glenn Holtzmann sein.«

»Kannten Sie ihn?«

»Aber sicher. Nicht gut, und ich muß auch gestehen, daß ich schon jahrelang nicht mehr an ihn gedacht habe. War ein sympathischer Bursche. Wenn mich nicht alles täuscht, war er der Sohn von Als Schwester. Sie hat den Jungen ganz allein großgezogen und starb etwa zur gleichen Zeit, zu der Glenn aufs State College kam. Soviel ich weiß, hatte Al die beiden schon die ganze Zeit unterstützt, und als Glenn mit dem College fertig war, hat er ihn in die Firma genommen.«

»Wie hat er sich dort gemacht?«

»Ach, ganz gut. Allerdings glaube ich nicht, daß er wirklich mit Leib und Seele bei der Sache war, obwohl so was ja manchmal noch kommen kann. Er ist dann allerdings weggezogen. Ich könnte aber nicht sagen, weshalb, ob es Altoona oder das Autogeschäft war. Vielleicht auch Al. Verdammt guter Mann, aber es war nicht immer einfach, für ihn zu arbeiten. Ich hatte auch irgendwann keine Lust mehr.«

»Sie haben für Benziger gearbeitet?«

»Aber sicher, aber ich habe gekündigt, warten Sie mal, das muß ein paar Monate, nachdem Glenn anfing, gewesen sein. Hatte allerdings nichts mit Glenn zu tun. Al hat mich einfach einmal zu oft zur Schnecke gemacht, und darauf bin ich ein paar Türen weiter gegangen und habe für Ferris Ford gearbeitet. Als Al dann in Schwierigkeiten kam, ging ich zurück und hab die Firma gekauft. Aber das ist eine andere Geschichte.«

»Wann war das?«

»Mein Gott, vor fünfzehn Jahren. Das ist alles Vergangenheit.«

»Das war, nachdem Glenn aus Altoona weggezogen war.«

»Ganz sicher. Ein paar Monate danach bekam Al Probleme, und danach verging noch mal einige Zeit, bis ich das Geschäft übernahm.«

»Was für Probleme?«

Er machte eine Pause. »Ich weiß eigentlich nicht, ob ich Ihnen das überhaupt sagen darf. Aber anderseits ist diese Geschichte längst Vergangenheit. Es ist auch niemand mehr hier, der darin verwickelt war. Al und Marie sind von hier weggezogen, sobald sie konnten, und ich habe keine Ahnung, wo er jetzt sein könnte – falls er überhaupt noch lebt. Und ich würde eher darauf tippen, daß er das nicht mehr tut. Er war am Ende, als er Altoona verlassen hat.«

»Warum?«

»Die verdammte Bundesregierung«, sagte er mit echtem Bedauern. »Eigentlich sollte ich das nicht erzählen, aber ich tue niemandem damit weh, und Sie könnten es problemlos auch anders rausfinden ...« Nach einer kurzen Pause begann er: »Al hatte schon jahrelang eine doppelte Buchführung. Seine Frau Marie machte die Buchführung, und ich schätze, die beiden haben das untereinander geregelt. Natürlich hatte er auch einen Wirtschaftsprüfer, Perry Preiss, und der hatte eine Weile auch ganz schön Schwierigkeiten, bis sich rausstellte, daß ihn Al und Marie die ganze Zeit an der Nase herumgeführt haben. Trotzdem hat ihm das beruflich ziemlich geschadet, soviel ich weiß.«

»Was wurde aus den Benzigers?«

»Sie haben einen Vergleich geschlossen. Hatten ja auch gar keine andere Wahl. Das Finanzamt hatte sie am Schlafittchen. Es war eindeutig Steuerhinterziehung mit betrügerischer Buchführung und ein paar geheimen Konten. Da konnten sie schlecht sagen, das wäre ein Versehen gewesen, sie hätten dies und das zu melden vergessen, weil sie nicht mehr daran gedacht hätten. Wenn das Finanzamt gewollt hätte, hätten sie sie beide ins Gefängnis bringen können. Sie hatten sie im Schwitzkasten und haben ganz schön fest zugedrückt, wenn Sie mich fragen. Haben Al Benziger alles genommen, was er hatte. Schließlich habe ich sein Geschäft gekauft. Jemand anderer hat ihr Haus gekauft, und noch jemand anderer hat ihr Ferienhaus unten am See gekriegt.«

»Und Glenn war nicht mehr hier, als das passiert ist?«

»Nein. Kam auch nicht zurück, um hier mal Urlaub zu machen. Ist nicht mal gesagt, ob er überhaupt was davon wußte. Wo war er zu der Zeit? In New York?«

Ich nickte. »An der Law School. Er hat sich sein Studium mit dem Geld finanziert, das er von seiner Mutter geerbt hatte.«

Lamarck bat mich, das zu wiederholen. Als ich das getan hatte, sagte er: »Nein, da müssen Sie sich täuschen. Glenn Holtzmann wuchs in Roaring Spring in einem Wohnwagen auf, und nicht mal der Wohnwagen hat ihnen selbst gehört. Ich kann mir nicht vorstellen, daß seine Mutter außer dem Geld, das sie von ihrem Bruder gekriegt hat, auch nur einen Cent hatte.«

»Vielleicht hat sie eine Versicherung bekommen.«

»Würde mich sehr wundern. Und wenn, wäre das Geld längst aufgebraucht gewesen. Hab ich nicht gesagt, daß Glenns Mutter etwa zu der Zeit starb, als er aufs College kam?«

»Ich glaube schon.«

»Das wirft jetzt eine Frage auf. Woher hatte er das Geld?«

»Keine Ahnung. Wie kam das Finanzamt Al Benziger auf die Schliche?«

»Mann, o Mann«, seufzte Lamarck.

»Wer wußte von der doppelten Buchführung?«

»Vor einer Stunde hätte ich noch gesagt, niemand. Daß Perry Preiss keine Ahnung hatte, weiß ich mit Sicherheit. *Ich* wußte nichts davon. Ich hätte gesagt, Al und Marie und sonst niemand.«

»Und jetzt?«

»Jetzt fange ich an, mich zu fragen, ob Glenn vielleicht Bescheid wußte. O Mann, o Mann.«

»Er war ein Spitzel«, erzählte ich Drew. »Und zwar im großen Stil. Hat vermutlich auf Provisionsbasis gearbeitet. Angefangen hat er in Altoona, wo er für seinen Onkel Al Autos verkauft hat.«

»Onkel Al in Altoona.«

»Er bekam irgendwie raus, daß sein Onkel und seine Tante saftig Steuern hinterzogen. Doppelte Buchführung, geheime Konten. Wie ich gehört habe, muß es nicht ganz einfach gewesen sein, für seinen Onkel zu arbeiten, also dachte sich Glenn, arbeite ich für mich selber.«

»Er hat sie ans Finanzamt verpfiffen?«

»Mit der Tour kannst du ganz gut Geld machen«, sagte ich. »Das habe ich schon immer gewußt, bloß war mir bisher nicht klar, wie beliebt das als Heimarbeit ist. Es gibt eine eigene Nummer, unter der Spitzel anrufen können. Ich habe gestern dort angerufen und mit einer Frau gesprochen, die mir erklärt hat, wie die Sache funktioniert. Ich habe ihr eine Menge Fragen gestellt, und ich hatte nicht das Gefühl, daß sie auch nur eine davon zum erstenmal gehört hat. Sie muß den ganzen Tag da sitzen und mit den Gierigen und Nachtragenden reden.«

»Von denen gibt es jede Menge.«

»Das kannst du laut sagen. Man bekommt dafür einen Anteil an den Steuernachzahlungen und an der Strafe, wobei der Prozentsatz von der Qualität des gelieferten Materials abhängt. Wenn man die getürkten Bücher anbringt und sie keine Arbeit mehr haben, lassen sie mehr springen, als wenn man bloß mit dem Finger deutet und sagt, wo sie nachsehen sollen.«

»Ist ja auch korrekt so.«

»Man kann dabei völlig anonym bleiben, und ich bin sicher, daß Glenn schon dafür gesorgt hat, daß er das blieb. Vielleicht konnte sich sein Onkel denken, wer ihn hingehängt hat, vielleicht aber auch nicht. Jedenfalls blieb ihm nicht viel Zeit zum Überlegen, um nicht nach Leavenworth zu kommen. Hat alles verkauft, was er hatte, und fluchtartig die Stadt verlassen. Ich weiß nicht, wieviel er dem Finanzamt gezahlt hat, aber für Glenn fiel genügend ab, um sich das Jurastudium finanzieren zu können.«

»Mußte er davon Steuern zahlen?«

»Das habe ich sie auch gefragt. Sie hat gesagt, sie ziehen sie gleich im voraus ein – so, wie Firmen die Steuern ihrer Angestellten gleich einbehalten.«

»Typisch.«

Wir waren im Docket in der Joralemon Street, gleich um die Ecke von der Brooklyner Borough Hall. Gepflegte Atmosphäre, hohe Decken und die Einrichtung in Eiche, Messing und rotem Leder. Die Klientel besteht größtenteils aus Anwälten, obwohl das Lokal auch von Polizisten frequentiert wird. Mittags herrscht am meisten Betrieb. Sie verkaufen massenweise dick belegte Sandwiches, schenken massenweise Getränke aus.

»Toller Tag heute«, sagte Drew.

»Ja, herrlich«, sagte ich. »Als ich das letzte Mal hier gegessen habe, war es auch so. Es war im Frühling, und ich war mit jemandem von der Brooklyner Mordkommission zum Mittagessen hier. John Kelly, ich habe ihn an der Bar stehen sehen, als ich reingekommen bin. Es war so ein schöner Tag, daß ich anschließend die ganze Strecke bis Bay Ridge zu Fuß gegangen bin. Allerdings glaube ich nicht, daß ich das heute auch tun werde. Weißt du was? Wenn es gestern so schön gewesen wäre, würde ich mir immer noch den Kopf zerbrechen, woher Glenn Holtzmanns Geld kam.«

»Aber so bist du wegen des Regens zu Hause geblieben.«

»Und habe den ganzen Tag telefoniert. Und wie sich herausgestellt hat, war das das einzig richtige. Sobald ich mal den ersten Anhaltspunkt hatte, war es nicht mehr allzu schwer, mir zusammenzureimen, wen ich als nächstes anrufen und was ich ihn fragen sollte. Nachdem Holtzmann die Zulassung als Anwalt hatte, arbeitete er für eine Kanzlei in White Plains. Kurz nachdem er dort ausgeschieden war, löste sich die Sozietät auf. Der Teilhaber, mit dem ich gesprochen habe, deutete vage an, Holtzmann hätte vielleicht die Zeichen an der Wand gesehen.«

»Ich wette, er hat sie selbst geschrieben.«

»Aber ohne seinen Namen drunterzusetzen. Ich habe dann Jespesson – das ist der Anwalt – noch mal angerufen, um ihn zu fragen, was aus der Kanzlei wurde. Mit der Frage muß ich ihn so überrumpelt haben, daß er nicht mal gefragt hat, warum ich das wissen wollte. Anscheinend hat einer seiner Partner ein paar Drogenhändler vertreten.«

»Und ließ sich mit Drogengeld bezahlen, ohne es bei der Steuer anzugeben, und daraus haben sie ihm dann einen Strick gedreht. Du machst dir keine Vorstellung, wie ungern ich solche Geschichten höre, Matt.«

»Bloß war es nicht ganz so. Die Kanzlei übernahm keine Strafsachen, sie vertraten die fraglichen Mandanten in irgendwelchen Zivilsachen. Und sie wurden mit Scheck bezahlt – das heißt, wenn auch Cash im Spiel war, erfuhr niemand etwas davon. Aber dieser eine Teilhaber hat eine ausgesprochene Vorliebe für Kokain entwickelt.«

»Was du nicht sagst?«

»Er finanzierte sein kleines Laster, indem er selbst ein bißchen zu dealen anfing. Und dann stellte sich heraus, daß einer der Leute, mit denen er Geschäfte machte, von der DEA war. Sie boten ihm an, alles auf seine Dealermandanten abzuwälzen, aber vermutlich war ihm ein Bundesgefängnis lieber als ein namenloses Grab. Bis die ganze Sache abgewickelt war, stellte sich heraus, daß er auch mehrere Mandanten bestohlen hatte. Jespesson zufolge muß es ein Klacks gewesen sein, die Sozietät aufzulösen. Muß wohl nicht mehr viel zum Auflösen übriggewesen sein.«

»Ich nehme mal an, es war Holtzmann, der die DEA auf den Teilhaber aufmerksam gemacht hat.«

»Das nehme ich auch an«, sagte ich. »Ich kann zwar nicht bei denen anrufen und sie einfach fragen. Aber ich glaube, das steht ziemlich außer Zweifel.«

»Demnach zahlt die DEA ihren Informanten was.«

»*Danach* habe ich mich erkundigt. Sie waren zwar nicht so zuvorkommend wie die nette Dame vom Finanzamt, aber immerhin, sie zahlen für Drogenhändler ein Kopfgeld und für den eingezogenen Stoff eine Provision. Wie das genau funktioniert, habe ich von einem Bekannten erfahren, der sich mit dem Austausch von Informationen und ihrem Marktwert ziemlich gut auskennt.« Damit war Danny Boy gemeint, den ich gestern abend zu Hause angerufen hatte. Auch er hatte sich bei dem Wetter nicht vor die Tür gewagt. »Mit der harten Linie wird sich der Kampf gegen die Drogen zwar nicht unbedingt gewinnen lassen«, sagte ich, »aber zumindest fängt sich dieser Krieg auf diese Weise langsam zu rechnen an. Wenn die heute eine Drogenfestnahme machen, kassieren sie erst mal alles ein, was sie in die Finger kriegen. Fahrzeuge, Boote. Den Stoff natürlich und sogar das Geld, wenn sie die Käufer mit hopsgehen lassen. Wenn in ihren Häusern irgendwelche Treffen abgehalten wurden oder wenn sie die Ware dort gelagert haben, dann konfiszieren sie die auch noch. Mit so viel Zeug, das sich zu Geld machen läßt, haben die natürlich plötzlich ein Riesenbudget, um Informanten zu bezahlen.«

»Das Apartment«, sagte Drew.

»Mit einem Mal wird die Sache sonnenklar. Irgendwelche Europäer oder Südamerikaner haben es unter dem Deckmantel einer Firma von den Cayman-Inseln bar gekauft. Es gibt mindestens ein Dutzend Möglichkeiten, woher sie das Geld hatten, aber eine der wahrscheinlichsten ist, daß es von Drogengeschäften stammte. Und nachdem keine Hypothek auf der Wohnung war, ist sie vermutlich vom Staat konfisziert worden; das wäre jedenfalls die naheliegendste Erklärungsmöglichkeit, wie MultiCircle Productions um die Wohnung kam. Und dann ist da noch die US Asset Reduction Corp. Ich konnte nirgendwo eine Spur von diesem Verein finden, weil er wahrscheinlich nur in den Akten irgendeiner Regierungsbehörde existiert. Es muß sich dabei um eine Art Scheintreuhand für die Liquidation konfiszierter Vermögenswerte handeln.«

»Eigentlich möchte man meinen, sie müßten ganz scharf drauf sein, mit ihren Konfiszierungen zu protzen. Damit der Steuerzahler mal sieht, wie sie den Drogenhändlern einheizen.«

»Nicht unbedingt. Manchmal lassen sie ganz bewußt nichts raus, damit im Kongreß niemand merkt, wieviel Geld eigentlich durch ihre Hände wandert.«

»Vielleicht bleibt ja an so manchem Händchen was hängen.«

»Würde mich jedenfalls nicht wundern.«

»Und Holtzmann? Was hat er getan, um das Apartment zu kriegen? Wen hat er verraten?«

»Das weiß ich nicht. Mein erster Gedanke war, daß er jemanden bei MultiCircle hingehängt hat. Bloß hätte das verdammt schnell in die Hose gehen können. Angenommen, einer der Leute, die er verpfiffen hat, kannte ihn, und dann wohnt er plötzlich in ihrem Apartment ...«

»Wie könnte er sonst drangekommen sein? Es muß doch eine Entschädigung für einen Tip von ihm gewesen sein.«

»Angenommen, er hat irgendeinen Mr. XY verpfiffen, und dafür steht ihm nun ein sechsstelliges Honorar zu. Und dann macht ihm jemand den Vorschlag: ›Hör mal, kannst du keine Wohnung brauchen? Schau dir mal diese Liste mit konfiszierten Apartments an. Such dir eins aus, und wir überschreiben es dir.‹«

»Tugend zahlt sich aus.«

»Das war schon immer so.«

Er erhaschte die Aufmerksamkeit des Kellners und deutete auf unsere leeren Kaffeetassen. Als sie wieder gefüllt waren, sagte er: »Und wer war Mr. XY? Hast du schon irgendeine Idee?«

»Nein.«

»Schau mal in seinen Lebenslauf. Erst hat er in Altoona Autos verkauft, dann in White Plains als Anwalt praktiziert. Wo ist er als nächstes aufgetaucht, unser moderner Jonas?«

»In der Rechtsabteilung eines Verlags. Dieses Schiff sank, als der Verlag von einem ausländischen Konzern geschluckt wurde.«

»Wie hat er das geschafft?«

»Ich glaube nicht, daß er damit was zu tun hatte. Von da kam er zu Waddell & Yount, und dort hat er noch gearbeitet, als er starb. Die Rechtsabteilung eines Verlags ist ein etwas eigenartiges Betätigungsfeld für einen professionellen Spitzel.«

»Und?«

»Na ja, ich habe da so eine Theorie«, gab ich zu. »Sie deckt sich mit den Fakten, und ich glaube, sie widerspricht auch meinem Eindruck von Glenn Holtzmann nicht.«

»Ich vergesse ständig, daß du ihn gekannt hast.«

»Gekannt ist ein bißchen übertrieben. Ich bin ihm ein paarmal begegnet, mehr nicht.«

»Dann laß deine Theorie mal hören.«

»Ich glaube, er ist da mehr oder weniger reingerutscht. Ich glaube, er kam zufällig den Machenschaften seines Onkels auf die Schliche, und zu dem persönlichen Groll, den er gegen ihn hegte, kam nun auch noch eine gehörige Portion moralischer Entrüstung. Er zeigte Onkel Al beim Finanzamt an und setzte sich aus Altoona ab. Aber er hat sich mit seiner Prämie keinen Mercedes gekauft, sondern sein Jurastudium finanziert. Er hat mehrfach geäußert, es wäre ihm nur dank seines Erbes möglich gewesen, Anwalt zu werden, und es würde mich nicht wundern, wenn er tatsächlich dachte, Anspruch auf das Geld zu haben. Vielleicht konnte er sich sogar einreden, das Geld würde sowieso ihm zustehen, weil Al Benziger die Goldgrube bekommen hatte und seine Mutter den Schacht.

Er trat eine Stellung in White Plains an. Das entsprach nicht unbedingt seinen Wunschvorstellungen. Ihm wäre eine Kanzlei in New York lieber gewesen, aber dafür reichte es nicht. Erst machte er einen guten Eindruck, aber dann stellte sich heraus, daß er weniger drauf hatte, als die Leute ursprünglich von ihm erwartet hatten. Bezeichnenderweise war es bei Waddell & Yount genau das gleiche. Eleanor Yount sah schon ihren künftigen Nachfolger in ihm, als sie ihn einstellte, aber es dauerte nicht lange, bis sie merkte, daß er nicht das Zeug dazu hatte.

In White Plains bekam er heraus, daß einer der Teilhaber mit Koks dealte. Vielleicht war er ein bißchen unzufrieden mit seinem Job und seinen Zukunftsaussichten. Vielleicht fingen seine Ausgaben an, nicht mehr mit seinem Einkommen Schritt zu halten. Jedenfalls ist da dieser tolle Hecht von Anwalt, der denkt, seine Nase wäre ein Staubsauger, und nebenbei seine Geschäftchen abwickelt. Glenn fällt wieder die Geschichte mit Onkel Al ein und wie befriedigend es war, ihm zu seiner gerechten Strafe zu verhelfen. Und wie einträglich.«

»Also verpfeift er ihn.«

»Ja, und wieder ist er über alle Berge, als die Kacke am Dampfen ist. Er kriegt einen Job bei einem Verlag, bleibt dort, solange er kann, geht dann zu einem anderen Verlag. Er ist nicht ehrgeizig und lebt relativ bescheiden. Er wohnt in einem kleinen Apartment in den East Eighties.

Irgendwann wittert er wieder eine Chance, ein paar Dollars zu verdienen. Eigentlich war mein erster Gedanke: Er lernt Lisa kennen, will sich eine größere Wohnung zulegen und sucht sich schnell jemanden, den er verpfeifen kann. Aber das hätte zeitlich nicht hingehauen. Ich glaube, er unternahm gar nichts, aber als sich ihm eine Chance bot, griff er zu.«

»›Ich sah meine Chancen und nutzte sie.‹« Als ich Drew etwas verständnislos ansah, sagte er: »George Washington Plunkett, eines dieser Tammany-Schlitzohren aus dem vergangenen Jahrhundert. Es gibt ungewöhnlich freimütige politische Memoiren von ihm, ehrlich und zugleich seinen Nimbus fördernd. Und von ihm ist dieser Ausspruch. Er sah seine Chancen und nutzte sie. Ich würde gern wissen, welche Chance unser Freund sah.«

»Keine Ahnung«, sagte ich. »Wenn ich raten müßte, würde ich sagen, es hatte nichts mit seiner Arbeit zu tun. Wahrscheinlich war es jemand, den er aus Yorkville kannte.«

»Weil er umzog.«

»So hat er es doch immer gemacht, oder nicht? Hängt jemanden hin und dann nichts wie weg. Er hat jemanden verpfiffen und soll eine satte Provision dafür kriegen. ›Na, Glenn, wie hätten Sie das Geld denn gern?‹ ›Wie wär's denn mit einer Immobilie. Was haben Sie denn gerade so?‹ ›Mal sehen, da wäre zum Beispiel dieses schicke Zwei-Zimmer-Apartment. Ziemlich hoch oben, mit Blick auf den Fluß, hat einem Herrn aus Korsika gehört, der nur sonntags kam. Hier haben Sie die Schlüssel, schauen Sie es sich doch mal an.‹«

»Funktioniert das tatsächlich so? Sie zeigen dir, was sie gerade auf Lager haben, und du kannst dir was aussuchen?«

»Keine Ahnung, wie so was funktioniert. Aber ich glaube, daß er mehr oder weniger so zu der Wohnung gekommen ist. Das war um die Zeit, als er Lisa kennengelernt hat. Als es bei den beiden ernst wurde, machte er ein bißchen Dampf, was die Abwicklung der

Formalitäten betraf, und als sie von den Bermudas zurückkamen, konnten sie einziehen.«

»Und das Geld in der Kassette?«

»Stammt vermutlich von einem anderen Job. Oder demselben. Ich würde sagen, daß er die ganze Sache etwas anders zu sehen begann, als er heiratete. Kann aber auch schon früher gewesen sein. Er sah jetzt seine Nebenerwerbsquelle als seinen eigentlichen Job an und nicht mehr nur als etwas, das sich ein paarmal zufällig ergeben hatte. Er begann nach Gelegenheiten Ausschau zu halten.«

»Woher weißt du das?«

»Aus seiner täglichen Zeitplanung. Im Verlag hatte er eher Mühe, seine acht Stunden am Tag mit einer sinnvollen Beschäftigung auszufüllen, aber Lisa erzählte er was von einem enormen Arbeitspensum, das ihn häufig nicht nur abends, sondern auch an den Wochenenden an seinen Schreibtisch fesselte. In Wirklichkeit war er wohl auf der Suche nach potentiellen Opfern. Das war, glaube ich, auch der Grund, warum er sich für mich interessiert hat.«

»Du meinst, er hätte dich wegen Steuerhinterziehung hinhängen können? Was wäre bei dir schon zu holen, dein zweites Paar Schuhe?«

»Es war mein Job, der ihn interessiert hat. Er hat mir weiszumachen versucht, er wollte meine Memoiren rausbringen. Das war natürlich Quatsch. In seinem Verlag brachten sie keine Erstveröffentlichungen raus. Was er von mir wollte, war, rauszufinden, wie ein Detektiv bei seiner Arbeit vorgeht. Er hoffte, daß ich ihm meine Tricks und Kniffe beibringe. Möglicherweise sah er uns sogar schon als Partner bei dem Geschäft, allen möglichen Schmutz über irgendwelche Leute auszugraben und ihn in Gold zu verwandeln. Ich fand allerdings nie heraus, was er vorhatte, weil er mir zu unsympathisch war, um ihm irgendwelche Hoffnungen zu machen.«

»Also hat er auf eigene Faust rumgeschnüffelt.«

»So scheint es.«

»Wer hat ihn umgebracht?«

»Das weiß ich nicht.«

»Auch keinen Verdacht?«

»Nicht den leisesten. Ich nehme an, er war auf der Pirsch und hat seine Nase in Dinge gesteckt, die ihn nichts angingen. Jemand muß gemerkt haben, was er vorhatte.«

»Und hat ihn erschossen.«

»Mit so was mußt du rechnen, wenn du rumläufst und Drogenhändler anschwärzt. Da ist es schon wesentlich ungefährlicher, deine Verwandten wegen Steuerhinterziehung zu verpfeifen. Aber irgendwann gehen dir die Verwandten oder Amateure wie dieser Anwalt in White Plains aus. Und wenn du dich an echte Profis ranwagst, kann dich das schnell Kopf und Kragen kosten.«

»Berufsrisiko.«

»Das will ich auch meinen. Andererseits besteht nach wie vor die Möglichkeit, daß es so war, wie die Polizei annimmt.«

»George Sadecki.«

»Es ist durchaus möglich, daß er's war. Und was ändert es schon, wenn er's nicht war? Interessiert doch keinen Menschen, nachträglich seine Unschuld zu beweisen. Ich glaube zwar, er war's nicht, aber ich könnte das nicht mal ansatzweise beweisen, geschweige denn sagen, wer es wirklich war. Holtzmann hat nichts Schriftliches hinterlassen, auch keinen dieser berühmten Umschläge, die erst im Todesfall geöffnet werden dürfen.«

»Manche Leute kennen einfach keine Rücksicht. Willst du noch Kaffee?«

Ich schüttelte den Kopf. »Wahrscheinlich kommt sein Mörder ungeschoren davon, aber das passiert häufiger.«

»Und es könnte keinem sympathischeren Zeitgenossen passiert sein.«

»Ich weiß nicht, ob er wirklich so schlimm war. Auf der einen Seite war er ein bezahlter Spitzel, aber zugleich könntest du ihn auch zu einer Art neuem Yuppieheros hochstilisieren, der für Bösewichter Kopfgeld kassiert hat. Ganz gleich, wie man es betrachtet, ich habe jedenfalls nicht das Gefühl, daß sein Geist nach Rache schreit.«

»Was ist mit unserer gemeinsamen Mandantin? Kann sie nachts ruhig schlafen, wenn der Mörder ihres Mannes noch auf freiem Fuß ist?«

»Ich wüßte nicht, warum nicht. Du bist ihr Anwalt. Was ist das beste für sie?«

Er überlegte. »Die Sache auf sich beruhen zu lassen.«

»Das hätte ich auch gesagt.«

»Du kannst ja noch ein paar Tage nach versteckten Vermögenswerten suchen, obwohl ich nicht glaube, daß du welche finden wirst.«

»Das würde mich auch sehr wundern.«

»Andererseits rechne ich auch von seiten des Finanzamts mit keinen Problemen. Wie ich die Sache sehe, wird sie am Ende um die Wohnung und eine Kassette voll Geld reicher sein. Auch nicht das schlechteste, oder?«

»Nein.«

»Trotzdem hinterläßt es ein ungutes Gefühl«, sagte er. »Wäre schön zu wissen, wer ihn umgebracht hat und wie und warum. Und noch schöner, wenn der Mörder geschnappt würde. Im Interesse unserer Mandantin wäre es allerdings das beste, wenn die ganze Geschichte auf der Stelle zu den Akten gelegt würde. Fang an, ein bißchen im Dreck zu wühlen, laß die Presse Wind davon bekommen, und schon kommt so ein Heini vom Finanzamt an und fragt dir Löcher in den Bauch, und wer will das schon?«

»Niemand.«

»Und eine Verurteilung kriegst du auch nicht durch. Egal, wer's war, der Kerl hat sich inzwischen von hier bis St. Louis mit Alibis eingedeckt. Wahrscheinlich kann er nachweisen, daß er mit dem Papst und dem Lubavitcher Räbbe Mau-Mau gespielt hat, als Holtzmann erschossen wurde.«

»Muß eine tolle Partie gewesen sein.«

»Na ja, du kennst doch den Papst«, sagte Drew. »Hat zwar keine Ahnung vom Kartenspielen, kann's aber nicht lassen.«

22

Ein paar Tage später zog ich einen Anzug und eine Krawatte an und ging ans Fenster, um zu sehen, ob das Wetter halten würde. Es war sonnig, kühl und klar, und ich hoffte, es würde so bleiben.

Irgend etwas zog meinen Blick zu den Bänken im Parc Vendôme hinüber, und ich sah eine vertraute Gestalt über einen der Steinwürfel gebeugt sitzen. Ich verließ das Hotel, aber anstatt nach links zur U-Bahn zu gehen, überquerte ich die Straße und näherte mich dem schlaksigen Schwarzen mit dem weißen Haar. Er hatte eine TIMES vor sich liegen und die Seite mit der Schachspalte aufgeschlagen. Er hatte die Situation auf seinem Brett nachgestellt.

»Gut siehst du aus«, sagte er. »Schöne Krawatte, die du da anhast.«

»Danke, Barry«, sagte ich. »Heute nachmittag wird George beerdigt. Ich bin grade dabei, zur Trauerfeier nach Brooklyn rüberzufahren.«

»Im Ernst?«

»Sein Bruder hat mich angerufen. Nur im engsten Familienkreis, aber er hat gemeint, ich könnte gern kommen.«

»Ist ein schöner Tag dafür. Wenn's nicht regnet.«

»Du könntest auch mitkommen.«

»Zu seiner Beerdigung?«

»Wir könnten zusammen hingehen.«

Er sah mich an, mit einem langen, prüfenden Blick. »Nein«, sagte er. »Lieber nicht.«

»Wenn du glaubst, du paßt nicht dazu, ich meine, schlechter als ich sicher auch nicht.«

»Kann schon sein. Wir haben ja schließlich auch beide die gleiche Hautfarbe und sind ungefähr gleich angezogen.«

»Das ist doch Quatsch, Barry.«

»Mir geht's auch nicht drum, ob ich dazupasse oder nicht. Ich hab ganz einfach keine Lust hinzugehen. Erzähl mir einfach, wie's war, wenn du zurückkommst.«

Ich nahm den D-Train. Die Feier fand in einem Bestattungsinstitut in der Nostrand Avenue statt, und es waren mehr Leute gekommen, als ich erwartet hatte, insgesamt an die fünfzig. Tom Sadecki, seine Frau, seine Schwester, Verwandtschaft. Nachbarn, Angestellte, AA-Freunde. Die Trauergemeinde war überwiegend weiß, und die meisten Männer waren in Anzug und Krawatte, aber es waren auch ein paar schwarze Gesichter darunter und ein paar Herren in Hemdsärmeln. Barry wäre nicht sonderlich fehl am Platz gewesen.

Der Sarg war geschlossen, die Feier kurz. Der Geistliche, der sie hielt, hatte George nicht gekannt, und er sprach vom Tod als einer Befreiung von den Fesseln körperlicher und geistiger Unzulänglichkeit. Der Schleier fällt, sagte er, und blinde Augen werden wieder sehend. Die Seele steigt empor.

Anschließend sprach Tom ein paar Worte. Sinngemäß sagte er, George sei schon vor langer Zeit von uns gegangen. »Aber wir haben ihn weiter geliebt. Wir haben seine nette Art geliebt. Und da war immer die Hoffnung, daß sich die Wolken eines Tages verziehen und wir ihn zurückbekommen würden. Doch jetzt ist er für immer von uns gegangen, und es wird nicht mehr dazu kommen. Aber in einem anderen Sinn haben wir ihn wieder zurückgewonnen. Er ist jetzt bei uns und wird nie mehr vom Weg abkommen.« Obwohl ihm die Stimme brach, preßte er die letzten Worte heraus. »Ich liebe dich, George.«

Es wurden zwei Lieder gesungen, »Onward, Christian Soldiers« und »Abide With Me«. Beide wurden von einer korpulenten Frau mit hüftlangem, dunklem Haar unbegleitet vorgetragen. Ihre Stimme füllte den ganzen Raum. Beim ersten Lied mußte ich an George in seiner Armyjacke denken, die Taschen voll mit Patronenhülsen. Der alte Soldat, den Geist aushauchend. Das zweite erinnerte mich an eine Version aus einem Thelonious-Monk-Album, nur acht Takte lang, nur die Melodie. Ungeheuer intensiv. Jan Keane hatte die Platte. Ich hatte sie jahrelang nicht mehr gehört.

Nach der Trauerfeier folgte eine Prozession von Autos dem Leichenwagen zu einem Friedhof in Queens, aber ich nahm einen Zug zurück nach Manhattan. Ich fand Barry, wo ich ihn verlassen hatte. Ich setzte mich zu ihm und erzählte ihm alles über Georges Begräbnis. Er hörte mir bis zum Schluß zu, dann schlug er vor, ein bißchen Schach zu spielen.

»Eine Partie«, sagte ich.

Er brauchte nicht lange, um mich zu schlagen. Als ich meinen König flachlegte, meinte er, jetzt sei ein Trinkspruch auf George angebracht. Ich gab ihm fünf Dollar, und er kam mit einer Flasche Malt Liquor und einer Tasse Kaffee zurück. Nach ein paar langen Schlucken verschraubte er die Flasche und sagte: »Weißt du, ich gehe nie zu Beerdigungen. Davon halte ich nichts. Was soll das Ganze?«

»Es ist eine Art, Lebwohl zu sagen.«

»Auch davon halte ich nichts. Leute kommen, und Leute gehen. Das ist der Lauf der Welt.«

»Schon möglich.«

»Ist alles nur eine Frage, an was du dich gewöhnst, mehr nicht. George ist irgendwann aufgetaucht, und ich hab mich an ihn gewöhnt. Jetzt ist er nicht mehr da, und ich werde mich auch daran gewöhnen. Ich muß es bloß wollen.«

Zu Beginn der nächsten Woche gaben sie endlich Glenn Holtzmanns sterbliche Überreste heraus. Vermutlich hätten sie es schon früher getan, wenn seine Witwe darum gebeten hätte. Ich machte ein paar Anrufe für Lisa und sorgte dafür, daß die Leiche aus dem Leichenschauhaus abgeholt und eingeäschert wurde. Trauerfeier gab es keine.

»Hast du nicht auch das Gefühl, als ob da was fehlen würde?« fragte Elaine. »Sollten sie nicht wenigstens irgendeine Art von Trauerfeier abhalten? Ein paar Leute muß es doch geben, die kommen würden.«

»Wahrscheinlich könntest du ein paar Arbeitskollegen zusammentrommeln«, sagte ich. »Aber ich glaube nicht, daß er richtige Freunde hatte. Für sie ist es das einfachste, ihn ohne große Formalitäten einäschern zu lassen, ohne Feier.«

»Glaubst du, Lisa muß anwesend sein? Solltest du vielleicht mit ihr hingehen?«

»Wie es scheint, hat sie die Sache ganz gut im Griff. Deshalb schadet es bestimmt nicht, wenn ich mich langsam zurückziehe.«

Und so begleitete ich Lisa Holtzmann nicht, als sie die Asche ihres Mannes abholte. Ein oder zwei Tage später kam ich um zehn Uhr aus einem AA-Treffen und verspürte eine Rastlosigkeit, gegen die auch noch so viel Spazierengehen und gutes Zureden nichts halfen.

Ich griff zum Telefon. »Hier ist Matt«, sagte ich. »Ist dir nach ein bißchen Gesellschaft?«

Am nächsten Morgen ging ich nach Midtown North hinüber. Joe Durkin war nicht da, aber für das, was ich wollte, brauchte ich ihn nicht. Ich sprach mit verschiedenen Cops und erklärte ihnen, daß ich für Holtzmanns Witwe arbeitete und daß das persönliche Eigentum, das sie zurückbekommen hatte, unvollständig gewesen sei. »Sie hat seine Schlüssel nicht zurückgekriegt«, sagte ich. »Er muß auf jeden Fall seine Schlüssel bei sich gehabt haben, aber sie hat sie nicht zurückbekommen.«

Niemand wußte etwas. »Das ist natürlich blöd«, sagte ein Polizist. »Sagen Sie ihr einfach, sie soll das Schloß auswechseln lassen.«

Ich versuchte mein Glück auch in der Mordkommission Manhattan und bei Central Booking. Es ging fast der ganze Tag damit drauf, Leuten auf die Nerven zu gehen, die Wichtigeres zu tun hatten, aber am späten Nachmittag kam ich schließlich mit einem Schlüsselbund in der Tasche aus einem Polizeirevier. Es war nicht schwer festzustellen, daß es Holtzmanns Schlüssel waren – einer paßte in das Türschloß von seiner und Lisas Wohnung. Es war auch nicht schwer herauszubekommen, welcher Schlüssel zu seinem Schließfach gehörte, und ein Mitarbeiter meiner Bank hatte eine Tabelle, anhand derer sich feststellen ließ, bei welcher Bank und bei welcher Zweigstelle sich das Schließfach befand.

Drew Kaplan besorgte eine Genehmigung, das Schließfach zu öffnen, und das taten er und Lisa in Begleitung des obligatorischen Herrn vom Finanzamt. Vermutlich hofften alle auf Bargeld und Krügerrand-Münzen, aber es enthielt nichts, das jemandes Puls schneller schlagen ließ. Eine Geburts- und eine Heiratsurkunde.

Alte Schnappschüsse unbekannter Personen, Schulfotos von Glenn.

»Der Typ vom Finanzamt hat sich kaum mehr eingekriegt«, berichtete Drew. »Warum hatte er ein Schließfach, wenn er nichts hatte, um es darin zu deponieren? Und warum dann nicht wenigstens ein kleineres? In dem Schließfach muß was anderes drin gewesen sein, meinte er. Wir hätten es geöffnet, das Bargeld eingesteckt und dann erst Uncle Sam verständigt. Ich legte ihm nahe, er sollte sich doch mal die Unterlagen der Bank geben lassen und sich vergewissern, daß seit dem Tod des Schließfachinhabers niemand Zugang dazu gehabt hatte. Was er natürlich schon getan hatte, dieser Nerver, aber er dachte trotzdem, irgendwie wäre Vater Staat beschissen worden.«

»Was ja auch tatsächlich der Fall gewesen sein muß.«

»Das würde ich auch meinen. Also wenn du mich fragst, war das Geld, das seine Frau im Schrank gefunden hat, ursprünglich in dem Schließfach. Den Bankunterlagen zufolge, hat er es eine Woche, bevor er erschossen wurde, zum letzten Mal geöffnet. Ich glaube, er hat das Geld rausgenommen und in eine Blechkiste gepackt und in seinem Schrank verstaut. Und jetzt ist die Frage: Warum hat er das getan?«

»Vielleicht für den Fall, daß er schnell Geld brauchte.«

»Das wäre eine Möglichkeit. Für ein in bar abgewickeltes Geschäft oder einfach nur, um sich Knall auf Fall absetzen zu können. Eine weitere Möglichkcit, die mir noch einfällt: Vielleicht hat er was geahnt.«

»Die gefällt mir am besten«, sagte ich. »Er merkt, daß irgendwas im Anrollen ist, und will sichergehen, daß sie das Geld kriegt. Das würde auch erklären, warum in dem Schließfach nichts war, das für irgend jemanden unangenehm werden könnte. Er hat bereits kommen sehen, wie das Finanzamt seiner Witwe auf die Finger schaut.«

»Und wir wissen, daß er bestens über das Finanzamt Bescheid wußte, seit er es seinem Onkel Al auf den Hals gehetzt hat.«

»Und wir wissen, daß ihm wirklich etwas an ihr lag«, sagte ich, »weil er für die Kombination der Kassette ihren Hochzeitstag genommen hat.«

»Das wußte ich gar nicht.«

»Elf-fünf«, sagte ich. »Elfter Mai.«

»Sympathischer Zug«, sagte er. »War übrigens auch ein sympathischer Zug von dir, die Schlüssel aufzutreiben.«

»Ach, die wären früher oder später auch von selbst aufgetaucht.«

»Da bin ich nicht so sicher. Wenn du dich verstecken willst, wo dich nie jemand findet, dann brauchst du bloß in ein Polizeilagerhaus zu gehen und es dir in einem Regal bequem machen. Dort liegt noch Peter Stuyvesants Holzbein rum, und Boss Tweeds Geldbörse kannst du als Kopfkissen benutzen.«

Damit hätte die Sache eigentlich erledigt sein sollen.

Ich hatte getan, wofür ich engagiert worden war. Ich hatte nicht herausbekommen, wer den Abzug gedrückt hatte, aber das war nicht mein Auftrag gewesen. Ich war engagiert worden, Lisa Holtzmanns finanzielle Interessen zu wahren, und wie es schien, war mir das gelungen. Das letzte, was ich in ihrem Auftrag tat, war, daß ich sie noch einmal zu Drews Kanzlei begleitete, um die Kassette abzuholen. Wir nahmen uns ein Taxi zurück nach Manhattan und fuhren zu einer Bank in der Second Avenue, wo sie noch unter ihrem Mädchennamen ein Konto hatte. Sie mietete ein Schließfach und brachte das Geld darin unter. Dort konnte es notfalls ewig bleiben, oder bis jemand eine Möglichkeit einfiel, es zu waschen.

Ich war für meinen Aufwand großzügig entschädigt worden, aber ich hatte für weniger Arbeit auch schon mehr verdient, so daß ich mir nicht gerade überbezahlt vorkam.

Außerdem gleicht sich so was immer aus. Etwa eine Woche nachdem ich Lisa geholfen hatte, ihr Geld in Sicherheit zu bringen, arbeitete ich für eine Frau, die in einer Sozialwohnung in Chelsea wohnte. An den Job kam ich durch jemanden, den ich von den Anonymen Alkoholikern kannte. Die Frau war die Freundin einer Schwester oder die Schwester einer Freundin, irgendwas in der Art. Die Frau hatte ihren Freund rausgeworfen, als sie rausfand, daß er ihre neunjährige Tochter sexuell belästigte. Der Freund wollte sich aber nicht auf Dauer rauswerfen lassen. Er kam zweimal zurück und verprügelte sie. Nach dem zweiten Mal wurde ihm von seiten der

Behörden Hausverbot erteilt, wovon er sich aber nicht weiter beeindrucken ließ. Prompt verstieß er auch dagegen und verging sich auch noch, weil er schon dabei war, an der Tochter. Sie erstattete Anzeige, und die Polizei hatte einen Haftbefehl für den Kerl, aber niemand wußte, wo er wohnte, und die Cops waren auch nicht gewillt, wegen einer Sache, die für sie ohnehin nur unter häusliche Dispute fiel, eine Großfahndung zu starten.

Ich zog in die Wohnung der Frau und lauerte ihm dort auf. Auf eine üppige, aufgedunsene Art war die Frau sogar ganz hübsch. Sie trank genug Wein, um ständig im Tran zu sein, rauchte eine Newport Light nach der anderen, legte stundenlang Patiencen und schaltete in den fünf Tagen, die ich in ihrer Wohnung verbrachte, kein einziges Mal den Fernseher aus.

Ich saß den ganzen Tag in einem Sessel und las ein Buch oder sah fern, wenn sie mal was halbwegs Erträgliches laufen hatte. Um nicht verrückt zu werden, telefonierte ich ziemlich viel. Gegen Mitternacht kam Eddie Rankin vorbei. Er arbeitet gelegentlich für Reliable und ist ein großer Blondschopf mit schnellen Reflexen und einem Appetit auf Gewalt. Ich rechnete damit, daß der Freund aller Wahrscheinlichkeit nach nachts auftauchen würde, und wenn es hart auf hart ging, war Eddie genau der richtige Mann. Wir erzählten uns ein, zwei Stunden lang irgendwelche Räuberpistolen, bis ich schläfrig genug wurde, um auf der Couch einzunicken. Um fünf weckte er mich, und ich gab ihm hundert Dollar und schickte ihn nach Hause.

Ich glaube nicht, daß ich es länger als eine Woche ausgehalten hätte, aber in der fünften Nacht tauchte der Freund auf. Es war gegen halb drei. Die Kleine schlief im Kinderzimmer. Die Frau war wie jede Nacht in ihrem Sessel vor dem Fernseher eingeschlafen. Der Kasten lief noch, und Eddie sah fern, während ich vor mich hindöste. Ich hörte einen Schlüssel im Schloß, und während ich mich noch aufsetzte und die Beine von der Couch schwang, flog bereits die Tür auf, und der Freund kam wild dreinblickend hereingestürzt.

Ich brauchte keinen Finger zu rühren. Er kam keine zwei Schritte weit, da trat Eddie schon in Aktion. Er verpaßte ihm eine gesalzene

Linke in den Bauch und erwischte ihn wohl an der Leber, weil der arme Teufel schlagartig außer Gefecht gesetzt war. Er sackte zusammen, als hätte er einen Bauchschuß abgekriegt, und bekam auf dem Weg nach unten Eddies Knie ins Gesicht.

Wir hätten die Polizei rufen können und die Frau hätte ihn anzeigen können, vorausgesetzt, sie wäre so weit zu sich gekommen, um das auf die Reihe zu kriegen. Aber er wäre sicher auf Kaution freigekommen – Typen wie der kommen immer auf Kaution frei –, und dann wäre er wahrscheinlich noch mal vorbeigekommen und hätte sie umgebracht. Vielleicht hätte er das schon diesmal getan, wenn wir nicht dagewesen wären; ich filzte ihn, während er stöhnend auf dem Boden lag, und nahm ihm ein zwanzig Zentimeter langes Klappmesser ab.

Es ging darum, ihn davon abzubringen, daß er noch mal zurückkam. »Vielleicht ist er vom Dach gefallen«, sagte Eddie und schleppte ihn ans Fenster. »Sieht mir ganz so aus wie einer, der sich ständig auf Dächern rumtreibt, und irgendwann fällt man da runter.«

Aber natürlich warfen wir ihn nicht vom Dach oder aus dem Fenster. Wir prügelten ihn aber windelweich. Das heißt, Eddie tat das. Er trat ihm in den Unterleib und in die Rippen und stieg ihm ziemlich fest auf die Hände. Ich hätte eine Mordswut haben müssen, um irgend etwas davon zu tun. Sobald nämlich die Situation unter Kontrolle war, waren das auch meine Gefühle. Eddie dagegen stand immer unter Hochspannung und konnte seine Wut jederzeit zur Entladung bringen, ohne irgendeinen Anlaß.

Als er sich abreagiert hatte, schafften wir den Freund vom Boden hoch und zur Tür raus. Im Treppenhaus packte ich ihn am Hemd und sagte ihm, daß ich ihn nie wieder sehen wolle. »Wenn du dich hier noch mal blicken läßt, breche ich dir beide Arme und Beine. Ich steche dir die Augen aus und schneide dir den Schwanz ab und geb ihn dir zu fressen.«

Wir zogen ab und fuhren in Eddies Wagen zu einem Restaurant, in dem er gern essen wollte. »Eigentlich wollte ich Knackwurst bestellen«, sagte er, »aber dann hast du diesen Scheiß gesagt von wegen, du läßt ihn seinen Schwanz fressen. Aber mal was ganz anderes: Woher hatte dieser Wichser eigentlich einen Schlüssel?«

»Ich schätze, sie hat das Schloß nicht auswechseln lassen.«

»Meine Fresse.«

»Tja, so was kostet eben. Wie du vielleicht gemerkt hast, schwimmt sie nicht gerade in Geld. Brauchst ja nur mal ihre Wohnung ansehen.«

»Aber um uns zu löhnen, dafür hatte sie doch Geld. Du hast mir – wie lange? – fünf Nächte lang einen Hunderter die Nacht gegeben, plus die Zulage für heute nacht.« Ich hatte ihm einen Sonderzuschlag für Kampfhandlungen gegeben. »Das sind – wieviel? – sechs Lappen? Und wieviel kriegst du eigentlich, wenn ich mal fragen darf?«

Ich gestand ihm, daß ich nichts bekam, und als er weiterbohrte, gab ich zu, daß ich sein Honorar aus meiner Tasche zahlte. Er fragte, ob sie eine Verwandte von mir sei. Das verneinte ich, worauf er die Stirn hochzog und fragte, ob ich mit ihr ins Bett ging.

Ich sagte: »Jetzt hör aber mal, Eddie.«

»Bist du seit neuestem die Scheißcaritas, oder was?«

»Anwälte nennen so was ›pro bono‹. Ab und zu übernehme ich einen Fall umsonst. Sie ist eine Freundin einer Freundin, und sie hat kein Geld, und es geht schließlich nicht an, daß so ein Drecksack so mit jemandem umspringt.«

»Ein Drecksack ist er, das allerdings.«

»Also war es einfacher, ihr zu helfen, als ihr zu erklären, warum ich es nicht könnte, mehr nicht. Ich habe nicht vor, mir das anzugewöhnen.«

»Ohne Scheiß, das will ich auch nicht hoffen.« Später, beim Verlassen des Lokals, sagte er: »Jetzt noch mal ganz ohne Scheiß, Matt. Vögelst du sie auch wirklich nicht?«

»Ganz ohne Scheiß, nein«, sagte ich. »Und wieso interessiert dich das überhaupt?«

»Na ja, ich hab mir gedacht, vielleicht sollte ich mal mein Glück versuchen. Aber bloß, wenn ich dir nicht ins Gehege komme.«

»Mein Gehege ist in einem ganz anderen Teil der Stadt. Aber ist das dein Ernst?«

»Warum nicht?«

»Na ja ...«

»Schau«, sagte er. »Ich weiß, die Alte ist ganz schön fertig. Aber sie hat keine schlechte Figur, und dann noch dieser Schlafzimmerblick. Außerdem, wer redet denn gleich von heiraten? Ich will sie mal nageln, mehr nicht.«

»Dann mal los.«

»Diese Augen und dieser Mund. So wie die aussieht, kriegst du die dazu, alles zu tun, wenn du weißt, was ich meine?«

Ich schwieg einen Moment. Dann sagte ich: »Rühr bloß die Kleine nicht an.«

»Für was hältst du mich eigentlich? Eine Sau? Beantworte das lieber nicht.«

»Tu ich auch nicht.«

»Ich mag ja vielleicht eine Sau sein, aber alles hat seine Grenzen.«

Kurz darauf feierte ich meinen Jahrestag. Wieder ein nüchternes Jahr, immer schön einen Tag nach dem andern.

Ein weithin anerkannter Grundsatz aus dem reichen Schatz von AA-Weisheiten lautet, daß einen um den Jahrestag seines letzten Schlucks Alkohol verstärkte Unruhe überkommt, und ich glaube, daß das generell richtig ist. Ich könnte nur schwer sagen, wie ich mich diesmal fühlte, und ich hatte den Eindruck, daß die Schuld bei mehr Dingen zu suchen war als bei meinem Jahrestag.

Zur Feier des Tages sprach ich bei einem offenen Treffen in einem Seniorentreff in der Ninth Avenue, und Elaine kam auch hin und hörte zu, wie ich meine Geschichte erzählte, übrigens nicht zum erstenmal. Anschließend gingen wir mit Jim und Beverly Faber zum Abendessen.

»Warte nur«, sagte Jim. »Plötzlich passiert's. Du wachst eines Tages auf und merkst, daß du langfristige Nüchternheit erlangt hast.«

»Vielleicht habe ich auch Gelassenheit.«

»Da bin ich mir nicht so sicher. Aber vielleicht hast du tatsächlich genügend Zeit zusammen, um sagen zu können, du bist ›ein paar vierundzwanzig Stunden‹ nüchtern.«

»Ich weiß nicht, ob ich das noch erlebe.«

Einige der alten Hasen reden so. Ich kenne ein paar, die ihren Jahrestagen keinerlei Bedeutung beimessen, geschweige denn einen Grund zum Feiern darin sehen. Nur ein Tag mehr, sagen sie, und vielleicht haben sie recht.

Nach dem Essen ging ich mit Elaine zu ihr nach Hause. Wir saßen noch eine Weile im Wohnzimmer und unterhielten uns. Dann gingen wir ins Bett und schliefen miteinander. Ich war gerade am Hinüberdämmern, als ich wieder wach wurde. Ich weiß nicht, woran es lag. Elaine lag auf der Seite, das Gesicht von mir abgewandt. Ihr Atem ging ruhig und regelmäßig. Aus Angst, sie zu wecken, lag ich völlig reglos da. Ich hoffte, wieder einzuschlafen, aber schließlich gab ich es auf und ging ins Wohnzimmer.

Ich setzte mich im Dunkeln auf die Couch und versuchte den Gedanken loszuwerden, der mich wachhielt. Ich mußte ständig daran denken, daß ich eines Tages wieder trinken würde. Das schien mir unausweichlich. Und vielleicht ist das der Grund, warum die alten Hasen nicht in Jahren rechnen. Vielleicht ist es gefährlich, lange Blicke zu werfen oder lange Gedanken zu denken.

Alle drei oder vier Tage schaute ich im Grogan's vorbei und saß ein bißchen mit Ballou zusammen. In der Regel ging ich spät hin, kurz vor der Sperrstunde, und dann setzten wir uns an einen Tisch und tranken. Er irischen Whiskey, ich Kaffee oder Coke oder Club Soda. Die beste Zeit war, wenn die Gäste gegangen waren und der Barmann die Stühle auf die Tische stellte und den Boden fegte und heimging. Dann saßen wir da, alle Lichter aus bis auf eines, und erzählten Geschichten und schwiegen zwischendurch.

Die Geschichte von meinem Pro-bono-Job in Chelsea gefiel ihm.

»Wehtun mußtest du dem Kerl«, sagte er. »Außer, du hättest ihn umgebracht – und das wolltest du doch nicht, oder?«

»Nein.«

»Entweder du bringst sie um, oder du machst ihnen ordentlich angst, wobei es bei einigen einfacher ist, sie umzubringen. Da heizt du so einem Kerl kräftig ein und machst ihm ordentlich angst, und dann säuft er sich einen an oder nimmt irgend so eine Scheißdroge, und schon kennt er keine Angst mehr. Weißt du, was ich meine?«

»Er vergißt es.«

»Genau. Er vergißt, daß er Angst vor dir hat. Entfleucht einfach seinem blöden Scheißschädel. Also mußt du ihm so wehtun, daß er es unmöglich vergessen kann, daß er eher seinen eigenen Namen vergißt.«

Die Worte hallten in der stillen Luft nach. In dem darauf folgenden Schweigen fragte ich mich, ob es nicht einfacher war zu töten, einfacher und sicherer. Ich sah meinen Freund Mick Ballou an, den ich außerordentlich gern mochte, und dachte an einen anderen Mann, den ich ganz und gar nicht gemocht hatte. Das Schweigen zog sich in die Länge, und ich behielt meine Nachtgedanken für mich.

Wenn die Nacht lang wurde, drängte er mich häufig, ihn zur Messe zu begleiten. Er beschloß die Nacht gern mit der Acht-Uhr-Messe in St. Bernard in der Fourteenth Street. Zu dieser Messe war sein Vater jeden Morgen gegangen. In seiner weißen Metzgerschürze war er in der kleinen Seitenkapelle gekniet und hatte die Kommunion empfangen, bevor er eine Straße weiter gegangen war, um dort sein Hackmesser zu schwingen.

Mick hatte die alte Schürze seines Vaters noch, und er zog sie immer an, wenn er zur Messe ging. Auch das Hackmesser seines alten Herrn hatte er noch, aber das ließ er zu Hause. Sein Vater hatte den Tag mit der Metzgermesse begonnen. Mick ging schlafen, wenn er sich von seinen Knien erhob – in einer von mehreren Wohnungen in der Stadt, auf deren Besitzurkunde oder Mietvertrag ein anderer Name stand als seiner, in seiner Farm oben auf dem Land oder auf der alten Ledercouch in seinem Büro im Grogan's. Und im Gegensatz zu seinem Vater ging er normalerweise nicht zur Kommunion.

Einmal waren wir allerdings beide vorgetreten und hatten die Hostie aus der Hand des Priesters entgegengenommen. In dieser Nacht hatte er sein Hackmesser dabeigehabt, und er hatte frisches Fleisch damit geschnitten. Wir hatten beide unsere Schürzen mit Blut befleckt, bevor wir in einem einzigartigen Akt der Gotteslästerung oder Frömmigkeit, je nachdem, wie man es sehen will, gemeinsam vor dem Altar standen.

Hatte mein alter Freund diese Schürze mit frischem Blut befleckt?

Komm mit zur Messe, drängte er mich zur Zeit jedesmal, wenn die Nacht dem Morgen wich. Nicht heute, sagte ich immer. Ein andermal vielleicht, aber nicht heute.

Elaine ging nicht mehr zum Abendkurs.

Eines Abends saßen wir beim Essen, und ich merkte, daß sie eigentlich Kurs gehabt hätte. Ich wollte etwas sagen, aber sie kam mir zuvor. »Kein Grund zur Aufregung«, sagte sie. »Ich habe mit dem Kurs aufgehört.«

»Warum?«

»Nicht, daß ich mich offiziell abgemeldet hätte. Ich gehe einfach nicht mehr hin. Wenn du nicht wegen der Scheine teilnimmst, bringt es nichts, sich in aller Form abzumelden. Das wäre, als würdest du ein Einschreiben an Channel Thirteen schicken, daß du vorhast, *Nova* abzuschalten. Wozu auch? Ein Druck auf die Fernbedienung, und du siehst genauso wie das restliche Amerika *Roseanne*.«

Ich fragte sie, warum sie nicht mehr hingehen wollte.

»Ich weiß nicht«, sagte sie.

»Mhm.«

»Weil ich mir langsam etwas dämlich dabei vorkomme. Weil ich offensichtlich auch schon eine von diesen alten Schachteln bin, die jede Menge Zeit haben und nichts damit anzufangen wissen. Ich bin wie die Lilien auf dem Felde, ich arbeite nicht, ich spinne nicht, und zu was bin ich schon noch zu gebrauchen?«

»Ich dachte, die Kurse machen dir Spaß.«

»Sie sind nicht mein Leben.«

»Das allerdings nicht.«

»Sie können gar nicht mein Leben sein. Ich habe kein Leben. Das ist das Problem.«

Ich wußte nicht, was ich ihr sagen, was ich ihr raten sollte. Und während ich noch überlegte, schlug ihre Stimmung um. Es war, als hätte sie auf einen Knopf ihrer persönlichen Fernbedienung gedrückt und auf einen anderen Kanal umgeschaltet.

»Schluß damit«, sagte sie. »Keine langen Gesichter, kein Problemewälzen in der Öffentlichkeit. Die Leute sehen einen gern lächeln. Das haben sie uns zumindest auf der Callgirl-Schule beigebracht.«

Alle paar Tage setzte ich mich ans Telefon und rief Lisa an. Manchmal rief ich sie am Nachmittag an, manchmal spät abends. Sie war fast immer zu Hause. Ich fragte jedesmal, ob ich vorbeikommen könne. Sie sagte immer, ich solle kommen.

Nach einer Weile änderte sie die Ansage auf ihrem Anrufbeantworter und ersetzte Glenns letzte Worte durch ein paar ähnlich nichtssagende Sätze von ihr selbst. Sobald ich merkte, daß ich mich nicht verwählt hatte, war meine erste Reaktion Erleichterung, daß ich nun nicht mehr diese Stimme aus der Welt der Toten über mich ergehen lassen mußte, daß ich nicht mehr dem Mann zuhören mußte, bevor ich mit seiner Frau sprechen konnte.

Aber als ich das nächste Mal ihre Ansage hörte, konnte ich im Hintergrund auch seine Stimme hören, wie sie »Die Felder Flanderns« rezitierte.

Wenn ihr uns, die wir sterben, die Treue brecht,
Werden wir nicht ruhn …

Ich sah sie nie außerhalb der Wohnung, rief sie nie an, um bloß zu reden, ging nie auf eine Tasse Kaffee oder was zu essen mit ihr aus. Ich ging immer zu ihr, früh oder spät. Sie hatte alles mögliche an, Jeans und Sweatshirt, Rock und Pullover, ein Nachthemd. Wir unterhielten uns. Sie erzählte mir von ihrer Jugend in White Bear Lake und wie ihr Vater zu ihr ins Bett zu schlüpfen begonnen hatte, als sie neun oder zehn war. Er tat alles, außer ihn ihr reinzustecken. Das sei nicht richtig, sagte er ihr.

Ich erzählte ihr Geschichten aus dem Krieg, entwarf Wortporträts einiger Charaktere, die ich im Lauf der Jahre kennengelernt hatte, jener skurrilen Zeitgenossen, denen ich auf der anderen Seite des Gesetzes begegnet war. Auf diese Weise konnte ich auch was zur Unterhaltung beitragen, ohne zu viel über mich zu enthüllen, was mir nur recht war.

Und wir gingen miteinander ins Bett.

Eines Nachmittags, im Hintergrund lief eine Patsy-Cline-Platte, fragte sie mich, was ich eigentlich dächte, daß wir hier täten. Einfach zusammensein, sagte ich.

»Nein«, sagte sie. »Du weißt ganz genau, was ich meine. Was soll das alles? Warum bist du hier?«

»Jeder muß irgendwo sein.«

»Ich meine es ernst.«

»Ich weiß. Ich habe keine Antwort parat. Ich bin hier, weil ich hier sein will, aber ich weiß nicht, warum das so ist.«

Patsy sang von vergangener Liebe.

»Ich gehe kaum aus der Wohnung«, sagte Lisa. »Ich sitze am Fenster und schaue nach New Jersey. Ich könnte losziehen, die Runde machen, mein Buch den Art Directors zeigen, die Leute, die ich kenne, anrufen, einen Job suchen. Morgen, sage ich mir. Nächste Woche, nächsten Monat. Im neuen Jahr. Ich meine, was soll's. Jeder weiß, daß es derzeit keine Arbeit gibt. Die wirtschaftliche Entwicklung ist auf einem neuen Tiefpunkt angelangt. Jeder weiß das.«

»Es stimmt ja auch, oder?«

»Keine Ahnung. Ich habe keine Arbeit gesucht. Woher soll ich also wissen, daß es keine gibt? Ich habe so viel Geld auf der Bank liegen ...«

»Wenn du es nicht nötig hast ...«

»Ich könnte meine eigene Arbeit machen. Aber das tue ich auch nicht. Ich sitze rum. Ich sehe fern. Ich sehe mir die Sonnenuntergänge an. Ich warte, daß du anrufst. Ich hoffe, daß du nicht anrufst, obwohl es das ist, worauf ich warte. Daß du anrufst.«

Ich wartete auf ganz ähnliche Weise, wartete, daß ich etwas tat, daß ich anrief oder nicht anrief. Heute werde ich sie nicht anrufen, beschloß ich jedesmal. Manchmal hielt ich mich daran. Manchmal nicht.

»Warum kommst du zu mir, Matt?«

»Ich weiß es nicht.«

»Was bin ich für dich? Eine Droge? Eine Flasche Schnaps?«

»Vielleicht.«

»Mein Vater hat getrunken. Ich weiß, daß ich dir das erzählt habe.«

»Ja.«

»Als du mich neulich geküßt hast, hatte ich das Gefühl, als würde etwas fehlen, und dann merkte ich, was es war. Es war der Whiskeygeruch in deinem Atem. Wir brauchen keinen Psychoanalytiker, um uns darauf einen Reim zu machen, oder?«

Ich sagte nichts. *I remember our faded love*, sang Patsy Cline.

»Das ist es also vermutlich, was für mich dabei rausspringt«, sagte sie. »Ich habe Daddy im Bett bei mir, und ich brauche mir keine Sorgen machen, daß Mami uns hört, weil sie am anderen Ende der Stadt ist. Und er hat ihn nie reingesteckt. Weil er dachte, das wäre eine Sünde.«

»Das denke ich auch.«

»Tatsächlich?«

Ich nickte. »Aber ich tu's trotzdem«, sagte ich.

Später an diesem Tag sprach sie über ihren verstorbenen Mann. Über Elaine sprachen wir nie. Dieses Thema hatte ich ausgeklammert, aber ich konnte ihr schlecht sagen, daß ich auch von ihm nichts hören wollte.

»Ob er damit wohl gerechnet hat?« sagte sie.

»Womit?«

»Mit uns. Ich glaube schon.«

»Wie kommst du darauf?«

»Ich weiß auch nicht. Er hat dich bewundert, soviel steht fest.«

»Er dachte, ich könnte ihm ganz nützlich sein.«

»Es war mehr als das. Auf die Idee, dich anzurufen, hat er mich gebracht. Zwar hast du mich dann vorher angerufen – ich weiß –, aber ich hatte trotzdem vor, dich anzurufen. Ich weiß noch, wie er mal gesagt hat, du wärst der richtige Mann, wenn man mal in Schwierigkeiten steckte, dann sollte man sich am besten an dich wenden. Das hat er sogar mit ziemlichem Nachdruck gesagt, als wollte er sichergehen, daß ich mich später daran erinnern würde. Es war, als wollte er mir einschärfen, dich anzurufen, falls ihm etwas zustieß.«

»Wahrscheinlich liest du mehr aus seinen Worten heraus, als er hineingelegt hat.«

»Das glaube ich nicht«, sagte sie und vergrub sich in meiner Armbeuge. »Ich glaube, genau so hat er es gemeint. Ehrlich gestanden, wundert es mich sogar, daß in der Kassette mit dem Geld nicht eine entsprechende Nachricht war. ›Ruf Matt Scudder an; er wird dir sagen, was du tun sollst.‹« Sie streckte die Hand nach mir aus. »Und? Wirst du mir sagen, was ich tun soll?«

Als ich an diesem Tag ihr Apartment verließ, ging ich eine Straße weiter zur Eleventh Avenue hinüber und dann runter zu der Ecke, an der er gestorben war. Ich stand da, und die Ampel schaltete mehrere Male um, bevor ich zum DeWitt Clinton Park ging, um dem Captain meine Aufwartung zu machen. Ich las McCraes falsch zitierte Worte:

Wenn ihr denen, die starben,
die Treue brecht,
werden wir nicht ruhn …

Hatte ich Glenn Holtzmann – und George Sadecki – die Treue gebrochen? Gab es mehr, was ich tun konnte, und ließ meine Untätigkeit ihren Geist nicht zur Ruhe kommen?

Welche Maßnahmen konnte ich ergreifen? Und wie konnte ich mich dazu bringen, sie zu ergreifen, auch wenn ich Angst vor dem hatte, was dabei vielleicht herauskam?

23

Zwei Wochen vor Weihnachten waren Elaine und ich mit Ray und Bitsy Galindez in einem karibischen Restaurant im East Village zum Abendessen. Ray ist Polizeizeichner. Er arbeitet mit Augenzeugen zusammen und zeichnet nach ihren Angaben für Steckbriefe und innerpolizeiliche Rundschreiben Porträts von nicht identifizierbaren Straftätern. Sein Metier ist ein ungewöhnliches, und Ray ist ungewöhnlich gut darin. Ich habe in zwei meiner Fälle seine Dienste in Anspruch genommen, und beide Male hat er Erstaunliches geleistet, indem er aus irgendeiner verborgenen Windung meines Gehirns ein Gesicht hervorgekitzelt und zu Papier gebracht hat.

Nach dem Essen gingen wir in Elaines Wohnung, wo die Zeichnungen, die Ray für mich gemacht hatte, gerahmt an der Wand hingen. Sie gaben eine seltsame Gruppe ab. Auf zwei der Zeichnungen waren Mörder zu sehen, auf der dritten ein Junge, der einem der Männer zum Opfer gefallen war. Der andere Mann – er hieß James Leo Motley – hätte um ein Haar Elaine umgebracht.

Bitsy Galindez war zum erstenmal in Elaines Wohnung und hatte die Zeichnungen noch nicht gesehen. Als sie die Porträts betrachtete, sagte sie schaudernd, sie könne nicht verstehen, wie Elaine es aushielte, sie jeden Tag anzusehen. Elaine erklärte ihr, es seien Kunstwerke, und als solche transzendierten sie ihre Vorlage. Darauf meinte Ray leicht verlegen, sie seien handwerklich ganz gut, sehr ähnlich, und es sei richtig, er habe dafür eine ausgesprochene Begabung, aber deswegen von Kunst zu sprechen, sei ziemlich übertrieben.

»Sie wissen nicht mal, wie gut Sie sind«, hielt Elaine dagegen. »Schade, daß ich keine Galerie habe. Sonst würde ich eine Ausstellung mit Ihnen machen.«

»Eine Galerie«, sagte er. »Müßte wohl eine Ganovengalerie sein.«

»Nein, ganz im Ernst, Ray. Übrigens, ich wollte Sie schon länger mal fragen, ob Sie nicht mal ein Porträt von Matt machen könnten.«

»Wen hat er denn umgebracht? War natürlich nur im Spaß gemeint.«

»Sie machen doch Porträts, oder?«

»Wenn mich jemand darum bittet.« Er hielt die Hände hoch. »Das ist keine falsche Bescheidenheit, Elaine, aber Sie finden auf der Straße hundert Typen mit Staffelei und Zeichenblock, die Ihnen ein Porträt machen, das mindestens genauso gut ist wie von mir, wenn nicht sogar besser. Wenn Sie für mich sitzen und ich ein Porträt von Ihnen mache, kommt dabei nichts Besonderes raus. Glauben Sie mir.«

»Das ist wahrscheinlich sogar richtig. Das Besondere bei Ihnen ist vermutlich, wie Sie einen Menschen zeichnen, ohne ihn zu sehen. Deshalb hatte ich mir das Ganze auch so vorgestellt, daß Sie Matt nach meinen Angaben zeichnen, als wäre er ein gesuchter Verbrecher und ich eine Zeugin.«

»Aber ich habe ihn schon gesehen.«

»Ich weiß.«

»Das würde sich störend auswirken. Aber ich weiß jetzt, glaube ich, worauf Sie hinauswollen. Interessante Idee.«

»Meinen Vater«, sagte sie.

»Wie bitte?«

»Sie könnten meinen Vater zeichnen. Er ist tot, er ist vor Jahren gestorben. Natürlich habe ich ein paar Fotos von ihm. Eins davon hängt rechts neben der Tür. Nicht hinsehen!«

»Keine Angst.«

»Ich werde es gleich abhängen, damit Sie nicht versehentlich einen Blick drauf werfen, wenn Sie nachher gehen. Ich finde das richtig spannend, Ray. Glauben Sie, das könnten Sie tun? Könnten wir zwei uns mal zusammensetzen, und Sie machen eine Zeichnung von meinem Vater?«

»Ich denke schon. Ich wüßte nicht, was dagegensprechen sollte.«

Zu mir sagte sie: »Das wünsche ich mir zu Weihnachten. Hoffentlich hast du mir noch kein Geschenk gekauft, das ist nämlich etwas, was ich mir wirklich wünsche.«

»Das kannst du gern haben«, sagte ich.

»Meinen Daddy«, sagte sie. »Weißt du, ich kann ihn mir nur schwer vorstellen. Ich bin schon gespannt, ob ich es überhaupt kann.«

»Die Erinnerung kommt zurück, wenn du sie brauchst.«

Sie sah mich an. »Es geht schon los.«

Ihr traten Tränen in die Augen. »Entschuldigung«, sagte sie und stand auf.

Nachdem sie gegangen waren, sagte sie: »Ich bin keineswegs verrückt. Er hat wirklich eine Begabung, die ans Unheimliche grenzt.«

»Ich weiß.«

»Es wird sicher sehr emotional, mit ihm zu arbeiten. Du hast ja selbst gesehen, wie nahe mir schon die bloße Vorstellung gegangen ist. Aber trotzdem will ich das unbedingt machen. Und wenn ich ein bißchen flenne – ich meine, was soll's. Kleenex kostet nicht viel, oder?«

»Nein.«

»Wenn ich könnte, würde ich eine Ausstellung mit ihm machen.«

»Warum tust du's nicht?« Sie sah mich an. »Das hast du schon ein paarmal gesagt«, sagte ich. »Und nicht nur bei Ray. Warum eröffnest du keine Galerie?«

»Ganz schön verrückte Idee.«

»Vielleicht ist sie gar nicht so verrückt.«

»Ich habe tatsächlich schon mit diesem Gedanken gespielt«, gab sie zu. »Bloß wäre das wieder so ein blödes Scheißhobby, oder nicht? Und etwas teurer als dic Abendkurse im Hunter.«

»Chance hat eine tolle Sache daraus gemacht.«

Chance war ein Freund von uns, ein Schwarzer, der jahrelang afrikanische Kunst gesammelt hatte und sie mittlerweile mit großem Erfolg in seiner Galerie in der oberen Madison Avenue verkaufte.

»Bei Chance ist das was anderes«, sagte sie. »Als er ins Geschäft einstieg, kannte er sich auf seinem Gebiet besser aus als neunzig Prozent der Leute, die sich berufsmäßig damit befassen. Aber was weiß ich schon über Kunst?«

Ich deutete auf ein großes abstraktes Gemälde neben dem Fenster. »Sag doch noch mal, wieviel du dafür bezahlt hast und wieviel es jetzt wert ist.«

»Das war Glück.«

»Oder ein gutes Auge.«

Sie schüttelte den Kopf. »Ich weiß nicht genug über Kunst. Und vor allem nicht über den Kunsthandel. Machen wir uns doch nichts vor. Alles, was ich je verkauft habe, war meine Möse.«

Es war seltsam, wie die Stimmung abflachte. Wir hatten uns mit Ray und Bitsy bestens amüsiert, und Elaine war ganz begeistert gewesen von der Idee, mit Ray ein Porträt ihres Vaters zu machen, aber jetzt zog der Blues auf wie Gewitterwolken. Eigentlich hatte ich vorgehabt, über Nacht zu bleiben, aber kurz vor Mitternacht sagte ich zu Elaine, daß mir danach sei, zu einem Treffen zu gehen. »Danach gehe ich ins Hotel zurück«, sagte ich, und sie versuchte nicht, es mir auszureden.

In Manhattan gibt es zwei feste Mitternachtstreffen, eins in der West Forty-sixth Street und eins downtown in der Houston. Ich entschied mich für das nähere von beiden und saß eine Stunde lang auf einem wackligen Stuhl und trank schlechten Kaffee. Der Typ, der das Treffen leitete, hatte mit sieben angefangen, Flugzeugkleber zu schnüffeln, und es gab keine bewußtseinsverändernde Substanz, die er in den Jahren danach nicht ausprobiert hatte. Mit fünfzehn war er zum erstenmal in einer Ausnüchterungsstation gelandet, mit achtzehn in einer Notaufnahme verhaftet worden, und zweimal wäre er fast an einer Endokarditis gestorben, die er sich durch ständiges Spritzen von Heroin zugezogen hatte. Er war jetzt vierundzwanzig, war zwei Jahre nüchtern, hatte sich einen permanenten Herzgefäßschaden zugezogen und war vor kurzem als HIV-positiv diagnostiziert worden.

»Aber ich bin nüchtern«, sagte er.

Als ich mich irgendwann im Raum umsah, stellte ich fest, daß ich mit Abstand der Älteste unter den Anwesenden war, wenn man mal von dem zerbrechlichen, weißhaarigen Kauz in der Ecke absah, der fraglos der älteste Mann von ganz Amerika war. Während der

Diskussion stand ich ein paarmal kurz davor, meine Hand zu heben, aber irgend etwas hielt mich zurück. Mindestens genauso kurz stand ich davor, vor dem Ende zu gehen, aber auch das tat ich nicht, sondern blieb brav sitzen, bis die Stunde um war.

Danach ging ich zur Tenth Avenue hinüber und zu Grogan's Open House hoch.

Mick sagte: »Kannst du dich noch an das erste Mal erinnern, als wir uns miteinander unterhalten haben? Ich habe dich gebeten, dein Hemd auszuziehen.«

»Du wolltest sichergehen, daß ich kein Mikro am Körper trug.«

»Richtig. Und ich kann dir sagen, ich hoffe, du hast heute keins.«

Burke war schon nach Hause gegangen. Der Boden war gefegt, und auf allen Tischen außer unserem standen Stühle. Ein einziges Licht brannte. Mick hatte mir gerade eine Geschichte erzählt, die ihn ins Gefängnis gebracht hätte, wenn er sie vor Gericht erzählt hätte. Sie war zwar schon vor langer Zeit passiert, aber für bestimmte Dinge, die darin vorkamen, gab es keine Verjährung.

»Kein Mikrophon«, sagte ich. Ich sah in mein Glas. Es enthielt zwar nur Club Soda, aber so, wie ich hineinsah, hätte man denken können, daß es was Stärkeres enthielt. So hatte ich mal in Gläser mit Whiskey gestarrt, als ob sie verschlüsselte Antworten enthielten. Aber alles, was sie taten, war, die Fragen aufzulösen, und es hatte mal eine Zeit gegeben, in der mir das genügt hatte. »Kein Mikro und keine Hintergedanken.«

»Bei dir alles in Ordnung, Mann?«

»Schätze schon«, sagte ich. »Hab gestern den letzten von drei Tagesjobs für Reliable gemacht. Und heute nachmittag habe ich eine Witwe getröstet.«

»Ah?«

»Oder sie hat mich getröstet. Im Moment sieht es mir allerdings nach einem ziemlich schwachen Trost aus.«

Er wartete.

»Eine ehemalige Klientin«, sagte ich schließlich. »Kannst du dich noch an den Typen erinnern, der in der Eleventh Avenue erschossen wurde?«

»Ja. Ich dachte, das hätte sich erledigt.«

»Nur das mit seiner Frau scheint sich noch nicht erledigt zu haben.«

»Aha.«

Jemand rüttelte an der Tür. Sie war abgeschlossen und das Gitter runtergelassen, aber das einsame Licht und wir beide an einem Tisch genügten, um hin und wieder in einem armen Säufer Hoffnung aufkeimen zu lassen. Mick stand auf, ging ein Stück auf die Tür zu und bedeutete dem Mann wegzugehen. Der rüttelte noch einmal an der Klinke, bevor er aufgab und weiterzog.

Mick setzte sich wieder und schenkte sich nach. »Er war ein paarmal hier«, sagte er. »Hab ich dir das schon erzählt?«

»Holtzmann?«

»Höchstpersönlich. Letzten Sommer tauchten plötzlich eine ganze Reihe Leute auf, die hier nichts verloren haben. Zum Teil liegt das daran, daß sich das Viertel verändert, und dann war da noch dieser bescheuerte Zeitungsartikel.«

NEWSDAY hatte eine Kolumne über das Grogan's gebracht, eine wohlwollende runyoneske Schilderung der schrägen Klientel, mit besonderer Hervorhebung der Legenden, die Micks Person umranken. Ich sagte: »Das hat die Leute angelockt? Man möchte meinen, das hätte sie abschrecken müssen.«

»Möchte man eigentlich«, sagte er. »Aber die Menschen sind nun mal eine seltsame Rasse. Damals kam auch dein spezieller Freund vorbei, um ein bißchen reinzuschnuppern, wie das diese Sorte Leute eben tut. Als ob er damit rechnen würde, gleich in irgendeiner Ecke eine Leiche zu entdecken.«

»Er war ein Spitzel«, sagte ich.

»Ach?«

»Er hat einen Onkel ans Finanzamt verpfiffen und dann einen Anwaltskollegen wegen Drogengeschäften hingehängt.«

»Sauber.«

»Hat ganz gut verdient dabei. Aber möglicherweise ist es ihm am Ende zum Verhängnis geworden.«

»War's nicht der andere Typ? Dieser Penner in der Army-jacke?«

»Na ja, der könnte es auch gewesen sein. Das läßt sich nicht mit Sicherheit sagen.«

»Das läßt sich nicht mit Sicherheit sagen«, murmelte Mick nachdenklich. »Und wenn's nicht der Penner war? Wer dann?«

»Jemand, den er hinhängen wollte.«

»Hat er denn auch erpreßt?«

»Nicht, daß ich wüßte. Außer er hat sich vergrößert.«

Mick runzelte die Stirn. »Wer könnte dann überhaupt was von seinen Machenschaften gewußt haben, um's ihm heimzuzahlen? Der Onkel? Der Anwalt?«

»Hört sich eher unwahrscheinlich an.«

»Scheint jedenfalls kein laufender Fall zu sein, oder es würde hier von FBI-Leuten wimmeln wie von Aasfliegen auf einem Kadaver. Jemand, den er hinhängen wollte, hast du gesagt. Und er ist noch nicht zur DEA oder zur IRS gegangen oder welche Kombination von Anfangsbuchstaben dafür sonst in Frage käme.«

»Richtig.«

»Woher hätte dein Mann dann wissen sollen, daß er ihn umbringen muß? Und warum ihn überhaupt umbringen? Warum ihm nicht einfach zur Warnung auf die Zehen steigen? Was hätte er deiner Meinung nach getan, wenn jemand mal ein ernstes Wörtchen mit ihm geredet hätte?«

»Er hätte den Schwanz eingezogen, und dann wäre er gerannt, was das Zeug hält.«

»Das würde ich auch sagen. Bei dem Typ hättest du nicht mal die Hand heben brauchen. Wenn ich das gewesen wäre, hätte ich nicht mal die Stimme gehoben. Ich hätte sie gesenkt, ich hätte ganz leise geredet.«

»Und einen Mordsprügel in der Hand gehalten.«

»Für den Pimpf brauchst du keinen Prügel.«

»Vielleicht war es jemand von früher«, sagte ich. »Nicht der Onkel und nicht der Anwalt, sondern jemand, dem er was anderes angehängt hat. Jemand, von dem ich nichts weiß, der mit Holtzmann eine Rechnung offenstehen hatte.«

»Und ihn in der Eleventh Avenue aufgespürt hat? War er oft dort?«

»Jemand könnte ihm dorthin gefolgt sein.«

»Und ihn erschossen haben, als er telefonieren wollte?« Er nahm sein Glas. »Aber wer bin ich überhaupt, um dir bei so was dreinzureden?«

»Irgend jemand muß es tun«, sagte ich.

Wir unterhielten uns über andere Dinge, und zwischen unseren Geschichten kam es immer wieder zu langen Phasen des Schweigens. Er setzte der Jameson-Flasche nicht sehr stark zu, sondern schenkte sich gerade oft genug nach, um in Stimmung zu bleiben und nicht abzusacken. Das kannte ich sehr gut. Ich hatte es selbst zur Genüge praktiziert, bis mein Leben an einem Punkt anlangte, an dem es mir nicht mehr möglich war, in Stimmung zu bleiben, weil mich der hinterfotzige Alkohol besoffen machte, bevor ich überhaupt in Stimmung kam. In meinem Gedächtnis spielte etwas mit mir Verstecken, etwas, das ich in den letzten zwei Tagen gehört oder gelesen hatte. Aber ich bekam es einfach nicht zu fassen …

Um diese Jahreszeit sind die Nächte lang, aber schließlich wurde der Himmel draußen doch hell. Mick ging hinter die Bar und warf die Kaffeemaschine an. Er schenkte zwei Becher ein und süßte seinen mit Whiskey, wobei ich erst gar nicht daran denken möchte, wie oft ich die beiden gemischt habe. Die perfekte Kombination – Koffein, um den Geist zu beleben, Alkohol, um die Seele zu betäuben.

Wir tranken unseren Kaffee. Er sah auf seine Uhr und verglich sie mit der Wanduhr über der Bar. »Zeit, zur Messe zu gehen«, verkündete er. »Kommst du mit?«

Der Priester war irischer Abstammung und so jung, daß er fast Ministrant hätte sein können. Es waren nur etwa ein Dutzend Leute da, vorwiegend Nonnen, und außer Mick war niemand in Metzgerweiß gewandet. Ich glaube, wir zwei waren die einzigen, die nicht zur Kommunion gingen.

Mick hatte den silbernen Cadillac vor dem Bestattungsinstitut neben der Kirche geparkt. Wir stiegen ein, und er steckte den Zündschlüssel ins Schloß, ließ den Wagen aber nicht an. »Alles in Ordnung mit dir, Matt?« fragte er.

»Ich glaube schon.«

»Wie ist das mit dir und ihr?«

Er meinte Elaine. »Ein bißchen gespannt«, sagte ich.

»Weiß sie von der anderen?«

»Nein.«

»Und liegt dir was an ihr? Der anderen, meine ich.«

»Sie ist wirklich nett«, sagte ich. »Nichts gegen sie zu sagen.«

Er wartete.

»Nein«, sagte ich. »Mir liegt nichts an ihr. Ich habe keine Ahnung, was ich eigentlich von ihr will. Und ich habe keine Ahnung, was sie eigentlich von mir will.«

»Ach ja«, sagte er. »Du trinkst eben nicht.«

Als ob das alles erklärte.

»Also?«

»Also muß ein Mann irgendwas tun – wenn nicht einen Scheiß, dann einen anderen.« Er drehte den Zündschlüssel herum, fütterte den starken Motor mit Benzin. »So ist das Leben.«

24

An der Rezeption hatten sie eine Nachricht für mich. JAN KEANE ANRUFEN.

»Alles Gute zum Jahrestag«, sagte sie. »Ich bin – wieviel? – einen Monat zu spät dran?«

»Nicht ganz.«

»Aber fast. Weißt du, ich wußte den Tag, ich hatte mir fest vorgenommen, dich anzurufen, und dann habe ich es vergessen, als wär's durch ein Loch in meinem Kopf gefallen.«

»So was kann vorkommen.«

»Mit zunehmender Häufigkeit, muß ich leider sagen. Unter anderen Umständen hätte ich bestimmt Angst bekommen, es könnten die ersten Anzeichen von Alzheimer sein, aber weißt du was? Das ist wirklich das letzte, weswegen ich mir Sorgen machen muß.«

»Wie geht's dir, Jan?« fragte ich.

»Ach, Matthew, es geht so. Nicht gerade berauschend, aber auch nicht schlecht. Es tut mir leid, daß ich deinen Jahrestag vergessen habe. War es ein guter?«

»Er war okay.«

»Das freut mich. Darf ich dich um einen Gefallen bitten? Und ich verspreche dir, es ist kein so großer wie der letzte. Könntest du bei mir vorbeikommen?«

»Klar. Wann?«

»Je früher, desto besser.«

Ich war die ganze Nacht aufgewesen, aber ich war nicht müde. »Jetzt gleich?«

»Gern.«

»Jetzt haben wir zwanzig vor zehn. Gegen elf bin ich da.«

»Ich bin auf jeden Fall zu Hause«, sagte sie.

Ich war ein paar Minuten zu früh dran, geduscht, rasiert und in frischen Sachen. Ich drückte auf ihre Klingel und ging wieder auf den Gehsteig hinaus, um auf den Schlüssel zu warten. Sie warf ihn mir zu, und ich fing ihn im Flug auf. Sie applaudierte, und als ich aus dem Lift stieg, klatschte sie noch mal.

»Reiner Glücksfang«, sagte ich.

»Das sind die besten. Okay, jetzt sag's schon. ›Du siehst schrecklich aus, Jan.‹«

»So schlecht siehst du aber gar nicht aus.«

»Mach mir doch nichts vor. Meine Augen sind noch völlig in Ordnung und der Spiegel auch. Obwohl ich schon überlegt habe, ob ich meinen nicht verhängen soll. Bei den Juden ist das doch Brauch, oder? Wenn jemand stirbt?«

»Ja, bei den Orthodoxen, glaube ich.«

»Na ja, ich würde sagen, da ist durchaus was dran, bloß mit dem Timing haben sie sich ein bißchen vertan. Der Spiegel sollte schon verhängt werden, wenn man am Sterben ist. Was soll das noch, wenn man schon tot ist?«

Ich hatte nicht vor, es ihr zu sagen, aber sie sah nicht gut aus. Ihr Teint war ungesund blaß, mit einem Schlag ins Gelbliche. Die Gesichtshaut spannte sich straffer um die Knochen, so daß der Eindruck entstand, als wären Nase, Ohren und Brauenbögen größer geworden, während sich die Augen tiefer in ihre Höhlen zurückgezogen hatten. Ihr bevorstehender Tod war schon zuvor präsent genug gewesen, doch jetzt war er unübersehbar. Er starrte einem ins Gesicht.

»Ich bin gleich wieder da«, sagte sie. »Ich habe frischen Kaffee gemacht.« Und als wir jeder eine Tasse hatten, sagte sie: »Alles schön der Reihe nach. Ich möchte dir noch mal für den Revolver danken. Das hat einiges geändert.«

»Oh?«

»Eine ganze Menge sogar. Wenn ich am Morgen aufwache, frage ich mich, na, altes Mädchen, brauchst du ihn heute? Ist es soweit? Und ich sage mir, nein, noch nicht, es ist noch nicht soweit. Und dann kann ich unbeschwert den Tag genießen.«

»Mhm.«

»Deshalb möchte ich mich noch mal bei dir bedanken. Aber das ist nicht der Grund, weshalb ich dich extra habe herkommen lassen. Das hätte ich dir auch am Telefon sagen können. Matthew, ich lasse dir meine Medusa.«

Ich sah sie an.

»Das hast du nun davon«, fuhr sie fort. »Du hast sie an dem Abend, an dem wir uns kennengelernt haben, so überschwenglich bewundert.«

»Du hast mich gewarnt, ihr nicht in die Augen zu schauen. Ihr Blick verwandelt Männer zu Stein, hast du gesagt.«

»Könnte ja sein, daß ich dich vor mir selbst gewarnt habe. So oder so, du wolltest nicht hören. Du sturer Bock.«

»Das denken alle von mir.«

»Jetzt aber mal Spaß beiseite. Du warst immer schon fasziniert von dem Kopf. Entweder gefällt er dir also wirklich –«

»Sicher tut er das.«

»– oder du wirst ein Opfer deiner eigenen Lügen, weil ich nämlich möchte, daß du ihn kriegst.«

»Es ist wirklich ein tolles Stück«, sagte ich. »Es gefällt mir tatsächlich sehr gut, und ich hoffe, daß ich noch lange darauf warten muß.«

»Ha!« Sie klatschte in die Hände. »Deshalb habe ich dich heute vormittag hierhergebeten. Du nimmst sie gleich mit nach Hause. Nein, keine Widerrede. Ich habe keine Lust auf diesen ganzen Quatsch mit irgendwelchen Zusätzen in meinem Testament und daß alle warten, bis es endlich rechtsgültig wird. Dazu kann ich mich noch zu gut an den Zirkus erinnern, als meine Großmutter starb und sich die ganze Familie erbitterte Kämpfe um die Tischwäsche und das Tafelsilber geliefert hat. Meine Mutter starb in dem festen Glauben, ihr Bruder Pat hätte am Morgen der Totenwache Großmutters beste Ohrringe verschwinden lassen. Und niemand in unserer ganzen Verwandtschaft hatte viel; es war also nicht so, als hätten sie sich um den Hope-Diamanten gestritten. Nein, ich übergebe meinen Nachlaß schon im voraus. Du kannst diesen ganzen Hickhack umgehen und dafür sorgen, daß alles bei den Leuten landet, wo du es haben willst.«

»Und wenn du weiterlebst?«

Sie bedachte mich mit einem ungläubigen Blick, dann gab sie ein kurzes Lachen von sich. »Jetzt hör aber mal. Geschenkt ist geschenkt. Du behältst den Kopf trotzdem. Wie findest du das?«

»Das nenne ich ein Wort.«

Sie hatte den Kopf in eine Holzkiste gepackt, die neben dem Sockel auf dem Boden stand. Der Sockel gehöre auch mir, sagte sie, aber es sei einfacher, wenn ich ihn ein andermal holen käme. Der verpackte Bronzekopf war kompakt, aber schwer, der Sockel leicht, aber sperrig. Ob ich den Kopf ohne Hilfe transportieren könne? Ich packte die Kiste, wuchtete sie auf meine Schulter. Das Gewicht war beträchtlich, aber zu bewältigen. Ich trug die Kiste durch das Loft und stellte sie vor dem Lift ab, um Atem zu schöpfen.

»Nimm lieber ein Taxi«, schlug sie vor.

»Darauf kannst du Gift nehmen.«

»Laß dich mal ansehen. Soll ich dir was sagen? Du siehst verheerend aus.«

»Danke.«

»Im Ernst. Ich weiß, *ich* sehe schrecklich aus, aber ich habe eine Entschuldigung. Fehlt dir was?«

»Ich war die ganze Nacht auf.«

»Hast du nicht schlafen können?«

»Ich hab's erst gar nicht versucht. Ich wollte mich gerade schlafen legen, als ich deine Nachricht bekam.«

»Hättest du doch was gesagt. So eilig war es nun auch wieder nicht.«

»So müde war ich gar nicht. Ein bißchen schlapp, aber nicht müde.«

»Das kenne ich auch. So fühle ich mich neuerdings fast ständig, wenn ich wach bin.« Sie runzelte die Stirn. »Das allein ist es aber nicht. Irgendwas belastet dich.«

Ich seufzte.

»Hör zu, ich möchte dich nicht –«

»Nein«, sagte ich. »Nein, du hast recht. Ist noch mehr von dem Kaffee da?«

Ich muß lange gesprochen haben. Als mir die Worte ausgingen, saßen wir eine Minute oder auch zwei schweigend da. Dann trug sie unsere Kaffeetassen in die Küche und brachte sie voll wieder zurück.

Sie sagte: »Worum geht es dir dabei? Doch nicht um den Sex.«

»Nein.«

»Das glaube ich auch nicht. Was dann? Die alte Leier: So sind die Männer eben.«

»Vielleicht.«

»Vielleicht auch nicht.«

»Wenn ich mit ihr zusammen bin«, sagte ich, »ist alles andere ganz weit weg. Das Sexuelle ist nicht besonders. Sie ist jung und schön, und das war anfangs ein starker Reiz. Es war alles so neu. Aber im Bett ist es mit Elaine besser. Mit der anderen –«

»Du kannst ruhig ihren Namen sagen.«

»Mit Lisa bringe ich es nicht immer. Und manchmal hat es was Mechanisches. Ich bin bei ihr, wir haben was miteinander, also kommen wir gefälligst zur Sache, damit nicht noch unerklärlicher wird, was ich eigentlich von ihr will.«

»›Einfach mal weg von allem.‹«

»Ah–ah.«

»Wem hast du es schon erzählt?«

»Niemandem«, sagte ich. »Halt, das ist nicht ganz richtig. Dir habe ich es natürlich erzählt.«

»Ein Niemand, wie du ihn so schnell nicht wieder findest.«

»Und vor ein paar Stunden habe ich es dem Freund erzählt, mit dem ich die ganze Nacht zusammengesessen und getrunken habe. Das heißt, getrunken hat eigentlich nur er. Ich habe mich an Club Soda gehalten.«

»Man muß Gott auch für kleine Gnadenerweise dankbar sein.«

»Ich wollte auch mit Jim darüber sprechen. Aber irgendwie habe ich es dann doch gelassen. Weißt du, er kennt Elaine. Es ist schon schlimm genug, ihr etwas zu verheimlichen, aber wenn es auch noch andere Leute wissen und sie nicht –«

»Das ist nicht gut.«

»Nein. Und dann kommt noch dazu, daß es erst so richtig Realität wird, wenn ich darüber rede, und ich möchte nicht, daß es

Realität wird. Wenn es unbedingt was sein muß, möchte ich, daß es ein Ort ist, an den ich mich in meinen Träumen zurückziehen kann. In letzter Zeit sage ich mir jedes Mal, wenn ich von ihr weggehe, es ist aus, ich komme nicht mehr zurück. Und dann rufe ich ein paar Tage später wieder an.«

»Ich nehme an, du hast auch bei keinem Treffen darüber gesprochen.«

»Nein. Aus denselben Gründen.«

»Du könntest es bei einem Treffen versuchen, wo dich niemand kennt. In irgendeinem abgelegenen Viertel der Bronx, wo sie schon seit dreihundert Jahren ihre Cousinen heiraten.«

»Und die Kinder mit Schwimmhäuten zwischen den Zehen auf die Welt kommen.«

»Du hast's erfaßt. Dort könntest du alles sagen.«

»Das könnte ich.«

»Richtig. Aber du würdest es nicht. Gehst du regelmäßig zu Treffen?«

»Klar.«

»So oft wie sonst auch?«

»Möglich, daß ich ein bißchen nachgelassen habe, ich weiß nicht. Ich hatte immer ein bißchen das Gefühl, nicht ganz bei der Sache zu sein. Meistens war ich mit meinen Gedanken ganz woanders. Ich habe mich ständig gefragt, was ich da eigentlich soll.«

»Klingt nicht gut.«

»Nein.«

»Weißt du was«, sagte sie. »Könnte sein, daß du genau an die Richtige geraten bist, um dich mal auszusprechen. Wie sich gezeigt hat, ist Sterben was sehr Lehrreiches. Da kannst du eine Menge lernen. Der einzige Haken an der Sache ist, daß du keine Zeit mehr hast, um deine neugewonnenen Einsichten in die Tat umzusetzen. Aber ist das nicht immer so? Als ich fünfzehn war, habe ich mir gesagt: ›Wenn ich doch bloß wieder zwölf wäre und wüßte, was ich jetzt weiß.‹ Aber was habe ich schon gewußt, als ich fünfzehn war?«

»Was weißt du jetzt?«

»Ich weiß, daß die Zeit viel zu kostbar ist, um sie zu vergeuden. Ich weiß, daß nur die wichtigen Dinge wichtig sind. Ich weiß, daß es nichts bringt, sich über Kleinkram aufzuregen.« Sie machte ein Gesicht. »Lauter tolle Einsichten und hören sich an wie Autoaufkleberspüche. Das Schlimmste daran ist, daß ich es schon mit fünfzehn gewußt habe. Vielleicht auch mit zwölf. Aber jetzt weiß ich es anders.«

»Ich glaube, ich weiß, was du meinst.«

»Mein Gott, wie ich das hoffe, Matthew.« Sie legte mir eine Hand auf den Arm. »Du bedeutest mir sehr viel, wirklich, und ich möchte nicht, daß du das vermurkst.«

Etwas in den Zeitungen. In den letzten paar Tagen.

Ich dachte darüber nach, als ich, den verpackten Bronzekopf auf dem Sitz neben mir, im Taxi in Richtung Uptown fuhr. Vor meinem Hotel bezahlte ich den Fahrer und hievte das schwere Ding wieder auf meine Schulter. In meinem Zimmer fand ich eine Stelle auf dem Fußboden, wo ich ziemlich sicher nicht darüberstolpern würde. Ich mußte den Kopf noch auspacken und den Sockel holen, aber das hatte Zeit.

Ich ging in die Bibliothek, und ich brauchte nicht lange, um die Zeitungsmeldung zu finden, die ich suchte. Sie war drei Tage alt. Ich war mir nicht sicher, wo ich sie gelesen hatte, weil sie in allen Zeitungen stand, und keine hatte nähere Einzelheiten gebracht.

Ein gewisser Roger Prysock war am Abend des vorangegangenen Tages an der Ecke von Park Avenue South und East Twenty-eighth Street erschossen worden. Laut Angaben der Polizei hatten mehrere Zeugen ausgesagt, der Ermordete habe gerade telefoniert, als neben ihm ein Auto hielt. Aus dem Wagen stieg ein bewaffneter Mann, schoß Prysock mehrere Male in die Brust, feuerte einen letzten Schuß in seinen Hinterkopf ab und stieg wieder in den Wagen, worauf dieser davonfuhr. Der POST zufolge mit quietschenden Reifen. Der Tote war sechsunddreißig Jahre alt und hatte ein längeres Vorstrafenregister, unter anderem war er wegen schwerer Körperverletzung und Besitz von Diebesgut verurteilt worden.

»Er war Zuhälter«, sagte Danny Boy. »Er verdankt seinen Job wohl einer Quotenregelung.«

»Wie meinst du das?«

»Er war Weißer.«

»Er ist nicht der erste weiße Zuhälter gewesen.«

»Nein, aber auf dem Straßenstrich gibt es davon nicht allzu viele, und Dodger Prysock war ausschließlich auf dem Straßenstrich aktiv.«

»Dodger?«

»Sein *nom de la rue*. Fast unvermeidlich, oder? Roger the Dodger, und er stammt auch noch aus Los Angeles.«

»Ich hätte gedacht, aus Brooklyn.«

»Du hast wohl Geschichtsbewußtsein. Mr. Prysock gehörte nicht zu den sogenannten Marktführern in seiner Branche. Er hat sich gerade so über die Runden gebracht.«

»Hat es auch noch für lila Hüte und Zoot Suits gereicht?«

»Das war überhaupt nicht sein Stil. Der Dodger überließ diese Kinkerlitzchen den schwarzen Brüdern. Er selbst war ganz à la J. Press gekleidet.«

»Wer hat ihn umgebracht?«

»Keine Ahnung. Das letzte, was ich von ihm gehört habe, war, daß er aus der Stadt verschwunden ist. Und das erste, was ich dann wieder von ihm gehört habe, war die Zeitungsmeldung. Wer ihn umgebracht hat? Da bin ich überfragt. Du warst es jedenfalls nicht, oder?«

»Nein.«

»Und ich auch nicht. Aber damit bleiben trotzdem noch eine Menge Leute übrig.«

Es war mitten am Nachmittag, als ich die Dachwohnung in der West Eighteenth 488 betrat, aber es hätte dort genauso ausgesehen, wenn es mitten in der Nacht gewesen wäre. Kein Tageslicht kam durch die Fenster. Die unteren Fensterscheiben waren durch Spiegel ersetzt, die oberen waren im selben Zitronengelb gestrichen wie die Wände.

»Es geht nicht an, daß hier jemand reinsieht«, sagte Julia. »Nicht mal die Sonne. Nicht mal der Herrgott.«

Sie gab mir eine Tasse Tee, ließ mich in einem Sessel Platz nehmen und machte es sich selbst auf dem Day Bed bequem. Die

Beine hatte sie wieder unter sich hochgezogen, aber diesmal war sie nicht im Haremspyjama. Sie trug eine gutsitzende schwarze Hose und eine fuchsienrote Bluse. Die Bluse war aus Seide und am Hals offen, und darunter schien nichts zu sein, das sie nicht von Gott oder den Chirurgen hatte.

Ich hatte TJ angepiepst, und wir hatten mehrere Male hin und her telefoniert. Und jetzt hatte ich eine Audienz bei Ihrer Majestät gewährt bekommen.

»Roger Prysock«, sagte ich.

»Gab es nicht mal einen Arthur Prysock?« fragte sie. »Ein Musiker, soweit ich mich entsinne.«

»Meiner hieß Roger.«

»Vielleicht ein Verwandter.«

»Möglich ist alles. Roger the Dodger heißt er auf der Straße.«

»Hieß er. Er ist tot.«

»Auf offener Straße niedergeschossen. Beim Telefonieren. Drei oder vier Kugeln in die Brust und eine extra, zur Sicherheit. In den Hinterkopf. Kommt dir das bekannt vor?«

»Vage. Wie ist der Tee?«

»Gut. Er war groß, hatte dunkles Haar, dunkle Augen. Gutaussehend. Gut gekleidet, wenn auch nicht so auffällig wie andere Berufskollegen.«

»Berufskollegen«, sagte sie schelmisch.

»Er starb auf einem Straßenabschnitt, in dem es Nutten gibt, solange ich zurückdenken kann. Und jetzt, wen kennen wir sonst noch, der groß war, ein dunkler Typ, sich wie ein Ivy Leaguer anzog und genauso ums Leben kam, auf einem ähnlichen Straßenabschnitt.«

»Du meine Güte«, sagte sie, »könnten wir das Vorgeplänkel vielleicht im Schnelldurchgang hinter uns bringen?«

»Wer hat ihn umgebracht, Julia?«

»Tja, es hört sich jedenfalls so an, als wäre es dieselbe Person gewesen, die unseren Freund Glenn Holtzmann umgebracht hat, und ich habe dir bereits gesagt, ich wußte nicht, wer es war.«

»›Du *wußtest* es nicht.‹«

»Habe ich mich mit den Zeiten vertan, Matthew?«

Ich schüttelte den Kopf. »Du wußtest nicht, wer ihn umgebracht hat, aber jetzt weißt du es. Weil ich glaube, daß Glenn Holtzmann aus Versehen umgebracht wurde. Der Mann, der ihn erschossen hat, hatte es auf Roger Prysock abgesehen. Vielleicht haben sie ihm den Dodger nur beschrieben, oder vielleicht sahen sie sich so ähnlich, daß er sich wegen der schlechten Beleuchtung getäuscht hat.«

»Ich war auf der anderen Straßenseite«, sagte sie. »Und ich fand eigentlich nicht, daß er wie Roger Prysock aussah.«

»Weil du bereits wußtest, daß er's nicht war. Du hast ihn vorher aus der Nähe gesehen.«

»Stimmt.« Sie begutachtete einen Fingernagel und nagte dann an der Nagelhaut. »Ich habe keinen Zusammenhang zwischen den zwei Morden gesehen. An den ersten, Glenn, habe ich schon Wochen nicht mehr gedacht. Und über den zweiten Mord habe ich keine Einzelheiten gehört. Von der Kugel in den Hinterkopf wußte ich nichts.«

»Eine Art Markenzeichen.«

»Ja.« Sie studierte weiter ihre Fingernägel und blies darauf, als wäre der Lack noch nicht trocken. »Ich wußte nicht mal, daß er wieder zurück ist.«

»Prysock.«

»Ja. Ich habe ihn monatelang nicht mehr gesehen. Es hieß, er ist zurück nach Los Angeles. Von dort kam er nämlich ursprünglich, glaube ich.«

»Das habe ich auch gehört.«

»Daß er wieder zurück war, habe ich erst mit der Todesnachricht erfahren.«

»Wer könnte ihn auf dem Kieker gehabt haben?«

Sie wich meinem Blick aus. »Ich habe keinen Zuhälter – oder Manager, wie sich manche seit neuestem nennen. Und ich kannte Roger the Dodger so gut wie gar nicht, hab auch nicht viel von ihm gehalten. Er kleidete sich zwar sehr konservativ, und trotzdem konnte er einen Anzug von Tripler anziehen und aussehen wie eine Zehn-Dollar-Nutte in einem Brautjungfernkleid. Glaub mir.«

»Na schön.«

»Alles, was ich dir erzählen könnte, wäre aus zweiter Hand. Und du hast es nicht von mir gehört, weil ich so etwas *nie* weitertrage. Sind wir uns da ganz klar?«

»Kristallklar.«

»Ich habe folgendes gehört«, sagte sie, »und ich habe es erst gehört, als der Dodger schon eine Weile verschwunden war. Er ist aus gesundheitlichen Gründen nach Kalifornien. Mit anderen Worten: Jemand wollte ihn umbringen.«

»Wer?«

»Ich kenne den Mann nicht. Alles, was ich weiß, ist sein Spitzname, und ich habe ihn nie getroffen, weil er sich nicht auf denselben gefährlichen Straßen rumtreibt wie dieses Mädchen da.«

»Wie nennen sie ihn?«

»Zoot.«

»Zoot«, sagte ich.

»Nach seinen modischen Vorlieben, die übrigens Welten entfernt sind von denen Mr. Prysocks, Gott hab ihn selig.«

»Er läuft immer im Zoot Suit rum.«

»In einem richtigen Zoot Suit, falls du überhaupt weißt, was das ist. Generell wird damit alles bezeichnet, was besonders geschmacklos und aufgedonnert ist, alles, was in die Kategorie lila Schlapphut und rosa Cadillac mit pelzbezogenen Sitzen fällt. Aber eigentlich ist der Zoot Suit ein spezielles Kleidungsstück aus den vierziger Jahren.«

»Mit V-Schnitt und Messerbügelfalte«, sagte ich.

»Du überraschst mich immer wieder von neuem, Süßer. Eigentlich gehört es sich nicht, so was zu sagen, aber du siehst mir eigentlich nicht wie jemand aus, der sehr modebewußt ist. Und nun entpuppst du dich als ein wahrer Kenner der Geschichte der Männermode.«

»Nicht ganz. Was weißt du über Zoot? Ist er ein Schwarzer?«

»Und daß du übersinnliche Fähigkeiten hast, hast du mir auch nie erzählt.«

»Extrem dunkler Hautton«, sagte ich. »Langes, spitzes Kinn. Fällt aber mehr im Profil auf als von vorn. Kleine Stupsnase.«

»Hört sich an, als würdest du ihn kennen.«

»Ich bin ihm nie vorgestellt worden, aber ich habe ihn mal gesehen, in einem stahlblauen Zoot Suit und mit Spiegelsonnenbrille. Und einen Hut hatte er auch auf.« Ich schloß die Augen, um mich zu konzentrieren. »Ein Strohhut, kakaobraun, sehr schmale Krempe. Und ein sehr knalliges Hutband.«

»Wann war das?«

»Vor einem Jahr, das heißt, eher schon vor anderthalb. Ich hatte auch einen Namen für ihn, aber der war nicht Zoot.«

»Was hat er getan?«

»Mit einem Freund von mir am Tisch gesessen. Als er ging, hab ich mich auf seinen Platz gesetzt.«

»Und seinen Namen erfahren.«

»Aber nicht seinen Spitznamen.«

»Und jetzt die große Preisfrage. Welche Farbe hatte das Hutband?«

Angestrengt nachdenkend legte ich die Stirn in Falten, um schließlich den Kopf zu schütteln. »Tut mir leid.«

»Mir auch. Aber es ist ja nicht alles verloren. Die Mikrowelle und die Stereoanlage können Sie trotzdem behalten. Und vielen Dank, daß Sie bei *Erinnere dich* mitgemacht haben.«

»Nicholson James«, sagte ich zu Joe Durkin. »Angefangen hat er mal als James Nicholson, aber irgendwann wurden die Namen auf irgendeinem offiziellen Dokument vertauscht. Ich würde sagen, es war ein Haftbefehl, weil das die Sorte von offiziellem Dokument sein dürfte, mit dem er am ehesten was zu tun hatte. Wie dem auch sei, es gefiel ihm. Und sobald er Gelegenheit dazu fand, ließ er legal seinen Namen ändern, was vielleicht das letzte Legale war, das er getan hat.«

»Und seine letzte illegale Handlung?«

»Schwer zu sagen. Er hat einen gewissen Roger Prysock drüben in der Park Avenue South umgenietet, aber das ist schon ein paar Tage her. Er könnte in der Zwischenzeit bereits ein halbes Dutzend weiterer Kapitalverbrechen begangen haben.«

»Allerdings. Trotzdem könnte ich nicht gerade behaupten, daß mich das alles groß interessiert, solange sich dein Freund Nick gefälligst raushält aus meinem Revier. Ist das die Kurzform von seinem Namen? Nick? Oder steht er mehr auf Jim?«

»Ein paar Leute kennen ihn als Zoot.«

»Sehr schön. Richtig klasse. Wenn er allerdings mal der Welt entsagt, hieße er Father Zoot. Oder vielleicht Sister Zoot, wenn er zu den Klarissinnen geht. Aber mal ganz was anderes. Was soll mich irgend so ein Arschloch mit verdrehtem Namen interessieren, das in einem anderen Revier irgendein anderes Arschloch umgelegt hat?«

»Der Typ, den er erschossen hat, war gut eins achtzig groß, etwa achtzig Kilo, dunkles Haar, dunkle Augen, gut gekleidet, und er wurde erschossen, als er an einem Münztelefon telefoniert hat. Zoot hat ihm ein paar in die Brust gefeuert und einen in den Hinterkopf.«

Joe Durkin setzte sich geradeauf. »Na schön«, sagte er. »Ich bin ganz Ohr.«

»Vor etwa zwei Monaten kriegt Nicholson James Stunk mit Roger Prysock. Wegen was, weiß ich nicht. Geld oder Mädchen nehme ich mal an. Eines Abends fährt Zoot die Eleventh Avenue runter. Vielleicht sucht er nach Prysock, vielleicht hat er auch nur Glück. Jedenfalls ist da der Mann, den er sucht, telefoniert gerade auf der Straße, wie Prysock das immer tut, und ist wie ein richtig feiner Pinkel angezogen, wie Prysock das auch immer ist.«

»Bloß daß es nicht Prysock ist.«

»Es ist Glenn Holtzmann, der ein bißchen Luft schnappen will und vermutlich gerade dabei ist, eins seiner krummen Geschäfte anzuleiern, bloß daß wir nie erfahren werden, welches, weil nämlich nichts mehr daraus geworden ist. Holtzmann landet mit dem Gesicht auf dem Boden. Wenn Zoot also noch nicht gemerkt hat, daß er den Falschen erwischt hat, merkt er es auch jetzt nicht. Es ist ja auch Nacht und nicht besonders hell.«

»Und das ist Nicholson James auch nicht gerade.«

»Also verpaßt er ihm noch eine und fährt nach Hause oder wo man eben hinfährt, um einen erfolgreich durchgeführten Job zu feiern. Inzwischen kommt George Sadecki aus dem Dunkel geschlurft und bildet sich ein, daß er gerade auf Patrouille im Mekong-Delta ist und lieber die Hülsen aufsammeln sollte. Dank guter Polizeiarbeit wird er mit einer Tasche voll Beweismaterial aufgegriffen, und George kann nicht mal schwören, daß er's nicht war.«

»Und das eigentliche Opfer?«

»Roger the Dodger? Wie die richtigen Dodgers ist er nach L. A. abgehauen. Wahrscheinlich war er sogar schon weg, als Zoot Holtzmann erschoß, oder er verschwand kurz darauf. George kommt nach Rikers und dann nach Bellevue und wieder zurück nach Rikers, wo er erstochen wird. Die Akte ist bereits geschlossen, und jetzt kommt es nicht mal zu einem Prozeß, der an diesem Bild vielleicht noch was ändern könnte.«

»Was wird in den einschlägigen Kreisen geredet? Wie kommt es, daß niemand weiß, daß die Kugeln, die Holtzmann abgekriegt hat, für jemand anderen bestimmt waren?«

»Woher sollte das jemand wissen? Erstens wußten nicht viele Leute, daß Zoot Prysock auf dem Kieker hatte, und die, die es wußten, haben es vermutlich nicht besonders ernst genommen. Zuhälter kriegen sich doch ständig in die Wolle. Aber wenn es nicht sofort kracht, verläuft das Ganze meistens im Sand. Außerdem wußte niemand, daß sich Holtzmann und Prysock ähnlich sahen oder daß George gar nicht der Mörder war, wie es in der Zeitung stand. Ich meine, nicht mal Prysock selbst wußte, wie ernst die Sache war. Er dachte, er könnte gefahrlos wieder zurückkommen. Und als Nicholson James hört, daß er wieder zurück ist, fährt er so lange durch die Gegend, bis er das richtige Telefon und den richtigen Mann am Hörer findet, und tut, was er schon mal getan hat.«

Wir gingen es ein paarmal durch. Er fragte mich, was er tun solle.

»Du könntest zum Beispiel den für den Fall Prysock zuständigen Kollegen anrufen und ihm sagen, er soll sich mal Nicholson James vorknöpfen.«

»Auch unter dem Namen Zoot bekannt.« Er trommelte mit den Fingern auf der Schreibtischplatte. »Woher weiß ich das alles?«

»Einer deiner Spitzel hat es dir gesteckt.«

»Und dem hat's ein kleiner Mann gesagt.«

»Der sprichwörtliche kleine Mann im Ohr.«

»Wahrscheinlich wissen sie es sowieso schon. Die Wahrscheinlichkeit ist ziemlich hoch, daß es Zoot in einer Bar in der Lenox Avenue groß rumposaunt hat, und bei dem anschließenden Sturm aufs Telefon wurden drei Typen totgetrampelt.«

»Möglich.«

»Aber du glaubst es nicht.«

»Wenn darüber geredet würde«, sagte ich, »müßte ein Freund von mir davon gehört haben. Hat er aber nicht.«

»Ich glaube, ich weiß, wen du meinst.«

»Das glaube ich auch.«

»Und er hat nichts gehört? Ist ja interessant. Trotzdem, du könntest ihn ja selber hinhängen. Ruf von irgendeinem x-beliebigen Telefon an, bloß möglichst nicht von einem in der Park Avenue oder in der Eleventh. Was brauchst du mich da überhaupt?«

»Auf dich werden sie eher hören.«

»›Wenn Durkin was sagt, hören die Leute zu.‹ Kannst du dich noch an diese Werbung erinnern, an E. F. Hutton? Was ist eigentlich aus der geworden?«

»Keine Ahnung.«

»Vielleicht haben die Leute einfach nicht mehr zugehört.« Er runzelte die Stirn. »Worauf willst du eigentlich hinaus, Matt?«

»Mit ein bißchen Glück und guter Polizeiarbeit landet Nicholson James wegen der Ermordung von Roger Prysock hinter Gittern.«

»Und was ist mit deinen schlafenden Hunden?«

»Wie bitte?«

»Holtzmann und Sadecki. Gibt ein ganz schönes Chaos, wenn wir die Dose Würmer wieder aufmachen. Dir ist hoffentlich klar, daß du Zoot den Mord an Holtzmann nicht anhängen kannst. Im Gegenteil, wenn du da reinstichst, wird es sogar eher schwieriger, ihm Prysock anzuhängen. Damit gibst du der Verteidigung nur was in die Hand, womit sie rumtaktieren kann.«

»Und für die Polizei wäre es auch nicht gerade ein Ruhmesblatt.«

»Ich weiß, daß ein paar Kollegen für Sadeckis Festnahme eine Empfehlung gekriegt haben. Apropos schlafende Hunde, wie ich ihn und Holtzmann gerade genannt habe. Vielleicht müssen wir sie ja gar nicht wecken. Zoot wird den Punkt wohl nicht zur Sprache bringen. So blöd kann er kaum sein.«

»Nein.«

»Und wie steht's mit dir, Matt? Könntest du das Maul halten?«

»Das hängt von meinem Klienten ab«, sagte ich. »Mal sehen, ob ich ihn dazu überreden kann.«

Ich rief von meinem Hotelzimmer an und erreichte Tom Sadecki im Geschäft. Ich erklärte ihm kurz den Sachverhalt, und er hörte zu, ohne mich zu unterbrechen. Als ich fertig war, sagte ich: »Und jetzt müssen Sie sich entscheiden. Wie die Dinge im Moment stehen, wird dem Täter vielleicht wegen Mordes an Roger Prysock der Prozeß gemacht, vielleicht aber auch nicht. Und wenn es zum Prozeß kommt, wird er vielleicht verurteilt, vielleicht aber auch nicht. Das hängt davon ab, wie gut die Anklage untermauert ist. Ich würde sagen, er wird entweder einen Vergleich anstreben oder es auf einen Prozeß ankommen lassen, weil der Fall noch nicht alt ist und weil sie Augenzeugen haben. Aber um mit Sicherheit sagen zu können, was dabei herauskommt, ist es noch zu früh.

Wenn wir dem Täter auch den Mord an Holtzmann anzuhängen versuchen und mit dem, was wir haben, rausrücken, könnte das die Verurteilung Prysocks erschweren. Das einzige, was Sie damit erreichen, ist, daß Ihr Bruder vielleicht rehabilitiert wird. Vor einiger Zeit haben Sie zwar gesagt, das wäre Ihnen egal, aber ich könnte durchaus verstehen, wenn Sie es sich in der Zwischenzeit anders überlegt hätten.«

»O je«, sagte er. »Und ich dachte, ich hätte nun endlich meine Ruhe.«

»Da sind Sie nicht der einzige.«

»Was meinen Sie, daß ich tun soll?«

»Das kann ich nicht sagen. Für mich ist es natürlich einfacher, wenn Sie darauf verzichten, und für die Polizei macht es die Sache weiß Gott einfacher, aber eigentlich geht es nur darum, was Sie wollen, Sie und Ihre Familie.«

»George war's also nicht? Sind Sie da ganz sicher?«

»Hundertprozentig.«

»Komisch«, sagte er. »Ganz am Anfang war es mir sehr wichtig, das zu glauben, und dann wurde es wichtig, mich nicht mehr so darauf zu versteifen. Und jetzt sieht es so aus, als hätte ich am Anfang doch recht gehabt, und es freut mich, Gewißheit zu haben, aber es ist nicht mehr so wichtig. Als ob die ganze Geschichte nichts mit George zu tun hätte oder mit sonst jemandem von uns.«

»Ich glaube, ich weiß, was Sie meinen.«

»Wir würden ihn doch nur noch mal dem ganzen Zirkus aussetzen, oder nicht? Seinen Namen von aller Schuld reinwaschen. Er braucht seinen Namen nicht reingewaschen zu kriegen. Soll ihn die Welt ruhig vergessen. Wir denken an ihn. Das genügt.«

»Dann lassen wir die Sache einfach auf sich beruhen«, sagte ich.

Ich rief Lisa an. Ich sagte hallo, und sie sagte hallo, und sie wartete, daß ich mich bei ihr einlud.

Statt dessen erzählte ich ihr, daß ihr Mann von jemandem erschossen worden war, der ihn mit einem Zuhälter verwechselt hatte. »Der Fall wird nicht wieder aufgerollt«, sagte ich. »Der einzige Mensch, der daran ein Interesse haben könnte, ist George Sadeckis Bruder, und der hat sich dagegen entschieden. Die Polizei möchte nicht mehr an die Geschichte rühren und wir auch nicht.«

»Demnach ändert sich nichts an der ganzen Sache.«

»Zumindest sind jetzt auch die letzten offenstehenden Fragen geklärt«, sagte ich. »Und es hat was Tröstliches zu wissen, daß Glenn nicht von jemandem erschossen wurde, den er verpfiffen hat oder verpfeifen wollte. Aber rein faktisch gesehen ändert sich nichts, nein.«

»Komisch, er muß das irgendwie geahnt haben.«

»Falls es wirklich so war. Vielleicht hatte er auch etwas vor, von dem er dachte, es könnte ihn das Leben kosten, und vielleicht wäre es tatsächlich so gekommen, wenn ihn nicht zuvor dieser Zuhälter erwischt hätte.«

Wir unterhielten uns noch ein bißchen. Sie fragte, ob ich vorbeikommen wolle.

»Heute abend nicht«, sagte ich. »Ich bin ziemlich fertig.«

»Dann schlaf dich mal richtig aus.«

»Das werde ich«, sagte ich. »Ich melde mich wieder.«

Nachdem ich aufgelegt hatte, ging ich ans Fenster und sah ein paar Minuten hinaus. Dann griff ich zum Telefon und machte einen anderen Anruf.

»Hi«, sagte ich. »Ist es okay, wenn ich vorbeikomme?«

»Jetzt?«

»Paßt es dir nicht?«

»Ich weiß nicht«, sagte sie.

Ich sagte: »Ich würde dich wirklich gern sehen. Ich bin ziemlich fertig. Ich habe die ganze letzte Nacht nicht geschlafen.«

»Ist irgendwas?«

»Nein, es war nur ziemlich viel los. Aber ich glaube, das hat auch noch bis morgen Zeit.«

»Nein«, sagte sie. »Komm ruhig.«

»Bestimmt?«

»Komm ruhig«, sagte sie.

25

»Er wurde rein zufällig erschossen«, sagte ich zu Elaine. »So hat es am Anfang ausgesehen, so hat es die Polizei gesehen. Ein Mann aus dem achtundzwanzigsten Stock zur falschen Zeit am falschen Ort, ein Mann im Anzug, der sich auf heißes Pflaster gewagt hat.

Sie dachten, er wäre rein zufällig an George Sadecki geraten, und so sehr ich mir auch Mühe gegeben habe, konnte ich diese Möglichkeit nie ganz ausschließen. Aber irgend etwas war faul an Glenn Holtzmann, und je mehr ich über ihn herausbekam, desto wahrscheinlicher schien es mir, daß er jemand anderem einen wesentlich triftigeren Grund geliefert hatte, ihn umzubringen, als George je gehabt hatte. Außerdem fand ich schon immer, daß hinter dem Mord eindeutig Absicht stand. Vor allem der abschließende Schuß in den Hinterkopf sieht überhaupt nicht nach einem fehlgeschlagenen Überfall oder einem rabiat gewordenen Schnorrer aus. Das war eine richtige Exekution. So was tut man nur, wenn man jemanden ganz gezielt umbringen will.«

»Und das war ja auch der Fall«, sagte sie.

»Richtig. Nicholson James hatte, zumindest in seinen Augen, einen triftigen Grund, Roger Prysock umzubringen, und genau das war es, was er zu tun glaubte, als er Glenn Holtzmann erschoß. Und dann, als George daherkam und das Ganze auf seine Kappe nahm, dachte er wohl, Gott würde es besonders gut mit ihm meinen und er hätte einen ganz speziellen Schutzengel. Und natürlich hat er auch nicht groß rumerzählt, was er getan hat, weil sich nicht gut damit angeben läßt, daß man den falschen Mann umgenietet hat. Er hatte einen Fremden erschossen, und ein anderer Fremder saß dafür in U-Haft, was wäre also leichter gewesen, als so zu tun, als wäre überhaupt nichts passiert.

Dann kam Prysock in dem Glauben, außer Gefahr zu sein, wieder nach New York zurück. Nicholson James bekam Wind davon und drückte auf die Wiederholungstaste. Dasselbe Schema, öffentliches Telefon, drei in die Brust und einen Gnadenschuß als Dreingabe, bloß erwischt er diesmal den richtigen.«

»Und niemand hat die beiden Morde in Zusammenhang gebracht?«

»Wie denn auch? Zwischen dem Mord an Holtzmann und dem an Prysock sind in den fünf Boroughs fast fünfhundert Morde begangen worden. Die meisten mit einer Schußwaffe und ein hoher Anteil auf offener Straße. Die Übereinstimmungen sind durchaus frappierend, aber man sieht sie nur, wenn man den Mord an Holtzmann ständig präsent hat, und bei der Polizei haben sie weiß Gott andere Dinge im Kopf. Außerdem darfst du nicht vergessen, daß Prysock am anderen Ende der Stadt ermordet wurde. Niemand, der den Fall bearbeitet hat, hatte was mit dem Holtzmann-Mord zu tun, ganz zu schweigen, daß er längst Vergangenheit war. Die Akte war geschlossen, und der Täter war nicht nur festgenommen, sondern sogar schon tot. Wenn du es mit einem Ehepaar zu tun hättest, das mit einer Axt ermordet wurde, würdest du vielleicht spontan an Lizzie Borden denken. Aber du kämst nicht auf die Idee, ihr die Sache anzuhängen.«

»Ich weiß, was du meinst.«

»Eigentlich gab es nur einen, bei dem der Groschen hätte fallen müssen. Und der war ich, weil ich nie so recht überzeugt war, daß es George war. Und ganz gleich, wie viele Morde in den letzten paar Monaten auch passiert sein mögen, ich habe mich die ganze Zeit nur mit diesem einen beschäftigt. Wenn also jemand die Morde an Holtzmann und Prysock in Zusammenhang bringen konnte, dann ich.«

»Und das hast du ja auch getan.«

»Nein«, sagte ich. »Und das ist das Witzige daran. Das habe ich nicht. Die Meldung über den Prysock-Mord stand in allen vier New Yorker Zeitungen, so daß ich mindestens einmal davon gelesen haben muß. Ich *muß* davon gelesen haben, weil ich mich ein paar Tage später daran erinnert habe. Irgendwas muß dabei auch tatsächlich bei mir geklingelt haben, aber ich hab es weggeschoben.«

»Warum?«

»Weil ich zufällig genau zum richtigen Zeitpunkt taub wurde. Irisch taub, wie meine Tante Peg es nannte. Das ist, wenn man etwas nicht hört, weil man es nicht hören will.«

»Und warum wolltest du es nicht hören?«

»Ich sag dir, wie ich meine irische Taubheit überwunden habe, und das bringt dich vielleicht auch darauf, was sie verursacht hat. Als ich gestern nacht von hier weggegangen bin, bin ich zu einem Mitternachtstreffen im Alanon House gegangen, und anschließend habe ich bei Mick vorbeigeschaut.«

Ich erzählte ihr von den Stunden, die ich im Grogan's verbracht hatte, und rekapitulierte für sie den Teil unserer Unterhaltung, der sich um Holtzmann gedreht hatte. Und ich erzählte ihr, wie wir den neuen Tag anbrechen sahen und zur Metzgermesse nach St. Bernard fuhren.

»Aber Mick war der einzige in einer weißen Schürze«, sagte ich. »Es waren mehr oder weniger nur wir und ein paar Nonnen da.«

»Du dachtest, er hätte Holtzmann erschossen«, sagte sie.

»Das habe ich befürchtet. Das war einer der ersten Gedanken, die mir kamen, als ich in Altoona jemanden erreichte, der mir sagen konnte, woher das Geld kam, mit dem sich Holtzmann das Jurastudium finanziert hat. Da war Holtzmann, der um jeden Preis Karriere machen wollte, und da war mein Freund Mick mit seinem dicken Wagen und seiner Wohnung und seiner Kneipe, die offiziell alle jemand anderem gehören, damit sie ihm der Staat nicht wegnehmen kann. Und er redete ständig davon, wie sie einem das ganze Vermögen einziehen, wenn sie einem nachweisen können, daß man eines hat, und daß ihm sein Anwalt nahegelegt hat, er soll schon Vorkehrungen treffen, daß er die Farm nicht verliert, wenn die offiziellen Besitzer vor ihm sterben und sie jemand anderem vererben.

Ich habe Glenn Holtzmann mal im Grogan's getroffen. Ich habe an der Bar ein Glas Cola mit ihm getrunken, und er dachte, es wäre Guinness, was nur zeigt, wie toll er in so eine typische Hell's-Kitchen-Kneipe reingepaßt hat. Er wußte, wem der Laden gehört, und er hat mir alle möglichen Fragen über Metzger Ballou gestellt, bis ich ihm klargemacht habe, daß ich das etwas daneben finde. Das heißt aber nicht, daß er sie nicht auch anderen gestellt hat, und vielleicht hat er ja was erfahren, und vielleicht hat er auch versucht, sich dieses Wissen zunutze zu machen.

Andererseits war es ziemlich unwahrscheinlich, daß Mick ihn umgebracht hat. Holtzmann ist seinem Geschäft in aller Heimlichkeit nachgegangen, und die zwei Leute, von denen wir wissen, daß er sie hingehängt hat, hatten nicht die leiseste Ahnung, was eigentlich passiert war. Holtzmann hätte sich mit Sicherheit nicht einem Mann zu erkennen gegeben, der als eiskalter Killer bekannt ist. Und wenn Mick Wind davon bekommen hätte, was Holtzmann vorhatte, wäre es ein leichtes für ihn gewesen, ihn einzuschüchtern.

Ab da bin ich dann auf den Holzweg geraten. Anstatt die Sache zu Ende zu denken, habe ich den Laden dichtgemacht. Ich klammerte mich an den Gedanken, für mich sei der Fall erledigt, weil ich alles getan hatte, was ich für meine beiden Klienten tun konnte. Lisa Holtzmanns Geld war in Sicherheit, und es gab nichts mehr, was ich für George Sadecki noch hätte tun können. Und da ich keine Anhaltspunkte hatte, wer der wahre Mörder war, hätte es keinen Sinn gehabt, weiter nach ihm zu suchen.

Doch da war etwas, das mir die ganze Zeit keine Ruhe ließ. Immer wieder zog es mich ins Grogan's. Ich saß alle paar Tage mit Mick zusammen, aber über das, was mich am meisten beschäftigte, habe ich kein Wort mit ihm gesprochen. Das heißt, am meisten hat es mich eigentlich gar nicht beschäftigt, jedenfalls nicht bewußt, weil ich mir nicht erlaubt habe, darüber nachzudenken.

Dann hat Nicholson James Roger the Dodger erschossen. Ich habe die Meldung sogar gelesen, aber ich habe nicht geschaltet.«

»Und dann hast du mit Mick geredet.«

»Ich habe mit ihm geredet, und irgendwie kamen wir auf Glenn Holtzmann zu sprechen.« Überflüssig zu sagen, wie wir darauf kamen. »Und was er sagte, machte mir klar, daß ich aus lauter Angst, was dabei herauskommen könnte, nicht mehr richtig nachgedacht hatte. Und wie durch ein Wunder fiel mir wieder ein, daß ich kürzlich etwas gelesen hatte, bei dem ich irgendwas läuten hörte. Ich wußte nicht mehr, was es war, aber ich wußte, daß da etwas war.«

»Komisch, wie der menschliche Verstand arbeitet.«

»Das kannst du laut sagen.«

»Angenommen, er wär's gewesen.«

»Mick?«

Sie nickte. »Angenommen, er hätte es zugegeben, oder angenommen, du wärst auf einen eindeutigen Beweis gestoßen. Was dann?«

»Du meinst, was ich getan hätte?«

»Mhm.«

Ich brauchte nicht lange zu überlegen. »Nichts hätte ich getan. Der Fall war abgeschlossen, und ich hatte nichts mehr damit zu tun.«

»Es hätte dir nichts ausgemacht, daß er ungeschoren davongekommen wäre? Mit einem Mord?«

»Ich möchte lieber erst gar nicht anfangen, darüber nachzudenken, bei wie vielen Morden Mick schon ungestraft davongekommen ist. Bei einem war ich selbst dabei, und von einer ganzen Reihe anderer hat er mir erzählt. Wenn ich das alles schlucken kann, warum sollte mir dann ein Mord mehr plötzlich sauer aufstoßen?«

»Und wenn es einer ist, der dich betrifft?«

»Inwiefern sollte er mich betreffen? Weil ich den Ermordeten flüchtig kannte? Weil ich zufällig mit der Lösung des Falls beauftragt war? Er hätte ja niemanden umgebracht, der mir nahestand. Wenn er Holtzmann umgebracht *hätte*, würde ich sagen, er hatte gute Gründe dafür.«

»Die Tatsache, daß du ihn verdächtigt hast, hat also nichts an deinen Gefühlen für ihn geändert?«

»Nicht wirklich, nein.«

»Und es hat sich auch nicht auf eure Beziehung ausgewirkt?«

»Warum das denn?«

»Aber du bist heute morgen zur Messe mit ihm gegangen. Und das hast du schon längere Zeit nicht mehr getan.«

»Dir entgeht aber rein gar nichts.«

»Du hast meine Frage noch nicht beantwortet.«

»Vermutlich hast du recht. Wahrscheinlich wollte ich nicht bei unserem kleinen Ritual mitmachen, solange ich einen Verdacht gegen ihn hatte. Und als mein Verdacht ausgeräumt war, hatte ich vermutlich das Bedürfnis, ein Zeichen zu setzen.«

»Und dann fiel dir die Zeitungsmeldung wieder ein.«

»Mir fiel wieder ein, daß es eine Meldung gab und daß ich sie erst vor kurzem gelesen hatte. Ich ging die letzten Ausgaben durch, bis ich fand, wonach ich suchte. Und dann begann ich weiterzugraben. In dem Augenblick, in dem Julia einen Zuhälter namens Zoot erwähnte, mußte ich an einen Kerl denken, den ich mal in einem Zoot Suit gesehen habe. Das war Nicholson James. Ich habe ihn mal mit Danny Boy am Tisch sitzen sehen, als ich gerade an diesem Entführungsfall gearbeitet habe. Die Sache mit Kenan Khourys Frau – daran kannst du dich doch sicher noch erinnern.«

»Und ob.«

»Als ich mich daraufhin bei Danny Boy nach ihm erkundigt habe, wußte er nicht mal, daß es zwischen den zwei Luden überhaupt böses Blut gegeben hatte. Es war also reines Glück, daß Julia davon wußte. Und da man in diesem Job nicht gerade mit Glück gesegnet ist, habe ich die Gelegenheit beim Schopf ergriffen.«

»Das kann ich gut verstehen. Mein Gott, du siehst wirklich müde aus, Honey. Ich bringe dir gern noch einen Kaffee, aber das ist jetzt wohl so ziemlich das letzte, was du brauchst.«

»Da hast du wahrscheinlich recht.«

»Ich bin auch müde«, sagte sie. »Ich habe gestern nacht nicht viel geschlafen. Mir ging in letzter Zeit ziemlich viel im Kopf rum.«

»Ich weiß.«

»Ich hab's richtig mit der Angst zu tun bekommen, als du angerufen hast. Und dann hast du auch noch gesagt, du wärst die ganze Nacht auf gewesen und müßtest dringend mit mir sprechen. Ich hatte solche Angst, womit du vielleicht ankommen könntest.«

»Ich wollte dir bloß erzählen, was passiert ist.«

»Ich weiß.«

»Und ich wollte nicht allein schlafen.«

»Das mußt du ja auch nicht.«

Als ich ins Bett ging, fürchtete ich, daß ich trotz aller Müdigkeit Schwierigkeiten mit dem Einschlafen haben könnte. Das nächste, woran ich mich erinnern konnte, war helles Sonnenlicht, das durch das Schlafzimmerfenster fiel, und der Geruch von frischem Kaffee, der die Wohnung erfüllte.

Ich war gerade bei meiner zweiten Tasse, als das Telefon klingelte. Elaine ging dran, und ich sah zu ihr hinüber und merkte, wie sich ihr Gesicht veränderte. »Einen Augenblick bitte«, sagte sie. »Er ist hier.«

Sie hielt das Mundstück zu und sagte: »Für dich. Janice Keane.«

»Oh?«

Sie reichte mir den Hörer und schlich aus dem Zimmer. Wenn ich nicht den blöden Hörer in der Hand gehabt hätte, wäre ich ihr nachgegangen. Ich sagte: »Hallo?«

»Matthew, entschuldige bitte, ich habe wohl einen ungünstigen Moment erwischt.«

»Nein, nein, schon gut.«

»Möchtest du lieber später zurückrufen?«

»Nein. Ist schon gut.«

»Wenn du meinst. Es ist nämlich nichts Dringendes, wenn man mal davon absieht, daß alles eine gewisse Dringlichkeit bekommen hat. Gestern, nicht lange, nachdem du gegangen bist, hatte ich einen Moment der – Erleuchtung – ja, anders kann man es wohl nicht nennen. Fast hätte ich dich auf der Stelle angerufen, aber dann wollte ich es erst überschlafen, um zu sehen, ob es am nächsten Morgen auch noch da wäre.«

»Und ist es noch da?«

»Mhm. Und ich möchte es dir unbedingt sagen, weil du gewissermaßen daran beteiligt bist.«

»Aha.«

»Ich werde mir nicht das Leben nehmen. Ich werde nicht von dem Revolver Gebrauch machen, den du mir gebracht hast.«

»Wirklich?«

»Ja. Möchtest du wissen, was passiert ist? Nachdem du gegangen bist, habe ich in den Spiegel geschaut, und ich konnte kaum glauben, wie mies ich aussah. Und ich dachte, na und, was soll's? Damit kann ich leben. Und plötzlich wurde mir klar, daß ich mit allem leben kann, was auf mich zukommt, und zwar so lange, wie ich muß. Ich werde zwar nicht unbedingt was daran ändern können, aber ich werde damit leben können, ich werde es aushalten.

Und das war was völlig Neues für mich. Es gibt Dinge, die kann ich nicht ändern, zum Beispiel die Schmerzen und mein Aussehen, und die absolut unakzeptable Tatsache, daß ich meine Krankheit nicht überleben werde. Der Revolver hat mir das Gefühl vermittelt, die Lage unter Kontrolle zu haben. Wenn es mir nicht paßt, wie sich die Sache entwickelt, kann ich jederzeit den Abzug drücken. Bloß, wer sagt, daß ich alles unter Kontrolle haben muß, und wer hat in seinem Leben überhaupt etwas unter Kontrolle? Ich meine, was soll's, ich kann einiges an Schmerzen aushalten. Man kriegt nie mehr, als man verkraften kann, so heißt es doch immer, oder?«

»So heißt es.«

»Weißt du, was mir plötzlich klargeworden ist? Ich will nichts versäumen. Darum geht es doch beim Nüchternsein: Du hörst auf, dein Leben zu versäumen. Also, ich möchte alles mitkriegen, was ich kann. Sterben ist eine Erfahrung und noch dazu eine, die ich nicht versäumen möchte. Früher wollte ich immer, daß ich mal vom Tod überrascht werde. Ein Schlaganfall oder ein Herzinfarkt und am liebsten im Schlaf, damit ich mir nicht mal für den Bruchteil einer Sekunde bewußt werde, was mit mir passiert. Doch wie sich herausgestellt hat, ist das gar nicht, was ich will. Ich würde lieber mitbekommen, wie es mit mir zu Ende geht. Wenn ich wie ein Licht ausgeknipst würde, käme ich nie dazu, dafür zu sorgen, daß auch wirklich die Leute meine Sachen kriegen, die sie kriegen sollen. Da fällt mir ein, du mußt den Sockel noch abholen.«

»Ich weiß.«

»Ich wollte dir einfach noch mal danken, daß du mir den Revolver besorgt hast, weil ich ihn erst mal haben mußte, um zu merken, daß ich ihn nicht brauche. Ich weiß nicht, ob ich mich halbwegs verständlich ausdrücke –«

»Doch, doch.«

»Tatsächlich? Manchmal bin ich mir da nämlich nicht so sicher. Weißt du, was ich gestern abend vor dem Einschlafen gedacht habe? Mir wurde klar, daß das, was mir am Sterben am meisten angst macht, der Gedanke ist, ich könnte es falsch machen, ich könnte nicht wissen, wie man es richtig macht. Und dann dachte ich, Quatsch, schau dir doch bloß die ganzen Nieten und Schwachköpfe an, die es vor dir schon geschafft haben. So schwer kann das doch nicht sein. Ich meine, wenn es meine Mutter konnte, dann kann es jeder.«

»Du bist bescheuert«, sagte ich. »Aber das weißt du wohl bereits.«

Als ich ins Schlafzimmer ging, saß Elaine auf dem Hocker vor dem Schminktisch und sah sich im Spiegel an. Sie drehte sich um und sah mich an.

»Das war Jan«, sagte ich.

»Ich weiß, wer es war.«

»Ich weiß nicht, wie sie darauf kommt, mich hier anzurufen. Das wollte ich sie eigentlich noch fragen. Ich kann mir nicht vorstellen, daß sie die Nummer hatte.«

»Die Anrufweiterleitung ist noch an.«

»Das kann nicht sein. Ich habe sie gestern abend nicht angeschaltet.«

»Das war nicht nötig. Du hattest sie noch vom Abend davor an.«

»Soll das ein Witz sein?«

»Nein.«

Ich dachte nach. »Doch, du hast recht. Ich habe sie nicht abgeschaltet.«

»Sie hat gestern vormittag schon mal angerufen.«

»Sie hat hier angerufen? Aber als ich nach Hause gekommen bin, war doch an der Rezeption eine Nachricht von ihr.«

»Sicher. Die war von mir. ›Jan Keane anrufen‹, habe ich ihnen gesagt. Sie hat zwar keine Nummer hinterlassen, aber ich dachte, du wüßtest sie schon.«

»Ja, natürlich.«

»Natürlich.« Sie erhob sich von dem kleinen Hocker und trat ans Fenster. Es geht nach Osten, auf den Fluß, aber vom Wohnraum ist der Blick besser.

Ich sagte: »Du kannst dich doch an Jan erinnern. Wir haben sie mal in SoHo getroffen.«

»Und ob ich mich an sie erinnern kann. Deine alte Freundin.«

»Stimmt.«

Sie wandte sich mir zu. Ihr Gesicht war verzerrt. »Scheiße«, sagte sie.

»Was ist denn?«

»Ich hatte Angst, daß es schon gestern abend zu dieser Aussprache kommen würde. Ich dachte, du wolltest deshalb vorbeikommen, um darüber zu reden. Und ich wollte nicht darüber reden, aber das müssen wir jetzt wohl, oder?«

»Wovon redest du überhaupt?«

»Von Jan Keane.« Sie schleuderte mir die Silben entgegen. »Du triffst dich mit ihr, stimmt's? Du hast ein Verhältnis mit ihr, stimmt's? Du liebst sie noch immer, stimmt's?«

»Ach, du meine Güte.«

»Ich wollte nicht damit ankommen. Glaub mir, ich wollte es nicht, aber nun ist es passiert. Und was machen wir jetzt? So tun, als hätte ich nie was gesagt?«

»Jan muß sterben«, sagte ich.

Sie muß sterben, sagte ich. Sie hat Bauchspeicheldrüsenkrebs. Sie hat nur noch ein paar Monate zu leben. Sie haben ihr ein Jahr gegeben, und das meiste davon ist schon um.

Sie hat mich vor ein paar Monaten angerufen, erzählte ich weiter. Zu der Zeit, als Glenn Holtzmann erschossen wurde. Um mir zu sagen, daß sie sterben müßte, und um mich um einen Gefallen zu bitten. Sie wollte eine Schußwaffe. Damit sie sich erschießen könnte, wenn sie die Schmerzen nicht mehr aushielt.

Und gestern rief sie wieder an, sagte ich, weil sie mir eines ihrer Werke geben wollte. Sie fängt an, ihren Besitz zu verschenken, um sicherzugehen, daß ihre Sachen auch die bekommen, die sie bekommen sollen. Und deshalb bin ich gestern vormittag zu ihrem Loft gefahren und habe eine ihrer frühen Arbeiten, einen Bronzekopf, abgeholt. Sie hat nicht gut ausgesehen, und deshalb glaube ich, sie hat nicht mehr lange zu leben.

Und heute hat sie angerufen, sagte ich, um mir zu sagen, daß sie keinen Selbstmord begehen wird. Sie hat beschlossen, den Tod selbst das Tempo bestimmen zu lassen, und das wollte sie mir erzählen, und wie sie dazu gekommen ist.

Und ja, sagte ich, ich habe mich mit ihr getroffen, aber nicht so, wie du meinst. Und ich habe kein Verhältnis mit ihr. Und ich liebe sie nicht. Ich mag sie, ich schätze sie, ich betrachte sie als eine sehr gute Freundin, sagte ich, aber ich liebe sie nicht.

Ich liebe dich, sagte ich. Du bist der einzige Mensch, den ich liebe. Du bist der einzige Mensch, den ich je geliebt habe. Ich liebe dich.

»Ich komme mir ganz schön blöd vor«, sagte sie.

»Warum?«

»Weil ich wahnsinnig eifersüchtig auf eine Frau war, die sterben muß. Ich bin gestern den ganzen Tag nur rumgesessen und habe sie gehaßt. Ich komme mir blöd und gehässig und kleinlich und unwürdig vor. Und bescheuert. Vor allem bescheuert.«

»Das konntest du doch nicht wissen.«

»Natürlich nicht. Und da ist noch etwas. Wie konntest du das die ganze Zeit mit dir rumtragen, ohne ein Wort zu sagen? Das ist jetzt zwei Monate her. Warum hast du mir nichts erzählt?«

»Ich weiß auch nicht.«

»Hast du mit jemand anderem darüber gesprochen?«

»Jim habe ich ein bißchen was erzählt, aber ich habe ihm nicht gesagt, daß ich ihr eine Waffe besorgen sollte. Und mit Mick habe ich darüber gesprochen.«

»Und dir von ihm einen Revolver besorgt, oder?«

»Er lehnt Selbstmord ab.«

»Aber Mord nicht?«

»Später werde ich dir mal erklären, welchen Unterschied er da macht. Ich habe ihn nicht um eine Waffe gebeten, weil ich ihn nicht in Verlegenheit stürzen wollte.«

»Und woher hattest du die Waffe dann?«

»TJ hat sie von irgend jemandem auf der Straße für mich gekauft.«

»Gütiger Gott. Du bringst ihn dazu, Schußwaffen zu kaufen und Rauschgift zu verkaufen und mit Transsexuellen zu verkehren. Du hast wirklich den denkbar besten Einfluß auf den Jungen. Hast du ihm erzählt, wofür du sie wolltest?«

»Er hat nicht gefragt.«

»Das habe ich auch nicht. Trotzdem hättest du mir was erzählen können. Warum hast du's nicht getan?«

Ich dachte nach. »Ich glaube, ich hatte Angst.«

»Daß ich es nicht verstehen könnte?«

»Nein. Du verstehst oft mehr als ich. Vielleicht, daß du es nicht gut finden könntest.«

»Daß du ihr einen Revolver besorgst? Seit wann ist es meine Sache, etwas gut oder nicht gut zu finden? Außerdem, du hättest es doch trotzdem getan, oder nicht?«

»Wahrscheinlich.«

»Nur damit da Klarheit herrscht: Ich finde es gut, daß sie von der Waffe nicht Gebrauch machen will. Und ich finde es auch gut, daß du ihr die Waffe besorgt hast und sie diese Entscheidung selbst hast treffen lassen. Was ich allerdings nicht so gut finde, ist, daß du mir nichts erzählst, wenn du dich mit solchen Problemen rumschlägst. Was hättest du gemacht, wenn sie gestorben wäre? Wärst du nicht zum Begräbnis gegangen? Oder hättest du mir erzählt, du gehst zu einem Boxkampf in Sunnyside?«

»Ich hätte dir schon was gesagt.«

»Wie beruhigend.«

»Es hing wahrscheinlich damit zusammen, daß ich es einfach nicht wahrhaben wollte. Wenn ich es dir erzählt hätte, wäre es noch mehr Realität geworden.«

»Das kann ich verstehen.«

»Und da war noch was, wovor ich Angst hatte.«

»Was?«

»Daß du stirbst.«

»Ich bin nicht krank.«

»Ich weiß.«

»Also –«

»Ich finde es furchtbar, daß Jan bald stirbt«, sagte ich. »Und ich werde es als Verlust empfinden, wenn sie nicht mehr da ist. Aber es passiert nun mal immer wieder, daß man einen Menschen verliert, und damit muß man leben lernen. Aber wenn dir was zustieße, ich weiß nicht, was ich täte. Und das ist etwas, was mir ständig durch den Kopf geht. Manchmal, wenn wir im Bett liegen, berühre ich deine Brust und ertappe mich, wie ich mich frage, ob da drinnen was Bösartiges heranwächst, oder ich streife über die Narben auf deinem Bauch, wo dieses Schwein auf dich eingestochen hat, und ich beginne mir Sorgen zu machen, ob er vielleicht einen Schaden angerichtet hat, von dem niemand etwas weiß. Es ist schon ein paar Jahre her, daß ich mir meiner eigenen Sterblichkeit bewußt geworden bin, und das war nicht sehr angenehm, aber ich habe mich damit abgefunden. Aber was jetzt mit Jan passiert, hat mich deiner Sterblichkeit bewußt gemacht, und das gefällt mir gar nicht.«

»Du dummer alter Bär. Ich werde ewig leben. Hast du das denn nicht gewußt?«

»Du hast es mir jedenfalls nicht erzählt.«

»Ich habe gar keine andere Wahl«, sagte sie. »Ich bin bei den Anonymen Alkoholikern. Ich kann es mir nicht leisten zu sterben, solange es auf Erden noch einen Menschen gibt, der mich braucht. O Gott, halt mich ganz fest, ja? Liebster, ich dachte, ich würde dich verlieren.«

»Nie.«

»Ich dachte, na ja, sie ist eine interessante Frau, vielseitig, so eine richtige Künstlerin und überhaupt, da muß sie doch viel aufregender und bewundernswerter sein als eine Frau, die ihr ganzes Leben für Geld gefickt hat.«

»Das hast du also gedacht, hm?«

»Mhm. Ich dachte, sie wäre die frischer, grüner Maid.«

»Da sieht man's wieder mal, was du alles weißt. *Du* bist die frischer, grüner Maid.«

»Wirklich?«

»Keine Frage.«

»Ich, hm?«

»Du.«

»Hab ich mich also getäuscht. Ich lasse mich gern eines besseren belehren. Hör mal, glaubst du, wir könnten wieder ins Bett gehen? Nicht, um was zu tun. Nur, du weißt schon, um uns nahe zu sein.«

»Hältst du das wirklich für klug? Wir könnten die Beherrschung verlieren.«

»Das könnten wir«, sagte sie.

Am Nachmittag stand ich am Wohnzimmerfenster. Sie kam auf mich zu und blieb neben mir stehen. »Heute abend soll es kälter werden«, sagte sie. »Vielleicht schneit es.«

»Wäre der erste Schnee dieses Jahr, oder?«

»Mhm. Wir könnten ausgehen und darin rumgehen oder hierbleiben und ihn ansehen. Je nachdem, wie nahe wir es an uns ranlassen wollen.«

»Ich mußte grade an die Zeit denken, als ich zum erstenmal in deine Wohnung kam. Du hattest einen schöneren Blick, bevor sie diese Häuser hochgezogen haben.«

»Ich weiß.«

»Ich glaube, es wird langsam Zeit umzuziehen.«

»Ach?«

»Am Parc Vendôme sind ein paar Wohnungen zu verkaufen«, sagte ich. »Und sicher gibt es auch die West Fifty-seventh runter jede Menge Wohnungen. Ich weiß, daß es dir immer schon das Haus einen Block weiter angetan hat, das mit dem Art-déco-Foyer.«

»Und das mit der Tafel, daß Béla Bartók mal da gewohnt hat.«

»Ich finde, du solltest gleich morgen oder übermorgen anfangen, eine Wohnung für uns beide zu suchen. Und sobald du eine findest, die dir gefällt, nehmen wir sie.«

»Willst du denn nicht mitsuchen?«

»Ich wäre dir nur hinderlich. Ich bin sicher, ich fühle mich in jeder Wohnung wohl, die du aussuchst. Mein Gott, wie lange lebe ich nun schon in einem Hotelzimmer, so groß wie eine Besenkammer? Ich möchte zumindest ein Fenster haben, an dem ich sitzen und nach draußen schauen kann, und mit was Interessanterem davor als einem Luftschacht. Und ein zweites Schlafzimmer könnte vielleicht auch nicht schaden. Aber ansonsten stelle ich keine großen Ansprüche.«

»Und du möchtest in deinem alten Viertel bleiben?«

»Na ja, entweder das oder SoHo, wenn du gern zu Fuß zur Galerie gehen möchtest.«

»Zu welcher Galerie?«

»Zu deiner Galerie. Zur Fifty-seventh, wo die ganzen Galerien sind, sind es von meinem Hotel zu Fuß fünf Minuten, und ich glaube, in einigen der Häuser dort sind Verkaufsräume zu mieten.«

»Kein Wunder – bei dem Tempo, in dem heute Galerien eingehen. Wann habe ich beschlossen, eine Galerie aufzumachen?«

»Hast du noch nicht, wirst du aber, glaube ich. Oder täusche ich mich da?«

Sie überlegte. »Vermutlich hast du recht. Ein ziemlich beängstigender Gedanke.«

»Ein weiterer Grund, weshalb du die Wohnung aussuchen solltest, ist, daß du diejenige bist, die sie bezahlen wird, oder zumindest zum größten Teil. Was das betrifft, finde ich, wäre es dumm von mir, ein Problem daraus zu machen.«

»Stimmt. Das wäre dumm.«

»Also versuche ich es möglichst nicht zu tun.«

»Ich werde diese Wohnung hier über einen Makler zum Verkauf ausschreiben lassen. Das kann ich eigentlich gleich tun. Und ich werde sehen, daß ich für eine meiner anderen Wohnungen Geld kriege, damit wir nicht warten müssen, bis wir die hier verkauft haben. Ich rufe gleich mal an, ob ich möglichst schon für morgen oder übermorgen einen Termin bekommen kann. Soll ich dir was sagen? Plötzlich kann ich es gar nicht mehr erwarten umzuziehen.«

»Gut.«

»Wir haben geredet und geredet, und dann haben wir aufgehört zu reden, und jetzt –«

»Jetzt sind wir soweit.« Ich holte Luft. »Wenn du eine Wohnung gefunden hast und wenn wir uns in der Wohnung und in der neuen Umgebung eingelebt haben und du alles mehr oder weniger so eingerichtet hast wie du es gern möchtest, dann möchte ich gern, daß wir heiraten.«

»Einfach so?«

Ich nickte. »Einfach so.«

26

Es wurde Mitte Januar, bis ich es endlich in die Lispenard Street schaffte, um den Sockel abzuholen. Ich war schon zwischen Weihnachten und Neujahr mal mit Elaine dagewesen, zusammen mit acht oder zehn anderen Freunden Jans, die gekommen waren, um mit ihr Weihnachten zu feiern. Wir hatten schon damals vorgehabt, den Sockel mit nach Hause zu nehmen, aber dann hatten wir es doch vergessen.

Dieses Mal fuhr ich extra hin. »Gut siehst du aus«, sagte Jan. »Was macht eure neue Wohnung? Seid ihr schon eingezogen?«

»Am ersten machen wir den Vertrag.«

»Na, prima. Ich weiß nicht, ob ich dir das schon gesagt habe, aber ich bin schwer angetan von deiner Zukünftigen. Du hast ihr doch hoffentlich was Schönes zu Weihnachten geschenkt?«

»Ich habe ihr von einem Polizeizeichner ein Bild ihres Vaters machen lassen.«

»Wieso? Wird er wegen was gesucht?«

»Er ist vor Jahren gestorben.«

»Und du hast jemanden gefunden, der ihn nach einem Foto zeichnet?«

»Er hat nach dem Gedächtnis gearbeitet«, sagte ich. »Nach ihrem Gedächtnis.« Ich erklärte ihr den Vorgang. Sie fand es interessant, aber ein seltsames Weihnachtsgeschenk. »Das hat sie sich aber gewünscht«, sagte ich. »Es war ein sehr gefühlsintensives Erlebnis für sie, so mit einem Künstler zu arbeiten, und das Ergebnis kann sich wirklich sehen lassen. Und, äh, ich habe ihr auch noch was anderes geschenkt.«

»Ja?«

»Einen Ring.«

»Tatsächlich? Sie ist wirklich sehr nett, Matthew. Eine gute Entscheidung.«

»Ich weiß.«

»Und von ihr genauso. Ich freue mich für euch beide.«

»Danke«, sagte ich. »*Du* siehst übrigens gut aus.«

»So? Findest du? Ich bin dünner, als ich sein möchte, und ich hätte nie im Leben gedacht, daß ich das mal sagen würde. Aber es stimmt, findest du nicht auch? Ich sehe besser aus.«

»Auf jeden Fall.«

»Ich *fühle* mich ja auch besser. Ich probiere Verschiedenes aus.«

»Ja?«

»Ich habe meine Ernährung von Grund auf umgestellt, ich mache diese Safttherapie und sonst noch so einigen Quacksalberhokuspokus, den ich dir lieber nicht näher beschreiben möchte. Aber weißt du, irgendwo tief da drinnen habe ich beschlossen, daß ich leben möchte.«

»Das finde ich sehr gut.«

»Na ja, ich weiß nicht, ob es irgendwas ändern wird. Die Leute trinken schon seit Jahren Karottensaft und machen Quarkkuren, und trotzdem ist deswegen noch kein Bestattungsunternehmen pleite gegangen. Aber ich fühle mich besser. Das ist doch schon mal etwas, findest du nicht auch?«

»Auf jeden Fall.«

»Und wer weiß? Manchmal geschieht auch ein Wunder. Die Ärzte nennen es bloß anders, das ist alles. Spontane Remission sagen sie dafür. Oder sie erklären, die Anfangsdiagnose war ungenau. Aber wen interessiert schon, wie sie es nennen?« Sie zuckte mit den Schultern. »Um die Wahrheit zu sagen, ich erwarte eigentlich nichts davon. Aber man kann nie wissen.«

»Man kann nie wissen«, sagte Elaine. »Ärzte sind auch nicht allwissend.«

»Nein.«

»Alles, was die kennen, sind Medikamente und Operationen und Bestrahlungen. Es gibt eine Menge Alternativen zur Schulmedizin, und manchmal sind sie wesentlich besser. Es hört sich an, als täte ihr wirklich gut, was sie gerade ausprobiert. Und was kann es schon schaden?«

»Sicher nichts.«

»Nein, und vielleicht kommt es auch nur darauf an, daß sie anders an die Sache rangeht, daß sich ihre Einstellung geändert hat. Damit will ich nicht sagen, es ist nur ihre Psyche, es ist nur zu offensichtlich ihr Körper, aber trotzdem spielt auch die Einstellung eine wichtige Rolle, glaubst du nicht auch?«

»Auf jeden Fall.«

»Und Wunder geschehen immer wieder, wie es so schön heißt. Mein Gott, schau dir doch bloß die Wunder an, die hier rumlaufen. Schau dir zum Beispiel bloß mal uns an. Wir sind doch auch ein Wunder, oder etwa nicht?«

»Das würde ich schon sagen.«

»Warum sollte nicht auch Jan eins sein? Ich will dir mal was sagen. Ich glaube, sie packt es.«

»Mein Gott, das wäre zu schön, um wahr zu sein. Hoffentlich hast du recht.«

»Ich glaube schon«, sagte ich. »Das habe ich im Gefühl.«

Sie starb im April.

Der grausamste Monat, schrieb Eliot. Läßt aus dem toten Land Flieder sprießen. Vermengt Erinnerung und Sehnsucht. Weckt träge Wurzeln mit Frühlingsregen.

Das ist so ziemlich alles von dem Gedicht, was ich wirklich verstanden habe, aber es ist genug.

Der grausamste Monat, und ich kann mir denken, daß es gegen Ende zu ziemlich grausam für sie wurde, aber sie hielt bis zum Schluß durch. Sie nahm in keiner Phase Schmerzmittel, obwohl sie einige von uns dazu zu überreden versuchten. Sie wollte sich nicht von dem Revolver trennen, wollte sich diese Möglichkeit offenhalten, aber sie machte keinen Gebrauch davon.

Nicholson James wurde erwartungsgemäß verhaftet und dann des Mordes an Roger Prysock angeklagt. Ich habe den Verlauf des Verfahrens nicht allzu aufmerksam verfolgt, aber die Sache scheint Hand und Fuß zu haben. Die Polizei hat beide Augenzeugen sowie verschiedene Sachbeweise aufgetrieben, und ganz gleich, ob er es nun auf einen Prozeß ankommen läßt oder auf Totschlag plädiert, stehen die Chancen gut, daß er einige Zeit einsitzen wird. In der Zwischenzeit kann er sich erst mal in Rikers Island abreagieren, während sein Anwalt einen Aufschub nach dem anderen vorgesetzt kriegt.

Ich bin jetzt in meinem Hotelzimmer. Von da, wo ich sitze, kann ich den Parc Vendôme auf der anderen Straßenseite sehen, aber ich kann unser Apartment nicht sehen. Es ist im vierzehnten Stock auf der Rückseite des Gebäudes, mit einem schönen Blick nach Süden und Westen. Das Hotelzimmer ist nominell mein Büro, obwohl ich mir nicht vorstellen kann, daß ich mich hier mit einem Klienten treffen werde. Ich kann auch nicht sagen, daß ich es benutze, um meine Akten zu lagern. Was ich an Akten habe, würde problemlos in eine Zigarrenkiste passen.

Aber wie es scheint, möchte ich diesen Rückzugsort weiter behalten, und Elaine scheint nichts dagegen zu haben.

Außer unserem kann ich von meinem Fenster noch ein anderes Gebäude sehen. Ich muß ganz nach rechts schauen, und dann kann ich einen Blick auf das Hochhaus erhaschen, in dem Glenn Holtzmann gelebt hat und in dem seine Witwe immer noch lebt. Ihr Fenster kann ich nach wie vor nicht sehen. Es ist auf der Westseite des Gebäudes, und man sieht von dort über den Hudson nach New Jersey hinüber.

Manchmal sitze ich hier und schaue dort hinüber, und manchmal kommt mir ungebeten ihre Telefonnummer in den Sinn. Weil ich ein gutes Gedächtnis habe, nehme ich an.

Hier ist Matt, könnte ich sagen. Ist dir nach ein bißchen Gesellschaft?